W9-AFJ-566

DETROIT PUBLIC LIBRARY
CONELY BRANCH LIBRARY
4600 MARTIN
DETROIT, MI 48210
(313) 224-6461

MAY '07

DATE DUE

1 104

C 0 1 1 0 4

SEP 04

OCT 04   AUG 09

DEC 05   SEP 07
                         SEP 06

PLEASE DETROIT PUBLIC LIBRARY

ILC

NOVIA DE MEDIANOCHE

SUSAN CARROLL

NOVIA DE MEDIANOCHE

Titania
ARGENTINA - CHILE - COLOMBIA - ESPAÑA
ESTADOS UNIDOS - MÉXICO - URUGUAY - VENEZUELA

Título original: *Midnight Bride*
Editor original: Ballantine Books, una división de Random House, Inc.,
                 Nueva York
Traducción: Cristina Martín Sanz

Reservados todos los derechos. Queda rigurosamente prohibida, sin la autoriza-
ción escrita de los titulares del *Copyright*, bajo las sanciones establecidas en las
leyes, la reproducción total o parcial de esta obra por cualquier medio o procedi-
miento, incluidos la reprografía y el tratamiento informático, así como la distri-
bución de ejemplares mediante alquiler o préstamo públicos.

© 2001 *by* Susan Carroll
© de la traducción: 2002 *by* Cristina Martín Sanz
© 2002 *by* Ediciones Urano, S. A.
   Aribau, 142, pral. - 08036 Barcelona
   www.titania.org
   atencion@titania.org

SPANISH

OCT - - 2003

ILC

ISBN: 84- 95752-21-2
Depósito legal: B- 31.449 - 2002

Fotocomposición: Ediciones Urano, S. A.
Impreso por Romanyà Valls, S. A. - Verdaguer, 1 - 08786 Capellades
(Barcelona)

Impreso en España - *Printed in Spain*

*Este libro está dedicado a dos mujeres
de notable fuerza y valor:
mi hija Serena y mi querida amiga Kim.
Desde la oscuridad, surgió vuestra luz para iluminarme.*

Prólogo

*E*l barco se deslizaba sobre las olas, el oscuro perfil de la costa se alzaba cada vez más cercano en el horizonte. Los pasajeros se apiñaban en cubierta, riendo y compartiendo la alegría de la llegada inminente, todos excepto el hombre que había pasado la travesía entera hundido en sí mismo, en una actitud tan severa e inaccesible que nadie se había atrevido a hablar con él.

Raphael Mortmain estaba de pie, solo, junto a la barandilla de cubierta, con su perfil apartado de sus compañeros de viaje. Incluso tras una ausencia de cinco años, un hombre como él, tachado de pirata, ladrón y asesino por cuya cabeza se ofrecía un alto precio, había asumido un gran riesgo al regresar a Cornualles.

Pero la enfermedad había dejado su cuerpo reducido a una forma esquelética; su cabello antaño oscuro y bien peinado mostraba ahora un aspecto desaliñado y lacio, su rostro demacrado se perdía bajo una barba incipiente. Rafe dudaba que ahora lo reconociera incluso su propia madre. Si es que se tomaba la molestia de intentarlo.

Evelyn Mortmain lo había abandonado en París cuando no contaba más que ocho años. Jamás había vuelto a saber de ella, salvo por la noticia de su fallecimiento, una vida desperdiciada en la obsesión que la había consumido, que había significado para ella más que su único hijo. La obsesión que había atormentado a todos los Mortmain a lo largo de generaciones: la destrucción de sus enemigos, la familia St. Leger.

Era como una enfermedad en la sangre, una locura a la que Rafe nunca había sucumbido en sus cuarenta años de vida… hasta poco an-

9

tes. Ahora era lo único que llenaba sus pensamientos día y noche. Sintió un escalofrío, y bebió un largo trago de un pequeño frasco de plata. El whisky le quemó la garganta, pero no hizo nada por aliviar la permanente sensación de frío que se le había incrustado en los huesos. Se limpió la boca con una mano que en otro tiempo había sido fuerte pero que últimamente nunca parecía mantenerse firme.

Entornó los ojos para mirar hacia el distante tramo de costa que afloraba envuelto en neblina. Cornualles, una tierra impregnada de leyendas de magia y romances, cuentos de hadas y relatos de héroes, pensó Rafe sardónicamente. No era más que una costa sombría y aislada, el lugar perfecto para obtener su venganza. Cada cabeceo del barco lo iba acercando un poco más a él, al muy noble doctor Valentine St. Leger.

Rafe sintió que lo inundaba el odio, un odio tan virulento que lo hizo estremecerse al recordar lo mucho que había luchado en otro tiempo por llevar una vida respetable. Su carrera de oficial de aduanas lo había obligado a regresar a aquella parte de Cornualles en la que sus antepasados habían alcanzado tanta infamia, pero Rafe había buscado con desesperación superar aquella mancha en su herencia. Logró dejar atrás la antigua disputa entre los Mortmain y los St. Leger y encontrar un amigo en la persona de Lance St. Leger, tal vez el único amigo verdadero que había tenido en toda su vida.

Pero Val St. Leger había puesto fin a todo aquello. Aquel médico de cuello tieso había llevado a cabo un extenso estudio de las fechorías de los Mortmain, del daño que habían causado a los St. Leger a través de los siglos. Val no podía olvidar que Rafe era el último descendiente de un linaje tan vil, ni tampoco iba a permitir que lo olvidase nadie, incluido su hermano gemelo Lance.

Y tampoco le hizo ningún bien el hecho de que, en su amargura, Rafe había cometido errores. Errores terribles. Estaba dispuesto a admitirlo, pero se había esforzado mucho en enderezarlo todo cuando interfirió Val St. Leger y puso cruelmente sus pecados a la vista, lo cual le costó a Rafe su amistad con Lance, le costó todo, lo obligó a huir para salvar su vida misma. No había segundas oportunidades para un maldito Mortmain.

—Y ahora tampoco hay una segunda oportunidad para un St. Leger, doctor —susurró Rafe al tiempo que bebía otro trago de whisky. Se le quedó atascado en la garganta y le provocó otro espasmo de tos, violento y doloroso. Todo su cuerpo se estremeció, y al limpiarse la boca esta vez, sus dedos quedaron manchados de sangre.

Consunción de los pulmones, ése era el veredicto que había pronunciado el médico de Boston acerca de su estado de salud. Pero Rafe tenía la impresión de que la enfermedad que lo estaba matando era algo más insidioso, más antinatural. Una especie de oscuridad del alma, años enteros de cólera reprimida, de amargura y desesperación, de esperanzas y sueños frustrados, que lo estaban devorando como si fueran ácido y que amenazaban incluso su raciocinio.

Val St. Leger pagaría por ello. El mero hecho de pensar en el semblante solemne y reprobatorio de St. Leger hacía que Rafe se pusiera rígido por el deseo de rodear el cuello del médico con sus manos y...

Hasta que las uñas se le clavaron en sus propias palmas, Rafe no se dio cuenta de lo que estaba haciendo, cerrar las manos en dos puños. Se obligó a sí mismo a relajarse y dejó escapar un suspiro entrecortado. No, matar al noble Valentine supondría una venganza demasiado rápida, demasiado fácil; Rafe tenía en mente algo más sutil, más cruel. Y no había nada en la singular herencia del médico que pudiera salvarlo. Todas aquellas leyendas románticas, aquellas historias de extraños poderes heredados, aquellos rumores de magia.

Ciertamente, era la legendaria magia de los St. Leger lo que iba a demostrar ser la ruina del buen doctor. Rafe introdujo una mano bajo la solapa de su gabán y extrajo el objeto que llevaba allí escondido, sujeto por una deslustrada cadena de plata que le colgaba del cuello. Del extremo de la misma pendía un trozo pequeño de cristal, de un aspecto tan anodino, que por un instante la niebla que velaba la mente de Rafe se disipó y le permitió vislumbrar brevemente su propia cordura.

Había algo maldito en aquel cristal que había robado a los St. Leger. Le había hecho a él algo siniestro, terrible y extraño. Incluso ahora tenía la posibilidad de poner fin a aquella locura, si tan sólo quisiera...

En aquel momento el cristal captó la luz y centelleó en los ojos de Rafe, y el pensamiento desapareció. Sus dedos se cerraron sobre la piedra, fría como el hielo. Le provocó un escalofrío, una debilidad y un vértigo tales, que se vio obligado a aferrarse a la barandilla para sostenerse.

¡Oh, Dios! No sabía durante cuánto tiempo le iba a ser posible conservar las fuerzas que le quedaban. Tan pronto como el barco llegara a puerto, necesitaba hacerse con un caballo y partir lo más rápidamente posible hacia el pueblo de Torrecombe, al castillo Leger encaramado en lo alto de los escarpados precipicios. Ya no importaba el riesgo de que lo vieran y lo reconocieran; ya no le provocaba ningún terror la amenaza de la horca.

Era un hombre moribundo, y lo sabía. Y eso hacía a Rafe Mortmain más peligroso de lo que había sido nunca.

Capítulo 1

El viento hacía vibrar los cristales de las ventanas, el pálido sol presidía un día que le estaba resultando interminable a la joven que se retorcía en la cama. Cuando le sobrevino con fuerza la siguiente contracción, Carrie Trewithan apretó los dedos sobre su vientre distendido y fue incapaz de reprimir un agudo chillido.

La partera estaba inclinada sobre ella, aplicándole un paño frío sobre la frente sudorosa.

—Vamos, vamos, querida. Intente aguantar. Pronto habrá terminado todo, estoy segura. —Sarah le mostró una ancha sonrisa desdentada, pero el miedo que había en sus ojos era inconfundible.

Esta vez estaba ocurriendo algo muy grave. Carrie llevaba diecisiete horas de difícil parto, toda la noche, la mañana y la tarde, más de lo que había tardado nunca, y el bebé seguía sin nacer. Se dejó caer débilmente contra las almohadas de la cama de armazón de madera basta, y su cabello castaño y lacio cayó a su alrededor. No iba a poder soportarlo mucho más; notaba cómo se le iban las fuerzas con cada nuevo embate de dolor.

«Voy a morirme», pensó mientras cerraba los ojos con fuerza para contener las lágrimas. No lloraba por ella, sino por los pequeños a los que tendría que dejar atrás. El nuevo bebé si sobrevivía, y sus otros hijos: Janey, Tom, Sam y Aggie. ¿Qué iba a ser de ellos sin una madre que los cuidara?

Perdida en la confusión de su propia desdicha, Carrie percibió sólo vagamente que Sarah se apartaba de la cama para susurrar algo de manera acalorada a alguien que intentaba entrar en la habitación. Sin duda se trataba del pequeño Tom, llorando de nuevo, que quería a su mamá. Bien sabía Dios que no deseaba que ninguno de sus hijos la viera en aquel estado. Le supuso un gran esfuerzo, pero giró la cabeza para emitir una suave amonestación y abrió los ojos. Entonces la respiración se le quedó retenida en la garganta.

No era Tom. Un hombre llenaba el umbral de su habitación, trayendo consigo el potente aroma del aire limpio del otoño. Sus anchos hombros estaban cubiertos por un gran gabán con capilla que le caía hasta las rodillas y que imponía una presencia siniestra, como la del espectro mismo de la muerte.

Carrie se tensó por el miedo cuando el desconocido se acercó a ella con paso firme, haciendo ruido con las botas sobre el suelo en una zancada desigual. Pero antes de que pudiera romper a gritar, el hombre se desprendió de su gabán y su sombrero y se los tendió a Sarah. La luz que se filtraba por el sucio cristal de la ventana le dio de lleno en el rostro. No poseía las espantosas facciones de un espectro, sino las de un hombre mortal. Su cabello negro, despeinado por el viento, y sus pobladas cejas oscuras formaban un violento contraste con su semblante pálido, y las alarmantes líneas de su nariz aguileña resultaban extrañas junto al gesto sensible de su boca. Pero una sola mirada bastaba para distinguirlo. Aquél era un hombre bueno, amable, un hombre cuya fuerza estaba atemperada por la dulzura.

El miedo de Carrie se evaporó en un suspiro de alivio y respeto.

—Oh, doctor St. Leger —susurró—. Ha... Ha venido.

—Sí, Carrie. —El médico le sonrió. Poseía una sonrisa tranquila, un mero curvar los labios a medias, que lo señalaba como un hombre que no cedía fácilmente a la risa. La reprendió con suavidad—: ¿Por qué demonios no me has llamado antes?

—No debería haberlo llamado de ninguna manera. Yo... no tengo mucho dinero...

—Calla. Eso no tiene importancia.

Mientras él acercaba una silla a la cabecera de la cama, Carrie se humedeció los labios y se dio prisa en terminar su explicación antes de que la siguiente oleada de dolor le robara el aliento.

—Es que esta vez estoy tardando tanto y... y me duele mucho, y estoy muy cansada... —La voz se le quebró en un sollozo seco—. Usted es el único que puede ayudarme, doctor St. Leger. El único.

—Y así lo haré, Carrie. Todo va a ir bien a partir de ahora. —Su voz era tranquilizadora, llena de tanta calma y convicción que ella lo creyó, aun cuando sabía que su esposo, Reeve, se pondría muy furioso con ella por haberse atrevido a hacer venir al médico local.

Ella misma debería sentir pánico por haberlo hecho. Aquel hombre era el hijo menor del temido señor del castillo Leger, Anatole St. Leger, un hombre que según los rumores descendía de un hechicero. Se rumoreaba que todos los St. Leger llevaban un poco de aquel demonio dentro.

Pero Carrie no veía demonio alguno en los rasgos solemnes de Valentine St. Leger, sino más bien los ojos de un ángel, afectuoso, compasivo, gran conocedor del sufrimiento humano, porque él mismo sabía lo que era sufrir. Experimentó un ligero pánico al notar que se aproximaba la siguiente contracción, pero sintió la mano fuerte de él que se cerraba sobre la suya.

—No tengas miedo, Carrie. Sólo mírame y agárrame con fuerza —le dijo el médico.

La respiración le atenazaba la garganta, pero se esforzó en hacer lo que él le decía. Agarró su mano con fuerza y clavó la vista en sus notables ojos, de un intenso color castaño aterciopelado. Y al sentir el contacto de la palma de él contra la suya, algo extraño empezó a ocurrir. Primero fue un mero hormigueo, después un calor que lentamente le fue subiendo por el brazo como si un líquido dorado le corriera por las venas. Y el terrible dolor comenzó a ceder.

Vio que el médico apretaba los labios, como si todo su sufrimiento estuviera pasando de ella a él. Era lo que toda la gente del pueblo decía que era capaz de hacer, aquella magia inexplicable, pero Carrie nunca se lo había creído del todo hasta este momento.

Sabía que se hallaba en el umbral de otra terrible contracción, pero no sentía nada, y notaba los párpados cada vez más pesados, deliciosamente soñolientos. Perdió totalmente la cuenta de los minutos que venía calculando con tan dolorosa precisión. Desde cierta distancia, creyó oír la voz tensa del doctor St. Leger que daba órdenes a Sarah y la instaba a ella a empujar. Entonces sintió un chorro de calor entre las piernas seguido momentos más tarde de un minúsculo llanto.

—Alabado sea Dios —pareció cantar Sarah a cien kilómetros de distancia.

Carrie se limitó a sonreír como si estuviera flotando en el sopor de un sueño. Cuando por fin se sintió capaz de abrir de nuevo los ojos, algo yacía en el hueco de sus brazos, algo blando que se agitaba. Aún medio adormilada, Carrie apartó la manta y vio que se trataba de un bebé, una niña.

Al igual que un sonámbulo que se despierta de golpe, la realidad logró imponerse. Acababa de dar a luz a una hija. Se sentía completamente agotada; ya tenía otros cuatro hijos para los que apenas le quedaban fuerzas. Ah, pero esta nueva hijita era un milagro, tan sana, tan perfecta, y ella seguía estando allí para acunarla en sus brazos. Unas lágrimas de alegría le rodaron por las mejillas.

Se volvió para dar las gracias al ángel que había visto mientras duró aquella dura experiencia, pero, como el misterioso St. Leger que era, el buen doctor ya había desaparecido.

El camino que conducía al castillo Leger serpenteaba colina arriba, una estrecha senda medio perdida en la neblina de color malva del crepúsculo. Pero el caballo ruano se movía con paso seguro, por suerte para su amo, ya que éste estaba apenas lo bastante alerta para guiarlo.

A duras penas capaz de mantenerse erguido en la silla de montar, Val St. Leger avanzaba encorvado, con los ojos vidriosos y esforzándose por enfocarlos en el camino que tenía frente a sí. Estaba cansado hasta la médula de los huesos. Se sentía tan exhausto como si… ¿como si acabara de soportar tres horas de insufribles dolores de parto para traer un niño al mundo?

Torció la boca en una sonrisa de cansancio. Apostaría a que habría muy pocos hombres más que pudieran presumir de semejante hazaña. Jamás dejaría huella en este mundo como soldado, artista de talento o gran estadista, pero aquel don de los St. Leger le ofrecía al menos una distinción. Sabía de antemano cuánto dolor había que soportar para dar a luz, y no podía por menos que maravillarse ante la fuerza de las mujeres que continuaban poblando el mundo. Sobre todo Carrie Trewithan.

La pobre mujer había estado constantemente embarazada durante los siete últimos años, si se tenían en cuenta las gestaciones que se habían malogrado. Val había advertido al patán de su marido que la frágil constitución de Carrie necesitaba tiempo para recuperarse. Había sido un milagro que hubiera sobrevivido al último embarazo, y mientras ella luchaba para traer al mundo al hijo de ambos, Reeve Trewithan bebía en la posada Dragon's Fire, alardeando de su potencia. Era un tipo conocido por descuidar a su familia y por dirigirse a casa dando tumbos sólo cuando le entraban ganas de arrastrar a su mujer a la cama.

Val iba tendría que tener unas palabras con Trewithan al día siguiente. ¡Unas palabras! Notó que sus manos asían las riendas con más fuerza. Lo que deseaba era propinar una paliza a aquel insensato de Reeve Trewithan. Era lo que habría hecho su hermano Lance. Pero un comportamiento así no cabía esperarlo del médico del pueblo, lisiado además.

Una antigua herida había dejado a Val una cojera permanente, y aquella noche su rodilla mala se estaba portando peor que de costumbre. Ya cansado de combatir su propio dolor, no había sido precisamente lo más juicioso echarse encima también el sufrimiento de la señora Trewithan. Pero ¿qué otra cosa podía haber hecho?, pensó Val, recordando los ojos hundidos de Carrie, la desesperación en su voz.

«Usted es el único que puede ayudarme, doctor St. Leger. El único.»

¿Cuántas veces había oído aquella lastimera frase de demasiadas almas que sufrían? El recuerdo de ojos implorantes y gritos de súplica lo acosaba incluso mientras dormía, lo perseguía en sus horas de vigilia. De manera inconsciente, intentó espolear a *Vulcan* como para dejar atrás aquellas persistentes voces. Pero inmediatamente pagó por aquel movimiento inadvertido: un afilado dolor le atravesó la rodilla.

Val contuvo una exclamación y aspiró aire varias veces hasta que el dolor cedió para convertirse en una molestia sorda. Además, no surtió efecto alguno en *Vulcan;* el caballo continuó avanzando a su propio paso uniforme. Hubo una época, en su juventud, en la que Val era capaz de pasar una dura jornada en la silla de montar y después luchar a espada con su hermano durante media noche. Una época en la que era capaz de manejar los más fogosos caballos de caza que había en el establo de su padre.

Pero el hecho de recordarlo no hacía sino remover amargos pensamientos y pesares. Llorar por todo lo que había perdido era algo que Val jamás se permitía a sí mismo hacer. Guardaba tan siniestros sentimientos bien escondidos en el secreto rincón de su alma donde los desterró.

Cuando *Vulcan* dobló el siguiente recodo, Val cobró ánimo y parte de su cansancio se disolvió al ver su punto de destino. Una gruesa línea de robles impedía ver la parte más nueva del castillo Leger, pero las almenas de la antigua fortaleza se elevaban por encima de los árboles. Incluso después de tantos siglos, la torre del homenaje aún perforaba el cielo. Aquella cámara había sido el refugio privado del primer señor del castillo, Próspero St. Leger. En aquella torre gastada por los elementos, el astuto hechicero había elaborado sus negros encantamientos, había jugueteado con la extraña alquimia que con el tiempo fue la causa de su perdición y lo condenó a ser quemado en la hoguera.

Un cuento de hadas, podría decir alguno en son de burla, pero Val había investigado el pasado de su familia lo suficiente para saber que era todo cierto. La historia y la leyenda formaban parte de los muros de piedra del castillo Leger, historias de valor y cuentos de magia.

Cuán a menudo se le había henchido el corazón al ver aquellas imponentes defensas cuando galopaba durante el crepúsculo en dirección a casa, Lance abriendo camino y él siguiéndolo a paso más tranquilo. Él siempre había sido el gemelo más prudente, el erudito, el soñador. Era difícil cabalgar a toda velocidad cuando tenía la cabeza tan repleta de libros y fantasías románticas, mientras se imaginaba a sí mismo como un osado caballero que regresaba al castillo a lomos de su brioso corcel para hincarse de rodillas a los pies de la hermosa dama que lo aguardaba. Jamás había conseguido ver claramente su rostro, tan sólo la dulzura de su sonrisa, el brillo suave de sus ojos, sus brazos blancos y esbeltos que se extendían para darle la bienvenida al hogar.

Aquello fue antes de hacerse lo bastante mayor para darse cuenta de que en el siglo XIX quedaban escasas perspectivas profesionales para un caballero. Resultaba mucho más sensato soñar con hacerse médico. Y menos mal, pensó Val con un suspiro al tiempo que flexionaba sus músculos cansados y doloridos; él jamás habría dado la talla de osado caballero, *Vulcan* no era en absoluto un brioso corcel, y en cuanto a la dama…

Nunca habría una dama. Al menos, para él no.

No obstante, sí que había alguien esperándolo en la cima del cerro. Una mujer. Su esbelta figura se veía cubierta por una capa escarlata, con la capucha echada hacia atrás, y su cabello se derramaba sobre sus hombros semejante a una sombra ondulada. Los mortecinos rayos del sol la enmarcaban en un brillante estallido dorado que deslumbró los ojos de Val, y que le trajo el recuerdo de la dama que había evocado en sus sueños de juventud.

Parpadeó con fuerza, preguntándose si sus exhaustos ojos le estarían haciendo alguna jugarreta. O tal vez su imaginación romántica no estaba tan acabada como él creía. Se inclinó hacia delante conforme se iba acercando, sólo para volver a dejarse caer hacia atrás, sonriendo por su estupidez, al descubrir de quién se trataba.

Desde luego, no era ninguna dama. Era simplemente su joven amiga Kate, la hija adoptiva de un pariente lejano, Elfreda Fitzleger. Cuando la muchacha divisó a Val, emitió un sonoro chillido y se lanzó corriendo colina abajo, con las faldas levantadas hasta una altura escandalosa.

—Maldición, Kate, ve más despacio —rugió Val.

Ella, o bien no lo oyó, o bien, cosa mucho más probable, no le prestó la menor atención. Se limitó a ganar más velocidad, con su melena de gitana ondeando a la espalda. Val tiró de las riendas de *Vulcan*, temeroso de que, en su precipitación, la joven se arrojara directamente a la trayectoria del caballo.

Val contuvo la respiración, esperando que en cualquier momento Kate diera un traspié y recorriera el resto del camino dando volteretas. Ya había perdido la cuenta del número de rodillas despellejadas que le había vendado y los huesos que le había arreglado a la señorita Kate a lo largo de los años.

Pero de algún modo la pequeña marimacho logró bajar la pendiente entera y de una pieza. Val exhaló un suspiro de alivio cuando Kate llegó hasta la cabeza de *Vulcan* y se agarró de las riendas, jadeando y riendo por el efecto vigorizante de la loca carrera. El caballo relinchó de alegría al reconocerla y le hociqueó la oreja.

La risa de Kate era cristalina, tan contagiosa que a Val le costó mucho mantener una fachada severa mientras la miraba ceñudo.

—Katherine Fitzleger. ¿Es que te has vuelto loca?

—Es… muy posible —contestó ella jadeante. Cuando hubo recobrado totalmente el aliento, se situó a un costado del caballo, frente a la bota de Val. Un rubor de color rosado se extendía por sus mejillas, todavía bronceadas desde el verano. A Kate los sombreros le resultaban una verdadera molestia.

Le dirigió a Val una sonrisa seductora.

—¿Qué he hecho ahora para que te enfades tanto?

—¡Qué has hecho! Simplemente bajar corriendo esa colina tan empinada cuando es casi de noche. Podías haberte caído y haberte roto el cuello.

—Pero no me he caído.

—Sea como sea, ¿qué estás haciendo aquí?

—Esperarte.

—¿Sola? Y de noche.

—Casi de noche —lo corrigió la joven—. Además, ¿qué podría sucederme aunque fuera medianoche? Nadie se atrevería a jugar conmigo en tierras de St. Leger, ni siquiera un condenado Mortmain. Y hace años que tú expulsaste al último de esos canallas.

De manera que Kate insistía en creer, en imaginar que Val había llevado a cabo alguna hazaña heroica en aquella ocasión. Si Rafe Mortmain había sido desterrado de Cornualles, ello era obra más bien de Lance, pensó Val. Lo único que había conseguido él era que casi lo mataran.

—No importa lo cerca que estemos del castillo —prosiguió con su reprimenda—. No debes andar por ahí sola nunca más. Eres una joven dama... bueno, al menos una jovencita... ya.

—Por fin te has dado cuenta —ronroneó Kate al tiempo que movía las pestañas de un modo que desconcertó a Val. Si no se tratara de Kate, habría imaginado que estaba intentando coquetear con él.

—Sí, me he dado cuenta, y no me cabe duda de que también lo han notado muchos de los jovenzuelos de los alrededores. Si persistes en salir por ahí sola... —Val se interrumpió y se aclaró la garganta, incómodo, tratando de buscar una manera delicada de explicar sus temores a la muchacha—. Te podrían... Te podrían...

—¿Violar? —finalizó Kate sin ambages.

—Iba a decir someter a ciertas atenciones muy inoportunas.

—¡Bah! Me gustaría ver a un hombre intentarlo. Sería el día más triste de su vida, sobre todo cuando yo tengo esto. —Kate hurgó debajo de su capa en busca del abultado bolsillo interior. Con un floreo triunfal, extrajo de su funda una pequeña pistola de pedernal que blandió frente a Val.

Val se echó hacia atrás involuntariamente, lo cual sobresaltó a *Vulcan*.

—¡Santa madre de Dios, Kate! Aparta eso antes de que te hagas daño.

—No está cargada... aún.

Val sujetó con fuerza las riendas y se inclinó para acariciar el pescuezo del caballo con el fin de tranquilizarlo. En cuanto *Vulcan* se calmó, Val extendió la mano hacia Kate.

—Dame esa arma infernal. Ahora mismo.

Pero lo único que le dio ella fue una sonrisa serena al tiempo que alzaba la capa y volvía a guardarse la pistola en el bolsillo oculto.

—No tienes de qué preocuparte, Val. No la he robado ni nada parecido. La pistola es mía. Es un regalo de Lance.

Val rara vez profería juramentos, pero en aquel momento lo hizo, musitando para sí. Su hermano siempre había encontrado divertidas las peculiaridades indómitas de Kate, y la animaba a vestir pantalones, trepar a los árboles e incluso aprender esgrima. Pero lo de darle una pistola… ¿Es que Lance había perdido el juicio?

Tan pronto como llegase al castillo Leger, Val tenía la intención de agarrar a su hermano por el cuello y decirle… ¿Decirle qué? Soltó un resoplido. Echar sermones a su incorregible gemelo era tan útil como echárselos al gato de la cocina. O a Kate.

Impertérrita por la reacción de Val ante aquel «regalo», la muchacha hizo un esfuerzo para montar enfrente de él, el lugar que siempre reclamaba desde que era pequeña. Val no tuvo otro remedio que ayudarla a subir. Se preparó para soportar el inevitable tirón en la rodilla e izó a Kate hasta la silla. No resultó una tarea difícil; la joven era todavía una chiquilla. A veces, Val tenía la impresión de que no había crecido tanto desde que era aquella niña huérfana que llegó a Torrecombe diez años atrás, toda rodillas huesudas y ojos grandes y desafiantes.

Kate se acomodó entre los muslos de él y lo rodeó con los brazos, lo cual hizo que Val se estremeciera al sentir el roce de sus dedos en el cuello. La muchacha tenía las manos frías. Como de costumbre, había juzgado oportuno prescindir de los guantes.

—Y bien, ¿qué estabas diciendo? —dijo Kate, adoptando una expresión sumisa aunque pensaba tomar en cuenta cada palabra que pronunciara él. Pero con Kate aquello no funcionaba. Sus ojos grises desprendían un fuego demasiado intenso, su boca en forma de corazón tenía un gesto demasiado travieso, su delicada barbilla mostraba una actitud demasiado terca.

Val dio por finalizada la reprimenda con una carcajada de resignación.

—Ah, Kate, Kate, ¿qué voy a hacer contigo? Tienes siempre preocupado al demonio que llevo dentro.

—Tú no llevas ningún demonio dentro, Val St. Leger. —Y se puso a cubrirle de entusiasmados besos el rostro, las cejas, las mejillas, el mentón, acercándose peligrosamente a la comisura de los labios.

—Déjalo ya —gruñó él, luchando por hacer desistir a la joven y al mismo tiempo mantener sujeta la rienda de *Vulcan*—. ¿Cuándo vas a aprender a comportarte como es debido?

—¿Cuándo vas a dejar tú de preocuparte por mí? —Kate capituló con un último besito en la nariz—. Sé cuidarme sola, y cuidar de ti también. Si a algún canalla se le ocurre amenazarnos a ti o a mí, lo convertiré en un jabalí con verrugas.

—Vamos, Kate, me lo has prometido. No vuelvas a hablar así.
—Val se echó hacia atrás lo suficiente para mirarla con preocupación—. Er... no habrás estado jugando otra vez con esas... esas...

—Brujerías —terminó Kate enarcando las cejas con gesto malicioso—. ¿Cómo iba a hacerlo, después de que tú te llevaras ese fascinante libro que encontré?

—Menos mal que me lo llevé, después de lo que sucedió. De hecho hiciste creer al bueno de Ben Gurney que eras capaz de lanzar un hechizo a su cerdo.

—Un hechizo de amor. Y qué encantadora pareja habrían hecho.
—Kate soltó una risita, pero se interrumpió de inmediato al ver el ceño fruncido de Val. Apartó una mano de él lo suficiente para alzarla solemnemente en el aire—. Val, te juro que desde entonces no he intentado practicar más encantamientos mágicos con los desdichados habitantes de Torrecombe.

—Bien —repuso él, aliviado por aquella sincera declaración. No era que temiera que Kate pudiera realmente instruirse en la magia negra; el libro que le había confiscado no contenía más que tontas supersticiones. Lanzar hechizos ni siquiera era una capacidad que hubieran poseído los St. Leger, a no ser que uno diera crédito a todo lo que se contaba de las hechicerías de Próspero. Hasta la fecha, la mayor parte de las travesuras de Kate habían sido inofensivas, pero dada la inclinación de la muchacha por cometer fechorías, no estaba de más que dejase de meter las narices en el ocultismo por su cuenta.

En aquel momento mostraba un aspecto engañosamente angelical. Abrazada estrechamente a él, reclinó la cabeza contra su hombro con un suspiro de satisfacción. Val se tensó un poco, consciente de que debería desalentar aquella conducta. Ciertamente, Kate era demasiado mayor para echarse encima de él de aquella manera, demasiado mayor para esperarlo junto al camino y lanzarse corriendo para que la subiera a su caballo.

Podía hacerla prometer que no lo haría nunca más. A pesar de ser una locuela, Kate poseía un fuerte sentido del honor, y cumpliría su promesa. Pero incluso sabiendo que sería por su bien, Val no se atrevía a exigirle algo así.

Estaba demasiado contento de que la muchacha hubiera venido, demasiado contento con la cálida sensación que le producía tenerla acurrucada contra él, una actitud que revelaba aquella parte más gentil de su personalidad que Kate reservaba tan sólo para él. Depositó un beso de hermano en la coronilla de su cabeza de morenos rizos, y parte de su agotamiento pareció evaporarse meramente con el aroma fresco y dulce del cabello de la joven.

Con los brazos estirados alrededor de Kate, instó a *Vulcan* a moverse de nuevo, y el viejo rocín reemprendió la marcha con un paso muy tranquilo, como si fuera consciente de la preciosa carga que acarreaba. Kate murmuró contra el hombro de Val:

—Está bien, supongo que debería haberte esperado sumisa junto a la chimenea del vestíbulo. Pero ya sabes lo impaciente que me pongo, y estabas tardando mucho. ¿Dónde has estado todo este tiempo, Val?

—Atendiendo a un paciente, querida.

—¿La vieja señora McGinty?

—No, Carrie Trewithan. Traje a su bebé al mundo, otra hija.

—Pero los Trewithan suelen llamar a la partera para que se ocupe de eso. ¿Para qué te necesitaba Carrie a ti...?

Kate dejó la frase sin terminar y alzó súbitamente la cabeza de su hombro para examinarle el rostro con ojos profundamente penetrantes y acusadores.

—¡Val! Has vuelto a emplear tu poder, ¿verdad?

Él se encogió de hombros, pero no intentó negarlo. Kate lo conocía demasiado bien, y sin duda el aspecto demacrado de su cara hablaba por sí mismo.

—Maldita sea, Val. Ya sabes que...

—No digas palabrotas, Kate.

—... que no deberías haber vuelto a enredar por ahí con esos poderes tuyos. Eso te está consumiendo y... ¡y es peligroso!

—Peligroso —se mofó Val—. Peligroso era el poder que tenía mi padre de lanzar a un hombre al otro extremo de una habitación con una mirada. Peligrosa es la capacidad de mi hermano para separar su cuerpo de su alma y flotar por ahí de noche. En comparación, mi poder para absorber el dolor resulta bastante inofensivo.

—Tanto, que ya casi te ha supuesto perder el uso de una pierna.

Val se estremeció. La única vez que había perdido el control de su poder le había costado más que la pierna; casi le había costado la pérdida de su hermano, además. Lance y él pasaron mucho tiempo enemistados después de aquel aciago día en el campo de batalla en España, una desavenencia que se había subsanado sólo en los últimos años. A Val no le importaba que le recordaran aquel oscuro período de sus vidas, y Kate lo sabía; pero la joven nunca contenía la lengua cuando estaba enfadada o angustiada, y en este momento se veía a las claras que le ocurrían ambas cosas. Val le había asegurado muchas veces que no necesitaba preocuparse tanto por él, pero se armó de paciencia para hacerlo de nuevo:

—Kate, te prometo que ahora tengo mucho cuidado acerca de cómo y cuándo hago uso de mi poder. Hoy, simplemente no he tenido otro remedio.

—Eso es lo que dices siempre.

Él le sonrió y respondió:

—Resulta que esta vez es verdad. Creo de todo corazón que la señora Trewithan tal vez hubiera muerto si yo no la hubiera ayudado. Sencillamente, no le quedaba resistencia. Nunca ha sido tan fuerte, y su cuerpo está literalmente agotado de parir hijos.

—Porque ese marido suyo es un asqueroso libertino. A Reeve Trewithan deberían castrarlo, deberían cortarle el pito de un tajo con un cuchillo al rojo vivo.

—¡Kate!

—Se me olvidaba. Se supone que las jovencitas inocentes no deben estar al tanto de esas cosas. Pero ya sabes que yo nunca he sido inocente en absoluto, Val —agregó más bien en tono triste.

Pocos detalles se conocían de la infancia de Kate anterior a su adopción, pero era obvio que había aprendido muchas cosas sobre el lado oscuro de la vida. Fuera lo que fuera lo que Kate recordaba de aquella amarga época, había decidido olvidarlo, pero había ocasiones en las que Val atisbaba un conocimiento mundano en sus jóvenes ojos que le encogía el corazón. Con ternura, volvió a inclinar la cabeza de la muchacha para que descansara sobre su hombro.

Cabalgaron en silencio, mientras sus cuerpos se balanceaban juntos con el lento caminar del viejo *Vulcan*. Pero Kate jamás dejaba pasar una conversación sin tener ella la última palabra.

—Voy a decirte una cosa, Valentine St. Leger. Cuando yo esté embarazada, no te permitiré que soportes mi dolor. Seré lo bastante fuerte para aguantarlo yo sola.

Val tuvo que hacer un gran esfuerzo para no romper a reír al oír aquello. La idea de que su indómita Kate se convirtiera en la esposa de alguien, que fuera la madre de alguien, era... era...

No tan absurda como él quisiera creer. Val notó que su sonrisa se desvanecía, sabedor de que el tiempo corría más deprisa de lo que él hubiera deseado. Kate saldría al mundo y se buscaría un marido joven y robusto, formaría una familia. Era lo lógico y lo correcto, y sin embargo aquello le causaba una inexplicable melancolía.

La estrechó con fuerza durante el resto del camino a casa. Sin recibir ninguna orden de él, *Vulcan* los llevó hasta el patio de las caballerizas situado detrás del ala más moderna del castillo, una imponente mansión georgiana que parecía no encajar con aquella vieja fortaleza del siglo XIV.

El bloque cuadrangular que formaban los establos del castillo Leger resultaba casi tan impresionante como la casa. En la planta baja había pesebres suficientes para alojar a más de veinte caballos de caza, yeguas y animales de tiro; el espacioso recinto para los arreos; y el almacén de carruajes propiamente dicho, con sus amplias puertas. Encima se encontraban el henal y los dormitorios para el ejército de mozos de caballos y auxiliares de los establos.

El patio estaba silencioso a aquella hora de la tarde. Tobias, el regordete cochero principal, se hallaba recostado contra un banco, fumando su pipa. Pero al acercarse Val, salieron al instante dos de los fornidos mozos de cuadra, que casi chocaron el uno con el otro en su afán de ayudar a Kate a bajarse del caballo. Val frunció el entrecejo, pues de pronto encontraba fastidioso aquel exceso de celo.

Apenas tenía importancia, en cualquier caso. Kate desmontó a su manera. Antes de que Val pudiera objetar algo, se había escabullido de sus brazos y se las había arreglado para alcanzar el suelo en un revuelo de faldas. Val reprimió un profundo suspiro. Sólo por una vez, habría sido agradable haber podido apearse él primero y levantar a Kate de la silla.

Pero su maldita pierna estaba tan rígida, que sería afortunado si no se causaba alguna desgracia a sí mismo cayendo de bruces contra el suelo en el esfuerzo de desmontar. El impacto de su bota al golpear en tierra repercutió en su rodilla tal como había supuesto. Lo único que pudo hacer fue apretar los dientes y hacer acopio de fuerzas para soportar la punzada de dolor.

Permaneció unos instantes aferrado al estribo para estabilizarse. Kate soltó la correa que unía su bastón de empuñadura de marfil a la silla y se lo entregó con la misma naturalidad con que una mujer medieval habría recordado a su caballero que necesitaba su espada.

Pero es que Kate estaba muy acostumbrada a su dolencia, reflexionó Val. Nunca lo había conocido en otro estado, no tenía recuerdos de cuando él era capaz de estar de pie con tanta fuerza y firmeza como cualquier otro hombre. Aquel pensamiento nunca lo había entristecido, pero esta noche, por algún motivo, lo entristeció.

Mientras *Vulcan* era conducido a los establos, Val trató de no apoyarse tanto en el bastón como tenía por costumbre. Haciendo caso omiso del dolor de la rodilla, ofreció su brazo a Kate para escoltarla hasta la casa.

Pero ella le cogió la mano e intentó tirar de él en la dirección contraria.

—Por favor, Val. ¿Hemos de entrar ya?

Val la contempló con cierta sorpresa.

—Me temo que yo debería haberlo hecho ya mucho antes, y ya sabes cómo se pone mi padre cuando la cena no se sirve a la hora.

—Aún no es tan tarde. Por favor, Val. Podríamos dar un paseo por el jardín.

—El jardín. —Val lanzó una carcajada de incredulidad—. ¿De noche y con frío?

—Está saliendo la luna, y sólo hace un poquito de fresco. Además, no te he visto en todo el día, y muy poco en toda la semana. Sólo quiero que pasemos un rato juntos. Oh, por favor, Val, te lo ruego.

Tiró de su mano con mayor insistencia, al tiempo que lo miraba por entre sus pobladas pestañas. Val estaba cansado, la rodilla le dolía como un demonio, pero jamás había podido resistirse a aquella mirada, quizá porque Kate rara vez pedía favores a nadie; era demasiado orgullosa.

Ya había dejado de resultar apropiado que pasaran tanto tiempo juntos a solas, pero lo cierto era que él también había echado mucho de menos la compañía de la joven durante toda la semana. Además, el tiempo que pasaban juntos era cada vez más breve…

Accedió a la petición de la muchacha, y le permitió que lo guiara hasta el trillado camino que conducía a los jardines, un rumoroso conjunto silvestre de flores y arbustos iluminados por la media luna que colgaba como un medallón roto en el cielo oscuro de la noche.

El actual jardinero jefe había trabajado todo el verano para trazar senderos bien dibujados e hileras de setos que bordeasen los esmerados canteros de flores, pero sin éxito. Para profunda frustración de Edmond, las plantas se rebelaban contra aquel orden impuesto por el hombre y extendían sus tallos para crecer sin freno y reclamar los senderos.

Quizás, al igual que otras muchas cosas del castillo Leger, el jardín poseía su propia magia. Había sido plantado en la época de Cromwell por Deirdre St. Leger, una joven hechicera que tenía el asombroso poder de hacer brotar las semillas del suelo y que sus flores se abrieran casi de un día para otro. Su vida fue trágicamente corta, y para Val el jardín aún susurraba de pena por ella, las últimas rosas de la temporada dejaban caer sus pétalos sobre el sendero a modo de alfombra de lágrimas de terciopelo.

En Cornualles los inviernos eran tan suaves, incluso en aquel accidentado tramo de costa, que siempre había plantas en floración. Pero la mayor maravilla del jardín de Deirdre, el espléndido conjunto de rododendros, no comenzaría a producir capullos hasta febrero. Las ramas desnudas hacían que a Val el jardín le resultara un lugar más bien sombrío para dar un paseo en una noche de crudo otoño.

Insistió en que Kate se pusiera los guantes, mientras él mismo le subía la capucha de la capa tal como había hecho desde que ella era niña.

—Esto no es muy romántico, Valentine —se quejó ella.

«¿Romántico?» Val abrió los ojos, sorprendido. Hubo una época en la que a su Kate no se le habría ocurrido pensar en tales cosas. Cada vez que le leía en voz alta los cuentos del rey Arturo, Kate siempre insistía en que se saltara aquellos «empalagosos» pasajes de amor entre Ginebra y Lancelot, y que fuera directamente a las partes emocionantes en las que se cortaban cabezas con la espada.

En ocasiones, seguía pareciendo la misma locuela y marimacho de siempre; en otras, parecía estar cambiando mucho, con demasiada rapidez. Ahora lo miraba con una expresión tan tierna y blanda, que Val experimentaba un leve hormigueo de incomodidad. Quizás aquel paseo a la luz de la luna no fuera tan buena idea, después de todo.

Pero no había forma de resistirse a Kate, que tiraba de él hacia el banco de piedra más cercano e insistía en que necesitaba sentarse un rato. Val no se dejó engañar; Kate poseía la vitalidad de un potro joven. El hecho de saber que proponía aquel descanso por consideración hacia él le resultó doloroso y conmovedor al mismo tiempo.

Ojalá no hubiera sido necesario, pero se sentía demasiado agradecido de poder aliviar el peso que soportaba su rodilla dolorida para negarse. Tomó asiento en el banco de piedra con un suspiro de cansancio y colocó su bastón frente a sí. Kate se acurrucó a su lado y enlazó sus manos enguantadas al brazo de él.

Permanecieron sentados en esa especie de silencio compañero que sólo los viejos amigos podían compartir. Kate y él lo hacían con frecuencia, sentarse en el jardín juntos a contemplar el cielo nocturno, identificar constelaciones y tejer fantasías sobre el lejano mundo de las estrellas. Entonces, ¿por qué esta noche en particular seguía llenándolo de tristeza?

De repente se sintió muy viejo, mucho más viejo que los treinta y dos años que tenía, como si el mundo entero estuviera pasando de largo frente a él. ¿Serían las hojas marchitas, los pétalos de rosa caídos, lo que lo volvía tan consciente del inexorable paso del tiempo? ¿O sería la mujer en flor que se apretaba con fuerza contra su costado?

—Val —dijo Kate por fin.

—¿Mmnn?

—¿Te has olvidado completamente de qué día es hoy?

Val se vio obligado a contener una sonrisa.

—¿El día de san Swithin?

—¡No! —Kate se estiró para mirarlo con un gesto de reproche.

Val frunció el ceño, fingiendo rebuscar en su cerebro.

—Veamos, no puede ser el día de san Miguel. Estoy seguro de que ya hemos pasado esa fecha.

Kate dejó caer la cabeza, con una mirada tan desilusionada, que Val no pudo continuar tomándole el pelo. Le levantó la barbilla con los dedos y la obligó a mirarlo a la cara.

—Naturalmente que recuerdo qué día es, pequeña. Muchas felicidades.

El rostro de la joven se iluminó con una sonrisa radiante. Val le retiró un mechón de pelo suelto con un gesto de ternura.

—¿Cómo has podido pensar que iba a olvidarme de tu cumpleaños? Al fin y al cabo, fui yo quien te lo dio.

Val todavía se acordaba con claridad del día en que descubrió que la huérfana Kate no tenía idea de cuándo había nacido, ni de la fecha ni del año. No fue muchos meses después de llegar a Torrecombe. El 14 de febrero, la fecha del cumpleaños de él, como siempre, había sido un desconcierto de gran cantidad de celebraciones, regalos y felicitaciones de su afectuosa familia.

Cuando instaron a Kate a acercarse, animada por Effie para que le deseara a Val muchas felicidades, la pequeña sorprendió a todo el mundo al declarar con vehemencia: «¡Odio los cumpleaños!». Tan sólo Val supo ver la tristeza que había debajo de aquella fachada gruñona y adivinó la razón a la que se debía. De manera que decidió remediar la situación de inmediato.

Kate murmuró:

—Val, ¿recuerdas por qué escogiste este día de octubre en particular para que fuera mi cumpleaños?

—Por supuesto. Porque es el aniversario del día en que llegaste a Torrecombe.

—Y también el aniversario del día en que nos conocimos.

—Sí, eso también —confirmó él. No tenía intención de darle el regalo hasta después de cenar, pero de pronto aquel momento, estando allí los dos solos, le pareció el adecuado. Muy probablemente, aquél sería el último de los cumpleaños de Kate que compartirían de aquella manera.

Intentó no pensar en ello mientras rebuscaba en el interior de su capa, hasta extraer un pequeño paquete envuelto en papel marrón que le entregó a Kate con una solemne sonrisa.

—Para usted, milady.

Kate dejó escapar un gritito de placer. Se abalanzó sobre el paquete con una avidez que divirtió a Val y al tiempo le encogió el corazón, como si después de todo aquel tiempo su pequeña salvaje temiera que todo regalo, toda felicidad se esfumara en una nube de humo.

La observó mientras rasgaba el envoltorio, con el pulso acelerado al prever su reacción. A pesar de sus modales de marimacho, Kate guardaba un secreto deleite por las baratijas bonitas, sobre todo cualquier cosa que brillara o reluciera.

Cuando apareció el pequeño estuche joyero, Kate alzó la tapa y lanzó un chillido de alegría puramente femenino al ver el contenido del mismo. Con dedos temblorosos, tomó la delicada gargantilla de oro. Del extremo de la cadena pendía un magnífico rubí de color rojo sangre. Para una jovencita hubieran resultado más adecuadas las perlas, pero no para su gitanilla Kate.

—¿Te gusta? —le preguntó.

—¿Que si me gusta? —jadeó ella—. Oh, Val, me encanta. Un millón de gracias. —Caja y envoltorio cayeron volando al suelo. Aún con la gargantilla aferrada en su mano, Kate se le echó al cuello en un impulsivo abrazo que casi los hizo caerse a ambos del banco.

Val rió suavemente, dándole una palmada en el hombro, pero, como la criatura imprevisible que era, Kate se escurrió de sus brazos. Apretó el rubí contra la mano de él y le dijo:

—Pónmelo. Por favor.

—¿Aquí? ¿Ahora? —protestó Val, riendo—. Sería mejor que aguardases a que regresáramos a la casa.

Pero Kate se levantó al instante del banco y empezó a soltar rápidamente los cierres de su capa.

—Vas a morirte de frío... —La frase murió en sus labios cuando la capa cayó hacia atrás y reveló el vestido que Kate llevaba puesto. Por espacio de unos instantes, lo único que pudo hacer Val fue quedarse mirando, incapaz de pronunciar palabra, tanto que casi se le resbaló la gargantilla entre los dedos.

Estaba firmemente convencido de que Kate habría ido por ahí vestida con pantalones durante el resto de su vida si hubiera sido posible. Era una rareza verla ataviada de manera tan elegante como aquella noche. El vestido de crepe de seda blanca adornado con un bordado de chenilla le sentaba a la perfección, las mangas ligeramente abullonadas realzaban la esbeltez de sus brazos.

La brisa nocturna hacía ondear los pliegues del vestido y amoldaba la tela a la delgada figura de Kate insinuando sus miembros flexibles, la suavidad de sus caderas y la estrechez de su cintura. El corpiño entallado, más que insinuar, revelaba su busto alto y redondo.

Val parpadeó, deslumbrado. Con aquella espectacular melena oscura que le caía sobre los hombros, era como si Kate se hubiera transformado en una joven diosa ante sus propios ojos. La contempló fijamente durante tanto tiempo, que hasta Kate se dio cuenta.

La muchacha se cogió los pliegues del vestido y dio una vuelta completa delante de Val.

—Éste es el vestido nuevo que me había hecho Effie para mi cumpleaños. ¿No te gusta?

—Es… Es muy bonito —dijo Val—. Pero no se parece en nada al dibujo que tú me enseñaste. La forma del vuelo era… era…

Decididamente distinta. Suave y recatada, mientras que aquel vestido… ¡bueno!

Kate se encogió de hombros.

—Oh, le dije a la señora Bell que procurase copiar ese dibujo, pero ella le añadió demasiados encajes. Tuve que quitarle todos aquellos adornos. Ya sabes que no soporto los volantes.

Pero los volantes eran muy necesarios, pensó Val consternado. Sobre todo en el escote. Sin el volante, el escote de Kate quedaba muy atrevido, dejaba ver demasiada porción de ella a los ojos de cualquier bribón que la rondara.

Aquellos encajes habían de reponerse de inmediato. Pero cuando abrió la boca para decírselo, se sorprendió a sí mismo desviando la mirada. Santo Dios, estaba casi sonrojándose. Pensaba que siempre iba a ser capaz de hablar con Kate de cualquier cosa, pero estaba claro que aquél era un tema que tendría que encargárselo a su madre. Lo mejor que podía hacer era abrocharle la gargantilla y cubrirla de nuevo lo más rápidamente posible.

Hizo un esfuerzo para ponerse en pie y apoyó el peso en la pierna buena. Una postura difícil. Probablemente fuera eso lo que hacía que le temblasen tanto las manos al colocar la gargantilla alrededor del cuello de Kate.

Era mucho más alto que ella. Le resultaba demasiado fácil ver por encima de su hombro, fijarse en el modo en que jugaba la claridad de la luna sobre su piel de color crema, cómo descendía para formar un curioso sombreado entre sus senos. Manoseó torpemente el cierre de la cadena, en un intento de tocar a Kate lo menos posible, y aun así notaba su calor, su carne que parecía palpitar con toda la energía vibrante y toda la pasión que era Kate.

Con los dientes apretados, Val se obligó a sí mismo a concentrarse en la gargantilla. En cuanto la hubo abrochado, se apresuró a retirar las manos de la joven. Por una vez, apenas notó el tirón en la rodilla al agacharse para recoger la capa de Kate.

Se irguió, sacudiendo los pliegues escarlata, y frunció el ceño al sentir el peso de aquella condenada pistola contra él. Tentado estuvo de introducir los dedos en el bolsillo oculto y confiscar el arma; pero jamás se había comportado de aquella manera tan autoritaria con Kate, y no pensaba empezar ahora. De modo que se limitó a sostenerle la capa.

Pese a la carne de gallina que le cubría los brazos, Kate no parecía tener prisa alguna por envolverse de nuevo en la capa. Acariciaba con los dedos la frágil cadena y miraba con ojos soñadores el rubí que descansaba sobre el nacimiento de sus senos en vivo contraste con el marfil de su piel.

—Val, ¿cuántos años crees que tengo en realidad?

—Quince. Dieciséis a lo sumo —se apresuró a contestar.

La muchacha le dirigió una sonrisa irónica.

—A veces puedes resultar exasperante, Valentine. Yo creo que debo de rondar los veintiuno.

Val emitió un mero gruñido a modo de respuesta y le colocó la capa sobre los hombros con gesto decidido. Mientras estaba entretenido en abrochársela, Kate levantó apenas la vista para mirarlo.

—Desde luego, debo de ser lo bastante mayor para que me beses.

Val le depositó un beso rápido en la frente al tiempo que cerraba el botón siguiente.

—No —protestó Kate frunciendo los labios—. Quiero decir un beso de verdad.

Val aspiró profundamente. La invitación que bailaba en los ojos de la joven era tan peligrosa como la curva llena y tentadora de sus labios.

—Eso no sería sensato, Kate. —Abrochó el último botón y se preparó para la retirada, pero Kate le deslizó los brazos alrededor del cuello.

—¿Por qué no? Alguna vez he de cogerle el tranquillo a besar, y tú ya me has enseñado todo lo demás: aritmética, latín, caligrafía.

Val intentó zafarse de ella.

—Esto sería un poco diferente. Necesitas esperar hasta estar prometida como Dios manda a algún joven agraciado…

—Oh, Val, ¿de verdad quieres que mi primer beso provenga de un tosco muchacho que me besuquee toda y estropee la magia del momento?

No, Val no quería tal cosa. De hecho, estaba sorprendido de lo mucho que lo perturbaba imaginarse a un zafio jovenzuelo aplastando la boca contra los tiernos labios de Kate.

La joven se alzó de puntillas, estirada hacia él, y echó la cabeza hacia atrás. Sus ojos tenían una expresión blanda, oscura y vulnerable.

—Por favor, Val —susurró.

Oh, Dios, aquella mirada otra vez. Val trató de hacerse fuerte para resistirla, sin embargo… un beso pequeño. ¿Qué daño podría causar eso? Kate siempre había mostrado una insaciable curiosidad por todo, y tal vez fuera el modo más seguro de poner fin a cualquier otro deseo de experimentar por su parte. Al fin y al cabo, el hecho de besarlo a él difícilmente iba a suponer una gran emoción.

Se inclinó hacia ella, con la intención de no hacer nada más que tocarle la boca con la suya en un mero roce. Pero no contaba con Kate. La muchacha lo atrajo hacia sí con tal fuerza que los labios de ambos se encontraron en una colisión de calor que le provocó un sobresalto por todo el cuerpo. Hundió los dedos en su cabello, y su boca exploró la de él con una avidez inocente que conmovió a Val hasta lo más hondo. Aquello no estaba bien, pero no pudo evitar que sus brazos se cerraran alrededor de Kate y la estrecharan con fuerza mientras paladeaba el sabor dulce y fresco de sus labios.

Val dejó escapar un suspiro al tiempo que su aliento ardiente se mezclaba con el de Kate. A tientas, la lengua de Kate se lanzó adelante para juguetear con la suya y reavivar en él deseos que había relegado hacía mucho tiempo, deseos que no podía permitirse sentir hacia ninguna mujer, y mucho menos hacia Kate. Comenzó a ahondar en el beso, sólo para volver bruscamente a sus cabales. ¿Qué diablos estaba haciendo? Aquélla era Kate, su joven amiga, su niña indómita. Separó a duras penas su boca de la de ella y la apartó de sí, horrorizado y asqueado por su conducta impropia de un caballero.

Dio unos pasos para alejarse de Kate, y su rodilla enferma amenazó con ceder bajo su peso. ¿Dónde había dejado el maldito bastón? Fue cojeando penosamente hasta el banco y, tras encontrar el bastón, por una vez sus dedos se cerraron agradecidos sobre la gastada empuñadura de marfil.

El bastón le devolvió una cierta dosis de control, y la necesitó, porque Kate no daba signos de mostrar ninguno. Con el rostro arrebolado y sus senos subiendo y bajando demasiado deprisa, intentó saltar de nuevo sobre él. Pero de algún modo Val consiguió frenarla a la distancia de un brazo.

—Ya basta, jovencita —le dijo en el tono más severo de que fue capaz—. Se acabaron las lecciones de besos. Aprendes demasiado deprisa.

—Es porque he practicado contigo todas las noches, en sueños. —Y agregó casi tímidamente—: Te quiero, Val.

—Ya lo sé, pequeña. Yo he sido como un hermano mayor para ti, pero...

—¡No, como un hermano no! Yo nunca te he visto de ese modo. Incluso cuando era pequeña, siempre supe que algún día te pertenecería.

Oh, señor. Val reprimió un gemido. Ya se había dado cuenta de que en cierta época Kate se había hecho aquellas absurdas ilusiones, pero abrigaba la esperanza, mejor dicho, estaba convencido de que las superaría al hacerse mayor. A las claras se veía que no era así. Le entraron ganas de maldecir, de llamarse a sí mismo necio de mil maneras. ¡Idiota! Idiota por haber consentido en aquel beso, en aquel paseo a la luz de la luna.

Debería haberlo visto venir, pero quizás era que no había querido verlo, sabiendo que los sentimientos de Kate pondrían en peligro la amistad existente entre ambos.

Le tocó la mejilla con la mano en un intento de razonar con ella.

—Kate, ya sé que crees estar enamorada de mí, pero es que has conocido muy pocos hombres más. Con el tiempo te olvidarás...

—¿Por qué iba a querer olvidar lo mejor que me ha sucedido nunca? —La joven capturó su mano y besó la palma—. Cásate conmigo, Val. Por favor.

Levantó la vista hacia él, unos ojos en los que brillaba una confianza y una adoración tales, que bastaban para desarmarlo. Se zafó de su mano.

—No puedo, Kate —dijo con tanta suavidad como le fue posible.

No era muy frecuente que Kate hablara con el corazón en la mano; lo último que deseaba era pisotear el amor que ella le ofrecía tan inocentemente, pero ya veía asomar el dolor en sus ojos.

—¿Por qué no? —exclamó Kate—. ¿Porque tú eres hijo de un gran señor y yo soy la hija bastarda de no se sabe quién?

—No seas ridícula, niña. No podría casarme contigo ni aunque fueras la reina de Inglaterra. No puedo casarme con nadie.

—Por culpa de la leyenda. ¡La estúpida leyenda!

—Sí, la leyenda —replicó Val. Un hecho doloroso en su existencia, tan doloroso como su pierna tullida—. Tal vez hayas olvidado los detalles.

—Desde luego que lo he intentado —repuso Kate.

—En ese caso, tendré que recordártelos. Érase una vez…

—Oh, Val —gimió ella poniendo los ojos en blanco.

Él le ofreció una sonrisa triste, pues se daba cuenta de que la estaba tratando como a una niña. Pero le parecía, con mucho, la manera más segura de quitar hierro a la situación. Empezó de nuevo, desgranando el relato tal como lo había hecho en tantas noches de invierno, mientras bebía sidra, acurrucado junto a la chimenea.

—«Érase una vez una familia de apellido St. Leger que vivía en un magnífico castillo situado en la cima de los escarpados acantilados de Cornualles. Procedía de un extraño linaje, en muchos sentidos tan salvaje y misterioso como aquella tierra misma, quizá porque vivía en medio de tan espléndido aislamiento, pero sobre todo porque eran los descendientes de lord Próspero, un hombre que había sido un gran caballero pero aún mayor hechicero.»

Kate cruzó los brazos en gesto rebelde sobre el pecho y dio unos golpecitos de impaciencia con el pie en el suelo.

—«A través de Próspero, todos los St. Leger heredaron poderes sumamente distintos unos de otros, dones que eran una bendición y una maldición a la vez. Algunos eran capaces de predecir el futuro, otros sabían leer el corazón de otros hombres, otros podían separar el alma del cuerpo y vagabundear flotando en la noche.»

—Y otros sabían casi matarse intentando absorber el dolor de todo aquél a quien tocaban —intervino Kate en tono áspero.

Val frunció el entrecejo, pero prefirió ignorar la interrupción.

—«Junto con esos extraños talentos recibieron un legado aún más poderoso, la leyenda de la novia elegida.»

Kate soltó un resoplido muy poco propio de una dama.

—«Según la tradición, cada uno de los St. Leger estaba prometido a una compañera perfecta, un amor que duraría para siempre, más allá de la muerte, que brillaría tanto tiempo como las estrellas. Pero existía una condición para obtener este gran regalo.»

—Siempre la hay en estos cuentos tan tontos —musitó Kate.

—*A los St. Leger les está prohibido buscar ellos mismos su pareja. El hecho de hacerlo sólo les acarreará la muerte y la tragedia. Están obligados a confiar en los servicios del Buscador de Novias, un ser nacido en cada generación que posee poderes místicos para buscarle a cada St. Leger la novia perfecta...*

—¡Oh, por el amor de Dios, Val! —lo interrumpió Kate, claramente incapaz de aguantar más—. Ya conozco esa maldita historia.

—No digas palabrotas, Kate.

Ella lo miró furiosa.

—Me has dicho eso un centenar de veces.

—Pensaba que te encantaba oírlo.

—Pues no. Lo odiaba.

Val se la quedó mirando, confuso.

—Entonces, ¿por qué siempre me has dejado...?

—Porque tenía la esperanza de que lo superaras al hacerte mayor.

Val se quedó boquiabierto. Podría haberse sentido tentado de echarse a reír al ver a Kate en actitud tan pomposa, reprendiéndolo como si fuera una anciana tía. Excepto que... Val hizo una mueca; excepto que se parecía demasiado a él.

—Kate, me doy cuenta de que siempre te he contado la leyenda en forma de cuento de hadas, pero es cierta de cabo a rabo.

—¡Bobadas! —Kate hizo una mueca con los labios—. No comprendo cómo un hombre culto como tú puede seguir creyendo esas tonterías.

—No son tonterías. Tú has crecido prácticamente dentro de mi familia. Has sido testigo de los extraños poderes...

—Una cosa son los poderes, pero esa leyenda de la novia elegida es pura estupidez. Resulta que yo soy la hija adoptiva de tu supuestamente juiciosa y maravillosa Buscadora de Novias, ¿no te acuerdas? —Kate se encogió de hombros en actitud de desdén—. Le tengo mucho cariño a Effie, pero te aseguro que no tiene nada de mágico. Continúa vistiéndose como una mujer de la mitad de su edad y ha colgado unas cortinas de color fucsia en nuestra salita. ¡Fucsia, por el amor de Dios!

—Reconozco que el criterio de Effie puede ser erróneo en determinados aspectos, pero como Buscadora de Novias siempre ha sido impecable. Emparejó a mi hermano y su esposa.

—Lance y Rosalind simplemente estaban hechos el uno para el otro. Effie tuvo suerte y acertó, como hace siempre. —Kate comenzó a pasear por el sendero del jardín, agitando los brazos de una forma tan violenta que Val se vio obligado a apartarse de su camino—. Pregunta a Víctor St. Leger si le parece que Effie es lista. Resulta que yo sé que Víctor es muy infeliz con esa Mollie Grey que le escogió Effie.

—Eso es porque Víctor es un idiota desagradecido. Pero ya cambiará de idea con el tiempo.

—¿Y tú qué, Val? —exigió la joven—. ¿Dónde está la novia destinada a ti?

Val se puso rígido. Era una pregunta dolorosa, igual de dolorosa que la respuesta.

—No la tengo —contestó en voz baja—. Effie… la Buscadora de Novias ha decretado que nunca la tendré.

—¡Porque no quiere tomarse el trabajo de buscarte una! Y si ella se niega a buscarte una esposa, ¿por qué no puedes escogerla tú mismo?

—Ya sabes que no funciona así, Kate. Todo St. Leger que actúe por su propia cuenta en este terreno atraerá sobre sí la desgracia.

—¡Ooh! —Kate golpeó el suelo con el pie al tiempo que dejaba escapar un ronco gruñido de frustración.

—Es verdad. Mi propia abuela… murió mucho antes de nacer yo. —Val hizo una pausa y su mirada se desvió hacia el esquelético conjunto de arbolillos que descendían por la colina. Allí en la oscuridad, en algún punto, el hermoso jardín silvestre se interrumpía bruscamente al borde de los altos acantilados. Incluso desde aquella distancia segura se podía oír el murmullo apagado del mar al estrellarse contra las traicioneras rocas.

—Mi padre nunca hablaba de ello, pero yo mismo me tropecé con este relato cuando investigaba la historia de nuestra familia. Cecily St. Leger no fue una novia elegida; quedó aterrorizada cuando se dio cuenta de la clase de familia con que se había casado. Aunque amaba a mi abuelo, con el tiempo enloqueció, y una oscura noche huyó del castillo y se dirigió a los acantilados. Al parecer, nadie supo con seguridad si resbaló y cayó o si se lanzó ella misma a la muerte.

Kate se estremeció ligeramente al oír aquella espantosa historia, pero dijo:

—Es obvio que tu abuela era muy frágil. Pero yo no lo soy, Val. Aun cuando exista realmente una maldición, estoy totalmente dispuesta a asumir el riesgo.

—¡Pero yo no! —exclamó Val con vehemencia—. Con tu vida, no.

Kate le lanzó una mirada de exasperación.

—¿Así que tienes la intención de vivir solo el resto de tu vida?

—No tengo otro remedio. Es algo que he tenido que aprender a aceptar.

—¡Oh, Val! —Kate consiguió mermar las defensas de Val al acercarse lo bastante para tomarle el rostro entre las manos y obligarlo a mirarla—. ¿Cómo puedes resignarte siempre ante todo? Eres demasiado bueno y paciente. ¿Por qué has de condenarte a una existencia sin amor?

—No lo sé. Tal vez sea porque no soy más que un médico rural, no precisamente el tipo de hombre del que están hechas las leyendas.

—Sí lo eres. Siempre has sido mi héroe. —Sus ojos se cerraron, y Val comprendió que intentaba besarlo de nuevo. Se las arregló para impedirlo apartándola de sí y poniendo el banco de piedra entre ambos.

—Algún día encontrarás a tu héroe, Kate. Uno de verdad. Eres preciosa, tendrás un montón de admiradores a tus pies.

—¡No los quiero! Me serviré de esos tontos para practicar —repuso ella mientras perseguía a Val con decisión alrededor del banco.

—Me parece que ya es hora de volver a la casa —dijo Val apresuradamente, e intentó dar media vuelta, pero Kate se lanzó tras él.

—No, Val, espera. —Pareció debatirse unos momentos, y al fin cedió—: Está bien, lo entiendo. No puedo ser tu esposa.

Val exhaló un profundo suspiro de alivio y cogió la mano de Kate para consolarla con una palmadita.

—De modo que tendré que ser tu querida.

Val quedó petrificado de horror.

—Oh, no te sorprendas tanto. Yo nunca he sido muy respetable. Después de todo, no soy más que una bastarda.

—Kate...

—Me doy cuenta de que no soy lo que un hombre querría ver en una señora, pero estoy segura de que podría aprender a ser más encantadora y seductora.

—Kate, deja de...

—Procuraría ser más femenina, ponerme vestidos elegantes para ti, y si aun con el tiempo llegas a cansarte de mí...

—¡Kate! —Val la agarró por los hombros—. ¿Cómo puedes creer que yo podría... que por un instante iba a pensar en la posibilidad de...? Maldita sea. No quiero volver a oírte decir esas cosas.

Nunca le había hablado a Kate de aquella forma tan dura. La joven se encogió como si la hubiera golpeado, y sus fieros ojos grises se clavaron en él con una expresión herida.

—De modo que aunque yo cambiase —dijo en voz queda— no crees que pudieras amarme... ¿sólo un poco?

¿Amarla? Val se sintió como si Kate le estuviera desgarrando el corazón. Le acarició con el dorso de los dedos la suave curva de la mejilla.

—Kate —dijo con voz ronca—. Lo siento mucho.

Ella lo miró fijamente durante largos y dolorosos instantes, y después retrocedió. Como era Kate, no rompió a llorar, sino que se limitó a dar media vuelta y, con un juramento salvaje, estampó el puño contra el árbol que tenía más cerca con una fuerza que suscitó en Val una mueca de dolor. Luego se agarró la mano y reprimió un leve grito.

No había nada que él pudiera hacer frente a un corazón roto, pero los nudillos rotos eran otra cosa. Por lo menos, el hecho de ser un St. Leger le hacía ser útil para algo. Fue cojeando hasta donde estaba Kate con la intención de cogerle la mano, preparado para hacer lo que tantas veces había hecho cuando ella era pequeña: abrir la mente, abrir su poder y absorber su dolor al interior de sí mismo.

Pero antes de que pudiera siquiera comenzar a concentrarse, Kate se zafó de su mano.

—Ah, no, ni hablar —exclamó con voz ahogada. Aunque sus ojos centelleaban por las lágrimas, alzó la barbilla con orgullo—. Este dolor es mío, Val St. Leger. ¡No tuyo! Tú... tú déjame en paz.

Giró en redondo y echó a correr, pero no en dirección a la casa, sino hacia los árboles, hacia aquellos caminos traicioneros que se arrojaban al mar.

—¡Kate! —rugió Val al tiempo que se lanzaba en pos de ella. Pero cuando hubo dado unos cuantos pasos vacilantes su rodilla cedió. Tropezó, y habría caído en tierra si no hubiera conseguido aferrarse a una rama baja.

Un dolor agudo le recorrió la pierna, pero apretó la mandíbula con fuerza e intentó no hacerle caso. Tras recuperar el equilibrio con ayuda de su bastón, avanzó unos pasos renqueante, sólo para comprender lo inútil de su esfuerzo; Kate ya había desaparecido en la oscuridad. Era veloz como un cervatillo. Él jamás podría alcanzarla.

Sintió que lo invadía una extraña oleada de rabia, de furia por su maldita incapacidad. Le entraron ganas de ponerse a asestar golpes con su bastón, a los árboles, a las flores, a todo lo que se cruzase en su camino; pero se obligó a respirar hondo hasta que logró dominar aquel siniestro impulso. El hecho de perder los nervios no le serviría de nada, seguiría estando igual de tullido, y Kate seguiría igual de desaparecida.

Dio la vuelta y emprendió el regreso hacia la casa cojeando, tan deprisa como le era posible, con los dientes apretados para resistir el dolor de la rodilla. Kate se encontraría bien, se dijo a sí mismo para tranquilizarse. Incluso en medio de la oscuridad, la muchacha sabía mejor que ningún St. Leger que aquel agreste sendero conducía al mar, y él buscaría a alguien que fuera a por ella y la calmara.

Aquél en sí mismo era un pensamiento amargo. Él siempre había sido quien consolaba a Kate. Cuando estaba enfadada o angustiada por algo, desde un rasguño en el codo hasta los chicos del pueblo que se reían de ella por ser huérfana, Kate siempre había acudido corriendo a él.

Pero ahora no quería verlo. Las cosas nunca volverían a ser las mismas entre ellos. Nunca a partir de aquella noche, pensó con aire sombrío.

Kate era joven, intentó decirse a sí mismo. Superaría el encaprichamiento que sentía por él. Sencillamente ocurría que era muy apasionada, que se lanzaba a la vida con tanta energía, y sin embargo, por debajo de aquella dura fachada era muy vulnerable. Resultaba casi inevitable que en algún momento un hombre le rompiera el corazón.

Simplemente, Val no había caído en la cuenta de que dicho hombre iba a ser él.

Capítulo 2

*L*a marea estaba alta, las olas coronadas de espuma rompían contra la orilla y se estrellaban contra las escarpadas rocas. El resplandor de la luna formaba un reflejo brillante sobre el agua a lo lejos, allí donde el mar tomaba la forma de una mera sombra inquieta en el horizonte.

Por lo demás, la playa estaba oscura, solitaria y fría, un lugar en el que pocos se habrían aventurado tras ponerse el sol. Kate caminaba pesadamente por la orilla del agua, haciendo caso omiso de los guijarros que se le clavaban en los delicados zapatos de niña. El viento se colaba entre los pliegues de su capa y le revolvía el pelo alrededor del rostro.

Había sido un milagro que hubiera conseguido bajar corriendo por el sendero que descendía de los empinados acantilados sin romperse el cuello. Pero Val le había dicho siempre que había hadas por las inmediaciones que cuidaban de los niños y de los tontos.

Y eso precisamente era ella, pensó Kate mientras se limpiaba las lágrimas de los ojos con gesto enfadado. La tonta más grande del mundo, por haber creído que Val St. Leger podía amarla. Claro, nunca había cabido la menor duda de que se preocupaba por ella con aquel estilo suyo tan dulce y fraternal, pero aquello no era en absoluto lo que deseaba de él.

Incluso ahora, seguramente estaría angustiado porque ella había salido corriendo y se había dirigido sola a aquel lugar, en la oscuridad. Pero, aparte de los brazos de Val, el mar era el único sitio en el que era capaz de hallar consuelo, quizá porque el implacable rugido de las olas se movía acompasado con el ritmo precipitado de su propio corazón. El mar era tan vasto que hacía que sus problemas disminuyeran de importancia, y si alguien la sorprendía alguna vez llorando, siempre podía echarle la culpa a la sal que le irritaba los ojos.

Por supuesto, Val había aventurado una explicación propia al hecho de que ella se sintiera tan atraída a la orilla del mar. En uno de sus momentos más amargos, Kate lo sorprendió al declarar que su madre debía de haber sido alguna ramera endurecida a la que tanto le daba haberla abortado como haberla parido. Eso explicaría su fuerte temperamento y la capacidad para mentir, engañar y robar que la había ayudado a sobrevivir en los primeros años pasados en Londres. Sin duda llevaba aquella sangre dentro, y de alguna parte tenía que provenir.

Pero Val le rodeó los hombros con el brazo y le contó una de sus historias sobre por qué estaba seguro de que ella debía de ser hija de una foca marina o de una sirena. Aquello era lo único que podía explicar su belleza y su valentía, así como su fascinación por el mar.

Aunque ella se echó a reír, se sintió a medias inclinada a creerle. Siempre se había creído todo lo que le contaba Val. Entonces, ¿por qué dudaba de él cuando insistía en que jamás podría casarse?

Kate notó que unas lágrimas nuevas acudían a sus ojos y se las secó con la mano. Acurrucada en su capa, parpadeó con fuerza para tratar de enfocar la vista en las olas que azotaban las rocas distantes. Pero aquello le recordaba demasiado cómo habían quedado hechas pedazos todas sus esperanzas aquella misma tarde.

Había puesto mucho esmero en arreglarse, se había bañado en agua de rosas y se había cepillado el pelo un centenar de veces. A continuación había ido en busca del encantador vestidito infantil que le había regalado Effie armada con unas tijeras y le rebajó el escote hasta que ella misma llegó casi a ruborizarse. Y eso era algo que no le ocurría nunca.

Estaba plenamente decidida a forzar a Val a verla tal como era, no una niña tonta como antes, sino toda una mujer. Por añadidura, ella también poseía su hechizo de amor, el amuleto que ella misma había confeccionado conforme al folclore local. Con gran cuidado, a la luz de la luna llena, trabajó la arcilla mezclándola con brezo seco del que crecía cerca de la antigua piedra vertical, de místico significado, junto con unas gotas de su sangre. Antes de salir de la casa, se había guardado el pequeño amuleto entre los senos, junto a la zona del corazón.

Durante un rato, todo pareció transcurrir de acuerdo con su plan.

Se acordó del modo en que Val la contempló fijamente, con el atrevido vestido y la gargantilla que le había regalado. Aquella hermosa gargantilla. No era algo que un hombre regalase a alguien a quien consideraba una niña.

Luego se unieron los labios de ambos en aquel beso. Fue todo lo maravilloso que esperaba que fuera un beso de Val: dulce, tibio, tierno. Se le inflamó el corazón. Por lo visto, algo estaba funcionando, ya fuera el vestido o el hechizo de amor…, hasta que Val se apartó de ella y de inmediato comenzó a tratarla de nuevo como a una niña. La mantuvo a raya y empezó a narrarle otra vez aquel archisabido cuento de hadas de los St. Leger sobre la novia elegida.

Kate introdujo una mano en su corpiño y extrajo el pequeño trozo de arcilla, que había empezado a producirle picor. Estaba claro que lo único que había conseguido aquel condenado amuleto era causarle un sarpullido. Trepó a la cima de una roca plana y lo lanzó con todas sus fuerzas a las aguas oscuras y agitadas del mar. No entendía cómo había sido tan tonta como para creer que iba a servirle de algo una cosa así.

Pero es que estaba muy desesperada. No sólo luchaba contra el hecho de que él se negaba a verla como una mujer, sino también contra aquella maldita leyenda. A pesar de lo mucho que se había mofado, sintió miedo de aquella leyenda desde la primera vez que se la contó Val. Vivía temiendo el día en que Effie le encontrase a Val una novia, temiendo que ocurriera antes de que ella fuera lo bastante mayor para tener la oportunidad de asegurárselo para sí. Si se escogía una novia, Kate estaba tristemente segura de una cosa: seguro que no era ella, la pequeña Katie Fitzleger, la desdichada mocosa huérfana que decía demasiadas palabrotas, se peleaba demasiado y seguía prefiriendo un buen par de pantalones a un vestido de seda.

Le daba vergüenza admitirlo, pero experimentó un profundo alivio el día en que Effie anunció que jamás podría encontrarle una esposa a Val. Ninguna remilgada novia elegida podría amar a Val como lo amaba ella. El mero hecho de estar con Val siempre la había suavizado, la había hecho ser muy consciente de su lado más blando, más femenino. Él sacaba lo mejor que tenía dentro, era su roca, su ancla, y jamás podría renunciar a él. Sencillamente.

Pero iba a tener que hacerlo, pensó con una punzada de dolor, al recordar con demasiada claridad la expresión de pesar de sus ojos, la actitud resuelta en su tacto.

«Kate, lo siento mucho.»

Alguien podría confundir la dulzura de Val con debilidad, pero Kate jamás había cometido semejante error. Por debajo de su exterior amable y paciente, aquel hombre poseía un corazón de acero cuando estaba convencido de estar en lo cierto. Aun cuando ella pudiera convencerlo de que dejara de verla como una niña, no había forma de soslayar la leyenda. Val jamás se arriesgaría a invocar la maldición burlando la tradición más querida de su familia. Sería como esperar que sir Galahad violara el juramento que había hecho a la Mesa Redonda. Era demasiado bueno, demasiado poco egoísta, demasiado noble, hasta el extremo de causar frustración.

—Maldito sea —musitó Kate—. Ojalá no lo hubiera conocido nunca.

Se arrepintió de aquellas palabras en el instante mismo de haberlas pronunciado. Llevaba viviendo entre los St. Leger y su extraña magia demasiado tiempo como para no contar con el poder incluso de los deseos peregrinos.

—No lo he dicho en serio. No lo he dicho en serio —susurró, volviendo nerviosamente la mirada hacia el inexorable cielo de la noche. Saltó de la roca y caminó en círculo hacia atrás, tres veces.

—Corrige, corrige, corrige —murmuró.

Por fin se dejó caer detrás de la roca, elevó las rodillas hasta el pecho y aferró el precioso recuerdo contra su corazón, como si las hadas malévolas fueran a intentar arrebatárselo. Cerró los ojos para hacer el esfuerzo de recordar cada detalle del día en que llegó a Torrecombe diez años atrás, la primera vez que puso los ojos en Valentine St. Leger...

Kate estaba agazapada en el suelo del carruaje, inmóvil, cansada, dolorida y sintiéndose desgraciada tras aquellas interminables jornadas de viaje. Ocasionalmente, se atrevía a atisbar por debajo de la cortinilla que cerraba la ventana para aislarla del mundo exterior; un mundo cuyo aspecto no le gustaba en absoluto bajo la luz del crepúsculo. Un exceso de espacio, y el grupo formado por algunas casas de campo que comprendían el pueblo parecían sombras tenebrosas, poco amistosas. Además, las tierras que se extendían más allá mostraban una vastedad aterradora, que terminaba en la nada.

Kate ya echaba de menos el bullicio de Londres. La vida en el orfanato era mala, muy poca comida, demasiadas palizas; pero al menos las privaciones y los peligros le resultaban conocidos y entendidos, mientras que aquel lugar, aquel... Cornualles, con sus rocas, su mar agitado y sus gentes desconocidas, era... era...

Kate apretó los labios y suprimió aquel pensamiento, se negaba a admitir que algo pudiera asustarla. Estiró el cuello y lanzó furtivamente otro prudente vistazo tras la cortinilla que ella misma había cerrado. Afuera parecía congregarse una multitud de curiosos. Alcanzó a vislumbrar varios rostros duramente cincelados y recios como aquella tierra, oyó murmullos de reprobación.

—¿Qué diablos sucede?

—Que la niña no quiere bajar del carruaje.

—Habría que sacarla de ahí y darle una buena tunda.

—¿Una niña? ¿Qué niña?

—Una huérfana que piensa adoptar la señorita Effie.

—¿Una mocosa del hospicio? Ah, eso va a ser una gran equivocación.

A Kate le tembló el labio, y se lo mordió con fuerza para mantenerlo quieto. Le importaba un comino lo que dijeran aquellos necios, no era la primera vez que había oído a alguien describirla como una «equivocación». Desde su tierna infancia sabía lo que significaba haber nacido bastardo. Ni apellido, ni padre ni hogar. Un niño al que había que esconder y del que uno debía avergonzarse.

Se apartó a toda prisa de la ventana y se agazapó todavía más entre los asientos, más decidida que nunca a no permitir que la sacaran del carruaje. Ya había rechazado al cochero propinándole un fuerte puñetazo en la nariz y arreándole al muy imbécil un mordisco en la mano.

Aquella mujer de los tontos rizos rubios que la había adoptado, la tal Effie Fitzleger que hacía tantos arrumacos y esperaba que ella la llamase «mamá», había intentado convencerla de que saliera con una caja de dulces. Pero ella lanzó una palabrota y arrojó la caja a la calzada. Effie retrocedió aterrorizada, y ahora estaba de pie junto al carruaje, llorando a voz en grito.

Kate se frotó los ojos. Estaba cansada y hambrienta, y helada de frío. Tenía los nudillos magullados y doloridos por el puñetazo que propinó al cochero. Ella misma sentía ciertos deseos de llorar, pero antes se habría mordido la lengua. Con la espalda pegada al fondo del asiento, aguardó y se preparó para el siguiente asalto.

Cuando volvió a abrirse la portezuela del carruaje, no apareció ni la tonta Effie ni aquel cochero gordo como un oso, sino un extraño joven de cabello oscuro que le caía sobre el rostro pálido, que se asomó al interior.

—¿Señorita Katherine? —la llamó.

Kate miró a su alrededor para ver a quién demonios podía estar hablándole. Cuando cayó en la cuenta de que tenía que dirigirse a ella, frunció el ceño. Odiaba que se burlaran de ella, y eso era lo que estaba haciendo él, ¿no?

—Márchese —gruñó blandiendo el puño que le dolía—. Antes de que le dé una buena piña. De aquí no va a sacarme nadie.

—No pensaba intentarlo. Iba a pedirle permiso para entrar.

El tono respetuoso y la inesperada petición la pillaron con la guardia baja. Jamás en su vida le habían pedido permiso para hacer nada. Se quedó mirando al joven, debatiéndose entre el aturdimiento y la suspicacia. Él debió de tomar su silencio como consentimiento, pues, tras lanzar al interior del carruaje un bastón con empuñadura de marfil, se preparó para subir.

Kate se encogió, desnudó las uñas y se preparó para clavarlas en el rostro del joven si era necesario, pero la atención de éste parecía estar totalmente concentrada en sus esfuerzos por trepar al interior del coche. Tenía el aspecto de un hombre joven y bastante vigoroso, pero era evidente que aquel sencillo movimiento no le resultaba fácil. A Kate se le ocurrió que no era como los otros señoritos que había visto paseándose con aire fanfarrón por las calles de Londres, y que exhibían aquellos bastones para lucirse. Él lo necesitaba de verdad, ya que una de sus piernas se veía torpe y rígida. Tenía la boca apretada en un gesto de dolor, y cuando se dejó caer sobre el asiento, exhaló un profundo suspiro de alivio.

Kate permaneció intrigada por espacio de unos instantes, preguntándose qué habría hecho aquel joven para causarse aquel daño en la pierna. Pero se puso tensa y se dijo a sí misma que no era asunto suyo. Y lo que era más, no le importaba lo más mínimo. Cuando se cerró la portezuela del carruaje y dejó a Kate encerrada con él dentro, regresó su alarma inicial. Se sujetó con fuerza, temiendo que el carruaje se pusiera en marcha en cualquier momento.

—Diga —exclamó—, ¿qué es lo que piensa hacer? ¿Fugarse conmigo, o algo así?

El joven sonrió. Poseía una sonrisa extraña que afectaba únicamente a la mitad de su boca y parecía un poco triste.

—No, sólo quería hablar con usted.

¿Hablar con ella? Nadie hablaba con ella nunca. O le gritaban o le pegaban. En particular, no se fiaba de los hombres; ya había visto bastante de lo que les hacían por la noche a las chicas más mayores del orfanato algunos de los amigos de las supervisoras. La habían hecho sentirse asustada e incómoda las miradas especulativas que se lanzaban en dirección a ella, lo cual le enseñó rápidamente que lo que más le interesaba era parecer más joven de lo que era.

Con las rodillas apretadas contra el pecho, Kate se apartó del desconocido en un intento de parecer lo más pequeña posible. Lo estudió tras la cortina que formaba su pelo enmarañado para hacerse una idea de él. A sus años, había robado suficientes carteras para distinguir la diferencia entre un hombre rico y uno pobre.

Aquel tipo no era pobre en absoluto. Su levita y su chaleco estaban cortados en una tela de buena calidad pero arrugada, como si hubiera dormido con la ropa puesta. El nudo de su pañuelo de cuello parecía estar a punto de deshacerse, y lucía una mancha de tinta en la manga. No era ningún señorito elegante, eso estaba claro, pero tampoco un oficinista ni el hijo de un comerciante. Entonces, ¿quién demonios era? Kate se retiró varios mechones de pelo de la cara para verlo mejor. Despertó su interés el hecho de darse cuenta de que él tuvo que hacer lo mismo. Cuando se retiró el pelo del rostro, su gesto fue casi un reflejo del de ella.

El desconocido sonrió otra vez, y Kate quedó cautivada por sus ojos. Eran de un castaño cálido y profundo, y le recordaban al chocolate fundido que en una ocasión había pellizcado en la tienda de un pastelero. De manera extraña, deseó devolverle la sonrisa a su vez.

Pero en cambio frunció el entrecejo.

—Bueno, ¿y quién demonios es usted?

—Soy un amigo de su madre adoptiva.

¿Un amigo? Kate arrugó la nariz, escéptica. Había visto lo suficiente para saber que los hombres y las mujeres nunca eran amigos. Aun así, aquel tipo parecía demasiado joven para ser el amante de aquella ridícula Effie. Demasiado joven y, al mismo tiempo, extrañamente demasiado viejo y sensato.

—Bueno, pues quienquiera que sea, váyase —le dijo—. No tengo ganas de hablar. No tengo nada que decirle a un idiota como usted.

Aquello debería haberlo hecho enfadar, pero el desconocido simplemente parecía desilusionado, con lo que Kate se puso nerviosa. ¿Pero por qué narices iba a preocuparse ella?

Se mordió el labio durante unos instantes y por fin dijo a regañadientes:

—¿De qué puñetas quería hablar?

—Sólo quería darle la bienvenida a su nuevo hogar.

—No es mi hogar, y no pienso quedarme. Me escaparé lo antes que pueda, y nadie podrá impedírmelo.

Levantó la barbilla en un ángulo desafiante, esperando que él le replicara, pero el desconocido sólo mostró una expresión extraordinariamente grave.

—Supongo que no podré impedírselo, si es que está verdaderamente decidida a escaparse. Pero me causará una profunda tristeza si eso llegara a ocurrir.

—¿Qué le importa a usted? La mayoría de la gente se alegra bastante de librarse de mí. La vieja Crockett del orfanato se bebió una dosis extra de ron para celebrarlo. Dijo que se estaba librando del demonio en persona.

El joven movió ligeramente la boca, pero dijo en tono solemne:

—Esa tal Crockett estaba muy equivocada. Yo me atrevería a decir que no la conocía a usted tan bien como quisiera conocerla yo. Tengo la impresión de que es usted una joven inteligente e interesante.

Kate frunció el ceño, confusa. Si el desconocido le hubiera dicho que era dulce y encantadora, jamás lo hubiera creído; pero ella sabía que era lista, y en cuanto a lo de interesante, bueno… suponía que había alguna posibilidad de que lo fuera.

Se agitó inquieta, empezando a encontrar postura en el suelo, incómoda y estrecha. Tras otra mirada más de cautela hacia su compañero, se fió de él lo bastante como para subir hasta el asiento.

Él no hizo movimiento alguno para tocarla, sino que sus manos permanecieron apoyadas sobre la empuñadura de su bastón. Poseía una especie de calma que Kate no había visto en ninguna otra persona. Se sentía tranquila, pese a estar tan cerca de él. Se recostó contra los cojines con un débil suspiro.

—Debe de estar muy cansada después de un viaje tan largo —dijo el joven.

Lo estaba, pero no pensaba reconocerlo delante de él. Se encogió de hombros y dijo:

—No ha sido tan malo. Resultó incluso divertido ver las caras de las otras tontas del orfanato cuando me largué en un carruaje tan bonito tirado por tantos caballos.

—Sí, pobres bestias.

—Pobres —exclamó Kate indignada—. Son los mejores caballos que verá usted en su vida.

—Es posible. Pero no les sienta bien permanecer de pie en medio del aire frío de la noche cuando están sudorosos y cubiertos de espuma a causa de un largo viaje. Podrían ponerse enfermos, tal vez incluso contraer una neumonía.

—Los caballos no tienen neumonías —replicó Kate con desdén. ¿Por qué clase de idiota la tomaba? Pero se revolvió en el asiento, asaltada por el incómodo recuerdo de una de sus muchas intentonas de huir de la señora Crockett. Había logrado llegar hasta la posada Bell and Crown, y uno de los mozos de caballos de la misma, Tom, fue muy amable con ella. Al ver su interés por los caballos, le permitió que lo ayudara a darles de beber. Además, le había dicho casi lo mismo que este hombre: que era malo para los caballos permanecer de pie.

Aguijoneada por un sentimiento de culpa, Kate dijo:

—Entonces, ese idiota de cochero debería soltarlos y cepillarlos.

—Sí, pero al hacer eso el carruaje se quedaría aquí, bloqueando el paso.

—Entonces mueva el maldito carruaje entero —contestó Kate irritada.

—¿Con usted dentro? —replicó el joven—. Me temo que encontraría muy desagradable verse encerrada en el interior del carruaje con frío y a oscuras.

—Eso no me da miedo. Estoy acostumbrada a ello.

—No lo dudo —convino el joven con suavidad, aunque Kate no podía entender por qué aquello debía entristecerlo tanto—. Pero también se quedaría usted encerrada con llave, y eso no creo que lo soportase tan bien.

Kate se estremeció a pesar de sí misma. El joven tenía razón. Odiaba la sensación de estar atrapada, encerrada. Le provocaba una opresión en el pecho como si le estrujaran con fuerza los pulmones. ¿Pero cómo podía saberlo aquel desconocido?

Era como si se hubiera metido dentro de su cabeza y se hubiera dado una vuelta por ella, pues la entendía como jamás la había entendido nadie. Era una sensación incómoda, y se rodeó a sí misma con los brazos en actitud protectora. Aquel movimiento hizo que le doliera la mano, y esbozó una mueca de dolor.

—¿Qué ocurre? —le preguntó él—. ¿Está herida? —A pesar de su gentileza, aquellos grandes ojos castaños eran demasiado penetrantes, no se les escapaba nada.

Kate intentó quitarle importancia.

—No es nada. Es que me he hecho daño en la mano al dar un puñetazo a ese petardo de cochero.

—Déjeme ver. —El joven se inclinó hacia ella y Kate se apartó enseguida, ofendida—. No pasa nada —repuso él—. Estoy estudiando para ser médico.

Kate deseaba zafarse de él, decirle que se fuera directamente a la porra, pero no pudo. Era por aquellos malditos ojos suyos, tan cálidos, que centelleaban igual que una llamarada de luz en una noche fría de invierno. Se sorprendió a sí misma extendiendo la mano, aunque mantuvo los dedos fuertemente cerrados en un puño.

El joven le tomó la mano y le tocó levemente los nudillos hasta conseguir que relajara los dedos. A continuación envolvió su pequeña mano totalmente en la fuerza de la suya propia. Kate inclinó la cabeza hacia un lado, ceñuda. ¿Qué clase de medicina era aquélla? No estaba haciendo otra cosa que sostenerle la mano.

Debería haberse liberado de un tirón, pero se sintió perdida en la oscura luz de los ojos del joven, que la atraían cada vez más hondo, hasta que empezó a suceder algo extraño. El dolor de los nudillos comenzó a desvanecerse, sustituido por una oleada de calor que se le extendió por las venas.

Cuando el joven la soltó por fin, sus nudillos todavía mostraban un aspecto magullado, pero el dolor había desaparecido. Él se frotó su propia mano e hizo una mueca de dolor, como si fuera él quien había golpeado al cochero.

Kate se cogió los dedos y lo miró boquiabierta.

—¿Cómo ha hecho eso?

—Ha sido magia —contestó él con un misterioso arqueo de cejas.

Kate lo creyó a medias, y jamás en toda su vida había creído en ningún tipo de magia.

—¿Es usted un mago o un hechicero?

—No, sólo soy el tataranieto de uno. —Sus ojos castaños chispearon. Tenía que estar burlándose de ella, pero por alguna razón no le importó. Estuvo muy cerca de sonreír. Esta vez, cuando él se inclinó hacia delante para tocarle la mano, no intentó apartarla—. Señorita Katherine, puede que sea una impertinencia por mi parte teniendo en cuenta lo poco que hace que nos conocemos, pero espero que me permita ofrecerle un consejo. Tiene usted todo el derecho a que no le guste Torrecombe y a desear escaparse, pero nunca es bueno tomar una decisión de tal importancia cuando uno se encuentra agotado. Sé que la cocinera de Effie ha preparado una magnífica cena a base de rosbif. Me sentiría sumamente honrado si usted quisiera entrar en la casa y compartirla conmigo.

El hecho de mencionar la comida hizo que el estómago de Kate rugiera a pesar de sí misma.

—¿Habrá pudín también? —preguntó un tanto reacia.

—Estoy casi seguro.

—¿Y tarta?

—Si no la hay, le prometo que me pondré un delantal y yo mismo le haré una.

Kate sintió que el hoyuelo que tenía en la mejilla le temblaba, y no pudo contenerlo más. Sonrió. Pero no tenía la costumbre de rendirse sin pedir algo a cambio. Su mirada se posó en el bastón de curiosa empuñadura que llevaba el joven, que la había fascinado desde el principio.

—¿Me permitirá probar eso? —preguntó al tiempo que señalaba el bastón.

Aquella petición pareció sorprender al joven, pero asintió con un gesto.

—Si lo desea, aunque dudo que lo encuentre muy divertido.

Porque él no lo encontraba divertido en absoluto, por más que ocultase lo mucho que lo molestaba su dolencia, comprendió Kate con un sorprendente destello de intuición, tal vez porque ella también sabía lo que era hacerse la fuerte ante las cosas.

Estaba a punto de ceder, pero lanzó una mirada nerviosa a la ventanilla del carruaje, muy consciente de la multitud curiosa que seguía apiñada en el exterior.

El joven pareció comprender aquella mirada al momento, porque dijo:

—Yo me encargo de librarme de ellos. Nadie la molestará. Y si se encuentra muy cansada, yo la llevaré en brazos directamente hasta la casa para que ni siquiera tenga que mirar a nadie.

Kate estaba perpleja de lo mucho que agradecía aquel ofrecimiento. Estaba profundamente cansada, pero miró con expresión dudosa el bastón que portaba el joven.

—¿Cómo va a poder hacerlo, cuando usted mismo casi no puede andar...? —Horrorizada, reflexionó sobre aquellas duras palabras quizá por primera vez en su vida, consciente de que no deseaba herir los sentimientos de otra persona.

Para alivio suyo, el joven se limitó a guiñarle un ojo.

—Se sorprenderá de ver lo que soy capaz de hacer cuando me lo propongo, señorita Katherine. —Y, agarrando su bastón, fue a coger la manilla que abría la portezuela, pero Kate lo detuvo aferrándose a su manga. Tenía el corazón encogido, pero sabía que había algo que debía dejar en claro, algo que él debía entender.

Le resultó aún más difícil hablar cuando el joven la miró con aquellos maravillosos ojos, tan sinceros. Tragó saliva y dijo:

—No… No soy la señorita Katherine. Soy sólo Kate. —Antes de que él pudiera siquiera preguntar, añadió con vehemencia—: No tengo ningún otro nombre porque soy una bastarda.

Bajó la cabeza, esperando que él la despreciara, que la rechazara como habían hecho tantos otros. Pero, en cambio, el joven le puso los dedos bajo la barbilla y la obligó a mirarlo.

—Eso no puede ser culpa suya ni una vergüenza para usted, querida. —Sus ojos oscuros se ablandaron y su boca se curvó en aquella sonrisa ladeada que siempre parecía estar teñida de melancolía—. Ha sido adoptada. Ahora es la señorita Kate Fitzleger.

Kate apenas se preocupó de aquello, sino tan sólo del calor de la mano de él al acariciarle la mejilla. Acto seguido, el joven se volvió para realizar el esfuerzo de apearse del carruaje. Estaba a mitad de salir por la portezuela cuando volvió la cabeza para mirar a Kate.

—A propósito, yo me llamo Val St. Leger.

—Val St. Leger —repitió Kate. Se le antojó el nombre más maravilloso que había oído nunca. Cuando la puerta se cerró tras él, dejó escapar un suspiro largo y trémulo y se tocó de nuevo la mejilla, en un intento de imprimir en ella para siempre la sensación que le produjo el contacto del joven.

Se precipitó a la ventanilla y aplastó la nariz contra el cristal para ver qué hacía él a continuación. Aquel mar nebuloso de caras desconocidas ya había comenzado a dispersarse, pero la intrigaba cómo lo habría conseguido Val. No gritó, no amenazó. Se limitó a hablar con aquella voz suya tan calmada y serena. A lo mejor era nieto de un hechicero, después de todo…

La respiración se le ahogó en la garganta al darse cuenta exactamente de quién y qué era Val St. Leger. Era un caballero, un caballero de verdad, de los que ella había dejado de creer que existieran. Cuando regresó al carruaje y abrió la portezuela, allí no quedaba nadie salvo él y una noche salpicada de estrellas. Había entregado su bastón al cochero y permanecía en equilibrio sobre su pierna buena, aguardando a que ella se apeara.

Aunque se acercó un poco, todavía titubeó. Nunca había podido confiar en nadie. ¿Y si Val se limitaba a llevarla en brazos hasta la casa de Effie y la abandonaba? ¿Y si no volvía a verlo más?

—¿De verdad va a quedarse y cenar conmigo? —le preguntó.

—Naturalmente.

—¿Y su bastón?

—Se lo he prometido, ¿no?

Entonces se le ocurrió una idea maravillosa. Dejó escapar el aire contenido y formuló la petición más atrevida de todas:

—No quiero ser Kate Fitzleger. ¿Querría usted compartir su apellido conmigo?

Él sólo rompió a reír.

—Bueno, señorita Kate, eso tendremos que pensarlo.

Y le tendió las manos con aquella sonrisa ladeada que ella estaba ya aprendiendo a adorar. Se sintió invadida por un peculiar sentimiento de alegría tal, que habría saltado por un precipicio si él le hubiera dicho que no había peligro en hacerlo. De modo que no le costó ningún esfuerzo saltar del carruaje a sus brazos.

Los brazos de Val se cerraron alrededor de ella, mucho más fuertes de lo que habría esperado. La acunó contra él y se apartó del carruaje con paso torpe y lento. Pero a Kate eso no le importó; ni tampoco le importaba especialmente adónde la llevaba, a la casa que se alzaba más adelante. Tan cerca como estaba, sólo tenía ojos para él, para aquel rostro que era una mezcla de fuerza y dulzura, para la nariz aguileña, la boca sensible, la densa melena de cabello negro, el brillo suave de los ojos.

Le rodeó el cuello con los brazos y se atrevió a apoyar su cabeza cansada contra su fuerte hombro. Nunca había pensado mucho en su futuro, pero de pronto supo de manera irrevocable cómo iba a ser.

Iba a amar a Val St. Leger por siempre jamás...

«Por siempre jamás», pareció susurrar el viento con un eco de tristeza. La marea lamía ya la base de la roca donde ella se hallaba, las frías y oscuras aguas amenazaban con invadir sus recuerdos. Por fin se incorporó y echó a andar hacia la seguridad de los acantilados. El hecho de recordar el día en que Val y ella se conocieron por lo general le procuraba gran consuelo, pero ahora no hizo más que acrecentar su desdicha.

Val había cumplido todo lo que le había prometido. Había cenado con ella, le había permitido jugar con su bastón, se había quedado hasta que ella se quedó dormida en el entorno desconocido de su nuevo hogar. Y con el paso de los años, conforme ella fue creciendo, Val había compartido con ella mucho más: sus libros, sus conocimientos, su notable familia y su amistad.

Había una sola cosa que siempre se había negado a compartir: su apellido. Y esta noche había dejado perfectamente claro que no lo haría nunca.

—Nunca es un tiempo terriblemente largo, Val St. Leger —murmuró Kate con la mandíbula apretada, luchando contra una nueva oleada de desesperación. Malditas fueran la leyenda y la maldición. No pensaba renunciar tan fácilmente. Tal vez tuviera multitud de defectos, mal carácter, nada de paciencia y una falta absoluta de cualidades femeninas, pero nunca la había acusado nadie de que le faltase decisión y valor.

Sería novia de Val antes de que terminara el año, juró, aunque no tenía la menor idea de cómo iba a obrar tal milagro. Desde luego, no haciendo uso de tontos hechizos de amor. La leyenda de la novia elegida era demasiado poderosa para aquella tontería supersticiosa; haría falta una magia mucho más fuerte para romper la cadena que ataba a Val a la leyenda, una magia que no poseía ningún hombre vivo.

Entonces, quizá necesitara buscar la respuesta entre los muertos.

Se le quedó la respiración ahogada en la garganta. No podría decir de dónde había surgido la idea que le rondaba por la mente; acaso le había llegado flotando en la seductora llamada del viento, en el canto de sirena de las olas.

O quizá se debía simplemente a la imagen del castillo Leger encaramado en lo alto del acantilado que se erguía a su espalda. Desde aquella distancia, la vasta mansión no parecía más que una sombra excepto por aquella alta torre que destacaba contra la cara de la luna, el lugar en que en cierta época un temible hechicero había practicado su infame magia hasta hallar su inoportuno fin. Se rumoreaba que su espíritu desasosegado llevaba varios siglos vagando por la vieja fortaleza.

Pero había transcurrido mucho tiempo desde la última vez que algún sirviente aterrorizado había afirmado ver la presencia de un espectro acechando las murallas a medianoche. O bien lord Próspero había sido exorcizado por fin, o es que sencillamente había perdido el interés por vagar por el castillo Leger. No quedaba nada del antaño poderoso hechicero excepto su colección de libros guardada en la cámara de la torre, antiguos volúmenes llenos de conocimientos tan extraños y prohibidos, que nadie había intentado nunca hacer uso de ellos.

Hasta ahora.

El corazón comenzó a latirle más deprisa, y hasta las manos le temblaron ligeramente conforme fue calando aquel pensamiento. Se imaginaba muy bien lo horrorizado que quedaría Val si supiera lo que ella estaba pensando; le diría que tenía que olvidarse de aquella idea tan peligrosa y procurar olvidarse de él también.

¿Olvidarse de Val St. Leger? Oh, no, pensó Kate al tiempo que una sonrisa trémula curvaba sus labios. Lo único que necesitaba era un hechizo más fuerte.

Capítulo 3

*L*a estrecha escalinata de piedra giraba hacia arriba adentrándose en la impenetrable oscuridad. El viento que silbaba por entre las troneras producía un sonido plañidero que traspasaba el alma. La antigua torre parecía estar totalmente aislada del bullicio que llenaba el ala nueva del castillo Leger y del calor de cualquier contacto humano.

Con el corazón palpitando desbocadamente, Kate avanzó sigilosamente protegiendo la vela que llevaba de las corrientes de aire frío y procurando no pensar en todas las historias de fantasmas que le había contado Lance St. Leger. Relatos escalofriantes de sus frecuentes encuentros con Próspero en aquella misma torre, en los que el antiguo mago se aparecía en un fogonazo de luz, con unos ojos demoníacos que resplandecían en su horrible rostro.

Otra más de las bobadas de Lance, por supuesto. Claro que, si hubiera sido Val el que le contó todas aquellas cosas, le habría creído. Su héroe no mentía nunca, y le aseguraba que él jamás había visto fantasma alguno.

Val... Sus ojos oscuros y su sonrisa melancólica parecieron flotar delante de ella, un tormento mayor que el de ningún espectro. No era el miedo a un hechicero muerto mucho tiempo atrás lo que la hacía caminar tan despacio, sino más bien un inesperado ataque de conciencia.

Tenía la sensación de estar a punto de traicionar a Val y a su familia. Todos los St. Leger habían sido muy amables con ella, cada uno a su estilo. ¿Y cómo iba ella a pagárselo? Tramando robar sus antiguos secretos, burlar la tradición del Buscador de Novias y practicar magia negra contra el hombre que siempre había sido su amigo más sincero.

Pero no le quedaba más remedio, se tranquilizó Kate. ¿Qué alternativa tenía? ¿Convertirse en una solterona chiflada como su madre adoptiva, Effie? ¿Hacerse a un lado mirando cómo Val agotaba su vida solo, sacrificado a aquella leyenda infernal y a su extraño poder, absorbiendo el sufrimiento de todo aquel a quien conociera hasta que aquella misma compasión fuera la causa de su muerte? Si existía un hombre que necesitaba una mujer que lo amase y cuidase de él, era Valentine St. Leger. Tal vez ella no fuera la esposa ideal para él, la novia perfecta elegida, pero estaba segura de que sería mejor que no tener ninguna novia en absoluto.

Se afirmó en su decisión y continuó avanzando tenazmente, con cuidado de no perder el pie en unos escalones que se habían ido desgastando con los siglos. La escalera parecía ascender en espiral para siempre, y justo cuando empezaba a perder la esperanza de llegar al final, apareció de pronto en la cámara de la torre. A pesar de todo lo que le había dicho Val para tranquilizarla, se puso en tensión, entornó los ojos e hizo acopio de fuerzas para soportar un alarmante estallido de luz, un rostro de duende que surgiera de la oscuridad, un hechicero muerto que se abalanzase sobre ella con dedos esqueléticos.

A medida que fueron transcurriendo los segundos y no sucedía nada, Kate se atrevió a alzar la vela para examinar lo que la rodeaba. Tras exhalar un largo suspiro, se sintió como si hubiera emergido en otro siglo. La luz débil y vacilante iluminó una enorme cama rodeada con unas cortinas de rico brocado y construida con una madera oscura en la que aparecían dibujados intrincados símbolos celtas antiguos, que resultaban tan misteriosos como la colección de frascos y viales que adornaban una estantería cercana.

Los asombrados ojos de Kate se fijaron en un pequeño escritorio, un pesado arcón de madera de roble y una librería repleta de volúmenes de aspecto pesado, todos al parecer perfectamente conservados, intactos por el paso del tiempo.

Había esperado encontrar una o dos telarañas, por lo menos un poco de polvo; pero todos los muebles mostraban un pulido brillo, y el cobertor de la cama estaba parcialmente retirado, como si estuviera esperando el regreso del amo cuya vida había sido segada por el fuego cinco siglos antes.

Un pensamiento inquietante, que Kate se apresuró a desechar, para concentrar la atención en lo que había venido a buscar: los conocimientos prohibidos de Próspero, la colección de hechizos del mago.

Fue rápidamente hasta la librería y, sin preocuparse por la posibilidad de estropearse el vestido, se arrodilló sobre el frío suelo de piedra. Depositó a un lado la palmatoria de bronce y empezó a sacar un libro tras otro de las estanterías.

Manuscritos elaborados mucho tiempo antes de la época de la imprenta, todos ellos bellamente copiados en una escritura fluida, por lo visto recogidos de muchos territorios. Ninguno de ellos estaba escrito en inglés, pero Kate no se amilanó por ello: Val sentía una fuerte inclinación por las lenguas extranjeras, una fascinación que había compartido con ella a lo largo de los años. Gracias a su excelente tutela, Kate hablaba bastante bien el francés y el español, poseía conocimientos básicos de latín y de griego, e incluso sabía un poco de italiano, alemán y gaélico. Pero las traducciones llevarían tiempo, y temía disponer de poco. Debía de haber pasado casi una hora desde que huyó de Val. Éste estaría preocupado, incluso era posible que hubiera puesto en pie a la mitad del personal de la casa para que fueran en su busca.

Sencillamente tendría que seleccionar el texto que pareciera más prometedor y llevárselo consigo. Se secó las palmas húmedas en la capa y escrutó de nuevo la fila de libros. Uno de ellos atrajo su atención. Era pequeño, delgado y tan antiguo que parecía estar a punto de deshacerse en pedazos con sólo tocarlo.

Cogió el libro con sumo cuidado y lo sostuvo cerca de la luz de la vela. La encuadernación era basta, el cuero estaba agrietado. No tenía título, tan sólo un emblema grabado a fuego profundamente en la tapa, el símbolo de un feroz dragón rampante sobre una luz de conocimiento, y debajo una borrosa inscripción en latín.

«Aquel... *Aquel que posea un gran poder ha de utilizarlo sabiamente»* tradujo Kate en un susurro reverencial, unas palabras que no le resultaron del todo desconocidas.

Era el lema de la familia St. Leger, adoptado en primer lugar por el hombre que tenía más motivos que nadie para conocer la verdad que encerraban aquellas palabras. Aquél tuvo que ser el libro particular de Próspero, pues sin duda aquella frase había sido escrita por la propia mano del hechicero. Kate se estremeció de emoción, segura de haber dado exactamente con lo que andaba buscando, el libro de hechizos del mago. Con los dedos temblorosos por el ansia, se dispuso a alzar la tapa.

—¡Dejad eso!

La voz era de una suavidad glacial, y pareció susurrarle justo contra la nuca, lo cual le provocó un escalofrío que le bajó por la espalda.

Kate lanzó un leve grito de sorpresa y aferró con fuerza el libro. Su mirada recorrió febrilmente la estancia, pero allí no había nada, tan sólo unas sombras siniestras creadas por su desbocada imaginación. Lanzó un suspiro largo y entrecortado, disgustada consigo misma.

—Eres una tonta —musitó. De todos modos, más le valía agarrar el libro y marcharse de allí. Se guardó el volumen bajo el brazo, cogió la vela y se puso en pie.

—¿Acaso sois dura de oído? He dicho que dejéis eso.

—¡Oh! —exclamó Kate con voz ahogada. ¡Aquello no lo había imaginado! La voz la golpeó igual que la hoja de acero de una espada. En su pánico, volvió a caer de rodillas y de sus manos resbalaron el libro y la palmatoria. La vela rodó por el suelo y fue a apagarse contra la piedra, con lo cual todo quedó a oscuras salvo por el resplandor mortecino de la luna que penetraba por las troneras. Con el corazón retumbando contra las costillas, quedó petrificada por espacio de unos instantes, demasiado aterrada para respirar siquiera.

En eso, una ráfaga de viento barrió la habitación. Las páginas del libro aletearon furiosamente. Las antiguas antorchas fijas en los muros estallaron en llamas y arrojaron una lluvia de chispas. Kate lanzó un chillido y cogió el libro para protegerse los ojos del súbito fogonazo luminoso.

Transcurrió una eternidad antes de que se atreviera a bajar el libro y mirar con cautela el alarmante espectro que ahora se erguía sobre ella. Alto y poderoso, parecía llenar la cámara con su imponente figura cubierta por una túnica negra entretejida con hilo de oro. Un manto escarlata le ondeaba desde los hombros, el cual contrastaba vivamente con su lustrosa melena, negra como su bigote y su barba cuidadosamente recortados. Lejos de ser un horrible demonio, resultaba casi perversamente apuesto con su nariz aguileña, sus pómulos aristocráticos y sus labios sensuales. Igual que el retrato que llevaba varios siglos colgado en el gran salón.

—¿Próspero? —articuló Kate tan pronto como consiguió recuperar la voz.

—Por lo visto, me lleváis ventaja, señora. —El hechicero la contempló desde su señorial altura, con sus ojos más bien exóticos y ligeramente inclinados en el pliegue del párpado, oscuros, irresistibles. Se acercó un poco más y extendió una mano hacia Kate desde su manga larga y ondulante.

Tenía una piel extrañamente bronceada para ser un fantasma, casi morena oscura, y unos dedos largos y elegantes. Aunque estaba temblando, Kate alzó instintivamente el brazo para aceptar su mano, olvidando casi por completo que era un espectro, hasta que su propia mano lo atravesó. Aquello le provocó un extraño hormigueo en todo el cuerpo, una sensación inquietante, como la de haber sido tocada por un rayo helado más que abrasador.

Kate retiró enseguida los dedos y retrocedió asustada. Era evidente que aquel gesto no era el que haría un caballero para ayudarla a ponerse de pie; Próspero volvió a ofrecerle la mano, esta vez con una actitud más imperiosa.

—Mi libro, por favor —exigió en un tono que no dejaba lugar a discusiones.

Kate estrechó el preciado volumen contra el pecho y sacudió vigorosamente la cabeza en un gesto negativo. No sabía con exactitud qué había hecho para hacer volver de la tumba a aquel alarmante espectro, pero debía de tener algo que ver con el libro. Si en efecto contenía tanto poder, ella no estaba dispuesta a entregarlo sin pelear.

Pero el enfrentamiento duró poco. Con un movimiento lánguido de la mano, el hechicero le arrebató el libro de entre los dedos. Kate lanzó un leve grito de protesta al sentir que perdía el libro y que éste cruzaba la habitación flotando. Próspero lo depositó sobre el escritorio, fuera de su alcance, y acto seguido volvió a encararse con ella. Sus ojos no ardían de fuego demoníaco como había dicho Lance, pero su mirada entornada sí parecía capaz de reducir a un montón de cenizas a un hombre hecho y derecho. O a una joven diminuta.

Sin embargo, Kate nunca se había acobardado ante nadie, ni siquiera ante la vieja Crockett, cuando aquella formidable mujer la golpeaba con el látigo, y no pensaba empezar ahora. Con el corazón desbocado, se levantó del suelo y declaró en el tono más desafiante que pudo:

—No le tengo ningún miedo.

—¿No? —Él arqueó una ceja en un gesto burlón y se acercó un poco más.

Kate retrocedió un paso, titubeante.

—No me importa que sea usted un temible hechicero —fanfarroneó—. Resulta que yo soy un poco bruja.

—¿Una que necesita copiar los maleficios de otros? —se mofó el fantasma.

—Bueno, por lo visto usted no estaba usando ese libro para nada. Han pasado años desde que Lance St. Leger dijo haberlo visto aquí, en la torre.

Él siguió acercándose, obligando a Kate a retroceder hasta que la espalda le chocó con la pared. Pero lo que había dicho la muchacha pareció suscitar una pausa.

—¿Años? —murmuró—. A mí me han parecido más bien décadas. —Una extraña expresión se filtró a través de sus ojos oscuros, un tanto pensativa, un poco triste. Pero en un instante desapareció, y su feroz escrutinio se clavó una vez más en Kate.

—Ahora que lo pienso, recuerdo haberos visto en alguna parte. Y no intentéis convencerme de que fue bailando desnuda alrededor de la hoguera en un Sabbath negro.

Kate se encogió al oír aquel sarcasmo.

—Está bien —musitó—. No soy bruja. Me llamo Kate Fitzleger y soy del pueblo.

—¿La pequeña Katherine Fitzleger? ¿La joven marimacho que correteaba por ahí vestida con pantalones? ¿La que jugaba con la espada en el gran salón?

—Sí —repuso Kate, azorada por el hecho de que el fantasma supiera tantas cosas de ella, sobre todo cuando, antes de esta noche, ella no estaba convencida del todo de que existiera.

Próspero dio un paso atrás y la recorrió con la mirada, con un aire pausado que hizo que la sangre acudiera a sus mejillas.

—Habéis crecido bastante —dijo apreciativamente.

Kate se sintió molesta por sonrojarse, algo que no le sucedía nunca. Movió las manos con nerviosismo, ciñéndose un poco más la capa; ojalá Val la mirase de aquel modo. Estaba convencida de que ella podría conseguir que lo hiciera, que se enamorase lo bastante de ella como para olvidarse de todo, de las tradiciones de su familia, de la leyenda y de la maldición. Ojalá pudiera poner las manos en aquel libro. Su mirada se posó en el lugar donde descansaba el volumen, en una esquina del escritorio.

Como si fuera capaz de leerle el pensamiento, Próspero se desplazó y se interpuso en su campo visual.

—Así pues, mi señora —ronroneó—, ¿Lance St. Leger os ha hablado de sus encuentros conmigo y aun así vos habéis sido tan insensata como para invadir mi torre?

—Es que nunca le he creído. Pensaba que se inventaba aquellas historias para asustarme. Por suerte, yo no me asusto con facilidad.

—Ya lo he observado. —La boca de Próspero se curvó en una leve sonrisa.

—No es usted tan espantoso como decía Lance.

—¿Espantoso? ¡Por san Jorge! Se va a enterar ese mocoso de que yo era conocido como uno de los hombres más apuestos de mi época.

Y no poco vanidoso, pensó Kate mientras contemplaba a Próspero alisarse los extremos de la barba. Una debilidad totalmente humana que de algún modo hacía que el hechicero pareciera menos formidable. Notó que se esfumaba la última pizca de tensión.

—Estoy segura de que Lance no tenía la intención de insultarlo. Sólo lo describió así para burlarse de mí, cosa que se le da muy bien.

—Sí, lo recuerdo —replicó Próspero secamente. Tras un breve titubeo, preguntó—: ¿Qué tal le va a ese sinvergüenza y a su bonita esposa?

—Lance y Rosalind están los dos bien, tan enamorados como siempre. Ya tienen un hijo, de tres años de edad. Lo han bautizado con el nombre de John, pero todo el mundo lo llama Jack.

—Qué tremenda falta de imaginación —comentó Próspero, pero Kate detectó un ligero ablandamiento en sus altivas facciones. El espectro se alejó de ella para pasear por la estancia agitando los cortinajes de la cama, levantando la tapa del arcón como si buscase familiarizarse de nuevo con el entorno, resucitar antiguos recuerdos; algo que cualquier hombre corriente habría hecho tras una ausencia de tantos años.

Excepto que Kate dudaba que Próspero pudiera haber sido calificado de hombre corriente cuando estaba vivo. Lo rodeaba un aura de misterio, todos sus movimientos traslucían la arrogancia de un emperador ávido de conquistas. Ahora que ya no tenía miedo, Kate lo observó con fascinación y respeto, preguntándose dónde habría estado durante todos aquellos años, en qué siniestro inframundo habría habitado.

Tenía que haber un gran poder contenido en aquel libro para haberlo hecho regresar de repente, cuando lo único que había hecho ella fue tocarlo. Ojalá pudiera espiar un poquito sus páginas.

Mientras Próspero inspeccionaba su arcón, iba formulando preguntas acerca del destino sufrido por los demás St. Leger. Kate hizo todo lo que pudo para contestar en tono sereno, mientras iba separándose poco a poco de la pared y acercándose al escritorio.

—... y el doctor Marius St. Leger se fue del pueblo el verano pasado. Ha aceptado un puesto de profesor en la facultad de medicina de Edimburgo. Las hijas de lord Anatole se han ido todas también. Leonie y Phoebe se han casado, y la más joven, Mariah, se casó con el jefe de un clan escocés. El único que queda soltero ya es Val.

Pero no por mucho tiempo, si ella podía evitarlo, juró Kate. Sin quitar ojo a Próspero, extendió la mano para coger el libro.

Pero él se movió con tal rapidez que la vista de Kate apenas registró la maniobra. No habría podido decir si el fantasma se acercó lentamente o voló. En un momento dado estaba inclinado sobre el arcón, y al instante siguiente apareció erguido delante de ella, con una mano encima del tesoro.

¡Maldito fuera! Kate ardía de frustración. Al fin y al cabo, no era más que un fantasma. Seguro que si tiraba del libro, éste atravesaría el espectro sin dificultad. Lo agarró por la encuadernación y tiró; pero para tratarse de una mano que no era corpórea, los dedos de Próspero parecían tener una fuerza férrea. El libro estaba bien sujeto.

En lugar de enfadarse por la audacia de la joven, el hechicero parecía divertido. Aguantó durante unos instantes sus esfuerzos por hacerse con el libro, hasta que pareció cansarse del juego. Entonces hizo un gesto de despreocupación, y Kate se sintió levantada del suelo como si dos fuertes manos la hubieran alzado sosteniéndola por la cintura.

Lanzó una exclamación de sorpresa al verse empujada hacia atrás, y después arrojada sobre el borde de la cama. Aunque la sensación de volar la dejó un tanto mareada, al momento intentó incorporarse. Pero una dura mirada de Próspero la advirtió de que aquello resultaría de lo más insensato. De modo que cedió, con los pies colgando por un lado de la cama, y lo miró furiosa.

—Por lo que parece, sois una joven muy empecinada, señorita Kate —dijo el fantasma—. ¿Qué es lo que pensáis encontrar en este viejo libro que tanto deseáis?

—Un hechizo. Sólo un hechizo.

—¿Qué clase de hechizo?

A Kate le resultaba difícil sostener su mirada, pues estaba segura de que el espectro se burlaría de ella.

—Un hechizo de amor —murmuró.

Próspero no se echó a reír, pero sus cejas oscuras se alzaron súbitamente por la sorpresa.

—No se me ocurriría pensar que una joven dama agraciada con los obvios atributos que poseéis vos tenga necesidad de algo así.

—Bueno, pues sí —respondió Kate abatida—. Ya he intentado todo lo demás. Incluso le he pedido que se case conmigo.

—¿De veras os habéis declarado a ese reacio galán vuestro?

—Sí, y me ha rechazado.

—No debería sorprenderme, dada vuestra fiera actitud. ¿Por qué no le apuntáis con una pistola y empujáis a ese pobre diablo hasta el altar?

—Tal vez lo hubiera hecho, pero probablemente él me habría permitido que le disparase.

Próspero se acarició la barba mientras reflexionaba gravemente sobre las palabras de la joven, pero en sus ojos brillaba una chispa irreprimible.

—Sin duda, las costumbres del mundo han cambiado mucho desde mi época, pero ésta no parece ser la mejor manera de enamorar a un hombre.

—¡Entonces ayúdeme! —exclamó Kate—. ¿Por qué no puede abrir ese libro y darme un hechizo que consiga su amor?

—Porque siempre resulta peligroso emplear la magia para jugar con el corazón humano.

—Usted lo hizo. Corren multitud de historias sobre todas las mujeres a las que usted sedujo valiéndose de la magia negra.

Las cejas de Próspero se juntaron en un poderoso ceño.

—No resulta precisamente adecuado que una muchacha como vos esté al tanto de mis aventuras amorosas.

—Entonces, debería haber sido más discreto —replicó Kate. Pero suavizó el tono, pues se dio cuenta de que aquél no era el mejor modo de procurarse la ayuda del hechicero. A pesar de sus burlas y su altivez, Próspero no parecía del todo insolidario con su causa—. Por favor, ayúdeme. Usted es un mago muy poderoso, estoy segura de que no le supondrá ninguna dificultad en absoluto —le dijo para adularlo sin ninguna vergüenza, al tiempo que le dirigía una mirada capaz de derretir a cualquiera.

Próspero simplemente mostró una expresión divertida.

—¿Y quién es ese joven galán?

—Pues… er —titubeó Kate. No iba a servir de mucho explicar a Próspero que era precisamente un descendiente suyo el hombre al que pretendía hechizar. Lejos de ayudarla, el hechicero se sentiría más inclinado a lanzarla volando escaleras abajo—. Esto… No es nadie de quien usted haya oído hablar. Es simplemente un caballero que reside en Cornualles.

—¿De buena familia?

—Oh, sí. —Kate sonrió con serenidad—. Tan noble como la de usted.

—¿Gente pudiente?

—Medianamente. Yo no lo amo por sus riquezas.

—Ah, un tipo apuesto, entonces.

—A mí me lo parece —respondió Kate con suavidad—. Y valiente, amable, inteligente, generoso. Es un perfecto caballero, muy noble y… y…

—Ya basta —protestó el hechicero poniendo los ojos en blanco—. Os ruego que me ahorréis la lista entera de los atributos de ese dechado de virtudes. Debo conceder que parece un buen partido.

—Entonces, ¿va a ayudarme? —Kate se deslizó fuera de la cama y se atrevió a aproximarse de nuevo al fantasma. Abandonó todo intento de recurrir a alguna artimaña y lo miró, permitiendo por primera vez que el alma se le reflejara en los ojos—. Por favor —susurró.

Próspero la miró fijamente por espacio de largos instantes, con una expresión tan inescrutable que Kate no tuvo ni idea de qué podría estar pensando. Pero permaneció esperanzada hasta que él meneó la cabeza lentamente.

—No.

—Pero…

El mago la silenció con un gesto imperioso de la mano.

—Tengo por norma no inmiscuirme jamás en los asuntos humanos.

—Pues es una norma estúpida —replicó Kate—. No veo por qué…

—Sin embargo, voy a daros un consejo.

—¡Oh, muchísimas gracias! —Le lanzó una mirada de reproche antes de preguntarle de mala gana—: ¿Qué consejo?

—No necesitáis serviros de la magia para enamorar a ese joven mancebo. Sencillamente, debéis emplear mejor vuestros encantos naturales. Cepillaros ese cabello enmarañado, corregir vuestra manera de andar.

Kate se ofendió.

—¿Qué tiene de malo mi manera de andar?

—Nada, si fuerais un capitán al mando de un regimiento para entrar en batalla.

—Yo camino para ir adonde quiero ir. No pienso ir por ahí andando como una damisela a punto de desmayarse.

—Yo no he dicho en ningún momento que debáis hacer tal cosa. Simplemente, aprended a adoptar modales más elegantes, a llevar el porte de una reina.

Kate comprimió los labios en un gesto de terquedad antes de soltar:

—Muy bien. Pues enséñeme usted.

—¿Yo? Yo no tengo tiempo para andar dando lecciones de cómo caminar a mozuelas descaradas.

—No tiene otra cosa que tiempo.

Los ojos del hechicero se oscurecieron de un modo tan amenazador, que Kate temió haber llevado demasiado lejos su impertinencia. Pero de pronto su semblante se relajó, y dejó escapar una risa suave.

—En eso tenéis razón, querida. Tengo tiempo, toda la eternidad, de hecho, que el diablo me lleve. Porque el cielo no lo hará —agregó con una fugaz expresión de tristeza en los ojos, que se apresuró a ocultar tras un gesto sardónico—. Muy bien. —Hizo una seña a Kate—. Acercaos.

Kate lo miró boquiabierta y estupefacta. Le había lanzado aquel reto sólo para intentar picarlo; en ningún momento había esperado que él se tomara en serio sus palabras de enfado. Al no hacer movimiento alguno, sintió que unas manos invisibles y heladas la agarraban por los hombros.

No pudo contener un grito de sorpresa al sentirse empujada a caminar hacia delante mientras Próspero le iba ladrando órdenes.

—Enderezad la columna. Mantened la cabeza alta. ¡Y dad pasos más cortos! Recordad que sois una dama, no un escudero que se entrena para ser caballero.

Kate se puso tensa, intentando resistirse, pero mientras caminaba por la habitación se le ocurrió una idea. Una idea desesperada y luminosa.

Cuando Próspero la increpó de nuevo para que mantuviera la cabeza alta, ella exclamó:

—Espere, sé de una cosa que podría servirnos.

Él le permitió hacer una pausa, y Kate se dirigió a la librería. Con la esperanza de que Próspero no notase que temblaba de emoción, sacó un libro de folclore celta y se lo colocó sobre la cabeza.

Próspero soltó una risita, pero asintió a modo de aprobación.

Kate volvió a deslizarse de nuevo a través de la estancia, manteniendo una sonrisa fija en la cara mientras el corazón le latía de forma desigual.

El hechicero inclinó la cabeza hacia un lado mientras examinaba detenidamente cada uno de sus movimientos.

—Eso está mejor —dijo—. Poseéis un donaire natural, mi señora. Podríais haber nacido para ser duquesa.

Kate hizo una mueca de ironía al oír aquello, segura de que había nacido con un destino muy diferente. La horca, con toda seguridad. Pero le gustaba más la idea de ser una duquesa. Dio media vuelta y caminó sobre el suelo de piedra contoneándose e imitando los modales imperiosos de Próspero, lo cual hizo reír al mago.

Kate también rió suavemente, con lo que casi se le cayó el libro de la cabeza. Estaba divirtiéndose, tanto que casi se olvidó de su propósito. Se detuvo de repente y alzó una mano para quitarse el libro de la cabeza.

—¿Qué ocurre? —preguntó Próspero—. Estabais haciéndolo bastante bien. ¿Por qué os detenéis?

Kate exhaló un suspiro entrecortado, evitando los ojos del hechicero.

—Debe de ser muy tarde. Effie, mi… mi madre, estará muy preocupada por mí. Tengo que irme.

Casi se imaginó al gran hechicero con cara de desilusión, pero éste se encogió de hombros y dijo suavemente:

—En ese caso, supongo que vale más que os vayáis.

Kate se ciñó la capa y se inclinó en una nerviosa reverencia.

—Gracias por la lección.

—El placer ha sido sólo mío, mi señora. —Próspero le obsequió una reverencia espléndida—. Volved en otra ocasión, y trabajaremos vuestra forma de inclinaros.

Kate asintió y avanzó con cautela en dirección a la puerta. Contuvo el aliento, esperando en cualquier momento ver los ojos del mago entornarse furiosos. Pero al ver que no sucedía nada, se deslizó al pasillo que conducía a la escalera de la torre.

Y echó a correr como alma que lleva el diablo.

Ya no tenía la vela, y la escalera estaba negra como el carbón. De algún modo, consiguió llegar a trompicones hasta el fondo sin caerse de cabeza. Cuando emergió a los cavernosos recovecos del gran salón, el corazón le golpeaba contra las costillas igual que el martillo de un herrero contra el yunque.

Se quedó inmóvil y aguardó. Seguía sin suceder nada. Ningún rugido furibundo, ningún fogonazo de luz que pudiera reducirla a cenizas.

El hechicero no se había dado cuenta.

Temblando, se atrevió a sacar el libro que había ocultado bajo la capa y pasó los dedos por el emblema en forma de dragón que estaba grabado en la tapa del mismo. Durante la época que pasó en Londres, en la que con frecuencia se vio obligada a robar para sobrevivir, se había convertido en una ladrona bastante consumada y audaz, y a menudo robaba hasta a la misma vieja Crockett. Pero jamás se imaginó que un día iba a poseer la habilidad de birlarle algo a un hechicero que tenía quinientos años.

Era muy buena. Seguía siendo muy buena, pensó Kate al tiempo que ahogaba una exclamación triunfal. No se hizo ilusiones de ser capaz de engañar a Próspero durante mucho tiempo, pero, con suerte, había conseguido ganar tiempo suficiente para buscar el conjuro que necesitaba y memorizarlo.

Con el libro alegremente apretado contra el pecho, Kate se internó en la oscuridad.

Próspero se quedó mirando fijamente el libro que ahora descansaba en una esquina de su escritorio, un inofensivo volumen de folclore celta. Su boca se ladeó en una sonrisa de ironía y diversión. ¡La muy picaruela! Era una de las personas más osadas que había conocido jamás. ¿De verdad creía que él, Próspero, era tan fácil de engañar?

Con todo, el intercambio de libros había sido uno de los mejores trucos de prestidigitación que había visto, y eso que él mismo había realizado muchos en su época. La señorita Kate era bastante interesante. Lo único que quedaba por decidir era hasta dónde debía permitirle llegar antes de detenerla. ¿Y qué clase de ilusionismo debía emplear? ¿Un súbito destello luminoso, un viento helado, quizás incluso un dragón que escupiera fuego? Tal vez aquello bastara para asustar a Kate, para enseñarle un poco de sensatez y modales al mismo tiempo.

Pero incluso cuando empezó a levantar las manos, Próspero se detuvo un momento para pensarlo mejor. ¿Por qué no dejar que se quedase un tiempo con el libro? Contenía algunos de sus secretos más peligrosos, era verdad, pero lo había escrito usando el alfabeto de una lengua muerta hacía mucho tiempo, que ningún mortal podía aspirar a descifrar.

Sonrió para sí, imaginando el disgusto de Kate cuando abriera aquellas páginas y se diera cuenta de que no era capaz de leer ni una sola palabra del libro que tanto trabajo le había costado obtener. Probablemente regresaría hecha una furia a la torre y sería lo bastante impertinente para lanzarle aquel inútil tomo a la cabeza.

Y él no veía con desagrado la posibilidad de que regresara, advirtió con sorpresa. Aquella joven fue como un viento dulce y salvaje que invadiera su cámara, y que le recordó cosas que casi había olvidado, le recordó lo que era ser tan joven y sentir tanta pasión por la vida.

Aquel recordatorio resultaba a la vez estimulante y doloroso. Se apresuró a disiparlo y se preparó para apagar las antorchas y esfumarse de nuevo en la noche. No conseguía imaginar qué era lo que lo había llevado hasta allí. No eran los problemas de una jovencita con mal de amores, eso estaba claro. Y nunca le había gustado vagar por el castillo Leger, era un lugar demasiado repleto de recuerdos de las alegrías del tiempo en que era mortal. Con frecuencia el condenado castillo terminaba por asustarlo a él.

No obstante, a lo largo de los siglos a menudo se había sentido empujado a volver en contra de su voluntad, normalmente cuando se cernía algún gran desastre sobre aquellos imprudentes descendientes suyos. Épocas tales como cuando los Cabezas Redondas de Cromwell habían amenazado con destruir el castillo, o aquellos aciagos días del siglo XVIII en los que Tyrus Mortmain estaba completamente decidido a asesinar a los St. Leger. O cuando Anatole St. Leger quedó huérfano y sin ilusiones a una edad demasiado temprana. O más recientemente, cuando el sinvergüenza de su hijo Lance permitió que robaran la espada más querida de los St. Leger, el arma que el mismo Próspero había construido, incrustando un cristal mágico en la empuñadura.

Entonces, ¿qué diablos era lo que se había torcido ahora? Próspero barrió la cámara con la mirada, como si las piedras mismas del castillo en sí pudieran darle una respuesta. Pero no percibió nada más que un preocupante silencio.

Se desvaneció atravesando los muros y se puso a pasear por el parapeto de la torre, con la vista fija a lo lejos, en el panorama envuelto por la noche. Incluso después de tantos siglos, la agreste belleza de aquellas tierras, el rocoso perfil de la costa, los inmensos acantilados, el mar que chocaba contra la orilla cargado de misterio y espuma blanca, todo aquello seguía conmoviéndolo.

Pero por más que escrutase la noche, no hallaría respuesta a la inquietud que lo había empujado a venir. Su poder de pronosticar por lo visto ya no era el de antes. Tal vez incluso un fantasma podía hacerse viejo, pensó Próspero con una pizca de ironía.

Aunque no conseguía identificarlo por su nombre, sin embargo lo sentía, como un pliegue oscuro en el tejido de la noche misma. Había algo que amenazaba al castillo Leger, a su familia.

Algo maligno.

Capítulo 4

*L*os demonios acechaban en la oscuridad. Rafe percibía su aliento ardiente, oía el sonido amortiguado de sus crueles risotadas. Con el corazón retumbando, se lanzó en pos de la alta mujer que amenazaba con desaparecer calle abajo, envuelta en la niebla.

—¡Maman! ¡Maman! Ne me laissez pas —gritó tratando de asir su falda de rígida seda—. S'il vous plaît.

Evelyn Mortmain se volvió de pronto para mirarlo furiosa, con unos ojos ya fríos y distantes. Rafe se encogió, y recordó que a ella no le gustaba que hablara en francés.

—Por favor, mamá —dijo titubeante, esforzándose en buscar las palabras correctas—. No... me abandones.

Ella echó la mano hacia atrás y le propinó un fuerte cachetazo en el oído que hizo que se le llenaran los ojos de lágrimas.

—No lloriquees de ese modo, Raphael. Ya sabes que no tengo paciencia para soportarlo. —Se agachó para ponerse a su altura y lo agarró de los hombros—. Voy a regresar a Cornualles para destruir a los St. Leger y reclamar tu derecho de nacimiento, tonto. Ahora sécate los ojos, estarás a salvo en el monasterio, con los santos hermanos.

Le dio un rápido beso en la frente y dio media vuelta con la intención de marcharse, ajena al pánico del niño. ¿Es que no lo entendía? A él no le importaba Cornualles, los St. Leger ni los derechos de nacimiento. Sólo quería a su madre. Allí nadie estaba a salvo, ni siquiera los santos monjes. Los demonios estaban por todas partes, con sus go-

rros encarnados y sus horribles caras sonrientes, el cuchillo fuertemen-
te sujeto en la mano, aguardando.

—*Mamá. Por favor, vuelve.*

—No… No te vayas. —Aquellas palabras arañaron la garganta de Rafe y le provocaron un violento espasmo de tos que lo despertó de golpe. Sus ojos se abrieron de pronto mientras luchaba por aspirar aire, mirando alrededor, frenético y confuso, las bastas tablas de madera del granero. Las calles sumidas en la niebla, con todos los terrores que ocultaban, se desvanecieron. Ya no era un niño aterrado y abandonado en la vasta ciudad de París, sino un hombre moribundo tumbado de espaldas. Su cama era un montón de paja en el interior de un granero, cerca de la ciudad portuaria a la que había arribado el día antes.

Pero incluso al recordar quién era, Rafe se sintió igual de asustado, igual de perdido. Arrastró una mano temblorosa por la mata de pelo empapado de sudor que formaba su barba. Otra vez aquel maldito sueño. Cuánto desprecio sentía hacia aquel sueño, y hacia sí mismo por tenerlo. Pero por lo menos éste no había sido tan horrible como algunas de sus otras pesadillas en las que aquellos demonios sin rostro llegaban a emerger de las sombras…

Rodó hacia un costado con un gemido de dolor. Esperaba a medias ver la noche a las puertas del granero, pero aún resplandecía la luz pálida del temprano crepúsculo. No podía llevar tanto tiempo fuera, aunque no estaba seguro de si se había quedado dormido o había perdido el conocimiento. Se sentía tan condenadamente débil, notaba el pecho y la garganta tan irritados por la tos, que bien podría encontrarse en llamas.

Se arrastró hasta quedar de rodillas, tarea que requirió toda su fuerza. Era por culpa del cristal; aquel objeto parecía haberse hecho más fuerte, lo cual lo volvió a él más débil. Anheló con toda su alma librarse de una vez de aquel cristal maldito.

Pronto… pronto. Y entonces la pesadilla sería toda para Val St. Leger, no para él. Ese pensamiento le dio fuerzas para ponerse de pie. Dio unos pasos tambaleantes hasta el siguiente pesebre para terminar la tarea que había dejado pendiente cuando llegó exhausto.

La silla de montar que se había visto forzado a dejar caer al suelo yacía de costado; el caballo de color gris, impasible, masticaba plácidamente de un cubo de avena. El animal irguió las orejas y apenas se tomó la molestia de dirigirle una mirada cuando él le colocó la silla sobre el lomo con dificultad. Esta vez lo logró, pero el esfuerzo lo dejó tan agotado que se vio obligado a apoyarse contra la pared del pesebre para suprimir otro acceso de tos. El espasmo pasó. Se secó la frente y se volvió de nuevo, con un gesto de cansancio, para acometer la operación de apretar la cincha.

—Yo podría ayudarlo a hacer eso, señor.

La voz aguda e infantil lo sobresaltó y crispó sus nervios ya tensos. Con una sacudida, miró con cara de pocos amigos la pequeña figura que se alzaba en el umbral, un niño de aspecto delicado que no tendría más de ocho años. Rafe se preguntó cuánto tiempo llevaría aquel mocoso observándolo. No tenía mucha paciencia con los niños, y menos aún si lo espiaban.

—¿Qué diantre quieres? —gruñó Rafe.

El niño se encogió al oír el tono, pero dio un paso para acercarse. Sus sinceros ojos azules observaron a Rafe por debajo de un penacho de cabello rubio muy claro y desaliñado.

—Sólo quería ayudarlo con la silla de montar.

—¡No necesito ninguna ayuda! —Rafe se volvió hacia el caballo, suponiendo que el chico saldría corriendo. Un mocoso como él, de aspecto tan frágil, seguro que era fácil de asustar.

Pero para su sorpresa y fastidio, el niño permaneció donde estaba y se acercó arrastrando los pies por el suelo cubierto de paja.

—*Rufus* es un caballo muy bueno —aventuró.

Rafe no dijo nada, empeñado en apretar la cincha. Para él, los caballos nunca habían sido otra cosa que un inconveniente necesario cuando uno se veía obligado a viajar sobre terreno seco.

—Va a cuidar bien de él ahora que lo ha comprado, ¿verdad, señor? —preguntó el chico con un leve toque de emoción en la voz.

¿Cuidar bien de él? Sí, hasta que el caballo lo llevara hasta su destino. Después de eso, podían quedarse con aquel maldito animal los matarifes o quienquiera que se tropezase con él.

Al ver que no contestaba, el niño le tiró tímidamente de la manga para captar su atención.

—Le gusta comerse una zanahoria con la avena y...

—¡Maldición! —estalló Rafe—. Déjame en paz. ¿Es que no ves que estoy ocupado? ¿No deberías estar en la cama, o algo así?

El chico retrocedió, palideciendo, lo cual hizo destacar las pecas que le salpicaban el puente de la nariz. Por un instante Rafe creyó ver su propio reflejo en la mirada herida del pequeño, el niño asustado que él había sido. Quiso alzar una mano para tocarlo, pero tuvo que interrumpir el gesto, asaltado por uno de sus ataques de tos seca.

Rafe se apretó una mano contra la boca mientras el niño continuaba alejándose. Tropezó contra una mujer que entraba en el granero con un vestido negro y un delantal descolorido tan bastos como su rostro. Captó la situación al primer golpe de vista, posando la mirada alternativamente en Rafe y en su tembloroso hijo.

—De manera que estás aquí, Charley —dijo al tiempo que acariciaba con su ajada mano el cabello desaliñado del niño—. Deberías estar lavándote para cenar. Vamos, ve.

El chico lanzó una última mirada fugaz a Rafe antes de obedecer la suave orden. La mujer contempló cómo su hijo desaparecía en el corral de las gallinas antes de volverse hacia Rafe. Éste hizo acopio de fuerzas y aguardó en actitud beligerante la dura reprimenda de la mujer por haber tratado así al pequeño. No estaba de ningún modo preparado para su callada disculpa.

—Perdone si Charles lo estaba molestando con el caballo, señor Moore.

Rafe se sobresaltó ligeramente al oír aquel apellido, hasta que recordó que era el único que le había dado a aquella mujer cuando ella lo sorprendió rondando por su granja como un lobo herido. Musitó una respuesta vaga, esperando impaciente que ella, igual que su hijo, se fuera de allí.

Pero la mujer de hecho le obsequió una sonrisa triste.

—Verá, el pobre *Rufus* perteneció a mi difunto marido. Era una de las pocas posesiones que le habían quedado a mi hijo de su padre.

¿Y acaso aquella información debía significar algo para él? Rafe se encogió de hombros y fingió estar inspeccionando la cincha, deseando que la mujer se marchara de una vez. Se puso tenso al notar que se acercaba y entraba en el pesebre para acariciar el pescuezo del viejo caballo con tanta ternura como la que había mostrado hacia su hijo. La estúpida criatura reaccionó a su gesto levantando la cabeza para hociquearle el brazo. La viuda... ¿cómo había dicho que se llamaba? Corinne Brewster... Brewer, algo parecido. Rafe no se acordaba bien, pero la cosa carecía de importancia.

Era una de aquellas tontas mujeres sentimentales a las que jamás había podido soportar. Toda ojos dulces y boca blanda, con su anodino cabello recogido bajo una sencilla toca de lino de la que escapaban unos mechones desordenados que le caían sobre las rubicundas mejillas.

—Quiero darle las gracias —dijo con timidez, mirando a Rafe desde el otro lado del caballo— por haber hecho una oferta tan generosa por nuestro viejo *Rufus*. Sé que no vale una suma tan grande, y me siento muy culpable por haber aceptado todo ese dinero, aunque Charley y yo lo necesitamos desesperadamente.

—Y yo necesito el caballo. La suma carece de importancia para mí —repuso Rafe. Los asuntos de dinero tenían escasa importancia para un moribundo. Habría robado el caballo si ella no se lo hubiera tropezado antes. Habría sido mucho más sencillo. Pero no podía permitirse provocar la alarma, arriesgarse a que lo capturasen y lo detuviesen, ahora que le quedaba tan poco tiempo, ahora que estaba tan cerca de vengarse de Val St. Leger.

—De todas maneras, apreciamos mucho su generosidad —continuó la viuda. ¿Es que aquella mujer no podía cerrar la boca y marcharse de una vez? Por lo visto, no—. He tenido que vender la granja para pagar las deudas de mi difunto marido —dijo con sinceridad, como si de verdad esperara que a Rafe le importara algo—. Mi pobre George nunca fue muy buen granjero. Era un marino, como usted.

—¿Cómo diablos ha sabido eso? —ladró Rafe, perforándola con la mirada. ¿Era posible que hubiera reconocido al infame capitán Mortmain incluso bajo aquella mata de pelo y la barba crecida? Se puso tenso como un lobo a punto de saltar, con las manos cerradas en dos puños.

Aunque la mujer parecía al mismo tiempo desconcertada y perpleja por su ferocidad, repuso con calma:

—Por su forma de andar, como si fuera flotando, igual que un hombre que ha pasado mucho tiempo en el mar. Lamento haberle ofendido.

Rafe soltó un profundo bufido y se obligó a relajarse. Estaba demasiado quisquilloso, necesitaba salir de allí.

—Tengo que irme —murmuró al tiempo que cogía las riendas del caballo.

—¿No puedo convencerlo por lo menos de que se quede a cenar?

¿Cenar? ¿Estaba completamente loca aquella mujer? ¿Tenía la más mínima idea del peligro que había corrido un momento antes? ¿Que si lo hubiera reconocido, él estaba totalmente preparado para estrangularla con tal de asegurarse su silencio?

—¿Siempre es usted así? —inquirió.

—¿Cómo?

—Tan confiada con cualquier desconocido con el que se topa.

Ella se ruborizó ante aquel sarcasmo, pero respondió con serena dignidad:

—No. Por lo general soy de lo más prudente.

—En ese caso, ¿por qué ha abandonado esa prudencia por mí? —se mofó, echándose hacia atrás el cabello negro y enmarañado—. ¿Por mi encanto físico?

—No sé por qué lo he hecho —repuso la mujer titubeando—. Quizá tenga algo que ver con sus ojos. Tenía usted aspecto de ser un hombre que necesitaba que… que se fiaran de él.

Aquello tenía que ser la cosa más estúpida que Rafe había oído en toda su vida. Era evidente que estaba loca o que era una de aquellas mujeres patéticamente deseosas de conseguir la atención de cualquier hombre, por muy poco recomendable que fuera éste. En cualquiera de los dos casos, no tenía tiempo para aquello.

Tiró de las riendas y condujo al caballo hacia la entrada del granero, cuando lo asaltó otro de aquellos infernales espasmos. Éste lo hizo doblarse por la cintura con una mano aferrada al pecho, tosiendo y luchando por respirar.

Temblando por el dolor, sintió una mano suave y al mismo tiempo inesperadamente fuerte que lo sujetaba del codo para prestarle apoyo.

—Señor Moore, usted en realidad no se encuentra bien —le dijo—. Debería descansar esta noche y partir por la mañana. Yo podría prepararle una cama en el cuarto de los arreos.

Rafe sacudió el hombro para zafarse de ella y se obligó a sí mismo a enderezar la espalda. Cerró los ojos un momento y logró ahuyentar el dolor, pero lo había dejado debilitado. Jamás conseguiría viajar a marchas forzadas. Aun cuando partiera de inmediato, tendría suerte si llegaba al castillo Leger a aquella misma hora del día siguiente. Sin embargo no tenía otro remedio, el tiempo se le estaba acabando.

—Mis asuntos no permiten retraso. He de irme —dijo apretando los dientes.

Mientras se esforzaba por meter un pie en el estribo, lo irritó que la mujer permaneciera a su lado como si esperase verlo caer de bruces. Casi lo esperaba él mismo. Jadeante, logró izar su cuerpo hasta la silla de montar.

Se balanceó ligeramente, asaltado por una sensación de mareo que luchó por disipar. Cuando consiguió enfocar de nuevo, vio que la viuda lo contemplaba fijamente con ojos de preocupación.

—No sé qué asuntos serán los que lo tienen tan desesperado por marcharse, pero yo le diría que lo pensara mejor, señor. —Las miradas de ambos se encontraron; la de ella abierta y sincera, la de él reservada, y sin embargo, Rafe experimentó la extraña impresión de que aquella mujer era capaz de ver hasta el fondo de su alma, de captar todos sus siniestros propósitos. Y de que se compadecía de él.

Aunque le supuso un gran esfuerzo, Rafe se irguió y echó los hombros hacia atrás. No necesitaba aquella compasión. Si algo había heredado de su madre, era su infernal orgullo Mortmain. Tocó el trozo de cristal que se adivinaba bajo su camisa; ahora, por lo visto había heredado también su locura.

Presionó con las rodillas para instar al caballo a moverse y apenas hizo caso de la amable despedida de Corinne:

—Vaya usted con Dios.

Mientras galopaba en dirección al crepúsculo, supo que Dios no iba a acompañarlo hasta el castillo Leger. Ahora estaba completamente en manos del diablo.

Capítulo 5

El círculo de fuego se hizo más alto, hasta cubrir el negro manto de la noche de violentas chispas que bañaron la antigua piedra vertical con un brillo de otro mundo. Hacía años que no se había encendido una hoguera en aquella vieja colina de druidas, desde el reinado de Cromwell, cuando se rumoreó que un aquelarre de brujas practicaba sus diabólicos rituales junto a la base del misterioso monolito.

Aquella noche, sólo una mujer caminaba entre las sombras parpadeantes envuelta en una ondulante capa negra, como una joven y esbelta hechicera. El viento le enredaba el cabello de gitana, el calor de las llamas prestaba color a sus pálidas mejillas, y en sus ojos de expresión resuelta se reflejaba el resplandor del fuego. Cualquiera que pasara por allí y tropezara con aquella escena creería que estaba viendo a una bruja de los tiempos antiguos y habría huido para salvar la vida.

Pero mientras arrojaba más ramitas a las llamas, Kate no se sentía en absoluto como una temible hechicera, sino más bien como una niña temblorosa que jugara con el fuego. El viento forcejeaba con ella por la posesión de las ramas que crepitaban, y azotaba su rostro con nubes de humo.

Kate se ahogó y retrocedió hacia el refugio de la gigantesca piedra que se alzaba junto a ella. Se secó los escocidos ojos y miró nerviosa a su alrededor, intentando calmarse. La colina proporcionaba un paisaje sobrecogedor, una magnífica vista de las escarpadas tierras de los St. Leger. Pero aquella noche la ladera se perdía en la oscuridad y el mar se percibía a lo lejos semejante a una bestia invisible que rugía al lanzar zarpazos sobre la costa.

A pesar del calor de los pliegues de su capa y del vivo fuego, Kate sintió un escalofrío. Nunca había tenido mucho miedo de la oscuridad, pero aquélla prometía ser una noche tormentosa. Se decía que la víspera de Todos los Santos era un momento en el que el velo que separaba este mundo y el otro se volvía más sutil y terminaba desapareciendo, para permitir que los espíritus inquietos vagaran en libertad.

Y en efecto, la noche parecía estar viva: el viento aullaba entre los árboles, las nubes arrojaban sombras fantasmagóricas sobre la cara de la luna. Algo murmuraba entre los brezales; sin duda un armiño o un tejón, se dijo Kate para tranquilizarse. Pero por muy rápido que volviera el rostro, con el corazón palpitante, nunca alcanzaba a ver nada.

Cualquier persona en su sano juicio se habría quedado cerca de las fogatas del pueblo aquella noche. Kate casi deseó hacer lo mismo, y bailar alegremente con los demás para mantener a raya a los demonios y las maldiciones durante otro año entero. Pero en cambio se estaba preparando para lanzar un conjuro mágico propio. Rebuscó en el interior de su capa y extrajo el libro de encantamientos que había sustraído, temiendo a medias que en cualquier instante se alzase Próspero ante ella en una oscura nube de humo y le arrebatara, iracundo, su tesoro robado.

La confundía y preocupaba a la vez que no lo hubiera hecho ya. Llevaba dos días con el gastado volumen en su poder. Seguro que Próspero se había dado cuenta de la jugarreta que le había hecho, y si no había hecho movimiento alguno para recuperar el libro, debía ser por alguna malévola razón.

No, Kate no podía creer aquello. Acarició con los dedos el dragón grabado en la tapa de cuero y creyó poder sentir el poder que vibraba entre aquellas páginas quebradizas, percibió la magia contenida en la extraña escritura trazada a tinta por la mano arrogante de Próspero, escritura que debería haber sido un total misterio para ella. Pero había reconocido inmediatamente lo que era. El astuto Próspero había decidido escribir sus conjuros usando el antiguo alfabeto egipcio, los jeroglíficos. Kate le debía a Val la capacidad de descifrarlos.

Se acordó de todas aquellas largas tardes lluviosas, acurrucada junto a Val cerca del fuego de la biblioteca mientras él compartía con ella lo que estaba estudiando actualmente. Val la observaba con gesto interrogante por encima del pesado volumen que detallaba el descubrimiento de la piedra Rosetta, la losa que por fin había desvelado a los eruditos el misterio de la escritura egipcia.

—Lo siento, cariño —le dijo Val—. A veces me dejo llevar por mi entusiasmo. Esto debe resultarte de lo más aburrido.

—Oh, no —protestó ella. ¿Cómo podría hacer entender a Val que aunque había pasado su infancia en la vasta ciudad de Londres, hasta que lo conoció a él no se había dado cuenta de cuán estrechas eran sus calles? ¿Que habían sido sus pacientes enseñanzas y su amor por los libros lo que le había abierto a ella los ojos a épocas y lugares lejanos, mundos enteros que jamás soñó que existieran?—. Me gusta aprender cosas de las pirámides, y de los faraones, y de los giroglifos.

—Jeroglíficos —la corrigió Val con dulzura.

—¡Eso! Es como aprender una lengua especial que sólo entendemos tú y yo. Como si te fiaras de mí lo suficiente para compartir un gran secreto conmigo.

—Yo me fiaría de ti lo suficiente para cualquier cosa, querida Kate.

Qué cálida sensación le habían producido aquellas palabras, a ella, que había sido vilipendiada como ladrona y mentirosa desde su tierna infancia, que nunca había sido valorada, que nunca había contado con la confianza de nadie.

«Sí, Val se fía de ti. Sabe que eres una amiga sincera y noble, que respetas a su familia y las costumbres de ésta, que jamás harás nada que pueda causarle daño.»

Kate se encogió al sentir aquel súbito remordimiento de conciencia.

—Pero yo no intento causarle daño —murmuró. Lo que estaba a punto de hacer no era tan terrible, no era distinto de lo que hacían otras muchachas del pueblo que pretendían aplicar sus hechizos de amor a los jóvenes que deseaban.

«Qué grandísima embustera eres, Kate Fitzleger», se dijo a sí misma. Aquello era muy distinto, y bien que lo sabía. Era la misma diferencia que existía entre arrojar una pizca de sal por encima del hombro para ahuyentar al diablo y enredar con la hechicería más siniestra, invocar poderes que podían ser demasiado terribles para que ella los controlara. Si algo saliera mal...

Kate contempló las agitadas llamas, y por espacio de unos instantes de horror imaginó que veía los exóticos ojos rasgados de Próspero que le devolvían una mirada furibunda, y que oía el temible susurro de la voz del gran mago.

«*Siempre resulta peligroso emplear la magia para jugar con el corazón humano.*»

Kate lanzó un leve gemido de pánico y retrocedió sobresaltada. Permaneció largos segundos con la vista fija en el fuego hasta que por fin consiguió convencerse a sí misma de que no había visto más que un tronco que caía y no había oído otra cosa que el crepitar de las llamas. Era sólo su desbocada imaginación y el recuerdo demasiado vívido de una observación ociosa que había hecho Próspero.

Sin embargo, no pudo evitar preguntarse, al tiempo que intentaba aquietar su acelerado corazón, qué había querido decir exactamente Próspero con aquel comentario. ¿Tan peligroso era lanzar un hechizo de amor? Ojalá lo hubiera presionado para que le proporcionara más información, pero ya era demasiado tarde.

Sólo que no lo era. Aún podía abandonar aquel desesperado empeño, dejar que se extinguiese la hoguera, volver corriendo al pueblo. Podía ir hasta la puerta de Val y suplicarle que la dejase entrar, como si fuera un gatito empapado que busca refugiarse de un helado aguacero. Val vería enseguida que estaba angustiada, incluso atemorizada, pero no la torturaría con preguntas. Se limitaría a rodearla con sus fuertes brazos, apoyarle la cabeza sobre el consuelo de su hombro y estrecharla contra sí.

No, se vio forzada a recordarse; no era aquello lo que iba a suceder. Después del modo en que se le había echado encima la otra noche, Val se cuidaría mucho de tocarla siquiera. Sería amable y dulce con ella como siempre, pero insistiría en que se fuera a casa con Effie.

Si no encontraba el valor necesario para llevar a cabo lo de esta noche, jamás volvería a sentirse rodeada por los brazos de Val. Apretó el libro con fuerza y de nuevo se situó frente al monolito, como una sacerdotisa que ocupara su puesto ante el altar.

En eso, un grave rugido traspasó la noche como si el propio cielo se hubiera abierto para lanzarle una advertencia. Kate volvió su mirada asustada hacia lo alto y vio un destello de luz sobre el lejano horizonte. Era sólo un breve trueno, un distante estallido luminoso, señal de la tormenta que se avecinaba. Logró respirar con más facilidad, aunque comprendió que no tenía mucho tiempo antes de que llegara la lluvia y apagara el fuego.

—Oh, Val —susurró—. Por favor, perdóname por esto, pero no me has dejado otra alternativa.

Y a continuación, tras reunir fuerzas, abrió el libro.

La taberna de la posada Dragon's Fire, por lo general rebosante en una desagradable noche de otoño como aquélla, se hallaba casi desierta. Reeve Trewithan estaba desplomado sobre la gastada mesa de roble, apurando la última jarra de cerveza que había podido pagar con el dinero que le quedaba. Tenía la barbilla sin afeitar manchada de espuma de cerveza, y de su amplia frente resbalaban los grasientos mechones de su pelo sin lavar. Su cuerpo en otro tiempo fornido mostraba señales de estar ablandándose de forma prematura. La panza le rozó contra el borde de la mesa cuando se giró para mirar por la ventana a observar las payasadas de sus vecinos.

En el prado del pueblo ardían varias hogueras, las siluetas de los danzantes se recortaban contra las llamas en un revuelo de faldas y gruesas botas de campo que golpeaban el suelo al ritmo de los violines. La música, los gritos y las risas se oían incluso a través de las paredes de la posada. Tantas cabriolas simplemente para alejar al diablo del pueblo aquella noche, pensó Reeve con desprecio.

—Pandilla de necios supersticiosos —murmuró al tiempo que se volvía hacia su jarra. Por lo visto, él era el único hombre de Torrecombe que tenía suficiente sentido común para no hacer caso de todas aquellas tonterías de la víspera de Todos los Santos. Bueno, él y el joven que estaba despatarrado en el sillón que había en el rincón más oscuro de la taberna, mirando gravemente su vaso de whisky.

Era la clase de tipo robusto que sin duda haría desbocar los corazones de las muchachas del pueblo, pensó Trewithan con amargura. Aquel joven poseía una de aquellas bocas gruesas y de gesto mohíno que al parecer conseguían que a las muy tontitas les diera por desmayarse. Su cabello negro como el carbón le caía en ondas desde la frente hacia atrás, y sus ojos oscuros estaban bordeados de pobladas pestañas negras que quedarían mejor en un rostro de mujer.

No había manera de confundir aquella prominente nariz aguileña ni el corte elegante de sus ropas. Aquel joven tenía que ser uno de los condenados St. Leger, pero que lo ahorcaran si recordaba cuál de ellos. No era ninguno de la rama principal de la familia; seguramente se trataba de un primo lejano.

Pero aquello no le importaba. El resto de Torrecombe podía seguir venerando a aquella misteriosa familia con todas sus peculiares costumbres, pero Reeve no sentía mucho aprecio por ninguno de ellos, sobre todo por el doctor Valentine St. Leger. Un entrometido cabrón. Le echaba sermones a él, le decía que fuera amable con su esposa, que parir otro hijo tan pronto podría bastar para matarla. Y la animaba a ella a que faltase a sus obligaciones conyugales evitando la cama de su marido.

Aquella clase de celibato a lo mejor le servía de algo a Val St. Leger, que era prácticamente un monje; pero él era un hombre de verdad, y un hombre de verdad tenía necesidades.

Bebió un largo trago de su cerveza y casi apuró la jarra, pero se detuvo justo a tiempo. Era demasiado consciente de que el posadero tenía sus brillantes ojillos clavados en él. El señor Wentworth se apresuraría a echarlo por la puerta tan pronto como se hubiera terminado la última gota de bebida.

El corpulento posadero se acercó con calma a la mesa de Reeve, con su chaleco de seda a rayas y sus relucientes botas que le daban el aspecto más bien de un comerciante de ciudad que de propietario de una posada rural.

—Bueno, señor Trewithan, espero que la cerveza haya sido de su agrado —señaló Wentworth.

—La he pagado, ¿no es así?

Wentworth apoyó sus cuidadas manos en el respaldo de una silla vacía, al parecer ajeno al hosco recibimiento de Reeve.

—Me ha sorprendido mucho verlo aquí esta noche. Pensaba que estaría ahí fuera, con el resto del pueblo, unido a la fiesta.

—Si es que a eso se le puede llamar fiesta, desgastar el cuero de las botas y chamuscarse el trasero bailando alrededor de una fogata.

Wentworth se limitó a sonreír. Señaló con la cabeza hacia el joven de aspecto derrotado que estaba en el rincón.

—Por lo visto, ese joven caballero comparte su punto de vista.

—Al diablo con él. —Reeve lanzó al joven una mirada de desprecio—. Menudo idiota. Fíjate cómo mira el vaso. A propósito, ¿quién diantre es?

—Maese Víctor St. Leger, nieto del fallecido capitán Hadrian St. Leger.

—Sí, ya lo recuerdo, un tipo que bebía mucho. Uno podría pensar que habría enseñado algo más a su nieto..., un whisky tan bueno como ése es para emborracharse con él, no para mirarlo sin más.

—Me parece que lo único que pretende maese Víctor es reunir un poco de valor.

—¿Para qué? ¿Para beber? —se mofó Reeve.

—No, para casarse. ¿Es que no presta atención a lo que se rumorea por el pueblo, señor Trewithan? La Buscadora de Novias, la señorita Effie Fitzleger, ha seleccionado a Mollie Grey para que sea la novia elegida de maese Víctor. El muchacho ha de declararse a la joven esta noche. Por desgracia, no creo que maese Víctor se sienta precisamente entusiasmado por la decisión de la señorita Effie.

—No se lo reprocho. La señora Grey es una mujer escuálida. No tiene busto del que presumir.

—Un busto grande no es lo único que hay que valorar al escoger esposa, señor Trewithan —lo reprendió suavemente Wentworth.

No, pensó Reeve. También había que tener en cuenta la vitalidad. Alzó los hombros en un amplio gesto. No era más que otra tonta superstición, aquello de los St. Leger y sus novias elegidas.

De todos modos, ojalá él hubiera tenido un Buscador de Novias que le hubiera elegido una esposa; tal vez, incluso aquello podría haberlo hecho mejor que él aquella tonta señorita Effie. Carrie le pareció una opción bastante buena, una muchacha bien rolliza, ¿pero quién podía adivinar que terminaría siendo demasiado enfermiza para cumplir con las funciones más básicas de toda mujer: parir hijos y dar placer a su hombre?

Reeve levantó de nuevo su jarra, sólo para observar el interior de la misma con amarga decepción. No quedaba ni un trago decente. Hurgó en su cartera vacía y lanzó una mirada especulativa al señor Wentworth, pero sabía que no servía de nada esperar que aquel individuo le fiara. Ya no era como en los viejos tiempos.

El antiguo propietario del Dragon's Fire, Silas Braggs, era un auténtico sinvergüenza, un contrabandista y un ladrón; hubo quien decía que incluso un asesino. Había desaparecido misteriosamente cinco años antes, más o menos al mismo tiempo que aquel arrogante funcionario de aduanas, el capitán Mortmain. Pero a pesar de sus fechorías, Braggs siempre estaba dispuesto a invitar a beber a un cliente habitual.

El señor Wentworth, que se daba muchos aires de caballero, era totalmente mezquino a aquel respecto. Todos sabían que se había negado a servir a Reeve incluso cuando éste tenía dinero para pagar.

—Se acabó por esta noche, señor Trewithan. Ya ha bebido bastante —declaró el muy santurrón—. Más vale que se guarde parte de ese dinero para dar de comer a su familia, señor.

Si quisiera sermones, pensó Reeve, habría ido a ver al vicario. Miró a su alrededor mientras hacía girar los restos que contenía la jarra, preguntándose si existiría alguna posibilidad de convencer a Víctor St. Leger de que… No, el joven se había bebido por fin el whisky y se encaminaba con paso tambaleante hacia la puerta, como un tipo que se dirigiera a su ejecución.

Reeve suspiró. Si no había perspectiva de seguir bebiendo, él también debería marcharse. Cuando se incorporó con dificultad y echó a andar en dirección a la puerta, Wentworth retiró la jarra vacía de la mesa.

—Buenas noches, señor Trewithan —le dijo—. Ah, y dé la enhorabuena de mi parte a su esposa por el nacimiento de su nueva hija.

Enhorabuena a Carrie. La hija «de ella». Como si aquella maldita mujer lo hubiera hecho todo ella sola. Reeve miró ceñudo a Wentworth y a continuación salió. Hizo una mueca de desagrado al sentir el azote del viento y se encaminó hacia su casa. ¡Llamar casa a una cabaña llena de mocosos, un bebé que lloriqueaba, una mujer enfermiza y una cama fría!

Sintiéndose muy utilizado y compadeciéndose de sí mismo, Reeve tuvo mucho cuidado de evitar las danzas de sus vecinos y se mantuvo en el oscuro sendero que rodeaba el pueblo. Entonces se topó de bruces con otra persona que también parecía estar evitando las hogueras, un hombre alto y vestido todo de negro, con la capucha de la capa echada hacia delante para ocultar sus facciones.

Reeve lo increpó:

—Maldita sea. ¿Por qué no se quita esa capucha y mira por dónde va?

Trató de abrirse paso con un empujón, pero el desconocido sacó rápidamente una mano y lo detuvo.

—Perdone, amigo —dijo una voz áspera desde las profundidades de la capucha—. Puede que me resulte usted de utilidad.

Trewithan empezó a mascullar que él no tenía por costumbre ser de utilidad para nadie, pero había algo en el aspecto de aquel desconocido que lo hizo interrumpirse. Eso, y la mano que ahora se había cerrado con fuerza alrededor de su muñeca. Los dedos eran de una delgadez sorprendente, casi esqueléticos, y no obstante eran fuertes como el hierro e igual de gélidos. Reeve sintió que lo recorría un escalofrío inexplicable.

—¿Qué… qué es lo que quiere?

—Simplemente cierta información.

Para considerable alivio suyo, el hombre lo soltó. Dio un paso atrás, por cautela, mientras se frotaba la muñeca.

—Me han dicho que el doctor Valentine St. Leger ya no reside en el castillo que hay en la colina.

—Sí, así es. Ha arrendado una casa de campo cerca del pueblo. Mejor así, supongo, para poder entrometerse en las camas conyugales de hombres decentes que...

Reeve se interrumpió y se pasó la lengua por los labios con gesto nervioso. Que él supiera, aquel inquietante desconocido podía ser un viejo amigo del médico.

—¿Y dónde se halla esa casa? —preguntó el otro.

—Está justo yendo por este camino, a unos ochocientos metros, cerca de la costa. Slate House se llama, y...

—No importa. Recuerdo el sitio.

—¿Ha estado antes por estas tierras? —La curiosidad pudo más que su nerviosismo, y se acercó un poco más para atisbar por debajo de la capucha. Ojalá no lo hubiera hecho.

Vio unos ojos oscuros y desprovistos de alma que desprendían un brillo febril, en un rostro de mortal palidez casi totalmente engullido por una desgreñada barba. Reeve retrocedió sobresaltado y tropezó con una roca que lo hizo caer al suelo. No habría sabido decir por qué, pero de repente lo invadió el pánico. Se debatió entre la maleza causándose varios rasguños y cortes en las manos. Para cuando consiguió incorporarse de nuevo, estaba preparado para salir corriendo.

Pero no había nadie de quien huir. Estaba totalmente solo. Miró frenético a su alrededor, pero no vio señal alguna del desconocido encapuchado. Se había fundido en la oscuridad como si nunca hubiera estado allí. «Quizá no había estado.»

—Maldición —susurró Reeve. Cayó en la cuenta de que estaba temblando y de que tenía el vello de la nuca de punta. Dios sabía que él jamás había sido un hombre supersticioso, pero si aquella noche sus vecinos estaban intentando mantener al diablo alejado de Torrecombe, más les valdría bailar con más entusiasmo.

Slate House se hallaba en un alto, cerca del mar. Era una construcción de dos plantas sombría y gris en su aislamiento, sus vecinos más cercanos eran las dunas movedizas, los parches de algas marinas y las gaviotas que emitían sus estridentes gritos. La única luz que parpadeaba procedía de la diminuta biblioteca situada en la parte posterior de la casa, cuyas paredes estaban tan abarrotadas de estanterías que la habitación parecía una caverna pequeña y oscura construida a base de libros.

Jem Sparkins encendió unas cuantas velas más y después paseó por la estancia para cerciorarse de que las persianas estaban bien sujetas para resistir las ráfagas de aire salado y húmedo.

—No me hace mucha gracia la idea de dejarlo solo esta noche, señor —dijo Jem al tiempo que lanzaba una furtiva mirada de preocupación a su señor, que estaba sentado frente a la chimenea en el sillón de orejas.

Val St. Leger se hallaba recostado contra los cojines, con la pierna enferma apoyada en un escabel y su bastón a mano. Había extendido sobre su regazo un gastado chal de color marrón para protegerse del frío de la noche, y tenía un libro abierto en las manos. Pero durante la pasada media hora apenas se había enterado de lo que decía aquel tratado de hierbas medicinales. Tenía la mirada fija en el fuego, sin ver el cálido crepitar de las llamas, sino en su lugar un jardín silvestre iluminado por la luna y los ojos desesperados de una joven que huía corriendo de él.

«Este dolor es mío, Val St. Leger. ¡No tuyo!»

Ah, Kate. Val contuvo un profundo suspiro. Demasiado bien sabía cómo se comportaba la joven cuando se sentía herida. Era como una criatura salvaje, dando golpes a un lado y a otro sin mirar, espantando a todo el mundo. Pero jamás había huido de él. Era aquel detalle lo que había impresionado a Val más que ninguna otra cosa.

Kate lo evitaba desde aquella desastrosa noche de su cumpleaños. Dos días. Dos días enteros. Cuando él se detuvo al pasar por la casa de Effie para preguntar por ella, Kate envió una criada a decirle que no recibía visitas, que tenía jaqueca. ¡Jaqueca! Val se habría echado a reír ante aquella ridiculez si no estuviera tan preocupado por Kate. Su Kate jamás había sufrido jaqueca en toda su vida, aunque… Val se frotó la frente. Desde luego, se le daba muy bien provocársela a otras personas.

—¿Señor? ¿Doctor St. Leger?

La voz de Jem tardó unos instantes en devolver a Val a la realidad y hacerlo olvidarse de sus cavilaciones acerca de Kate. Levantó la vista hacia su larguirucho sirviente.

—¿Mmnn? ¿Has dicho algo, Jem?

—Sí, señor. He dicho que no me hace mucha gracia dejarlo solo esta noche, sobre todo siendo la víspera de Todos los Santos.

—¿Por qué? ¿Acaso temes que algún duende se cuele por la chimenea y me rapte?

Las marcadas facciones de Jem se suavizaron en una sonrisa.

—No, señor. Dudo que siquiera un fantasma se atreviera a jugar con cualquiera de los St. Leger. Pero es que ya ha dado permiso a Sallie y a Lucas para que vayan a las hogueras y… y…

Jem no terminó la frase, incómodo. Pero no era necesario que la terminara; Val lo entendía perfectamente.

«Alguien tenía que quedarse a cuidar del pobre médico lisiado.»

Era un pensamiento inusualmente amargo para Val, y se apresuró a suprimirlo. Dios sabía que debería estar acostumbrado a las atenciones que despertaba su pierna coja en sus sirvientes, en su familia e incluso en personas totalmente desconocidas, pero todavía lo fastidiaba. La única persona que siempre lo había comprendido del todo y no le había dado cuartel era Kate.

—Creo que podré arreglármelas yo solo durante unas horas, Jem —replicó—. Vamos, vale más que te marches de una vez, o te perderás las hogueras. —Jem abrió la boca para hablar de nuevo, pero Val se lo impidió—. Gracias, Jem. Buenas noches.

Aunque Val era el más amable y paciente de los amos, sus sirvientes sabían cuándo no aceptaba más discusiones. Sobre todo un criado que llevaba tanto tiempo a su servicio como Jem.

—Buenas noches, señor. —Jem regresó hasta la puerta y se fue, aunque parecía profundamente pesaroso por hacerlo.

Val oyó cerrarse la puerta, y a continuación se hizo un grave silencio en la biblioteca, roto tan sólo por el crepitar del fuego y el viento que hacía vibrar los cristales de las ventanas y repiquetear las persianas.

Val se removió en su sillón. Había pasado una tarde agotadora atendiendo pacientes repartidos por toda la costa. Ansiaba que llegara aquel momento para quedarse a solas con las solitarias comodidades de su chimenea, sus libros y una copa de coñac.

Pero ahora que había conseguido lo que deseaba, experimentaba una extraña inquietud. Se puso los lentes e intentó leer, pero sólo para cerrar otra vez el libro.

Quizá la casa estaba demasiado silenciosa y vacía. Aunque parecía una casa de campo, Slate House era una estructura grande y laberíntica, pensada para que hubiera media docena de chiquillos deslizándose arriba y abajo de la barandilla de la escalera y una alegre esposa atareada en servir el té de últimas horas de la tarde. La familia que él no tendría nunca, pensó Val haciendo una mueca de tristeza con los labios.

Por fortuna, la casa no era suya; sólo se la había arrendado a su primo segundo, el doctor Marius St. Leger. Una generación mayor que Val, Marius había sido su tutor, su mentor, como un segundo padre. Pero el verano anterior Marius había aceptado un puesto de profesor en la facultad de medicina de Edimburgo, para gran disgusto del padre de Val. Lord Anatole siempre había considerado a Marius su amigo más íntimo, y se sintió a un tiempo herido y furioso por la decisión del médico.

—Tu hogar es Cornualles —le dijo irritado Anatole St. Leger—. ¿Por qué diablos ibas a desear abandonarlo y marcharte corriendo a Escocia?

Marius sonrió y dio una respuesta ambigua, pero Val entendió muy bien sus motivos. La razón aún seguía colgada sobre la repisa de la chimenea: los objetos que prácticamente constituían un altar en honor del amor que Marius había perdido. Un par de delicados guantes ya amarillentos, una descolorida cinta para el pelo y un abanico, colocados de modo reverente delante de un retrato en miniatura de una joven de dulce rostro: Anne Syler, la mujer que debería haber sido la novia elegida de Marius. Pero él había desafiado la tradición de la familia St. Leger y tardó demasiado en reclamarla para sí. Finalmente la pretendió, pero sólo para verla morir en sus brazos.

Val no tuvo ninguna dificultad para entender por qué Marius se sintió empujado a trasladarse a otro lugar. Eran demasiados años sintiéndose atormentado por el recuerdo de Anne, siendo un silencioso testigo de la alegría cotidiana de hombres como el padre de Val, Anatole, o de su hermano Lance, ambos felizmente casados con las novias que les estaban destinadas, demasiados años sabiendo que aquella felicidad jamás llegaría a su solitaria vida.

En ocasiones, Val no sabía qué era peor, si haber tenido la oportunidad de vivir el amor verdadero como Marius y perderlo, o no haber tenido nunca dicha oportunidad, como le sucedía a él. Tal vez un día él también se sintiera empujado a marcharse de Cornualles, cuando fuera un anciano y ya no…

«¿Cuándo?» Val contempló con ironía los lentes que resbalaban de su nariz, el chal marrón que cubría sus piernas. En un arranque de asco por sí mismo, arrojó la prenda al suelo y dejó los lentes a un lado.

Cogió su bastón y se incorporó con esfuerzo, sólo para volver a dejarse caer con una fuerte exclamación al sentir la punzada de dolor en la rodilla. Conteniendo la respiración, se inclinó para masajearse la pierna, que le dolió con sólo tocarla. Notó la tensión, dura como una roca, en el músculo situado debajo de la rodilla, y se le cayó el alma a los pies al reconocer aquella familiar señal de alarma. Se le avecinaba otra noche de mil demonios. Para las primeras horas del día, estaría con los dientes apretados debido al intenso dolor, tentado de tomar otra vez el láudano, una debilidad que despreciaba profundamente.

Se obligó a sí mismo a ponerse en pie y paseó un poco por la biblioteca cojeando, en un intento de disipar el entumecimiento. Oyó un grave trueno a lo lejos, pero apenas necesitaba oírlo para saber que se acercaba una tormenta de modo inminente. Qué maravilloso era tener una rodilla que servía para predecir el maldito tiempo.

Se acercó renqueando hasta la ventana, abrió las persianas y contempló la tenebrosa noche. La luna no era más que un pálido semicírculo ensombrecido por las formas fantasmagóricas de las nubes que surcaban el cielo. Sin duda los habitantes del pueblo estarían bailando frenéticos, agitando las horcas para el heno con el fin de ahuyentar a posibles brujas errantes que pudieran pasar volando por Torrecombe.

Se preguntó con melancolía si Kate estaría junto a las hogueras aquella noche. Esperaba que estuviera allí, en lugar de permanecer triste y deprimida en su habitación. A ella siempre le había gustado la celebración de la víspera de Todos los Santos, como la gitana indómita que era, y bailar delante del fuego con los ojos chispeantes y su sedosa melena negra locamente enmarañada.

Val se habría contentado con mirarla, con deleitarse en el abandono de aquella alegría suya, de sus elegantes movimientos. Pero Kate jamás hacía tal cosa; siempre le tiraba de las manos sin hacer caso de sus tercas protestas e insistía en que bailara con ella.

Un puro disparate, pero nunca había sido capaz de resistirse al ruego de sus labios sonrientes, al fuego que resplandecía en sus ojos. De algún modo, Kate conseguía que se olvidara de todo, de su dignidad, de su dolor, de su cojera, y que se pusiera a hacer cabriolas con ella alrededor del fuego hasta que los dos quedaban muertos de risa y sin resuello.

Con los años ahuyentaron muchos demonios bailando juntos, Kate y él. Pero ya no. Nunca más, pensó Val con gesto sombrío. Podía aceptar con resignación la herida de su pierna, el hecho de que, por algún ignorado capricho del destino, estuviera condenado a no tener nunca una esposa para sí; pero por lo menos siempre había contado con el consuelo de poseer la amistad de Kate. Si se veía obligado a perder también aquello, lo mismo le daría morirse.

Era un pensamiento insensato, amargo, y se apresuró a ahuyentarlo. Cerró de nuevo las persianas para dejar la noche fuera y dio media vuelta para dirigirse cojeando trabajosamente hacia su dormitorio. Pero al cruzar el vestíbulo de la entrada, sonó de forma estridente la campanilla situada junto a la puerta.

Kate.

Val apretó con fuerza su bastón y notó cómo se le aceleraba el pulso. A menudo la joven salía inopinadamente de su casa para hacerle una visita a horas intempestivas, pese a que él la había instruido acerca de lo impropio que resultaba aquello y los peligros a los que se exponía.

Pero su breve esperanza se esfumó tan deprisa como había surgido: Kate nunca se habría detenido a llamar, sino que habría rodeado la casa hasta llegar a la biblioteca en la que sabía que lo encontraría, y habría golpeado los cristales hasta que él le permitiera entrar.

Las únicas personas que hacían uso de la campanilla eran sus pacientes o algún familiar angustiado que acudía a pedirle ayuda.

«Oh, doctor St. Leger, debe venir enseguida. Usted es la única persona que puede ayudarme. La única.»

—Dios santo, esta noche no —murmuró. Estaba demasiado agotado, y el dolor de la pierna había aumentado de intensidad.

Cuando sonó otra vez la campanilla, Val cerró los ojos y se preguntó qué pasaría si hiciera caso omiso de ella. ¿Por qué no podía hacerlo sólo por esta vez?

Porque era quien era, y lo que era: un médico, un sanador, un hombre dotado de un talento singular para curar el dolor ajeno. El de cualquiera excepto el suyo propio.

Apoyado con fuerza en su bastón, atravesó penosamente el vestíbulo y abrió la gruesa puerta de roble dejando entrar el viento y la noche.

De la oscuridad surgió ante él el impresionante bulto de una figura en sombras. Val dejó escapar una exclamación ahogada, de sorpresa y alarma, y retrocedió tambaleándose dolorosamente. Aquel peso pesado estuvo a punto de hacerlo caer al suelo, y casi se le soltó de la mano el bastón. Justo cuando corría el peligro de desequilibrarse y caer de bruces, el bulto se tambaleó y finalmente se desplomó a sus pies.

Con el corazón acelerado, se esforzó por recobrar el equilibrio y cerró la puerta de golpe antes de que el viento apagase la lámpara del recibidor. Sólo entonces consiguió centrar la atención en la persona que había irrumpido en su casa de aquel modo. Sobre el suelo de roble yacía un hombre tumbado boca abajo.

Conforme se fue disipando su impresión inicial, Val sintió la familiar oleada de energía que experimentaba siempre que lo necesitaba alguien. Todo agotamiento y dolor desaparecieron. Se puso en cuclillas junto al hombre inconsciente y, manteniendo el peso apoyado sobre la pierna buena, intentó dar la vuelta al cuerpo. Al hacerlo, cayó la capucha y dejó al descubierto un rostro ojeroso y oscurecido por una gran barba.

Val no detectó señal alguna de heridas o lesiones, pero se veía a las claras que aquel desconocido se encontraba muy mal, pues respiraba con dificultad y le ardía la piel. Era preciso llevar a aquel pobre hombre a su consulta, donde podría hacerle un examen más completo. Pero ¿cómo demonios iba a hacerlo? Ni siquiera en uno de sus mejores días habría podido cargar con aquel hombre al hombro. A pesar del demacrado estado del desconocido, seguía siendo un hombre alto y de constitución grande.

No tendría más remedio que atender al desdichado allí mismo, en el frío y duro suelo. Maldijo en voz baja, lamentando haber insistido tanto en que Jem Sparkins se fuera.

En aquel instante el desconocido se sacudió violentamente y su mirada recorrió febril aquel entorno que no le era familiar, hasta que sus ojos ardientes se posaron en el semblante de Val.

—Tranquilícese —le dijo Val apoyando una mano en el hombro del desconocido—. Todo va a salir bien. Soy médico. Estoy aquí para ayudarlo.

—¿St. Leger? Val St. Leger —dijo el hombre con voz áspera.

—¿Me conoce? —preguntó Val sorprendido. Observó más detenidamente la cara del desconocido, intentando ver más allá de la barba desaliñada y de los cambios que debía haber infligido la enfermedad a aquellas delgadas facciones. Había algo en su voz, por débil que fuera ésta, que tocó una fibra sensible en su recuerdo y le generó cierta inquietud.

El hombre torció la boca en una conocida sonrisa burlona. En aquel momento Val se sintió perforado por un cuchillo helado que le atravesó la columna vertebral.

—Rafe —susurró, horrorizado e incrédulo. «¡Rafe Mortmain!»

La tormenta se iba acercando desde el mar. Kate nunca había visto las nubes avanzar a aquella velocidad, igual que una mancha negra que se extendiera por el cielo tapando todo rastro de la luna.

El viento amenazaba con arrancar la página del libro de sus manos. Con el corazón retumbando en el pecho, se esforzó por darse prisa y se sirvió del resplandor rojo del fuego para escudriñar los extraños símbolos. Llevaba dos días estudiando lo que había escrito Próspero, pero la traducción no le estaba resultando nada fácil.

—«Ven de noche a… a un lugar de gran magia…» —entonó.

Lanzó una mirada fugaz a su espalda, al monolito que se alzaba macizo y severo con todo su misterio. Seguro que no habría podido dar con un lugar más mágico que aquél, ni con un momento mejor para lanzar el hechizo… que la víspera de Todos los Santos.

El viento agitó la página que sostenía en la mano, y tuvo que alisarla de nuevo para poder continuar.

—«Coloca sobre las llamas el símbolo de lo que desea tu corazón, las iniciales de tu pasión grabadas sobre fuego sólido y negro.»

Le había costado cierto esfuerzo entender lo que significaba aquello. ¿Fuego sólido y negro? Próspero debía de estar hablando del carbón; y las iniciales de tu pasión… tenía que referirse a las iniciales del nombre de Val. O eso esperaba.

Rebuscó en el bolsillo de su capa y extrajo un pedazo de carbón en el que había grabado con dedos temblorosos una V y una S. Vaciló durante largos instantes, y por fin respiró hondo y lanzó el trozo de carbón a la fogata. Chocó contra una rama ardiendo y produjo una lluvia de chispas. Kate retrocedió, aferrada al libro. El viento silbaba en sus oídos, las llamas bailaban frente a sus ojos. El carbón había desaparecido.

No, estaba allí, en el centro mismo, en el corazón blanco azulado del fuego. Las llamas lamían su brillante superficie. Kate observó por espacio de unos instantes, hipnotizada, aguardando sin aliento a que sucediera algo. Y entonces se acordó de que no había terminado el conjuro. Volvió a fijar la vista en el libro y prosiguió:

—«Ahora di las palabras correctas.»

Aquélla era la parte difícil. Una cosa era descifrar la redacción de un conjuro, y otra muy distinta averiguar cómo había que pronunciarlo. Una sílaba fuera de lugar, una sola vocal mal dicha, podrían suponer un desastre.

Por encima de su cabeza oyó un trueno fuerte y profundo, esta vez más cerca, mientras el viento hacía fuerza sobre el libro como si la noche misma quisiera hacerla desistir.

—Valor, pequeña —murmuró Kate, luchando por mantener las manos firmes. Se humedeció los labios y cerró los ojos—. M-mithcaril bocurum epps —susurró.

• • •

El estallido de un trueno sacudió las ventanas de la casa, y la luz de la lámpara del vestíbulo parpadeó sobre el rostro consumido del hombre que yacía en el suelo frente a Val.

—Rafe Mortmain —repitió, aún sin poder dar crédito a sus ojos. Se apresuró a retirar la mano del hombro del aludido, como si hubiera tocado un lobo salvaje.

Una risa ahogada escapó de la garganta de Rafe, sólo para asfixiarse en un acceso de tos que estremeció todo su cuerpo.

—No… no he venido para hacerte daño —dijo con la voz ronca en cuanto pudo hablar de nuevo—. Ya ves… claramente… que no estoy en condiciones de matar a nadie, ni siquiera a mí mismo. No tienes motivos para preocuparte.

¿Que no tenía motivos? Ninguno excepto que la última vez que se había visto con Rafe Mortmain estaban enzarzados en una lucha a vida o muerte en la posada Dragon's Fire. El combate finalizó bruscamente cuando Rafe lo arrojó por las escaleras. Y lo que Rafe había empezado, su cómpinche lo terminó pegándole un tiro en la espalda a Val.

Si él no fuera un St. Leger y no poseyera aquella inusual capacidad de curar, haría mucho tiempo que se habría convertido en polvo en el interior de la cripta familiar de la iglesia de St. Gothian. Había sobrevivido, pero no precisamente gracias a Raphael Mortmain.

Tal vez Rafe pareciera débil e indefenso, pero Val tenía experiencia suficiente para saber que un lobo herido podía resultar más peligroso que ninguna otra criatura, y notó que comenzaba a retroceder de manera involuntaria.

—Por favor… En este momento no puedo hacerte daño. Me he quedado sin fuerzas… en mi afán de encontrarte. He venido solamente a entregarte esto. —Rafe introdujo una mano bajo su capa, buscando algo.

Val se puso en tensión y se preparó para cualquier cosa; una pistola, un cuchillo. Fue demasiado lento para defenderse cuando Rafe se incorporó de pronto hasta quedarse sentado y lo aferró del brazo con sorprendente fuerza.

—¡Toma esto!

Antes de que Val pudiera zafarse, Rafe le apretó algo contra la palma de la mano y volvió a caer de espaldas, pues, al parecer, aquel esfuerzo le había consumido las energías que le quedaban.

—Ya está. Se ha cumplido —murmuró al tiempo que una extraña expresión de satisfacción se extendía por sus hundidas facciones.

Val tardó unos momentos en tranquilizarse, amilanado por la acometida de Rafe. A continuación, abrió despacio los dedos para ver lo que éste le había entregado.

Se quedó estupefacto, con la boca abierta por el asombro. Sobre la palma de su mano descansaba una cadena de plata de la que colgaba una piedra pequeña, un trozo de cristal de tan insuperable belleza, que dejó a Val sin aliento. Aquella piedra había sido robada años atrás, y era un fragmento cortado de la piedra legendaria que estaba incrustada en la empuñadura de la ancestral espada de los St. Leger.

Val sostuvo la cadena en alto y acercó el cristal a la luz. No era más que una fracción diminuta de la piedra original, pero refulgía con la fría nitidez de un pedazo de hielo bañado por el sol, proyectando un arco iris de colores sobre las paredes y las vigas del techo del silencioso vestíbulo.

Era sorprendente, hermosísima, hipnotizante.

—Aparta… aparta esa maldita piedra de la vista —graznó Rafe al tiempo que giraba la cabeza hacia un costado como si el brillo del cristal le hiriera los ojos.

Con gran dificultad, Val apartó la mirada del trozo de cristal. De mala gana, se abrochó la cadena al cuello y ocultó la piedra de la vista. Su mente bullía de preguntas. Rafe llevaba todo aquel tiempo con aquel fragmento robado en su poder. ¿Por qué se habría arriesgado a regresar a Cornualles para devolverlo? ¿Y por qué a él? La espada de los St. Leger pertenecía a su hermano Lance, por ser el hijo primogénito y el heredero del castillo Leger. Por derecho, también le pertenecía el fragmento robado. ¿Y dónde diantre se había escondido Rafe durante los cinco últimos años? ¿Qué era lo que lo había reducido a aquel terrible estado?

Pero un solo vistazo a Rafe le indicó que no obtendría respuesta a aquellas preguntas que lo preocupaban. Con los ojos cerrados, Rafe parecía estar hundiéndose en la inconsciencia. Val no necesitó hacer uso de su instinto de médico ni de St. Leger para comprenderlo más allá de toda duda:

Rafe Mortmain estaba muriéndose.

Val suponía que debería experimentar una sensación de triunfo al ver a su viejo enemigo caer tan bajo, pero en cambio se le encogió el corazón en un inesperado sentimiento de lástima por aquella vida desperdiciada. En otro tiempo, Rafe Mortmain había sido un hombre vigoroso, inteligente, de imponente presencia. Si no hubiera sido además un maldito Mortmain, ¿quién sabe lo que podría haber logrado en la vida?

Val le cogió la muñeca. Su pulso era muy débil. Su pecho subía y bajaba con un gemido amortiguado, como si continuar respirando supusiera una tortura para él. Se percató de la rigidez que presentaba alrededor de la boca, la tensión junto a los ojos, signos de dolor demasiado familiares. Él mismo los había experimentado con mucha frecuencia.

—Por favor —murmuró Rafe con dificultad, y el resto de la frase resultó incoherente. Val tuvo que inclinarse más aún para poder oírlo—. Te... te lo ruego, St. Leger. —Sus labios agrietados susurraron al oído de Val—: Mátame.

Val retrocedió sobresaltado. No era la primera vez que un paciente en aquel triste estado le suplicaba que pusiera fin a su vida, pero jamás habría esperado semejante ruego del orgulloso Raphael, el último de los antaño poderosos y arrogantes Mortmain. Era obvio que estaba sufriendo una terrible agonía, y no había nada que él pudiera hacer al respecto.

Nada salvo aliviar sus últimas horas con... Val experimentó el familiar hormigueo en los dedos, pero se encogió al pensar en ello.

¡No!, gritó casi en voz alta. Por Dios, era demasiado pedirle a un hombre, incluso a uno al que consideraban mártir y santo, que empleara sus poderes precisamente aquella noche, cuando él mismo estaba tan agotado y dolorido, y que socorriera a un hombre que había sido su mortal enemigo. Un Mortmain.

No podía hacerlo. Pero mientras permanecía inclinado sobre Rafe Mortmain, éste contrajo el rostro. Un sollozo salió de su pecho, una única lágrima escapó por el borde de su ojo sellado para resbalar por su mejilla ensombrecida por la barba.

Val dudó que Rafe Mortmain hubiera llorado en toda su vida. Casi de forma involuntaria, cerró su mano sobre la de Rafe.

Sin duda, aquello sí que podía hacerlo por Rafe Mortmain, absorber tan sólo una fracción de su dolor. Val se obligó a concentrarse y aislarse de toda otra sensación que no fuera la presión de su propia mano aferrada a la de Rafe, profundizando más allá del mero contacto físico. Se concentró más intensamente y empezó a disolver su propia carne, sus músculos, sus huesos, a retorcer sus pensamientos hasta que penetraron en sus venas igual que cuchillas afiladas, con el fin de abrirlas para que su fuerza fluyera al exterior.

Pero no sucedió nada.

Kate abrió un ojo y sintió las primeras gotas de lluvia en la cara. La hoguera parecía correr peligro de apagarse, pero el terco pedazo de carbón, inmutable en el centro de las llamas, ni siquiera había empezado a refulgir.

Kate no estaba del todo segura de lo que esperaba que ocurriera, pero, desde luego, sí algo más que aquello. Volvió a mirar el libro con desesperación. ¿Habría pronunciado mal las palabras, o es que no las había dicho con la suficiente convicción?

—Mithcaril bocurum epps —repitió un poco más alto.

Nada todavía. Kate tragó saliva e hizo acopio de todo su valor. Echó la cabeza atrás y gritó al viento:

—¡Mithcaril bocurum epps!

Transcurrieron unos instantes de grave silencio. Entonces, las llamas se alzaron de repente y estallaron en la noche con un furioso rugido. Kate lanzó un grito de sorpresa y saltó hacia atrás. Un trueno salvaje hizo que se estremeciera toda la falda de la colina y sacudió el suelo bajo sus pies. Después, la oscuridad se vio hendida por la línea quebrada de un rayo que cayó sobre el monolito en una nube de chispas y humo.

Kate soltó un alarido y se agachó para protegerse.

Val tensó la espalda, preparado para recibir el dolor de Rafe, con el fin de controlar la transferencia.

—¡Ah, Dios santo!

Los ojos de Val se abrieron de golpe ante la inesperada intensidad de la sensación. No era un hilillo de dolor, sino una aplastante ola de sufrimiento que lo invadió de arriba abajo. No era físico, eso podría haberlo soportado; era diferente, algo siniestro y aterrador.

Sintió que lo inundaba una rápida oleada de insoportable emoción, rabia, desesperación y amargura. Dejó escapar una exclamación ahogada y luchó por recuperar el control y detener la transferencia, pero no pudo soltar la mano. Rafe se aferraba a él igual que un hombre que se está ahogando, amenazando con arrastrar consigo a Val a su mar de oscuridad.

Con la respiración trabajosa y jadeante, Val notó que la cabeza le daba vueltas. Tiró más fuerte, al tiempo que golpeaba el punto donde se unían las manos de ambos en su afán por liberarse. El cristal que llevaba colgado del cuello se balanceaba con la violencia de sus esfuerzos y lanzaba destellos de luz.

En eso, una niebla roja descendió sobre sus ojos. Comprendió que corría el peligro de perder el conocimiento, y luchó más arduamente. Se iba debilitando por momentos, y al final realizó un último y fútil esfuerzo.

En aquel momento sonó en sus oídos una explosión ensordecedora, acompañada de un fogonazo cegador. Rafe aflojó su garra y Val se desplomó de espaldas, abandonándose a la oscuridad.

La lluvia caía en forma de una manta de granizo, consumiendo las llamas que quedaban en un suave y enojado susurro. Kate emergió del lugar donde se ocultaba entre el brezo, empapada hasta los huesos y temblando, y dio unos pasos tambaleante, sintiéndose magullada y exhausta.

Con los ojos nublados, contempló las ruinas de su fogata, de la que no quedaba nada excepto un círculo ennegrecido de tierra chamuscada. El cielo se veía surcado de nubes oscuras, pero los truenos y los relámpagos parecían haberse alejado un poco.

Kate se estremeció y volvió la mirada hacia el cielo. ¿Qué había hecho? No tenía idea, tan sólo la terrible sensación de haber desencadenado algo siniestro y peligroso.

Aferró contra el pecho los restos empapados del libro de hechizos de Próspero y dio media vuelta para huir en dirección a casa.

Jem Sparkins consiguió llegar a Slate House justo antes de que comenzara a llover. Irrumpió como una exhalación en el vestíbulo de la entrada, sólo para encontrar a su amo tendido en el suelo justo al otro lado de la puerta. Un grito de horror salió de sus labios. Con el pulso desbocado por el miedo, se agachó junto al médico y lo sacudió por el hombro.

—Doctor St. Leger. Amo Val. ¡Amo Val!

No obtuvo respuesta; las facciones del médico estaban congeladas en una expresión tan fría e inmóvil, que Jem creyó que también a él se le iba a parar el corazón. Retiró los mechones de pelo negro que habían caído sobre los ojos de su amo. Su cutis estaba blanco como el hielo. Parecía… su tacto era el de un muerto.

Un pánico ciego de apoderó de Jem, y éste luchó por controlarlo y por recordar lo poco que hubo aprendido al servicio del médico. ¿Qué debía hacer? ¿Ir a buscar agua, coñac? ¿Frotarle la muñeca? No, el pulso. Eso era. Debía buscarle el pulso.

Cogió la mano de su amo y apretó los dedos con fuerza sobre la muñeca, temiendo que se confirmasen sus peores temores y que no notara nada. Pero para asombro suyo, el pulso del médico latía poderosamente, fuerte y regular. Entonces, ¿por qué yacía el amo Val en el suelo, tan frío y rígido? ¿Se habría caído? ¿Desmayado? ¿Lo habría atacado algún intruso que había entrado en la casa? No había indicios de que allí hubiera estado nadie. Tal vez al amo Val le había fallado la pierna mala, había tropezado y se había partido la cabeza.

Maldición. De algún modo había presentido que iba a ocurrir algo terrible aquella noche. Quizá, durante todos los años en que había trabajado para los St. Leger, habían empezado a hacer mella en él sus peculiares costumbres.

Se pasó las manos por el pelo, tratando de decidir qué hacer a continuación, cuando de pronto el médico abrió los ojos. Tenía las pupilas tan dilatadas que los ojos parecían casi de color negro, pero sorprendentemente despejados.

Jem se inclinó sobre él, angustiado.

—Doctor Val. ¿Me oye? ¿Está gravemente herido? ¿Qué ha pasado? ¿Se ha caído?

El médico volvió la cabeza y miró fijamente a Jem con expresión vacía. Por espacio de unos instantes de horror, fue como si ni siquiera recordara quién era. Luego murmuró:

—No, no me he caído. Me ha alcanzado un rayo.

Jem se quedó con la boca abierta.

—¿Aquí? ¿Dentro de la casa, señor? Pero si está en el vestíbulo.

—Sí, así es —musitó el médico—. Sumamente extraordinario.

Jem lo estudió con una nueva sensación de ansiedad, asaltado por una terrible idea. Quizás el médico había sufrido un ataque de algún tipo. Cuando el señor Peters tuvo aquel ataque de apoplejía, el pobre anciano jamás había vuelto a estar bien de la cabeza.

Mientras Jem se preocupaba por aquella horrible posibilidad, el médico se movió lentamente y se sentó.

—No, señor, se lo ruego. Le conviene quedarse tumbado hasta que...

Su amo no le hizo caso y se inclinó para incorporarse. Jem se apresuró a traerle su bastón. El bastón con empuñadura de marfil tirado en el suelo a escasos metros, pero para cuando Jem logró alcanzarlo, el doctor Val ya estaba en pie.

—Su-su bastón, señor —titubeó Jem.

El médico le dirigió una mirada de extrañeza y dio unos cuantos pasos, sintiendo las piernas fuertes y firmes bajo su peso. Las dos piernas.

Jem lo miró boquiabierto.

—Señor, su... su pierna. Ya no cojea. ¿Qué... qué ha ocurrido?

—No lo sé. No lo recuerdo. Un milagro, tal vez. —El médico se volvió de repente y contempló su reflejo en el espejo de marco dorado que había en el vestíbulo como si nunca se hubiera visto—. ¡Un maldito y condenado milagro! —exclamó echando la cabeza atrás.

Jem se encogió de aprensión ante la súbita carcajada que lanzó su amo. Si en efecto el doctor Val había experimentado una recuperación milagrosa, sabía que él también debía alegrarse; pero en cambio se sentía como si hubiera caído de bruces en medio de un extravagante sueño.

El médico paseó por la estancia con zancadas cada vez más largas, más seguras, hasta que volvió a situarse delante del espejo. A Jem le pareció captar un destello de algo que colgaba del cuello de su amo, pero antes de poder ver de qué se trataba, el médico lo escondió de la vista.

Val alzó su pierna enferma y, deliberadamente, golpeó el pie contra el suelo con toda la fuerza de que fue capaz.

—¿Qué opinas de esto? ¿Eh, Jem? —preguntó con otra sonora carcajada.

—Es... es maravilloso, señor —balbució Jem—. Pero tal vez debiera tomárselo con un poco de calma, sentarse un rato. No parece usted mismo, señor.

—No, ¿verdad?

El médico se acercó al espejo y estudió su imagen con gran intensidad. Sus labios mostraron una mueca que dejó a Jem helado.

Aquella expresión era muy distinta de la habitual sonrisa amable del doctor Val.

Capítulo 6

El pueblo ardía en llamas.

Los tejados de paja crepitaban y lanzaban llamaradas, la piedra de las casas se desmoronaba en cenizas, la aguja de la iglesia de St. Gothian se desplomó con un potente estruendo. Kate estrechó el libro de hechizos contra su pecho mientras los cielos escupían feroces andanadas de granizo. Abrió la tapa del libro, intentando buscar un conjuro que anulara aquella magia negra de destrucción, pero las páginas estaban pegadas entre sí.

Lo único que podía hacer era echar a correr. El camino estaba tan invadido por el humo que apenas veía por dónde iba, y sólo podía oír los gritos de cólera de la multitud de aldeanos que la perseguía furibunda.

—¡Por allí va!

—Ella es la que nos ha hecho esto.

—¡Bruja! ¡Hechicera!

—¡Colgadla! Quemadla en la hoguera.

Kate, frenética, buscó a su alrededor una vía de escape, un lugar donde esconderse, pero no había ninguno. Sus perseguidores se iban acercando; veía el brillo de sus ojos a través de las densas nubes de humo.

Tropezó y cayó, y se agarró a los pliegues de una capa ajena. Al levantar la vista vio a Próspero cerniéndose sobre ella. Entonces la turba se arrojó sobre ella y una multitud de ásperas manos la aferraron por los brazos para llevársela.

—¡Próspero! —gritó.

El gran hechicero se limitó a permanecer donde estaba y mirarla ceñudo.

—Deberíais haber hecho caso de mi advertencia, mi señora. Siempre es peligroso utilizar la magia para entrometerse en...

—¡No!

Kate forcejeó contra las manos que la apresaban, luchando y dando patadas para salvar la vida, pero lo único que consiguió fue enredarse en los cobertores de la cama. Abrió los ojos de golpe y parpadeó, y transcurrieron varios segundos antes de que se diera cuenta de que ya no había humo ni fuego ni noche, sino tan sólo la serena claridad del sol, que penetraba los confines de su pequeño dormitorio y jugueteaba sobre el papel con dibujo de rosas que cubría la pared.

Rodó hasta quedar tendida de espaldas, para darle a su corazón la oportunidad de tranquilizarse antes de exhalar un profundo suspiro. Había sido una pesadilla. Sólo otra más de aquellas estúpidas pesadillas que la atormentaban desde que se había quedado dormida. Las sábanas desordenadas constituían un mudo testimonio de los muchos demonios y aldeanos furiosos que había tenido que defenderse aquella noche. Se zafó de la ropa de cama y sacó las piernas.

Su cuerpo entero gimió a modo de protesta, y le dolía la cabeza. Se sentía tan magullada y exhausta como si... como si hubiera sido...

«¿Casi alcanzada por un rayo? ¿Lanzada colina abajo para escapar? ¿Llevada a casa bajo la fría e intensa lluvia?»

Hizo una mueca de dolor y se obligó a sí misma a ponerse en pie. Acto seguido pasó por encima de la pila de ropa empapada que se había quitado y dejado amontonada, caminando con los pies descalzos sobre la alfombra y el camisón blanco ondeante a la altura de los tobillos. Se frotó los ojos, se acercó con paso titubeante hasta la ventana y dudó antes de asomarse al exterior, medio temerosa de encontrarse con el pueblo en ruinas.

Pero Torrecombe se extendía allí abajo, soñoliento al sol del otoño. La pálida claridad tocaba los techos de paja de las casas, tan acogedoras como siempre. Los únicos vestigios que quedaban del temporal de la noche anterior eran unas cuantas ramas partidas y los charcos que embarraban los senderos. Las sombras danzarinas, las hogueras y las horcas para ahuyentar a las brujas voladoras habían desaparecido.

Era como si la locura de la víspera de Todos los Santos no hubiera existido nunca.

La aldea continuaba en pie, el paisaje no había quedado destruido y asolado por los rayos. Kate apoyó la dolorida frente sobre el vidrio de la ventana, su sensación de alivio barrida por nuevos sentimientos de ansiedad. Había tenido dificultades para descifrar todas las notas de Próspero sobre el tema de los hechizos de amor, pero lo poco que había leído la había llevado a pensar que si el conjuro funcionaba, sería rápido y seguro, exactamente igual que la descarga de un rayo.

Aun así, no había señal alguna de que Val viniera al galope hacia Rosebriar Cottage, tan lleno de amor y pasión por ella como para echar abajo la puerta y tomarla en sus brazos. Por más tiempo que dedicó a contemplarlo, el sendero permanecía vacío y pacífico.

Tal vez había leído mal las notas de Próspero. Tal vez el hechizo no funcionaba tan rápidamente. Y tal vez no hubiera funcionado en absoluto. Kate se apartó de la ventana para buscar el libro que había depositado en una esquina de su mesa tocador. A la luz calma del día, el libro de hechizos de Próspero parecía mucho más inofensivo de lo que ella recordaba, como un pintoresco volumen de folclore.

Tocó la tapa de cuero, aún húmeda por la tormenta. Intentó rememorar el misterioso hormigueo, la emoción, e incluso los escalofríos de pavor que había experimentado aquella noche. Pero no sintió nada. Era como si la misma lluvia helada que había apagado su fogata hubiera extinguido también todo encantamiento. Examinó tristemente las páginas del libro, manchadas por el agua, cuya tinta aparecía corrida en numerosos sitios. Próspero haría realidad su pesadilla cuando viera lo que le había hecho a su libro. La asaría viva, pero eso carecía de importancia.

Había fracasado. De algún modo lo supo. Dudaba que hubiera logrado conjurar algo más grave que —ahogó un súbito estornudo— un fuerte resfriado.

Después del pánico que había sufrido la noche anterior, sabía que jamás encontraría el valor necesario para andar jugando de nuevo con aquella magia negra. ¿Quién era ella para pensar que iba a poder llevar a cabo semejante hazaña de hechicería? Nadie, tan sólo una tonta jovencita herida de amor.

Así pues, ¿qué iba a hacer a continuación? Se dejó caer sobre el taburete situado frente a la mesa tocador y apoyó la dolorida cabeza sobre los brazos, demasiado cansada y desanimada para pensar siquiera.

En eso, se oyó un fuerte repiqueteo en la puerta de su habitación. Trató de reunir energía suficiente para lanzar un ladrido a quienquiera que fuera y decirle que la dejara en paz, pero ya era demasiado tarde. La puerta se abrió de golpe, y Kate conservó apenas la presencia de ánimo necesaria para levantarse de un salto y esconder el libro de Próspero debajo de un tapete que cubría la mesa.

Pero su habitación bien podría estar repleta de libros de hechizos y magos; Kate dudaba que la doncella que irrumpió en el cuarto se hubiera percatado de ello. La cofia almidonada de Nan se veía torcida, y sus plácidas facciones desencajadas.

—Oh, señorita Kate. Por fin se ha despertado, gracias a Dios. Ha de bajar enseguida al vestíbulo. La señorita Effie está preguntando por usted, y tiene uno de esos días de un humor de perros.

«¡Oh, Dios santo, Effie! —pensó Kate sosteniéndose la cabeza—. Por favor, ahora no.»

—¿Qué es lo que pasa? —quiso saber.

—Esa tal señora Bell ya ha estado aquí exigiendo ver a la señorita Effie, antes incluso de que la pobre se hubiera levantado y se hubiera terminado el chocolate.

Kate se puso en tensión, y se le encogió de miedo el estómago al oír mencionar a la costurera del pueblo. Alice Bell era la chismosa más famosa del pueblo.

—Esa mujer ha despotricado contra usted, señorita Kate —prosiguió Nan indignada—. Le ha dicho a la señorita Effie que anoche la vieron a usted salir furtivamente y sacar su caballo de los establos.

—¡Oh, maldita sea!

—Ciertamente, señorita —convino Nan con un gesto de la cabeza, aunque se encogió ligeramente ante el lenguaje de Kate.

Kate tuvo que contenerse para no dar rienda suelta a una retahíla de epítetos que habría puesto las orejas azules a la pequeña doncella. Con la conmoción de la víspera de Todos los Santos, Kate esperaba que su ausencia del pueblo pasara inadvertida, sobre todo para Effie, que tenía una marcada tendencia a caer en la histeria por la menor cosa. Hacía mucho tiempo que Effie había abandonado todo esfuerzo por controlar a Kate, y prefería permanecer felizmente ciega y sorda a todo lo que hiciera la joven.

Maldita Alice Bell. Le habría encantado estrangularla. Si la señora Bell manejase la aguja con el mismo garbo con que manejaba la lengua, Torrecombe habría quitado el puesto a París como centro del mundo de la moda. Aquella mujer parecía disfrutar angustiando a la pobre Effie con informaciones sobre las escapadas de Kate.

Con lo exhausta que se encontraba, y después de todo lo que había salido mal la noche anterior, no necesitaba pelearse también con aquel asunto. Su mirada vagó hasta la ventana, y sintió el fuerte impulso de bajar por el viejo roble y escapar como había hecho tantas veces de pequeña, cuando Effie casi la sacaba de sus casillas. Dale que dale con inundarla de muñecas, cintas para el pelo y adornos para los vestidos; con engatusarla con ojitos tristes y llantos cada vez que ella intentaba explicarle que no quería otra maldita muñeca ni otro volante para el vestido. Lo único que había deseado siempre era verse libre para echar a correr hacia Val.

Hizo un gesto de dolor al recordar aquello. Effie podía ser más bien tonta en ocasiones, pero poseía una amabilidad y generosidad inquebrantables. Kate temía haberle causado a la pobre mujer demasiados disgustos con el paso de los años. Lanzó una última mirada de anhelo a la ventana antes de volverse hacia la nerviosa Nan.

—Di a Effie que enseguida bajo —dijo con un suspiro de cansancio.

Quince minutos después, Kate descendió al vestíbulo de la planta baja ataviada con un vestido liso de color gris que hacía juego con su estado de ánimo. Había desaparecido todo rastro de la gitana indómita que la noche anterior había bailado alrededor de la hoguera murmurando encantamientos. Se había retorcido la negra y rebelde melena en un moño descuidado, el cual temía que le diera la apariencia de una solterona despistada. Pero ¿por qué no?, pensó Kate con aire sombrío; por lo visto, aquél era su sino.

Fue hasta la puerta de la salita y se hizo fuerte. Ojalá Effie le hubiera echado una buena regañina, incluso le hubiera propinado un cachete; los golpes y las reprimendas eran algo que podía soportar. Eran las lágrimas y las lamentaciones las que le resultaban insoportables.

Con los dientes apretados, giró el pomo de la puerta y se internó en el extraño mundo que abarcaba la salita favorita de Elfreda Fitzleger. Un alegre fuego que ardía en la chimenea la hizo encogerse. Effie ya había caldeado aquel lugar lo suficiente como para asar castañas. Podría haber cultivado plantas tropicales, si hubiera espacio para ellas en aquella asombrosa jungla de mobiliario. Muebles de estilo chino, Imperio, egipcio y rococó se pegaban los unos a los otros como naciones en guerra.

Y luego estaba la colección de relojes de Effie, docenas de relojes colgados de la pared, apiñados sobre la repisa de la chimenea, colocados sobre la estantería. La primera vez que Kate llegó a Rosebriar Cottage, creyó que aquel incesante tic-tac iba a volverla loca, pero finalmente se acostumbró a él de tal modo, que apenas lo percibía, excepto cuando todos los relojes daban la hora en medio de un estruendo ensordecedor.

Algunas de aquellas piezas de hecho eran regalos de los agradecidos St. Leger, en recompensa por sus servicios como Buscadora de Novias. Por increíble que le pareciera a Kate con frecuencia, la caprichosa Effie era considerada una persona dotada de poderes místicos, el don sobrenatural que le permitía encontrar el único amor verdadero a cada St. Leger.

Sin embargo, en aquel momento la Buscadora de Novias yacía postrada en su diván, aún vestida con el camisón y la bata. Estaba recostada en postura indolente contra el cabezal, con una mesita al lado sobre la que reposaba su frasco de sales y un montón informe de pañuelos.

Pero a pesar de aquella postura trágica, Kate reparó en que las cortinas de la salita estaban alzadas, ideal para observar a quien pasara por el sendero. Debajo de su cofia de encaje, la profusión de bucles dorados de Effie estaba tan colocada como siempre. Para ser una persona que había cumplido los cuarenta, su cabello mostraba una notable ausencia de canas, y Kate sospechó que ello se debía a que Effie se arrancaba aquellos cabellos no deseados. Temía que algún día llegase a dejarse calva.

Desde que Kate recordaba, Effie se había negado a aceptar el paso de los años y había adoptado un estilo juvenil, desde su forma de vestir hasta aquellos absurdos tirabuzones. Esta mañana, el sol que se derramaba por las ventanas resultaba casi cruel, pues destacaba las huellas que había ido dejando el tiempo en las arrugas que enmarcaban los ojos y la boca de Effie.

Cuando Kate cerró la puerta con suavidad, Effie se volvió hacia ella con un profundo suspiro lastimero.

—Oh, Kate, Kate —sollozó al tiempo que le tendía la mano.

Kate había aprendido mucho tiempo atrás que la mejor manera de tratar con los lloriqueos de Effie era mantener una actitud de resuelta alegría. Se abrió paso entre los muebles y cogió un cojín al pasar. Tras ahuecarlo, lo acomodó debajo de la cabeza de Effie.

—Y bien, Effie, ¿qué es lo que pasa? —preguntó.

—Oh, Kate. Esta mañana ha estado aquí la señora Bell y me ha contado cosas terribles sobre ti.

—La señora Bell es una condenada... quiero decir una malvada chismosa. Deberías saber que no debes hacerle caso.

—Sí, pero la información se la ha dado el señor Wentworth. Un caballero muy elegante, aunque sólo sea un tabernero. Le ha dicho…

—A Effie le tembló el labio.

Kate se apresuró a alcanzarle otro pañuelo. Effie se sonó la nariz sorbiendo sonoramente antes de continuar.

—Le ha dicho que tú ensillaste a *Willow* y te fuiste a cabalgar en plena noche.

—No fue en plena noche. Era mucho más temprano.

—Pero aun así te fuiste cuando ya había oscurecido. ¿Cómo pudiste hacerlo, Kate? ¿Correr por el campo de noche y sin ir acompañada? No sólo ha sido algo impropio, sino muy peligroso además. Podría haberte sucedido cualquier cosa.

—Pero no me ha sucedido nada —señaló Kate muy razonablemente. Acercó un taburete tapizado y se situó junto al diván—. Como ves, estoy perfectamente.

Pero Effie no era tan fácil de apaciguar.

—Ya era bastante malo que te comportaras así cuando todavía eras una niña —dijo, agitando su pañuelo para hacer énfasis—, pero ahora eres una señorita. Piensa en tu reputación.

—¿Qué reputación? —replicó Kate en tono irónico—. La mayor parte del pueblo cree que yo debo de ser la hija diabólica de algún gitano errante.

—Sólo porque tú haces todo lo que puedes para convencerlos de eso. Si no quieres pensar en tu reputación, piensa en la mía. —Effie había recurrido de nuevo al pañuelo—. Todo… todo el mundo cree que soy una mala madre.

—Oh, Effie, nadie piensa semejante cosa. Es sólo que te equivocaste de plano al escoger hija. No entiendo por qué me adoptaste.

—Porque eras la niña más bonita y más encantadora que habían visto mis ojos.

—¡Effie! —Kate puso los ojos en blanco—. Yo era la peor pesadilla de mi madre. Y lo sigo siendo.

—No, no, querida. —Effie estiró sus frágiles dedos para acariciar la mejilla de Kate—. Es que a veces tienes un poco más de vitalidad de la que uno desearía.

Kate esbozó una sonrisa y dio un apretón a la mano de Effie.

—Siento de verdad haberte causado de nuevo un disgusto, pero es que anoche tenía que salir. Era necesario.

—¿Necesario? Pequeña, ¿qué tenías que hacer en la oscuridad de la noche que fuera tan importante?

Kate eludió la mirada triste y desconcertada de Effie. Desde que era muy pequeña, Kate había sido una consumada embustera, y Effie era tan confiada como una niña, demasiado fácil de engañar. ¿Sería eso lo que le producía aquella incomodidad al hacerlo? En cambio, en aquel caso decirle la verdad quedaba totalmente descartado. A menos que deseara provocarle a su amable guardiana un ataque de apoplejía.

Kate se obligó a encogerse de hombros con indiferencia.

—Ya sabes cómo soy, Effie. No puedo soportar quedarme sentada todo el tiempo siendo una señorita como Dios manda, ocupada en mi labor de costura. A veces se me mete el diablo en el cuerpo y tengo que escapar con mi caballo para estar sola.

—¿Estuviste sola, Kate? —le preguntó Effie con un hilo de voz.

—Pues claro —contestó Kate, sorprendida por la pregunta—. ¿Quién iba a estar tan loco como para andar vagabundeando conmigo por el campo, de noche, en la víspera de Todos los Santos?

Effie bajó la cabeza y jugueteó con el encaje de su pañuelo.

—Bueno, ya eres una mujercita, y... y un paseo a caballo a la luz de la luna puede resultar muy romántico. Yo antes pensaba lo mismo. Era joven y bastante impetuosa, ¿sabes? Comprendo que en ocasiones una muchacha pueda sentirse tentada a... a...

Kate se la quedó mirando, incapaz durante unos instantes de entender aquel discurso titubeante. Pero entonces comprendió de pronto y lanzó una carcajada de incredulidad.

—¡Por Dios bendito, Effie! No es posible que te preocupe que anoche estuviera citada con alguien. Sólo existe un hombre al que yo desearía seducir a la luz de la luna, y por desgracia es demasiado honorable para ello. Ya sabes que siempre he estado enamorada de...

—No, no lo digas —chilló Effie al tiempo que se incorporaba de golpe. De hecho le puso una mano en la boca a Kate para silenciarla.

Suavemente, pero con firmeza, Kate apartó la mano de Effie.

—El hecho de no decirlo no va a cambiar nada. Amo a Val St. Leger, y siempre lo amaré.

—Oh, cielo santo. —Effie palideció y buscó su frasco de sales—. He rezado para que superases ese sentimiento. Ya no lo mencionabas.

Kate había dejado de mencionarlo porque el tema siempre provocaba precisamente aquella reacción en Effie. Le temblaban las manos de tal manera, que Kate tuvo que destapar el frasco por ella. Effie aspiró profundamente antes de fijar la vista en Kate con ojos grandes y suplicantes.

—Ese sentimiento que tienes hacia Valentine no es más que un encaprichamiento pasajero, Kate. Lo superarás. Debes superarlo.

—Eso es lo que me dice todo el mundo. Y todo por culpa de esa estúpida leyenda. —Kate se obligó a sonreír, medio triste, medio pensativa—. Tú eres la importante y sabia Buscadora de Novias, Effie. ¿No podrías saltarte las reglas sólo por esta vez y escogerme a mí como esposa de Val?

Effie parecía tan perturbada ante el mero hecho de que se sugiriera semejante cosa, que Kate se apresuró a retractarse:

—Estaba hablando en broma. Ni siquiera creo en esa leyenda. Y aun cuando fuera cierta, esos cuentos de hadas son sólo para princesas de cabellos dorados como Rosalind St. Leger, no para una molesta e indeseada mocosa huérfana como yo.

—Oh, K-Kate. Te lo ruego, no hables así. —Effie arrugó la frente y se disolvió en un mar de lágrimas, lo cual hizo a Kate desear haberse mordido la lengua. Sabía que el tierno corazón de Effie no podía soportar ninguna referencia al pasado de ella, al horrible hospicio en el que había puesto los ojos en ella por primera vez. A veces pensaba que Effie prefería creer que la había encontrado flotando en una cesta de juncos, como Moisés, o escondida bajo un rosal como un hada. Ojalá pudiera borrar todos los malos recuerdos de su infancia con la misma facilidad.

Effie enterró el rostro en su pañuelo y lloró en voz baja. Kate la contempló, silenciosa y abatida, por espacio de unos instantes. Aquélla era una de las raras mañanas en que también ella sentía ganas de llorar, pues tenía el corazón abrumado por pensar en Val y en la imposibilidad de su amor por él. Se había preguntado cómo sería tener una madre de verdad a la que contar sus cuitas, sentir la caricia en el pelo de unas manos sabias y amorosas que de algún modo hicieran que todo pareciera más fácil.

Pero hacía mucho tiempo que había comprendido y aceptado ciertos hechos sobre Effie Fitzleger: que por muchos volantes y cintas para el pelo con que la atiborrase, había otras cosas que sencillamente no podía darle. Kate siempre sería la más fuerte de las dos. Abrazó a Effie y la estrechó contra su hombro, con los ojos secos y cansados.

Los sollozos de Effie fueron cediendo, y por fin levantó su rostro surcado de lágrimas e intentó sonreír.

—Ya sé lo que está pasando: que simplemente no has visto suficiente mundo. Deberíamos marcharnos de aquí. Podríamos ir a Londres.

—¿Londres? —Kate soltó a Effie y la miró con cara de incredulidad. A su mente acudieron en tropel imágenes horribles de calles sucias, pasillos infestados de ratas y niños hambrientos de expresión desvalida y mucho más endurecidos de lo que cabía esperar de su edad—. ¡Effie! Londres es el último lugar al que quisiera ir.

—No estoy hablando de regresar a… a ese espantoso… —Effie ni siquiera se atrevía a mencionar el orfanato—. Iríamos a la parte bonita de la ciudad, donde vive mi prima. Es la esposa de un baronet, y se mueve en lo mejor de la sociedad. —A Effie se le iluminó el rostro, y batió palmas—. Oh, no te lo imaginas, Kate. Los teatros, los bailes, cientos de admiradores. Una temporada londinense, tal como siempre la hemos soñado.

—Como la has soñado tú, Effie —replicó Kate suavemente—. No yo.

—No siempre podemos realizar nuestros sueños, Kate. —Una extraña expresión cruzó su rostro, una especie de madurez y tristeza que Kate no esperaba ver en los ojos de Elfreda Fitzleger. Pero desapareció en un santiamén, sustituida por la habitual expresión bobalicona y amigable de Effie. Comenzó a parlotear acerca de las cosas maravillosas que iban a hacer las dos cuando llegaran a Londres.

Kate no tenía la menor intención de ir a ninguna parte que la alejase tanto de Val, pero no se molestó en interrumpir. Al menos Effie había dejado de llorar y se había olvidado de hacerle más preguntas sobre sus actividades en la víspera de Todos los Santos.

—Kate, debes ir a decir a John que esta tarde le llevaré una carta que echar al correo. Y también he de ir a hablar con la señora Bell. Necesitamos ropa de viaje nueva. —Effie sacó las piernas a un lado del diván, al parecer lista para saltar de inmediato del asiento.

—Tal vez deberías vestirte primero —sugirió Kate.

Effie se miró la bata y rió disimuladamente.

—Oh, claro. Qué tonta soy. Pero antes hazme un favor, querida, y dile a Nan que me traiga té y tostadas. Necesito alimentarme un poco. Ha sido una mañana agotadora, con esas horribles historias de la señora Bell sobre mi niña querida y sobre ese Víctor St. Leger.

—¿Víctor? —preguntó Kate con sorpresa—. ¿Qué ha hecho?

—Oh, es un muchacho travieso. —Effie sorbió—. Va a conseguir llevarme a la tumba.

—Pero debería haber dejado de molestarte. Ya le has encontrado una esposa.

—Sí, pero el muy desagradecido no está satisfecho con mi decisión. Se suponía que debía haberse declarado a Mollie Grey anoche. Todo el mundo esperaba que lo hiciera. ¿Y qué crees que ha pasado? Pues que ese maldito muchacho no se ha presentado y ha dejado a la pobre chica aguardando toda la noche. Mollie estaba profundamente humillada. Me lo ha dicho la señora Bell.

—Es evidente que la señora Bell ha tenido una mañana muy ajetreada —musitó Kate, y a continuación se encogió de hombros—. No deberías preocuparte por eso, Effie. Ya le has encontrado una novia a Víctor; si no la quiere, no es asunto tuyo. Estoy segura de que Mollie estará mucho mejor sin él.

Kate nunca había tenido muy buena opinión de Víctor St. Leger. No era más que un muchacho imberbe que no se parecía en lo más mínimo a su abuelo ni a su padre, ambos magníficos y curtidos marinos que tenían agua salada en las venas y un centenar de aventuras en su haber. Víctor palidecía y se desmayaba igual que una jovencita si tenía que poner siquiera un pie en un bote de remos.

Pero Effie continuó lamentándose:

—A veces no sé por qué me lo tomo tan en serio. La labor de buscarles novias perfectas a los St. Leger me produce un desgaste que me deja medio muerta, y ellos nunca agradecen mis esfuerzos.

—Entonces, deja de hacerlo.

—Querida, tú sencillamente no lo has entendido nunca. No tengo otro remedio. He nacido para ser la Buscadora de Novias de los St. Leger, igual que lo fue mi abuelo —dijo Effie en tono melancólico—. Estoy destinada a buscar el amor para los demás, asistir a su boda, mientras que lo único que he deseado siempre es tener uno para mí.

—Entonces, ¿por qué no te has casado nunca, Effie? Estoy segura de que fuiste una joven muy bonita. —Kate se apresuró a corregirse—: Quiero decir que todavía lo eres. Has debido de tener montones de ofertas.

—Sí, así es —se pavoneó Effie, alzando una mano para acariciarse los rizos—. Tuve mi buena ración de admiradores, pero ninguno de ellos consiguió conquistar mi corazón. Si cuando murió el abuelo hubiera podido irme a vivir con mi prima de Londres, estoy segura de que habría encontrado alguien gallardo y apuesto. —El semblante de Effie se nubló—. Pero, por supuesto, no podía abandonar mis deberes de Buscadora de Novias aquí. Y ahora ya es demasiado tarde.

—Aún tienes un pretendiente —le recordó Kate—. El reverendo Trimble te adora. No cesa de venir a visitarte, y seguro que no es porque abriga alguna esperanza de salvar mi alma.

—Oh, ese sinvergüenza. Es un hombre tan tonto... —Effie se sonrojó hasta la raíz de sus tirabuzones, un calor que se le notó en los ojos, pero aun así sacudió la cabeza en un gesto de terquedad—. No me conviene. Es un simple vicario de pueblo.

—Pero Effie, tú también eres nieta de un vicario rural.

—Sí, pero los Fitzleger descendemos de un noble linaje, del mismo árbol genealógico que los St. Leger.

Una rama ilegítima de dicho árbol. Los Fitzleger habían sido engendrados por una de las numerosas relaciones indiscretas de Próspero. Pero había poco que ganar señalando aquel detalle a Effie o intentando persuadirla de los méritos del señor Trimble.

—No, querida —insistió Effie, demasiado radiante—. Eso ya no importa. He aprendido a contentarme con mi vida tal como es.

Aquello era una absoluta tontería. Effie se deshacía en lágrimas en cada boda a la que asistía, y no por la alegría de ver a los novios. Debería haberse casado mucho tiempo atrás con algún hombre alegre y sensato como el vicario, y tener la casa llena de dóciles niñas de cabellos dorados a las que mimar, de las que no se escapaban por la ventana del dormitorio en mitad de la noche.

Kate nunca había reparado antes en ello, pero en cierto modo los sueños de Effie se habían visto frustrados por aquella infernal leyenda de los St. Leger tanto como los suyos. Aquella idea la entristeció un poco, la enfadó otro poco, y la asustó de manera extraña. De pronto, contemplar la belleza marchita de Effie fue como alcanzar a ver por un instante, desconcertada, el destino que la aguardaba a ella.

Quizás ella también estaba destinada a vivir igual que Effie, sola y soltera en aquella casa de campo, mientras todos aquellos condenados relojes iban descontando minutos de su juventud. Tal vez, si tuviera suerte, Val iría a verla de vez en cuando como hacía el vicario con Effie. Era una visión del futuro demasiado deprimente para tenerla en cuenta siquiera.

De pronto sintió la imperiosa necesidad de huir de aquella sofocante salita. Se puso de pie, se agachó y plantó un rápido beso en la mejilla de Effie, gesto que sorprendió a ésta por constituir una demostración de afecto muy poco habitual.

—Voy a decir a Nan que te traiga el té —dijo Kate bruscamente haciendo el ademán de marcharse.

—¿No te quedas a tomar una taza conmigo?

—No, necesito salir a dar un paseo.

—¿Sin ir acompañada? —exclamó Effie, tensando el rostro de

nuevo, alarmada—. Oh, Kate. Después de todo lo que hemos estado hablando.

—Es pleno día, Effie. No me pasará nada.

—¿Pero adónde vas a ir, querida?

¿Adónde? En otra época habría una sola respuesta para aquella pregunta, pero ahora…

—No lo sé —contestó, y salió disparada hacia la puerta antes de que Effie pudiera seguir protestando.

Effie se llevó las manos al pecho de puro pánico, con el corazón encogido por un antiguo miedo. Tal vez fuera cierto que Kate no sabía adónde iba, pero Effie sí lo sabía. Y ya no podía continuar fingiendo aquella situación ni seguir ignorándola.

—Oh, acabará yendo directa hacia él —gimió Effie—. Todavía cree que está enamorada de él.

Igual que lo creía Kate desde que era una niña; sólo que Kate ya no era tan niña, y finalmente aquella atracción se había vuelto peligrosa.

«Tú eres la Buscadora de Novias, Effie. ¿No podrías saltarte las reglas sólo por esta vez y escogerme a mí como esposa de Val?»

Kate había curvado los labios en una sonrisa tentadora al pronunciar aquellas palabras, pero, ah, la expresión que vio en los ojos de la pobre niña, aquella mirada triste y desconsolada. Todo aquello bastó para romperle a Effie el corazón.

—¿Qué voy a hacer? —susurró. Si acaso…

Pero el matrimonio entre Kate y Valentine St. Leger era más bien imposible, y nadie lo sabía mejor que ella.

Enterró el rostro entre las manos, comprendiendo que iba a tener que buscar un modo de alejar a Kate de Torrecombe y de Val St. Leger, antes de que fuera demasiado tarde.

Kate se subió la capucha de la capa para protegerse la cara del azote de la brisa. Después de la violencia de la tormenta de la noche anterior, el mar lamía apaciblemente la playa de piedras y dejaba los burdos guijarros brillantes y resbaladizos. El sol resplandecía en el agua dando a las olas una apariencia de falsa calidez, pero Kate no se dejó engañar.

Se mantuvo bien alejada de la orilla del agua, con la mirada descontenta y fija en la casa que se veía a lo lejos. Ni siquiera la luz del sol lograba suavizar el recio perfil de Slate House. Rodeada por una tapia baja de piedra, parecía una pequeña fortaleza, solitaria y abandonada al borde del mar, cuyo único indicio de estar habitada era el humo que se elevaba lentamente de las chimeneas.

Pero la cancela estaba abierta, y el sendero que conducía a la puerta principal parecía hacerle señas. Juntó las manos enguantadas por debajo de la capa y se quedó donde estaba. No había sido su intención ir hasta allí, de verdad que no. No veía en qué podía beneficiarse al hacerlo.

No había cambiado nada. Aún amaba locamente a Val, y éste nunca podría amarla a ella. Y todos sus deseos, sus oraciones y sus coqueteos con la magia no habían conseguido alterar los hechos. Pero Dios santo, cuánto lo echaba de menos, el sonido sereno de su voz, la luz calma de sus ojos. Lo echaba tanto de menos que le causaba dolor.

Se mordió el labio y tomó una decisión desesperada. Jamás podría tener a Val, jamás sería su esposa ni su amante; entonces haría lo que tuviera que hacer simplemente para estar con él, para que todo volviera a ser tal como era antes de que ella lo besara y le suplicara que la desposara. Le diría que todo había sido un error, que todo el mundo estaba en lo cierto. Que lo que ella sentía era sólo un encaprichamiento propio de una colegiala, pero que había recuperado la sensatez. Aquello se había terminado, y ya podían volver a ser amigos.

Se le daba bien mentir. Seguro que conseguía que Val se lo creyera. Y a lo mejor hasta lograba convencerse a sí misma.

Pero antes de poder llevar su triste decisión a la práctica, reparó en que se acercaba un caballo con su jinete desde la playa, en sentido contrario. Se volvió para mirar y se sirvió de una mano para protegerse los ojos del sol, y entonces la respiración se le quedó ahogada en la garganta.

¿De la playa? No, el semental parecía haber surgido directamente de las olas que rompían y del deslumbrante sol, su brillante pelaje era del color de la espuma, sus crines al viento de un gris plateado. Mientras el enorme caballo galopaba surcando las olas de la orilla, sus poderosas patas delanteras provocaban una luminosa cortina de gotitas de agua.

Kate aguzó la vista, pero el resplandor del sol se negaba a permitirle distinguir los detalles del jinete, aparte de la maraña que formaba su cabello negro. No obstante, había un solo hombre en las inmediaciones que era capaz de montar de aquella manera tan temeraria: Lance St. Leger.

El hermano gemelo de Val siempre se había sentido como si fuera hermano de ella. Lance le había enseñado a montar, a batirse con la espada, y a menudo la animaba a comportarse de modo más escandaloso, para gran consternación de Val. En un momento dado le estaba llenando los bolsillos de golosinas, y al momento siguiente le estaba tomando el pelo y la atormentaba tirándole de los rizos.

Pese al afecto que sentía hacia Lance, Kate no estaba de humor para discutir con él en aquel momento. Sin embargo, no había ningún sitio donde ocultarse en aquel tramo de costa llano y abierto. Conforme el jinete se iba acercando, Kate alzó una mano a modo de saludo a medias, pero se quedó petrificada.

Lance había hecho virar a su montura para apartarse de la orilla y... y...

Se dirigía al galope directamente hacia ella.

¿Habría perdido totalmente el juicio? La impresión la mantuvo paralizada por espacio de unos instantes. Después, con un grito de sorpresa, giró en redondo con la intención de huir y se levantó las faldas para saltar a un lado.

Pero lo hizo demasiado tarde. Oía el galope del caballo justo a su espalda, notaba los guijarros que salían disparados y chocaban contra su capa. Con el corazón desbocado, hizo un último esfuerzo por ganar velocidad y se preparó para ser arrollada.

Y en ese instante todo sucedió rápida y confusamente. El caballo pasó raudo junto a ella y Kate se sintió aferrada por la cintura y levantada violentamente del suelo como si fuera una doncella desvalida raptada por un errante guerrero celta.

Lance la izó hasta colocarla frente a él. Kate se agarró frenéticamente para sujetarse, asiendo su capote con los puños, esperando caer al suelo en cualquier momento. Pero el brazo de Lance se cerró alrededor de ella igual que un grillete de acero. Con la otra mano tiró fuertemente de las riendas. Aquel demonio de caballo protestó y amenazó con alzarse de manos y retroceder, pero de algún modo Lance consiguió controlar al semental.

En cuanto vio que era seguro volver a respirar, Kate volvió la cabeza para mirarlo furiosa.

—Maldito seas, Lance St. Leger. Podrías haberme matado. ¿Qué crees que estás...?

Aquellas palabras furibundas murieron en su garganta. No era la sonrisa desenfadada de Lance la que se encontró frente a sí, sino la de otro hombre. Unos ojos de un intenso color castaño bajo unas pobladas cejas negras, y una sonrisa ladeada que debería resultarle muy familiar, y que sin embargo no lo era.

Kate lo miró boquiabierta, y articuló con una voz temblorosa de incredulidad:

—¿Val?

Capítulo 7

Val echó la cabeza atrás y rompió a reír de un modo que dejó estupefactos a Kate y al caballo. El semental giró hacia la derecha, a punto de lanzarse desbocado al galope. Val soltó a Kate y pasó los brazos alrededor de ella para sujetar las riendas mientras la joven se colgaba de sus hombros, con el corazón acelerado.

Val tranquilizó al inquieto corcel, aunque Kate no logró imaginar cómo lo hizo. Tenía que haber empleado ambas rodillas, y el impacto sobre su pierna enferma debió de ser insoportable; en cambio no vio ninguna señal de dolor que contrajese sus facciones. De hecho estaba sonriendo.

—Bueno, señorita Kate, mi amiga perdida —dijo recalcando las palabras—. Así que pensabas que yo era mi hermano Lance. Sólo tres días de ausencia, y ya te has olvidado de mí.

—N-no, claro que no. Precisamente venía a verte.

—En ese caso, ¿por qué intentabas escapar?

—¿Por qué? —Kate se revolvió indignada por aquella pregunta—. ¡Porque pensaba que ibas a pasar al galope por encima de mí, por eso!

—Deberías haber sabido que eso no sucedería. ¿Acaso no hemos jugado siempre a este juego? Tú corrías a mi encuentro, y yo te subía a mi caballo.

—Sí, pero éste no es *Vulcan*.

—Muy perspicaz por tu parte, querida.

Kate abrió desmesuradamente los ojos. ¿De verdad Val se estaba burlando de ella? No, él no haría eso jamás.

—¿De dónde has sacado este demonio de caballo? —inquirió.

—Lo he traído esta mañana. Es de mi primo Caleb. ¿No te gusta?

—Es magnífico, pero Val, no deberías haberlo hecho.

—¿Por qué no?

«¿Por qué no?» Kate lo miró boquiabierta, apenas capaz de creer que tuviera que explicarle algo así. Val siempre había sido muy paciente y razonable respecto a sus limitaciones.

—No crees que sea capaz de dominar a este enorme bruto, ¿verdad? —exigió él—. Crees que el único que puede montar un animal tan fogoso es mi hermano.

—Bueno, yo…

—Deja que te diga una cosa, querida. Hubo una época en la que yo era capaz de montar tan bien como Lance. Incluso mejor.

La voz de Val contenía un tinte de amargura que Kate rara vez había oído, y que la dejó tan estupefacta como al poderoso caballo que se agitaba bajo el peso de ambos.

—¿Tal vez necesites una demostración? —le preguntó él, con un gesto característico.

—No, claro que no, Val. No es necesario que me demuestres nada para… —Pero el resto de la frase se perdió cuando Val clavó con fuerza los talones en los flancos del semental. El caballo se lanzó hacia delante, pues no necesitaba que lo azuzasen mucho para salir disparado al galope tendido.

Lo único que pudo hacer Kate fue aguantar, aferrada con desesperación a Val mientras enfilaban hacia Slate House como alma que lleva el diablo. En efecto, el semental era magnífico. Aquella galopada podría haberle resultado emocionante y divertida si no estuviera tan asustada por Val, alarmada de que se hiciera más daño en la pierna.

Su temor aumentó hasta convertirse en pánico total cuando se dio cuenta de que el caballo viró el rumbo y se apartó de la cancela abierta para llevarlos en línea recta hacia el bajo muro de piedra. Jamás conseguirían realizar el salto. La rodilla de Val estaba demasiado débil, el semental era demasiado nervioso, y ella suponía un peso añadido.

—¡Val! ¡Noo! —gritó, pero él no pareció oírla. Se inclinó hacia delante como un poseso, con un brillo especial en los ojos. El muro de piedra se acercaba a ellos a una velocidad de vértigo.

Kate lanzó los brazos alrededor del cuello de Val y se preparó. El estómago le dio un vuelco al experimentar la terrible sensación de elevarse del suelo, luego siguió un borroso segundo de ingravidez, y después el espantoso choque al tocar tierra de nuevo.

Los cascos del semental golpearon el suelo con fuerza e hicieron temblar todos los huesos del cuerpo de Kate. Entonces, el gran caballo blanco dio un traspié, con lo que Kate estuvo a punto de salir volando de la silla. Por espacio de unos instantes de horror, creyó que todos iban a desplomarse en una tremenda maraña de brazos y piernas rotos y cuellos partidos.

Pero de algún modo Val estabilizó al caballo y la sujetó a ella con firmeza. Lo siguiente que percibió Kate fue que se detuvieron tranquilamente en medio del patio, y que todo había terminado. Excepto el loco retumbar de su corazón.

—¿Qué te ha parecido? —le susurró Val al oído—. ¿Te gustaría repetirlo?

—¡No! —exclamó Kate con voz ahogada. Dejó de aferrarse al cuello de Val como una posesa y volvió la cara hacia arriba para mirarlo furiosa—. ¡Maldita sea, Val! ¿Qué demonios se te ha metido en la cabeza? ¿Cómo has podido…? Hemos estado a punto de… Podrías haberte…

Pero nunca había tenido que reprender a Val por ser imprudente. Por lo general, sucedía al revés. Kate terminó diciendo incoherencias, incapaz de encontrar las palabras adecuadas. Finalmente, frustrada, estampó el puño contra el pecho de Val.

—Bájame. ¡Bájame al suelo ahora mismo!

Val arqueó las cejas en un gesto divertido, pero se encogió de hombros con pereza y apeó a Kate de la silla. Kate lanzó un suspiro de alivio cuando sus pies tocaron terreno firme. Se sentía magullada y con el cuerpo todo tembloroso, no tanto por la salvaje galopada ni por aquel salto insensato, sino más bien por el inaceptable comportamiento de Val. Era como si alguien hubiera puesto el mundo entero patas arriba.

Se rodeó a sí misma con los brazos para dejar de temblar. Val se bajó de un salto de la silla y se acercó a ella a grandes zancadas. Le alzó la barbilla con los dedos y la obligó a levantar la vista. Al menos, cuando le habló, lo hizo en su habitual tono amable, con una expresión cálida en los ojos.

—Perdóname, Kate. No era mi intención asustarte de este modo, aunque reconozco que encuentro cierta justicia poética en ello. Tú me has puesto los pelos de punta muchas veces, mi salvaje niña.

—Sí, pero… —Kate se interrumpió al darse cuenta de repente de un detalle, igual que si le hubieran arrojado un jarro de agua fría. Dio unos pasos titubeantes y a punto estuvo de tropezar con sus propios pies en su prisa por apartarse de Val.

—¿Y ahora qué ocurre?

Kate se quedó mirando sus botas salpicadas de barro.

—Tu... tu pierna... —balbució.

—Sí, tengo dos. Un estupendo par, ¿no te parece?

Kate se llevó una mano a la boca, sin apenas dar crédito a lo que creía haber visto sólo momentos antes.

—V-ven caminando hacia mí —le dijo—. Por favor.

Val sonrió pero la complació, y echó a andar en dirección a ella hasta quedar de nuevo de pie a su lado, casi pisándola. Lejos de haber sufrido daño alguno tras la intensa galopada, su paso era uniforme, firme y fuerte.

Kate lo miró aturdida.

—Val, tú... ya no...

—¿Ya no cojeo como un oso viejo con la pata pillada por una trampa? No, por lo visto me he curado.

—¿Pero cómo?

—Maldito si lo sé, y en realidad no me importa. Sucedió anoche, durante la tormenta. Lo más que recuerdo es que hubo un tremendo relámpago. Creo que debió de sorprenderme. Me caí, me golpeé la cabeza y quedé un rato sin conocimiento. Y cuando desperté, éste fue el resultado. —Retrocedió ligeramente y ejecutó unos cuantos pasos de baile rápido—. A lo mejor han sido las hadas —dijo con una carcajada eufórica.

Kate luchó por reprimir el súbito temblor que le recorrió todo el cuerpo al oír las palabras de Val.

«Sucedió durante la tormenta... Un tremendo relámpago.»

No, no habían sido las hadas, pensó Kate con un estremecimiento de emoción. Había sido ella. Ella, con sus danzas salvajes alrededor de la hoguera y sus torpes artes de brujería. No podía haber ninguna otra explicación posible. Había intentado lanzarle un hechizo de amor, y había conseguido algo mucho más increíble: lo había curado.

—¡Oh, Val!

Dejó escapar un sollozo de alegría y echó los brazos al cuello de Val en un impulsivo abrazo. Él, riendo, la levantó del suelo y empezó a girar dando vueltas y más vueltas. Kate se aferró a él, medio llorando, medio riendo, hasta que ambos quedaron tan mareados que estuvo segura de que terminarían desplomándose en el suelo.

En eso, Val se detuvo de improviso y sostuvo a Kate en alto para que el rostro de la joven quedase a la altura del suyo.

—No llores, mi salvaje niña —murmuró—. No debes llorar por mí nunca más.

122

—Es que me siento muy feliz por ti. —Kate le dirigió una sonrisa forzada.

Val la estrechó en sus brazos, abrazándola contra sí y aplastando sus senos contra su pecho. Luego, su sonrisa se fue desvaneciendo lentamente. Kate lo miró a través del brillo de las lágrimas y de pronto su corazón se paró.

Había estudiado su rostro muy a menudo a lo largo de los años, creía conocer todas las expresiones de aquellos rasgos tan amados; pero la mirada que apareció en los ojos de Val le resultaba del todo nueva. Candente, tan dura e intensa que la dejó sin respiración y… extrañamente un poco asustada.

Pero fue una expresión que desapareció tan deprisa que Kate pensó que debía de haberla imaginado. Val la depositó sobre sus pies y dirigió su atención a otra parte.

El mozo de cuadras de Val había entrado en el patio y estaba intentando hacerse cargo del semental blanco. Lucas, un muchacho delgado de catorce años, parecía estar un tanto asustado de la enorme bestia. Percibiendo su timidez, el semental retrocedió y se resistió al gesto nervioso con que Lucas agarraba las riendas.

Una chispa de fastidio cruzó el semblante de Val cuando decidió intervenir.

—Así no, muchacho. Éste es un semental hecho y derecho, no un viejo penco como *Vulcan*. Tienes que sujetar de aquí con fuerza para que sepa quién es su amo. Y deja de actuar como si estuvieras muerto de miedo.

Val agarró la brida y le murmuró al caballo en tono firme. Al ver que Lucas aún se mantenía apartado, le increpó:

—Maldita sea, chico. Vamos, encárgate de él.

Lucas se acercó con cautela, casi tan temeroso de su amo como del caballo, para gran sorpresa de Kate. Nunca había oído a Val hablar en un tono tan tajante a ninguno de sus sirvientes. Pero entonces pareció darse cuenta de lo brusco que estaba siendo y sonrió de manera forzada al tiempo que revolvía el pelo del muchacho.

—Si tienes problemas para manejar a este diablo, di a Jem que te ayude.

El chico asintió, todavía con expresión de gustarle muy poco aquella situación. Pero, tranquilizado por la mano de Val, el caballo permitió a regañadientes que Lucas lo condujera hacia el pequeño establo que había detrás de la casa.

Val contempló al muchacho con el ceño fruncido y después regresó con Kate. Debió de advertir la mirada de preocupación que mostraban los ojos de la joven, porque aligeró su expresión y adoptó una actitud casi de pedir disculpas.

—Supongo que no debería haber sido tan seco con el chico. Lo cierto es que anoche no dormí mucho. Por tantas emociones, supongo. Y cuando caí en la cuenta de que se me había curado la pierna, me levanté nada más amanecer y mi primer pensamiento fue sacar de la cama a Caleb y hacerme con ese caballo.

Kate consiguió asentir con la cabeza y sonreír, ocultando una inexplicable punzada de dolor. ¿Le había sucedido aquello tan maravilloso, y lo primero que se le ocurrió fue comprarse un caballo? Era comprensible, supuso. Había soportado su dolencia durante años con paciencia y valentía, había tolerado desplazarse penosamente a lomos de rocines flemáticos como el viejo *Vulcan*.

Pero ella y Val eran amigos desde hacía mucho tiempo, pese a las recientes dificultades que habían surgido en su relación. Podría haber reservado un momento para compartir las buenas nuevas con ella.

Con todo, no se atrevía a reprochárselo; no era precisamente el momento de alimentar sentimientos heridos, ahora que Val parecía estar tan increíblemente contento, ahora que había desaparecido por completo todo rastro de aquella melancolía que antes inundaba sus ojos. Val permanecía de pie, mirando al mar, con las piernas separadas y disfrutando de la brisa que jugueteaba con su cabello oscuro y despeinado en la frente.

—Ah, Kate —dijo—. No puedes imaginar siquiera lo que es esto, verse libre de esa infernal cojera, poder caminar como un hombre normal, ser fuerte y pleno de nuevo. Estoy a punto de estallar por la necesidad de salir corriendo a hacer todas las cosas que no he podido hacer durante años: montar, correr, practicar la esgrima. Era muy bueno con el florete, Kate, condenadamente bueno. —Se giró hacia ella y le cogió la mano de forma impulsiva—. Sencillamente, quiero hacerlo todo antes de que este milagro termine y desaparezca.

—No desaparecerá —empezó a decir Kate, sólo para tranquilizarse a sí misma. ¿Cómo iba a prometerle tal cosa? No tenía ni idea de la naturaleza del hechizo que le había lanzado, y mucho menos del tiempo que iba a durar.

Quizá debiera explicarle exactamente lo que había hecho, pero se apresuró a desechar la idea. Aunque él fuera un St. Leger, sabía que jamás daría su aprobación al hecho de jugar con la magia negra, el uso de la brujería. Con toda probabilidad, se enfadaría con ella y rompería totalmente su amistad recién recobrada. Val era tan odiosamente noble, que tal vez incluso insistiera en invertir el maleficio sin tener en cuenta el coste que pudiera suponer para él.

Y Kate no podría soportar semejante cosa. Nunca había visto a Val tan febril de emoción, con los ojos tan brillantes. Era como si se hubiera quitado años de encima y pudiera ser el joven indómito e impulsivo que no había sido nunca.

Val la obligó a acompañarlo y tiró de ella en dirección a la casa.

—Tú y yo, Kate. Hemos de hacer algo para celebrarlo.

—¿Como qué? —preguntó ella, esforzándose por mantenerse a su paso.

—No lo sé. —De pronto se detuvo, como si acabara de ocurrírsele una idea genial—. Bailar. Podría acompañarte a un baile, bailar contigo ahora.

Kate se echó a reír.

—Ya sabes que nunca le he prestado mucha atención a ese profesor de baile que contrató Effie para mí.

Es que no parecía que mereciera la pena aprender todos aquellos pasos tan intrincados, cuando sabía que jamás podría bailar con el único hombre al que deseaba.

—Yo mismo te enseñaré —dijo Val. Y a continuación le pasó un brazo por la cintura y la hizo girar en un lento círculo, un movimiento que la hizo sentirse extrañamente mareada. Tal vez se debiera más bien a su proximidad, al súbito brillo de ternura que vio en sus ojos.

—¿Te acuerdas de aquellas hadas de las que te hablé en cierta ocasión? Eso es lo que vamos a hacer, Kate; iremos a bailar con las hadas a la luz de la luna. Y beberemos champán.

—Champán. —Kate dejó escapar una risa ahogada—. Oh, no. ¿Te acuerdas del efecto que me produjo el champán cuando me bebí furtivamente unas pocas copas en la fiesta de compromiso de tu hermana Mariah, hace dos veranos?

—Estabas un poco achispada, querida —repuso Val sin dejar de bailar el vals en dirección a la casa—. Querías obsequiar a los presentes con una de esas canciones impúdicas de marineros que te enseñó el sinvergüenza de mi tío Hadrian.

—No me lo recuerdes —gimió Kate—. Afortunadamente, tú impediste que me pusiera en ridículo. Luego, creo que vomité encima de tus zapatos y ni siquiera te enfadaste conmigo.

—¿Cómo iba a enfadarme contigo, mi querida Kate? Simplemente te rescaté y te llevé a casa, cargué contigo escaleras arriba y te metí sana y salva en... —Val vaciló. Le falló el paso, y apretó la mano con que ceñía a Kate por la cintura—. Sana y salva en tu cama —terminó en un tono extrañamente alterado. De su semblante había desaparecido toda dulzura, y no había forma de confundir la intensidad de su mirada. Pero sus densas pestañas negras se cerraron y velaron su expresión.

Soltó a Kate tan bruscamente que ésta dio un traspié. Acto seguido se apresuró a apartarse de ella diciendo:

—Tal vez tengas razón. Nada de champán. Será más seguro beber té.

Y echó a andar con gesto airado hacia el interior de la casa, sin volverse siquiera para ver que Kate lo seguía. Ésta se lo quedó mirando, confusa por aquel súbito cambio de humor y estremecida al sentirse asaltada por la duda por primera vez.

¿Y si su siniestro maleficio le había hecho a Val algo más que transformarle la pierna? ¿Algo más como qué? ¿Volverlo loco de amor por ella? No veía ningún indicio de que hubiera sucedido tal cosa, pero los maleficios podían ser sumamente imprevisibles y funcionar de un modo que ningún mortal era capaz de entender. Le daba miedo imaginar todo lo que podría haberle hecho a Val, y apenas se atrevía a albergar esperanzas; lo único que podía hacer era seguirlo, angustiada, al interior de la casa.

Tras el resplandor del sol de fuera, el interior de Slate House parecía oscuro y tenebroso. Kate prefería con mucho visitar a Val en el castillo Leger, pues nunca le había gustado aquella casa aislada al borde del mar, ni siquiera en la época en que vivió en ella el doctor Marius St. Leger.

Las paredes mismas parecían estar saturadas de una soledad y una melancolía que lo invadían todo, sombras que se extendían por el suelo aunque todavía no era tan tarde. Ojalá Val y ella se hubieran quedado fuera, al sol, riendo y hablando de bailar con las hadas. Desde que entraron en la casa todo parecía haberse torcido, haberse desbaratado. ¿O sería que todo su mundo había empezado a parecer fuera de órbita desde el momento en que Val la subió a lomos de aquel salvaje semental blanco?

Siguió los pasos de Val hasta la biblioteca. Éste cerró la puerta con un suave chasquido. Kate caminó despacio sobre la alfombra, intentando tranquilizarse rodeada por aquel entorno, respirando el sedante aroma a cuero y libros viejos. Ya fuera en el castillo Leger o en aquella casa solitaria, la biblioteca era el lugar especial que Val y ella habían compartido siempre, cálido, familiar y confortable. Entonces,

¿por qué permanecía allí de pie como si se hubiera transformado en una estaca de madera? Val se le acercó para ayudarla a quitarse la capa, como hacía siempre desde que ella era pequeña.

Pero incluso aquel gesto le resultó perturbador y distinto. Los dedos de Val se entretuvieron ligeramente en los botones y retiraron la capa de los hombros muy despacio, igual que haría un hombre desnudando a su amante.

Aquella imagen le provocó a Kate un intenso rubor en las mejillas. Val dobló la capa y la dejó caer con descuido sobre el respaldo de un sillón. Era increíble, pero Kate imaginó que él había conseguido leerle el pensamiento y la vergüenza que sentía y que lo encontraba divertido. Su boca se curvó en una débil sonrisa, casi depredadora, semejante a la de un lobo que contempla a su presa.

¿Val, un lobo? Kate interrumpió sus pensamientos, abrumada por aquella idea. Val St. Leger era el último hombre del mundo del que se pudiera pensar una cosa así. Siempre le había recordado la descripción que hizo Chaucer del escudero de *Los Cuentos de Canterbury*: «Un amable y perfecto caballero». Así era Val, y así sería siempre, y ningún poder de la tierra, ninguna magia negra, ningún encantamiento podría cambiarlo jamás. Las expresiones que seguía imaginando en sus ojos eran todas producto de las sombras y de sus propias fantasías absurdas.

Paseó silenciosa por la habitación luchando por regresar a la normalidad. El fuego de la chimenea casi se había extinguido, y se agachó para reavivarlo echando unos cuantos troncos más. Val no hizo movimiento alguno para ayudarla, sino que fue hasta un pequeño armario y extrajo una botella de whisky.

Kate hizo un alto en la tarea de accionar el fuelle para mirarlo fijamente. Val había sido siempre un hombre de gran templanza, nada dado a las bebidas fuertes, sobre todo a aquella hora del día. Cuando se dio cuenta de que Kate lo estaba mirando, se detuvo y preguntó en tono amable:

—¿Quieres que te sirva una copa a ti también, querida?

Kate se quedó boquiabierta, y estuvo a punto de caerse encima de la rejilla de hierro. Después del incidente del champán, Val había jurado que no la dejaría tocar otra cosa que no fuera limonada durante el resto de su vida, ¿y ahora le estaba ofreciendo whisky?

Aturdida, sacudió la cabeza en un gesto negativo.

Val se encogió de hombros y volvió a la tarea de llenar su vaso.

—¿Te importaría hacer un brindis conmigo, entonces?

—¿Un brindis? —Aún afectada por la reciente impresión, Kate se sentía incapaz de pensar.

—¿Mala ventura a todos los Mortmain? —sugirió ella débilmente. Era el brindis tradicional de los St. Leger desde hacía varias generaciones, el grito de guerra contra la familia que llevaba tanto tiempo siendo su mortal enemigo.

Val era el que había enseñado aquel brindis a Kate. A pesar de su carácter amable, Val siempre había despreciado a los Mortmain tanto como los demás St. Leger, acaso incluso más porque él había llevado a cabo un estudio sobre la historia de dicha familia. Había tomado nota de cada oscuro incidente, de cada acto de venganza de los Mortmain contra los St. Leger, incluida la siniestra carrera del último superviviente de la camada, el capitán Raphael Mortmain.

—Parece haber cierta locura, algo perverso que llevan en la sangre, Kate —le dijo Val en tono grave en cierta ocasión—. Y dudo que Rafe pueda superar eso, por mucho que mi hermano desee llamarlo amigo. La naturaleza confiada de Lance me hace temer por su vida.

Val tenía razón, por supuesto. Rafe casi había conseguido destruir a Lance y también a su querido Val. Apenas podía volver a pensar en aquella siniestra época en que llegó a creer de verdad que Val estaba muerto. Desde entonces le procuraba una malévola satisfacción alzar su vaso de limonada y brindar por la destrucción de todos los Mortmain.

En cambio, en lugar de secundar su brindis como hacía siempre, Val pareció reacio y miró su vaso con el ceño fruncido.

—Ésa es una tradición ya un poco tonta, ¿no crees, Kate? Los Mortmain ya no suponen una amenaza suficiente para desperdiciar un buen vaso de whisky por ellos. Piensa en otra cosa.

—Muy bien —repuso Kate, un tanto desconcertada por aquella orden tajante—. Entonces, por tu milagrosa curación, y por nuestra amistad.

—Por nuestra amistad —repitió él, pero no pareció gustarle mucho más aquel segundo brindis. Con una expresión de amargura se tragó el whisky, y a continuación se apresuró a servirse otro.

Kate lo observó con mirada de preocupación. Se volvió hacia el fuego y utilizó el atizador para remover las ascuas bajo los leños nuevos. Las llamas se reavivaron, recordándole de modo perturbador la hoguera de la colina, la noche anterior. A pesar de la curación de Val, casi comenzaba a desear no haber puesto nunca los ojos en aquel libro de hechizos de Próspero.

—¿Por qué has venido a verme hoy, Kate?

La voz suave de Val le sonó directamente en el oído. Se sobresaltó, y a punto estuvo de caérsele el atizador al girarse de repente. La asombró descubrir que Val se las había arreglado para situarse a su espalda sin hacer el menor ruido. Iba a tener que acostumbrarse a aquella nueva manera de moverse tan silenciosa sin el bastón, y también a otros cambios.

Val se puso a su lado y apoyó un brazo sobre la repisa de la chimenea, cerniéndose sobre Kate. Ya había cierta diferencia en el modo en que se movía ahora que no necesitaba seguir usando el bastón. Su porte era vigoroso, seguro de sí mismo, casi prepotente. De pronto, Kate sintió miedo de él, miedo de Val, su más querido amigo, un hombre al que conocía casi de toda la vida. Aunque ya había conseguido que el fuego crepitara alegremente, continuó jugueteando con el atizador.

—¿Y bien, Kate? —la instó Val, recordándole su pregunta.

¿Que por qué había ido a verlo? Aquél era el momento de destapar sus mentiras, de pedirle disculpas por el modo en que se le había echado encima la otra noche, de intentar convencerlo de que se conformaría con ser sólo amiga suya.

Abrió la boca, pero simplemente no le salieron las palabras.

—Necesitaba estar contigo —confesó por fin—. Te echaba de menos.

—Habría sido más sensato por tu parte no venir.

Kate lanzó una carcajada temblorosa.

—¿Cuándo has visto que yo sea sensata? Además, seguimos siendo amigos, ¿no?

Al ver que él no respondía, levantó la vista y lo miró. Su semblante mostraba ahora una expresión grave y pensativa, completamente ajena a su actitud serena de siempre. Val jugueteaba con el guante descolorido, con el viejo abanico que descansaba sobre la repisa y con la miniatura en marfil del amor perdido del doctor Marius St. Leger.

Kate dejó a un lado el atizador.

—¿Val?

Él ni siquiera pareció oírla al principio; cuando ella volvió a pronunciar su nombre, salió bruscamente de su abstracción y sonrió con afectación.

—Lo siento. Estaba pensando que debería recoger todas estas tonterías y enviárselas a Marius, ya que no parece probable que vaya a regresar pronto. —Dio un golpecito de desprecio con el dedo contra el retrato de Anne Syler—. O tal vez debería arrojarlo todo al fuego.

Kate abrió los ojos de par en par. Val no podía hablar en serio.

—Pero ésos son los recuerdos más queridos de Marius, lo único que le queda de...

—De una mujer que murió hace más de treinta años. Marius debería olvidarla y buscarse alguna bonita viuda escocesa en Edimburgo.

—Pero si tú siempre me has dicho que no puede hacer eso. Anne era su novia elegida. La leyenda...

—¡Al diablo con la leyenda! —Val descargó el puño sobre la repisa con tal fuerza, que Kate dio un salto hacia atrás, sorprendida por la súbita cólera que despedían sus ojos.

Él se pasó la mano por el pelo como si estuviera haciendo un esfuerzo para contenerse. Se apartó de ella con gesto airado y se puso a pasear por la habitación.

—Durante toda mi vida me he sometido a los dictados de esa leyenda, aunque me ha condenado a estar solo para toda la eternidad. Siempre he tenido sueños de una sencillez patética: ser médico, tener una esposa, hijos. Podría haberme pasado la vida esperando a que el destino me dijera quién iba a ser mi novia elegida. Pero no —exclamó con vehemente sarcasmo—, la gran Buscadora de Novias decreta que Val St. Leger no ha de tener nunca un amor, que jamás ha de casarse. Si lo hace, lo pagará muy caro; caerá sobre él y sobre su esposa la maldición de los St. Leger. ¡Bueno, ya estoy harto de tantas estupideces!

Kate se retorció las manos, petrificada por la impresión. Llevaba mucho tiempo deseando que Val repudiara aquella leyenda, pero no de esta forma, con tanta rabia y amargura.

Se encogió sobre sí misma mientras Val paseaba furibundo por delante de ella.

—Estoy harto de todo esto, de la leyenda, de la estúpida tradición de mi familia, del condenado poder que he heredado, hasta de mi maldito nombre.

—A mí me encanta tu nombre —murmuró Kate, pero él no le prestó atención.

—Valentine —se burló, alzando las manos en el aire—. ¿Qué clase de nombre es ése para un hombre? Un santo, un mártir que entrega su vida y su felicidad a todos los idiotas que hay en el mundo. —Hizo una pausa y se volvió para mirar furioso a Kate—. ¿Sabes a qué me parezco, Kate?

En otro momento podría haber contestado enseguida aquella pregunta, pero ya no estaba tan segura.

—N-no —dijo.

Él cruzó la estancia y cogió una pieza del tablero de ajedrez tallado en marfil.

—Soy igual que este ridículo peón, me dejo manipular por todo el mundo, por este pueblo, por mi familia, por un maldito cuento de hadas. ¿Sabes a qué pieza me gustaría parecerme?

—N-no.

—A ésta. —Val arrojó el peón a un lado y cogió uno de los caballos bellamente tallados.

—¿El caballo negro? —preguntó Kate, desconcertada—. Pero si ésa no es precisamente la pieza más poderosa del tablero.

—Es lo bastante poderosa para destruir toda oposición hasta... —Val empleó el caballo para arrasar las piezas blancas, con los labios contraídos en una dura sonrisa—. Hasta que capture a la reina.

Kate tragó saliva y observó consternada cómo caían sobre la alfombra las desventuradas piezas de ajedrez. Ya no le cabía ninguna duda: el cambio que se había producido en Val abarcaba mucho más que su pierna. ¿Qué le habría hecho exactamente?

Val arrojó también el caballo y levantó la mirada del tablero para posarla en la cara de Kate.

—Ven aquí —le dijo en voz queda. Al ver que ella no se movía, alzó una mano—. ¡Ven aquí!

Kate se encogió, casi temerosa de obedecer. ¿Temerosa de Val? Aquello era ridículo a todas luces. Obligó a sus pies a ponerse en movimiento y avanzó despacio hasta colocar los dedos en la mano que le tendía Val. Éste la atrajo hacia sí y la miró ceñudo, al tiempo que tocaba un mechón de pelo suelto que le caía sobre la mejilla.

—¿Qué demonio te ha poseído para recogerte el pelo de esa forma?

Kate, azorada, se llevó una mano a la cabeza para tocarse el moño, que comprendió que estaba medio caído.

—Lo tenía mejor hecho antes de que me lo destrozara el viento. Pensé que recogerme el pelo me haría parecer mayor.

—Ya, pues no es así. Sólo te hace más vulnerable.

Val recorrió con los nudillos la parte de la nuca que quedaba al descubierto, un gesto que provocó un estremecimiento a Kate. Sus dedos se hundieron en el pelo y fueron extrayendo el resto de las horquillas hasta que la melena se derramó en forma de cascada sobre los hombros de la joven. A continuación, introdujo una mano bajo aquella masa de pelo indómita y la cerró sobre la nuca para obligar a Kate a acercarse a él, hasta que lo único que pudo ver ella fue el brillo oscuro de sus ojos. Le latía el corazón de una forma tan violenta, que se sentía incapaz de respirar. Entonces, Val aplastó su boca con fuerza contra la de ella. Kate abrió unos ojos como platos, aturdida por aquel ardiente contacto.

«Debe de haber funcionado, después de todo. El hechizo de amor ha funcionado.»

Aquél fue su último pensamiento coherente antes de que Val la acercara más a él para estrechar el abrazo. Con un suspiro ahogado, Kate cerró los ojos y se rindió al beso despiadado de Val, a aquellos labios que sabían a whisky y pasión.

La noche de su cumpleaños le había rogado que le enseñara a besar, y ahora lo estaba haciendo con creces. Su boca se movía magistralmente sobre la de ella, saboreando, exigiendo, devorando. Entonces, con un ronco gemido, Val rompió el sello de sus labios. Kate se sorprendió al sentir por primera vez aquella lengua rozando la suya, y luego, extrañamente, se excitó.

Siempre veloz para aprender todo lo que Val quisiera enseñarle, Kate respondió aferrándose a sus hombros y enganchándose a su boca en un dulce y salvaje apareamiento. El corazón le retumbaba con fuerza, la cabeza le daba vueltas. Nunca había sido una mujer de las que se desmayan, pero casi temió estar a punto de hacerlo.

Val, jadeante, se retiró el tiempo suficiente para permitirle que recuperara el aliento antes de continuar con su apasionado asalto. Le cubrió de besos la sien, los párpados, las mejillas, el mentón, como si no tuviera suficiente de ella.

—Kate, Kate. Mi niña salvaje —gimió—. He sido un completo idiota al resistirme a ti durante tanto tiempo.

—N-no hay nada que perdonar —logró balbucir ella antes de que Val la aplastara entre sus brazos y la amoldara a su largo cuerpo. Hundió el rostro en su pelo y le susurró con calor al oído—: Te amo. Te he amado siempre, y ya nada se interpondrá entre nosotros. Te lo juro.

A Kate se le encogió el corazón de alegría al oír aquellas palabras que llevaba media vida esperando oír.

—Oh, Val, yo también te am... —Pero su declaración quedó ahogada por la boca de Val, que reclamó sus labios para otro largo y ferviente beso que la dejó debilitada, derretida en sus brazos. El hechizo había funcionado con una furia apasionada que ni siquiera se había atrevido a imaginar.

Sin romper en ningún momento el contacto entre ambos, con los labios pegados a los de ella, Val la levantó en brazos, la llevó hasta el canapé y la depositó sobre los cojines. Luego se apartó sólo el tiempo necesario para quitarse la levita y el chaleco. Su pecho subía y bajaba con inspiraciones breves y rápidas, su cara era una oscura máscara de deseo. Por fin se deshizo también de la corbata de lazo.

Kate lo contemplaba aturdida, experimentando una minúscula punzada de alarma, pero ésta quedó olvidada al instante cuando Val cayó sobre ella y comenzó a besarla hasta que su pulso se disparó y la sangre se le aceleró en las venas. La boca de Val le recorrió lentamente todo el cuello, y Kate exhaló un suspiro de felicidad. Aquello era lo único que había anhelado siempre, más de lo que había soñado.

Casi no se dio cuenta de que Val le había desabrochado los botones del vestido, hasta que abrió de golpe la pechera del corpiño. Kate nunca llevaba corsé, de modo que le resultó fácil desatar las cintas de la holgada camisola y desnudarle los pechos.

Kate sintió un cálido rubor que le inundó las mejillas e instintivamente hizo el gesto de cubrirse, pero Val no se lo permitió, sino que le sujetó las manos a los costados.

—No, Kate. Deja que te contemple —le dijo, recorriéndola de arriba abajo con mirada ávida—. Eres tan hermosa, y te deseo con tanta desesperación, que creo que podría morir.

Su cabeza oscura descendió sobre ella, sus labios rozaron la tierna carne de sus senos, su boca se cerró hambrienta sobre un pezón.

—Oh, Dios —gimió Kate al sentir la lengua de calor que la recorrió por entero. Había creído saber y entender todo sobre la pasión que podía inflamarse entre un hombre y una mujer, pero nunca había imaginado que fuera algo así. Hundió los dedos en el cabello de Val, vencida por las nuevas sensaciones que él despertaba, por la dolorosa necesidad de que él la tocase, que continuase tocándola incluso de manera más íntima.

Una parte de ella se daba cuenta de que las cosas se estaban desarrollando demasiado deprisa, en una espiral sin control. Val la tenía aprisionada bajo su peso, y su mano empezaba a levantarle la falda. Kate experimentó una fugaz sensación de pánico y se preguntó si sería capaz de detenerlo, si quería detenerlo.

Pero no quería. Sobre todo cuando los labios de él encontraron de nuevo los suyos sin ofrecerle misericordia alguna, y la besaron hasta el borde del delirio. Resistirse a él no le habría sido más fácil que volar hasta la luna. Aquél era su Val, el amigo en quien confiaba, el hombre al que adoraba y al que había deseado siempre.

Temblando ante su propio atrevimiento, Kate deslizó una mano entre ambos y comenzó a manipular el primer botón de la camisa de Val, pero la mano de éste se cerró sobre la suya y la obligó a detenerse. Val se izó sobre un brazo y la miró fijamente, casi como si estuviera viéndola por primera vez.

Entonces, la luz que ardía en sus ojos vaciló y se extinguió.

—Oh, Dios mío —dijo con la voz ronca.

—¿Val? —dijo Kate con voz trémula, temiendo que, con su falta de experiencia, hubiera hecho algo verdaderamente fatal. Alzó una mano para tocarle la mejilla, pero él se apartó horrorizado. Se despegó de ella y atravesó la habitación a trompicones, en su prisa por huir. Luego se apoyó contra la chimenea, agarrado al borde de la repisa con tal fuerza, que incluso le temblaron los brazos.

Con la boca aún húmeda de sus besos y la piel temblorosa por sus caricias, Kate se incorporó muy despacio, sintiéndose a un tiempo confusa y extrañamente afligida. Miró a Val con ansiedad.

—Val, ¿estás...?

—¡Márchate!

Aquellas duras palabras cayeron sobre Kate igual que el restallar de un látigo.

—¿Q-qué?

—Vístete y márchate de aquí —ladró Val. Volvió la cara para mirarla furioso, con ojos duros y oscuros como los de un desconocido.

—P-pero —tartamudeó Kate, más aturdida y confusa que nunca por aquel súbito cambio de humor.

—¿Estás mal del oído, muchacha? He dicho que te arregles el vestido y te largues de aquí. ¡Fuera! Vete antes de que... —Dejó sin terminar la furiosa amenaza y se volvió de espaldas a Kate con las manos fuertemente cerradas en dos puños.

Kate se encogió, con la misma sensación que si Val la hubiera abofeteado. Le dirigió una mirada rebosante de sentimientos de dolor y desconcierto, pero se apresuró a obedecer al tiempo que notaba que también menguaba su pasión. Mientras manoteaba con los lazos de la camisola y se reajustaba el vestido, percibió un calor que le inundaba las mejillas. De repente se sintió tonta, avergonzada y violentada. Tan barata como una ramera de Londres, como la fulana que debió de ser su madre. Con hechizo o sin hechizo, Val St. Leger seguía siendo un caballero; no le extrañaba que se sintiera asqueado por su conducta temeraria y lasciva.

Se abrochó el último de los botones y dijo con un hilo de voz:

—Lo... lo siento, Val.

—¿Que tú lo sientes? —Val se volvió lo justo para mirarla con el ceño fruncido.

—Sí, lo que acaba de suceder ha sido enteramente culpa mía, y... —No pudo terminar la frase, herida y abatida al ver que Val lanzaba una carcajada.

Fue una risa sonora y de corazón, pero cuando se disipó, de pronto quedó tan sólo el Val de siempre, mirándola de nuevo. Entonces dobló una rodilla ante ella y le tomó las manos en las suyas.

—Mi salvaje Kate —murmuró—. Qué tonta eres. ¿Cómo has podido pensar que eres tú la responsable de lo que acaba de ocurrir entre nosotros?

—Porque lo soy. —Kate levantó la barbilla, pues reconocía demasiado bien aquel tono indulgente que empleaba Val—. Ya no puedes seguir considerándome la niña ignorante que no sabe nada. Te lo he dicho muchas veces, disto mucho de ser inocente.

—Eres tan ingenua como un recién nacido. —Val le depositó un suave beso sobre las yemas de los dedos—. Ni siquiera entiendes lo cerca que he estado de deshonrarte.

—Tú jamás podrías deshonrarme, Val —replicó ella.

—Sí que podría. Precisamente estoy empezando a comprender de lo que soy capaz. —Su expresión se tornó grave y sombría. Se puso de pie y ayudó a Kate a incorporarse.

—Por favor, ahora vete —le dijo en voz baja.

Kate no tuvo más remedio que obedecer cuando se lo pidió de aquella forma, aunque lo único que deseaba era acariciarle el pelo y hacer desaparecer aquel gesto de preocupación que le arrugaba la frente. La noche anterior, mientras tejía su sortilegio junto a la hoguera, se imaginó sólo dicha y felicidad, poner fin a la soledad de Val y a los anhelos de ella. En ningún momento pensó en desatar en él semejante torbellino, ni en causarle daño. Pero como de costumbre, reflexionó Kate, no había pensado en absoluto.

Con el corazón pesaroso de remordimiento y frustración, pasó rauda junto a Val y se encaminó penosamente hacia la puerta.

—No tienes por qué marcharte de ese modo —murmuró él—, sin una palabra de adiós ni un beso de despedida.

Kate recuperó el ánimo y levantó la cabeza al instante. Fue hacia él, deseosa de complacerlo, pero Val la tomó por los hombros y mantuvo una casta distancia entre ellos. A continuación depositó un suave beso en su frente, luego otro en la nariz, y por fin le rozó los labios con los suyos.

Su boca estaba tibia y blanda. Kate suspiró, tensándose hacia él, y lo siguiente que supo fue que estaba de nuevo en sus brazos, intercambiando besos con desesperación mientras él la estrechaba como si no deseara soltarla nunca.

—¡No! —Val se apartó con una risa entrecortada y separó a Kate de sí—. Dios santo, Kate, esto es una auténtica locura.

—No, Val. Es maravilloso —declaró ella, intentando aferrarse a él—. Yo te he querido siempre, y ahora me quieres tú. ¿Qué puede haber de malo en eso?

—Nada. Y todo. —Val le sujetó ambas manos y la mantuvo alejada de él—. Todo esto me ha sobrevenido demasiado de repente. Todos estos cambios. Necesito… necesito tiempo para pensar.

Al ver que Kate iba a protestar, él la silenció poniéndole una mano en la boca. Terminó dibujando el contorno de sus labios con dedos cálidos y tentadores. Cuando retiró la mano, Kate exhaló un suspiro.

—Pronto volveré a ti, ángel mío —dijo Val—. Te lo prometo.

Antes de que Kate pudiera siquiera recuperar el aliento, Val le echó la capa sobre los hombros y la empujó hacia la salida. Kate parpadeó cuando la puerta se cerró en sus narices y se quedó allí, estupefacta, oyendo cómo Val hacía girar la llave en la cerradura.

Increíble. ¿De verdad creía Val que era necesario cerrar con llave para que ella no entrase? Tal vez sí, pensó con desconsuelo. Aún sentía un hormigueo en la piel al recordar el ardiente abrazo de Val. En ninguno de sus múltiples sueños, jamás lo había creído capaz de besar de aquella forma. Era un hombre increíble, y ella ansiaba volver a arrojarse a sus brazos y terminar lo que habían comenzado sobre el canapé. Nada importaba el riesgo de que pudiera descubrirlos alguno de los sirvientes de Val y que se formase un tremendo escándalo para ambos.

Era una suerte que, incluso bajo la influencia de un encantamiento, Val contara con más sentido común que ella. Por lo menos, ahora entendía lo que le pasaba, la razón de su actitud huraña, los inesperados arrebatos de mal genio, los bruscos cambios de humor. El ensalmo estaba surtiendo efecto en él, pero se resistía noblemente con todas sus fuerzas, todavía aferrado a sus escrúpulos y a sus ideas equivocadas sobre la inocencia de ella.

Pero dudaba que fuera una batalla que Val fuera a ganar.

El pobre tenía que estar ya muy ido para haber empezado a llamarla ángel; no había nada en ella que fuera ni mínimamente divino. De hecho, por el momento se sentía más bien como la mismísima hija del demonio.

«Te he amado siempre», le había susurrado Val, «y ya nada se interpondrá entre nosotros. Te lo juro.»

Palabras maravillosas y apasionadas, pero ¿era el propio Val quien las pronunciaba, o tan sólo el hechizo? ¿Cómo podía haberle hecho aquello, haber practicado la magia con su querido amigo, privarlo de su voluntad, engañarlo, tenderle una trampa?

No, se tranquilizó desesperadamente, no era así en absoluto. Ella no le había tendido ninguna trampa a Val, sino que lo había liberado del dolor que lo incapacitaba, de las terribles restricciones de aquella leyenda, de una vida entera en soledad.

Todo iba a salir bien en cuanto Val se rindiera y dejara de luchar contra la magia que ella había tejido. Tal vez lo único que necesitaba era un poco más de tiempo para acostumbrarse a todos aquellos cambios increíbles. Al fin y al cabo, se lo había prometido…

«Pronto volveré a ti, ángel mío.»

—No tardes demasiado, mi amigo amado —susurró Kate.

Y acto seguido, tras echarse la capa sobre los hombros, se tocó los labios con la mano y apretó ésta contra la puerta cerrada para depositar un beso de despedida.

Para cuando Kate regresó al pueblo, ya había conseguido calmar sus recelos. Mientras caminaba con paso airoso por el sendero, iba absorta en visiones de color de rosa acerca de su futuro con Val. Al principio se opondrían todos los St. Leger, pero poco a poco irían abandonando su resistencia cuando vieran lo felices que eran Val y ella, la devoción que sentían el uno por el otro. Comprenderían que a veces una leyenda podía estar equivocada.

Hasta Effie sonreiría de orgullo el día en que Kate estuviera al lado del Val ante el altar de la iglesia de St. Gothian. Entre sus deberes de esposa, hallaría tiempo para hacer un poco de casamentera también, y emparejaría a Effie con su admirador el vicario, para que Effie no se quedase sola cuando ella se mudase a vivir a Slate House.

Vaya cambio iba a producir Kate en aquel lugar tan tétrico. Abriría las contraventanas de par en par, limpiaría todas las telarañas del pasado, pintaría y empapelaría de nuevo todas las habitaciones con colores alegres y luminosos. Aprendería a ayudar a Val en su práctica médica e impediría que sufriera un desgaste al excederse en el uso de sus poderes y trabajar demasiado.

En los días soleados, Val y ella irían a montar magníficos caballos por la playa, o bien quitarían el polvo a los floretes y practicarían esgrima. Las tardes de lluvia, ella le serviría el té en la biblioteca mientras ambos estudiaban juntos un interesante volumen nuevo. O pasarían largas horas de ocio haciendo el amor sobre aquel canapé.

Ya estaba imaginando con ternura cómo le iba a presentar a su primer hijo, cuando llegó al recodo del camino que conducía a Rosebriar Cottage. Su pie vaciló, y sus fantasías se interrumpieron de pronto.

Delante de la entrada de la finca se había detenido un flamante carruaje nuevo del que tiraban un par de caballos. Tanto el elegante equipaje como el afanoso criado de librea que se ocupaba de los animales parecían ridículamente fuera de lugar en Torrecombe. Kate reprimió una palabrota de consternación; en aquel momento tenía la cabeza demasiado llena de Val para ayudar a Effie a atender a una visita, sobre todo aquélla.

Víctor St. Leger echó a andar en dirección al sendero que llevaba hasta Rosebriar, con gran cuidado para evitar mancharse de barro las punteras de sus relucientes Hessian. Kate sabía que las otras muchachas del pueblo lo encontraban tremendamente guapo; las muy tontas hablaban sin cesar de sus irresistibles ojos de color oscuro y de las sensuales curvas de su carnoso labio inferior. Pero en realidad Kate siempre había encontrado aquellas facciones perfectas un tanto lisas para su gusto. En comparación con Val, no era más que un jovenzuelo imberbe.

Víctor pareció reparar en su propia imagen reflejada en uno de los charcos de lluvia y se detuvo para ajustarse el ángulo de su sombrero de copa y alisar las múltiples capas de su gabán. Kate hizo un gesto de desprecio. Pobre Mollie Grey. Dudaba que Víctor llegara a declararse a ella hasta que dejara de estar enamorado de su propia imagen. Era el joven más holgazán y más inútil del mundo, vivía de la fortuna amasada por su abuelo y su padre, ambos marinos, y por lo general desperdiciaba todo su tiempo en ciudades más grandes como Penzance y Plymouth asistiendo a asambleas, bailes y carreras de caballos, y coqueteando con mujeres tontas.

Entonces, ¿qué demonios estaba haciendo en Rosebriar? Sin duda había regresado para atormentar a la pobre Effie con más quejas sobre la novia tan sosa que ésta le había elegido.

—Maldito sea —musitó Kate. Irritada igual que un protector *te-*

rrier, se levantó las faldas y echó a correr. Rebasó a Víctor con facilidad, y se interpuso entre él y la puerta de la casa.

El joven murmuró una imprecación de fastidio por verse empujado, pero calló al instante.

—Kate —exclamó.

Si no lo conociera, Kate habría creído que Víctor se alegraba de verla. Pero tal cosa era sumamente improbable. Apenas habían hablado el uno con el otro desde la fiesta que se celebró en la propiedad de los St. Leger hacía ya más de un año. Por una vez, Kate había procurado comportarse como una dama, por Val.

Víctor la había observado a través de no sé qué ridículo cristal y había comentado que su vestido nuevo tenía demasiadas cintas, y que mejor habría sido emplear algunas de ellas para recogerse aquella melena salvaje. Kate le sugirió amablemente que más le valdría aflojarse el cuello de la camisa, sin duda era el motivo por el que tenía la cabeza tan hinchada. Él le replicó que aún conservaba todos los encantadores modales de una mocosa de orfanato. A Kate no debería haberla molestado que un imbécil como Víctor le lanzase a la cara su odioso origen, pero por alguna razón la molestó. De modo que puso fin a aquel intercambio de insultos rompiéndole en la cabeza el objeto que tenía más cerca.

Por lo menos, después de aquello, Effie había dejado de insistir en que Kate llevase una sombrilla.

Se situó delante de la puerta de la casa en jarras y le cortó el paso a Víctor.

—¿Qué estás haciendo aquí? —exigió sin hacer el menor intento de mostrarse educada.

Con una mano a la espalda, Víctor utilizó la otra para tocarse el sombrero a modo de saludo. Era una cortesía galante nada frecuente, al menos de Víctor hacia ella.

—Vengo a ver…

—Effie no está en casa —soltó Kate.

—Pero…

—Al menos, para ti. Ya ha hecho bastante buscándote una novia. Mollie es una chica encantadora, demasiado buena para un necio vanidoso como tú. Deberías considerarte afortunado.

—Pero es que…

—Y aunque no tengas inteligencia suficiente para ser agradecido, deberías saber cómo funciona la leyenda de tu familia. Una vez que Effie anuncia la persona que ha escogido, no se puede hacer ningún cambio, por más que uno intente convencerla con zalamerías o con intimidaciones, de manera que ya puedes dar media vuelta y...

—Kate, Kate —la interrumpió por fin Víctor con una risa de protesta—. No he venido a atormentar a Effie, te lo aseguro. He venido a verte a ti.

—¿A mí?

El joven sacó la mano que tenía a la espalda y mostró un ramillete de delicados capullos de rosa de color rosado, que le tendió con un pequeño floreo.

Kate se quedó mirando las flores igual que si le estuvieran ofreciendo una serpiente.

—¿Para qué es ese ramo? —preguntó con suspicacia.

—Para ti. Cógelo. —Le obsequió una de aquellas sonrisas luminosas que normalmente hacían que las jóvenes del lugar se desmayaran a su paso.

Kate quedó momentáneamente perpleja por aquel gesto, hasta que cayó en la cuenta de lo que debía de estar tramando Víctor. Movió la cabeza en un gesto negativo y rió incrédula.

—Si crees que vas a ablandarme y ponerme de tu parte, de verdad que no estás en tus cabales. Puede que yo opine que la leyenda de los St. Leger es una pura bobada, pero Mollie no opina lo mismo. Has tenido a esa pobre chica esperando casi media noche, convencida de que ibas a acudir a declararte.

Víctor hizo una mueca de dolor; al menos tenía la elegancia de reconocer su culpa.

—No fue mi intención hacerle daño, Kate. Es posible que no me hiciera mucha gracia, pero estaba totalmente preparado para cumplir con mi deber como St. Leger que soy. De hecho, tenía ya su casa a la vista cuando comprendí que jamás podría pedirle a Mollie que se casara conmigo, dado que ya estoy enamorado de otra mujer.

—¿Y quién es esa desdichada criatura?

—Tú.

—¡Qué!

Víctor le cogió la mano, y Kate estaba demasiado sorprendida para impedírselo.

—Estoy enamorado de ti, Kate. Debería haberme dado cuenta hace mucho tiempo.

—Oh, sí, claro. Seguro que se te ocurrió cuando te aticé con mi sombrilla. Estoy segura de que te di más fuerte de lo que creía.

Víctor no reaccionó ante aquella observación despectiva, sino que intentó llevarse la mano de Kate a los labios.

—¡Deja eso! —dijo Kate retirando la mano—. ¿Es que has perdido el juicio por completo?

—No, sólo el corazón. Pero no era mi intención declararme a ti en la puerta de tu casa. ¿Puedo entrar?

—¡No!

Víctor suspiró.

—En ese caso, no me dejas otra alternativa.

Y, para consternación de Kate, dobló una rodilla allí mismo, en el sendero de la casa, para que lo viera todo el pueblo. Dejó el ramo de rosas delante de ella como si fuera un antiguo romano haciendo una ofrenda a una diosa y, tras quitarse el sombrero y sostenerlo sobre el corazón, le dirigió una ancha sonrisa.

—Kate Fitzleger, ¿querrás hacerme el honor de convertirte en mi esposa?

—No, desde luego que no —repuso Kate al tiempo que lo agarraba por la pechera del gabán y trataba de obligarlo a incorporarse de nuevo—. Levántate antes de que te pongas totalmente en ridículo y te ensucies la rodilla del pantalón.

—Eso no me importa.

No le importaba. ¿De verdad era Víctor St. Leger el que hablaba? Kate lo miró ceñuda.

—Si ésta es la idea que tienes de una broma, yo no la encuentro en absoluto...

—Estoy hablando completamente en serio, Kate —declaró él en tono dolorido. Pero al menos Kate había logrado que el muy idiota se pusiera de pie.

—Víctor, a lo mejor necesitas ir a alguna parte a tumbarte un rato. Es evidente que llevas demasiado tiempo al aire libre y al sol. No estás acostumbrado.

—No es el sol, querida mía. Fue la tormenta de anoche lo que me recordó la luz que brilla en tus hermosos ojos. Entonces fue cuando supe por primera vez que te adoraba. Llegó hasta mí como... como la descarga de un rayo.

—Eso es lo más ridículo... —comenzó a decir Kate, pero al momento se interrumpió, cuando caló en su mente todo el significado de aquellas palabras. «¿Como la descarga de un rayo?» Oh, no, no podía ser. No era posible que... que...

Escrutó con ansiedad las facciones de Víctor en busca de alguna señal de que estaba tomándole el pelo, burlándose de ella como hacía siempre. Aunque su rostro mostraba la habitual arrogancia, también vio en sus ojos una sinceridad que la desconcertó.

Estaba tan estupefacta que no podía pensar, ni moverse. Víctor se aprovechó a fondo de aquel instante y le rodeó la cintura con los brazos. ¡Maldición! De hecho estaba preparándose para besarla allí mismo, delante de la puerta.

Kate volvió en sí de golpe y a duras penas se las arregló para interponer los brazos a tiempo.

—Víctor, ya basta. Ya está bien.

Él hizo caso omiso y luchó por atraerla.

—Mi amada, mi dulce amor —jadeó—. Dime que serás mía.

—No. ¿Te has vuelto loco? —exclamó Kate, forcejeando para quitárselo de encima y más bien sorprendida de que Víctor fuera tan fuerte—. ¿Y qué pasa con tu novia elegida? Mollie, la leyenda —continuó diciendo desesperada, en un intento de que el joven recobrara el juicio—. Si no te casas con ella, te… te sucederán muchas desgracias.

—Estoy dispuesto a arriesgarlo todo por un beso tuyo. —Víctor se inclinó sobre ella, con la boca a escasos centímetros de la de Kate. Ésta giró la cabeza hacia un lado, y gracias a eso Víctor le rozó la mejilla.

Luchó por apartarlo de ella, pero el joven prácticamente la tenía aprisionada contra la puerta de la casa.

—Víctor, si no me sueltas inmediatamente —dijo Kate con los dientes apretados—, vas a lamentarlo de veras.

—Kate —gimió él al tiempo que le besaba torpemente la sien—, me estás rompiendo el corazón.

—¡No, voy a romperte la cabeza!

Entonces realizó un violento giro y consiguió asestarle un golpe con el puño que lo alcanzó en la mandíbula. No fue un puñetazo fuerte, pero sí lo bastante para hacerlo retroceder. Seguidamente, descargó ambos puños contra su pecho para alejarlo del todo. Después, dio media vuelta y se lanzó como una flecha a la seguridad que le ofrecía la casa.

Cerró la puerta de golpe y se apoyó contra ella jadeando. Para su horror, Víctor comenzó inmediatamente a llamar con los nudillos y a suplicarle a través de la mirilla.

—Oh, Kate, lo siento mucho. No tenía la intención de lanzarme así sobre ti. Es que te adoro profundamente. Por favor, déjame entrar para que pueda pedirte perdón.

Kate contuvo un gemido.

—Te perdono, Víctor. Ahora, márchate.

—Pero no puedo irme hasta que me permitas convencerte de que te amaré y cuidaré para siempre. ¿Kate? —Al ver que ella no respondía, arreció en los golpes—. Kate, por favor, abre la puerta.

Kate hizo una mueca de desasosiego y recorrió con la mirada el vestíbulo vacío. Si Víctor no cesaba con sus malditos golpes contra la puerta, iba a conseguir que viniera corriendo toda la servidumbre, tal vez incluso Effie. Y si su guardiana descubría lo que estaba sucediendo, lo más seguro era que la pobre se cayera muerta allí mismo.

Kate se volvió y gritó a través de la puerta:

—Márchate, Víctor, o… o te juro que mandaré llamar a tu primo Anatole.

Era una amenaza vana; el temido lord del castillo Leger había partido de Torrecombe aquella misma mañana, en dirección al norte, con la intención de visitar al doctor Marius. Pero, por lo visto, Víctor no estaba enterado de ello, porque cesaron los golpes. Kate contuvo la respiración. Tras largos instantes de silencio, corrió a la salita y se asomó a la ventana que daba al frente.

Manteniéndose bien oculta detrás de las cortinas, observó al joven que se dirigía caminando penosamente hacia el carruaje que aguardaba en el sendero.

Oh, por favor, rogó Kate, que Víctor rompa a reír y a dar codazos a su criado contándole la tremenda broma que acababa de gastarle a la señorita Fitzleger; pero no había señal alguna de regocijo en el semblante alicaído del joven. Había perdido aquel pavoneo al andar cuando se subió al carruaje y tomó las riendas de manos del criado. Kate nunca había visto a aquel individuo tan arrogante con un aspecto tan abatido. Éste, antes de partir, lanzó una mirada de tristeza hacia la casa, como si realmente ella le hubiera roto el corazón.

Kate cerró la cortina y se apartó de la ventana. Oh, Dios. ¿Qué había hecho ahora?

Nada, nada de nada, se dijo con vehemencia. Lo que temía que le hubiera ocurrido a Víctor no podía ser cierto, a pesar de que él hubiera hablado de descargas de rayos. Era una pura coincidencia.

Su hechizo iba destinado a Val, no a él. Fueron las iniciales de Val las que grabó en el trozo de carbón: V. S., Valentine St. Leger.

Y también eran las de Víctor.

¡No! Kate cerró los ojos con fuerza para sofocar el pánico que comenzaba a invadirla. Seguía siendo imposible. Cuando llevó a cabo el conjuro pensaba sólo en Val. Estaba claro que un hechizo de amor no podía surtir efecto en dos hombres distintos, ¿no?

Estaba segura de que no, pero de todos modos, lo mejor era echarle otro vistazo a aquel libro. Salió huyendo de la salita y echó a correr escaleras arriba, con lo que a punto estuvo de colisionar con Nan.

—Oh, señorita Kate. Me ha parecido oír llamar a la puerta.

—¡No!

Sin hacer caso de la expresión de sobresalto de la doncella, Kate pasó de largo como un rayo y se dirigió a su dormitorio. Cerró de un portazo y se arrojó casi sobre la mesa tocador para levantar el tapete bajo el cual había escondido el libro de hechizos de Próspero. O por lo menos eso creía. Frunció el ceño y se esforzó por recordar, y a continuación abrió de un tirón el cajón superior. Luego el siguiente. Y el otro. De allí saltó al vestidor, al guardarropa, al pequeño escritorio, en una búsqueda cada vez más frenética a cada minuto que pasaba.

Media hora después había desordenado el dormitorio entero sin resultado alguno. Se dejó caer débilmente sobre una esquina de la cama, con un nudo en el estómago. Casi no podía creerlo.

El maldito libro había desaparecido.

Val abrió las contraventanas de par en par. Desde la ventana de la biblioteca contempló cómo se ponía el sol sobre el mar con un intenso resplandor, lanzando destellos de luz dorada y roja semejantes a dedos de sangre que se extendieran sobre las aguas. Lanzó un suspiro tembloroso y se preguntó qué le estaba ocurriendo.

No lo sabía; sólo sabía que parecía empeorar ahora que se aproximaba la noche. Sus criados hacía tiempo que habían dejado de intentar sacarlo de la prisión que se había impuesto a sí mismo. Hasta Jem parecía temeroso de molestarlo otra vez, y Val no pudo reprochárselo; durante toda la tarde había estado gruñendo y rugiendo a todo el que se acercaba por la biblioteca, con la orden de que se largaran de allí y dejaran en paz a su amo.

No, no quería té. No quería cenar. Lo único que quería era…

«Kate.»

«Estúpido idiota. ¿Por qué la has dejado escapar?»

Val se agarró con fuerza al borde del alféizar de la ventana, incluso ahora luchando contra el impulso abrumador de ir en su busca y llevarla hasta allí, directamente a su cama. ¿Y por qué diablos no iba a hacerlo? Seguro que Kate no se resistiría. Ya se había mostrado más que dispuesta, tan deseosa, tan confiada y... ¡Dios! ¿Qué demonios estaba pensando?

Se llevó las manos a la frente, deseando poder aplastar aquellos persistentes y siniestros deseos. Era Kate a la que deseaba con lujuria, su niña salvaje, su amiga más querida. Ya era bastante malo haber estado tan cerca de violarla aquella tarde; seducirla allí mismo, en el canapé, casi a punto de robarle la inocencia, de desgraciar a una joven por cuya protección él normalmente habría dado su vida.

Pero la maldita verdad era que aún la deseaba, y al diablo con todas las consecuencias y toda la decencia. A menudo había oído la otra parte de la leyenda de su familia, que un St. Leger varón sabía cuándo le había llegado el momento de emparejarse. Se suponía que era como una fiebre en la sangre, un dolor en el alma. Val dudaba que pudiera ser peor que la agonía que estaba padeciendo en aquel momento, su hambre de Kate, salvaje en su intensidad. Y ella ni siquiera era su novia elegida.

Sólo había una cosa que pudiera hacer: con independencia de lo que le había prometido a Kate, tenía que permanecer alejado de ella. Volvió a cerrar las contraventanas de golpe, como si el hecho de cerrar la noche fuera a ayudarlo en su resolución.

Pero no fue así. Caminó lentamente en dirección a la puerta, pero en el último momento se detuvo y se mesó el cabello con dedos temblorosos. ¿Qué le estaba ocurriendo? Era como si su claridad de pensamiento se estuviera volviendo borrosa, como si sus escrúpulos, su sentido del bien y el mal que tanto valoraba comenzaran a erosionarse. Todos los sentimientos primitivos, todos los deseos o pensamientos siniestros que siempre había suprimido ascendían ahora demasiado cerca de la superficie.

No tenía idea de lo que había desencadenado aquel descenso hacia la locura. De alguna manera, estaba todo enmarañado en la milagrosa curación que había experimentado la noche anterior. La noche anterior... Val se frotó los ojos con gesto cansado. Vendería su alma con tal de recordar exactamente lo que había sucedido la noche anterior.

Entonces lanzó una carcajada sin alegría. Que él supiera, a lo mejor ya había vendido su alma por aquello precisamente. Sus dedos se deslizaron por el pecho para sentir el contorno de la cadena y el pedazo de cristal que llevaba oculto bajo la camisa. Ni siquiera se había atrevido a mirarlo en todo el día, pero ahora, con dedos torpes, sacó el cristal y lo sostuvo a la luz de las velas.

Era sólo un fragmento robado de la magnífica piedra mágica que se hallaba incrustada en la espada de los St. Leger, y sin embargo relucía con una belleza tan hipnótica que Val no pudo apartar los ojos de él.

¿Cómo había llegado a su poder aquel cristal perdido durante tanto tiempo? Por más que lo intentó, no consiguió recordarlo. Sólo podía haber una respuesta: Rafe Mortmain. Sin embargo, parecía imposible. Si Rafe hubiera regresado a Torrecombe al cabo de tantos años, no habría dejado más huella de su presencia que si fuera un fantasma.

¿De verdad temía importancia de dónde había venido aquel cristal? Ahora era suyo. Acarició el brillante trocito de piedra. Era como si todo lo que siempre había deseado, lo que siempre había anhelado, resplandeciese en aquel pequeño fragmento de...

No. Val parpadeó con fuerza, asustado por la dirección que estaban tomando sus pensamientos. Su mano se cerró sobre el cristal y ocultó a la vista su brillo hipnotizante. Parecía ejercer una especie de extraña influencia sobre él, y eso que ni siquiera le pertenecía. En buena ley, debía serle devuelto a su hermano Lance, actual propietario de la espada de los St. Leger.

Se quitó la cadena del cuello, sorprendido y turbado por lo difícil que le resultó hacerlo. Con el cristal fuertemente apretado en la mano, recorrió la biblioteca con la mirada en busca de algo que hacer con él hasta la mañana siguiente. Fue hasta su escritorio y extrajo la pequeña bolsa raída por el uso que guardaba allí. En aquel momento no contenía ninguna moneda, por lo que la cadena y el cristal cabían perfectamente. Tiró de los cordones que cerraban la bolsita de cuero y volvió a guardar ésta en el cajón del escritorio. Apenas había terminado de hacerlo cuando sintió la punzada.

El dolor. El dolor que regresaba a él con creces. Un sufrimiento agudo, distinto de cualquier otro anterior, que lo hizo apretar los dientes para no gritar. Emitió una exclamación ahogada y logró dar unos pasos tambaleantes hasta el canapé antes de desplomarse. Al parecer, el milagro se había terminado.

En cambio, mientras se agarraba con fuerza la rodilla enferma, lo comprendió de pronto. Su curación iba unida de algún modo a aquel cristal. Necesitaba cogerlo y ponérselo otra vez. Pero cuando comenzó a luchar por moverse, algo instintivo lo retuvo. No, tocar aquel cristal de nuevo era lo último que debía hacer.

Cayó una vez más sobre los cojines y trató de masajearse la rodilla en un afán de disipar el creciente dolor. Dios mío, le dolía tanto como cuando la lesión estaba reciente, aquel terrible día en el que encontró a Lance herido en el suelo, en un campo de batalla de España. Su inconsciente hermano por fin había puesto a prueba su temerario valor con demasiada frecuencia.

—*Aguanta, Lance. Ya voy* —gritó Val, *intentando hacerse oír por encima del fragor de los cañones y los gemidos de los moribundos. Se abrió paso con dificultad a través de la acre neblina de humo hasta donde se hallaba Lance, retorciéndose en el suelo, sangrando profusamente por la destrozada masa de huesos que antes había sido su rodilla derecha.*

Con el corazón encogido por el miedo, Val se arrodilló a su lado y buscó con ansiedad su maletín de instrumental.

—*No pasa nada, Lance* —lo tranquilizó—. *Estoy aquí.*

—*N-no.* —Lance *estaba ya tan enloquecido por el dolor, que trató de apartarse de él. Val buscó instintivamente su mano.*

—*Déjame en paz, maldita sea.* —Lance *se debatió en su intento de zafarse de él, pues incluso en su sufrimiento percibía lo que estaba a punto de hacer su hermano.*

Pero Val ni siquiera titubeó. Se concentró rápidamente y comenzó a disolver en su mente su propia carne, a abrir sus propias venas para el hermano al que tanto amaba, haciendo acopio de fuerzas para compartir el dolor de su gemelo.

—*No, maldito seas, Val. No lo hagas. Suéltame.*

—*No temas, Lance. Puedo soportarlo* —repuso Val, *aunque tuvo que apretar con fuerza los dientes*—. *Tú aguanta.*

Y entonces fue cuando todo se torció de manera horrible. Comenzó a dolerle intensamente la cabeza, su frente se perló de gotas de sudor, el recuerdo del dolor pasado se mezcló con el sufrimiento presente. Nunca llegó a entender del todo cómo, pero aquel día había absorbido algo más que el dolor de Lance; había tomado sobre sí la herida misma, había transferido la lesión incapacitante de su hermano a su propia pierna.

Fue la única vez en su vida que Val perdió el control de sus poderes de aquella forma. Al menos hasta la noche anterior. Val aspiró profundamente varias veces, pues de pronto experimentaba un súbito recuerdo.

Se encontraba arrodillado en el vestíbulo de Slate House, inclinado sobre alguien, intentando socorrerlo. Era un hombre… un hombre que estaba padeciendo una terrible agonía. Cerró los ojos y se esforzó por recordar. Una tormenta. Había estallado una tormenta con truenos y relámpagos. El fragmento de cristal se balanceaba lanzando destellos junto a su cuello. Alguien le tenía agarrada la mano, con tanta fuerza que no podía soltarse, no podía detener el…

¡Dios! ¿Por qué no podía acordarse? La escena se difuminó y terminó desapareciendo, y el esfuerzo por traerla de nuevo a la mente le causó tanto daño como el dolor de la pierna. Aun así, parecía enormemente importante seguir intentándolo, como si su cordura… no, su vida misma dependiera de ello.

¿Qué era lo que le había sucedido la noche anterior? Algo terrible y siniestro. Algo que parecía ir unido a la tormenta, al cristal y a su antiguo enemigo.

Rafe Mortmain.

Capítulo 8

*E*l puerto bullía de actividad. Los trabajadores de los muelles levantaban cajas de embalaje y barriles con ayuda de tablones, curtidos marinos en busca de empleo pululaban de un lado a otro cargados con sus petates. Una fila de carruajes intentaba acercarse lo más posible al embarcadero, mientras los pasajeros supervisaban la descarga de sus pertenencias.

Incluso en medio de una multitud tan ajetreada, el caballero de gabán azul marino llamaba cierta atención, sobre todo la de las señoras. Dotado de un alto porte militar, se movía con dignidad y discreción. Unas sienes plateadas surcaban su cabello oscuro, peinado con una perfecta precisión que le sentaba bien a su rostro de facciones finamente cinceladas. Era demasiado pálido para ser marino, pero todas las mujeres que lo veían estaban convencidas de que tenía que ser el capitán de uno de los buques. Poseía aquella aura de mando.

Y en cambio, Rafe Mortmain nunca había experimentado mayor incertidumbre en toda su vida. Se abrió camino por entre la fila de carruajes con su baúl de viaje bien sujeto de la mano y la vista fija al frente, evitando todo contacto visual, y no sólo porque era consciente de que todavía era un hombre buscado.

Se sentía condenadamente extraño, diferente e inseguro de sí mismo, como un hombre que de algún modo ha salido de su tumba y se encuentra otra vez de improviso en el mundo de los vivos. Lo cual, tal vez, era exactamente lo que le había sucedido a él.

En justicia, debería estar muerto. ¿Por qué no lo estaba? Conforme se acercaba al borde del muelle, Rafe aspiró profundamente para llenar los pulmones del aire fresco del mar, sintiendo la fuerza correr por sus miembros. Era un maldito milagro. Debería estar loco de contento; y una parte de él lo estaba, pero la otra parte se sentía acobardada.

Algo muy raro le había ocurrido en la víspera de Todos los Santos. ¿Cuánto tiempo había transcurrido desde entonces? ¿Un día? ¿Dos o tres? Sus cálculos a ese respecto eran sumamente vagos. Ni siquiera recordaba cómo había huido del pueblo de Torrecombe ni cómo se las había arreglado para volver a Falmouth y recuperar la bolsa oculta en la que guardaba dinero y ropa.

Su pérdida de memoria debería haberlo alarmado; en cambio, cuando se despertó aquella mañana en la posada Red Lion, su principal preocupación fue la imagen desaliñada que le devolvió el espejo. Rafe nunca había sido un hombre especialmente vanidoso, pero sí conservaba una cierta pulcritud espartana en cuanto a su aspecto físico.

Llamó a un barbero y se aplicó a la tarea de remediar de inmediato aquella situación. Al menos ahora se sentía casi humano otra vez, e incluso mejor… Se llevó una mano a la garganta y se la palpó en busca de la cadenita que debería estar allí, pero no estaba.

El cristal había desaparecido. Había conseguido librarse de aquel maldito objeto, pero incapaz de recordar cómo. Por su mente cruzaron unos recuerdos fragmentados de la aislada casa situada al borde del mar y de Val St. Leger haciéndose cargo de él cuando se desplomó en el umbral, el médico inclinado sobre él, el brillo letal del cristal. Y después la nada. No se acordaba de nada más, hasta su regreso a Falmouth. ¿Era posible que, con la transferencia del cristal, el doctor St. Leger hubiera perecido en su lugar? Por alguna razón Rafe no lo creía así, aunque si él no estaba muerto, muy pronto el médico desearía estarlo.

Pero quizá la magia negra no funcionara con St. Leger como había funcionado con él. Al fin y al cabo, el trozo de cristal procedía de la espada de los St. Leger y Val era un St. Leger, y además uno de insufrible nobleza. ¿Cómo lo llamaba en tono de broma su hermano Lance para tomarle el pelo? «San» Valentine.

Quizás el mal no pudiera tocar nunca a un hombre así. Rafe frunció el entrecejo al pensar en ello. Era como si de hecho abrigara la esperanza de que el cristal no causara daño a Val, y eso era absurdo; llevaba meses planeando su venganza. Val St. Leger había sido siempre su enemigo y él lo odiaba, ¿no?

Se frotó la frente en un intento de volver a sentir la rabia, la envidia y la amargura de siempre, pero era como si aquellos siniestros sentimientos que lo habían roído durante años simplemente se hubieran esfumado. Igual que el cristal. Y aquello lo hacía sentirse como si hubiera vuelto a empezar desde cero. Era una sensación misteriosa, incluso aterradora.

Desechó aquellos turbadores pensamientos con un encogimiento de hombros y se concentró en el presente. Protegiéndose los ojos del resplandor del sol sobre el agua, escrutó el bosque de mástiles cuyas siluetas se recortaban contra el cielo azul hasta dar con *El Aventurero*, el buque mercante en el que había reservado un pasaje a las Indias orientales.

No lo preocupaba especialmente adónde fuera, mientras pudiera sentir de nuevo el bamboleo de un barco bajo los pies y oír el murmullo de las olas. El seductor chocar del agua contra el embarcadero parecía un susurro que hablaba de lugares muy lejanos, de libertad y de aventura, una emoción para su alma que no había experimentado desde que era muy joven.

Ya no había nada que lo retuviera allí. Cornualles nunca había significado gran cosa para él. Aquella inhóspita costa había resultado ser un desastre para él y para todos los Mortmain antes que él, incluida su propia madre. Una tierra en la que naufragaban las esperanzas y se frustraban los sueños.

Esta vez, cuando partiera, no volvería la vista atrás. Pero no tenía ninguna prisa por embarcar; *El Aventurero* no tenía previsto zarpar hasta la marea de la noche. Ahora disponía de tiempo, de todo el tiempo del mundo.

Fue andando hasta una pequeña taberna que había cerca del embarcadero y se compró un pequeño refrigerio a base de pan y queso. Habría sido más juicioso quedarse en algún rincón apartado de la taberna hasta que fuera la hora de partir, pero estaba cansado de vivir escondido en las sombras. Incapaz de resistirse al atractivo del sol, volvió a salir a la luz del día para disfrutar del placer de la brisa marina que hacía ondear su cabello.

Se puso a pasear por la estrecha calle de adoquines y devoró el pan y el queso, un tanto sorprendido de sí mismo. En los últimos meses no había tenido mucho apetito, pero nada le había sabido nunca tan bueno como aquella sencilla comida. Saboreó la textura áspera del pan contra la lengua y el sabor añejo del queso como si se tratara de un delicado plato de cocina francesa. No recordaba haber tenido nunca los sentidos tan aguzados, tan sensibles a todos los placeres. No recordaba tener tanta conciencia del simple hecho de estar vivo.

Cuando se terminó el queso, hizo una pausa junto a un barril que alguna ama de casa había dejado en la calle para recoger el agua de lluvia. Mientras se lavaba las manos, lo sobresaltó ver su reflejo trémulo en el agua. Tras la visita al barbero no sentía deseos de inspeccionar su cara afeitada, pero ahora sí que estudió su imagen.

¿Cuándo había encanecido tanto? Su cabello, antaño de un negro profundo, mostraba ahora algunas hebras plateadas. Cosa poco sorprendente, supuso, para un hombre que había rebasado los cuarenta. Estaba haciéndose mayor. Salvo que no lo parecía. El hecho de haberse afeitado la densa barba le había dado un aspecto más juvenil, más vulnerable.

—¡Mamá! Mamá, por favor, no me dejes.

Aquel llanto infantil perforó a Rafe igual que la fría hoja de un cuchillo. De inmediato se apartó del barril, temiendo a medias haberlo imaginado, el eco de una pesadilla procedente de la niebla de sus peores recuerdos.

—¡Mamá, por favor!

Cuando volvió a oír el llanto, se volvió rápidamente y buscó de dónde venía. Sólo unos metros más allá, enfrente de una de las casas que daban al embarcadero, vio a una mujer con un chal marrón y un gorro que intentaba zafarse de un niño pequeño y delgado. La angustia de la madre y la aflicción del niño atraían escasamente la atención de los transeúntes. Rafe no supo por qué se detuvo a mirarlos; hacía mucho tiempo que se había adoctrinado a sí mismo en el arte de la indiferencia, sobre todo ante el sufrimiento de personas desconocidas.

Excepto que no se trataba de desconocidos. Rafe entornó los ojos. Por improbable que pareciera, conocía a aquella mujer menuda y anodina y al frágil muchacho de pelo rubio. Los había visto recientemente… ¿o haría ya una eternidad?

En un granero de una granja vieja y venida a menos, situada junto a Falmouth. Le vino a la cabeza una clara imagen de Corinne Brewer mirándolo con expresión blanda y preocupada mientras él se esforzaba por mantenerse erguido a lomos de aquel viejo jaco gris.

«Vaya usted con Dios, señor Moore.»

Sí, Corinne Brewer. Esa era. La viuda necia y confiada que le había permitido dormir en su granero y que le vendió el único caballo que tenía. El chico de aspecto frágil era su hijo. ¿Chad? No, Charley.

¿Y qué estarían haciendo en Falmouth, obviamente obligados a separarse? Corinne tenía asido en la mano un pequeño bolso de viaje. Claro que aquello no era asunto suyo; se volvió a medias para marcharse, cuando advirtió la presencia de otra mujer. Ésta permanecía inmóvil en el umbral de la casa, era un poco mayor e iba algo mejor vestida que Corinne, con su figura alta y delgada cubierta de seda negra. Llevaba el cabello pelirrojo recogido bajo una cofia blanca, en un estilo tan severo como su semblante.

Corinne se agachó frente a su hijo, que lloraba, en un intento de secar sus lágrimas, pero sin conseguirlo.

—N-no te vayas, mamá. —La voz del pequeño se quebró en un sollozo—. P-por favor, no te vayas.

Corinne acarició el cabello del niño murmurando algo. Desde donde se hallaba, Rafe no logró entender lo que decía, tan sólo el tono dulce y tranquilizador.

—¡Oh, por el amor de Dios, Corinne! —saltó la otra mujer, y a continuación se inclinó desde el umbral—. Ya está bien de tonterías. Dame el dinero y vete ya.

Corinne se incorporó con gran tristeza, mientras Charley todavía continuaba aferrado a los pliegues de su chal. Corinne entregó lo que parecía ser una delgada bolsa de monedas. Rafe frunció el ceño; ¿qué demonios estaba pasando allí?

Seguidamente, Corinne se inclinó para dar a su hijo un beso de despedida, pero al parecer la otra mujer había perdido ya la paciencia; agarró a Charley y lo arrancó de los brazos de su madre. La débil protesta de Corinne se perdió en el grito del niño, que tendía frenético los brazos hacia su madre mientras lo separaban de ella.

—¡No! Quiero quedarme con mi mamá.

Corinne se llevó una mano temblorosa a los labios, y el mismo Rafe sintió que se ponía tenso. Aquella arpía vestida de negro le estaba quitando a su hijo. ¿Por qué Corinne no hacía algo? ¿Qué le pasaba a aquella mujer?

—¿Qué te pasa a ti, Mortmain? —musitó Rafe—. Esto no es asunto tuyo.

Se sorprendió de que incluso tuviera que recordarse a sí mismo aquel hecho. Debía apartarse, regresar al embarcadero, pero por algún motivo no podía hacerlo, pues su mirada estaba fija en aquella escena. Corinne se quedó mirando a su hijo como si se le estuviera rompiendo el corazón.

Pero fue la expresión del chico al ser arrastrado al interior de la casa lo que a Rafe le resultó insoportable. Asustado, herido y abandonado. Los sollozos del pequeño desgarraban partes sensibles de Rafe que creía haber endurecido mucho tiempo atrás.

Sintió una extraña opresión en el pecho, y fue como si el tiempo girase vertiginosamente y lo transportara. Se encontró de nuevo en aquella fría calle de París, pequeño, asustado y desamparado. Lo sujetaban las fuertes manos de su hermano Jerome mientras el carruaje de Evelyn Mortmain desaparecía en la noche.

«*¡Maman! ¡Maman!*»

«Tienes que dejarla marchar, pequeño.»

¡No! Algo pareció romperse en el interior de Rafe. Antes de reflexionar siquiera sobre lo que se disponía a hacer, se lanzó hacia delante. Pasó por enfrente de Corinne y se dirigió en línea recta a la otra mujer y al niño que forcejeaba.

—Suelte a ese niño. ¡Ahora mismo!

Aquella orden perentoria hizo que ambas mujeres quedaran petrificadas de asombro. Hasta Charley cesó en su frenético forcejeo para mirar a Rafe con una expresión de pánico.

—¿Qué? —replicó la otra mujer.

—He dicho que lo suelte.

La mujer lo miró fijamente. Rafe descubrió que su aspecto no mejoró al examinarla más de cerca. En otra época tal vez hubiera sido una mujer atractiva, pero Rafe lo dudó. Sus ojos eran fríos, duros y despiadados, una expresión que Rafe conocía muy bien. Se parecía demasiado a la que veía en su propio espejo.

La mujer se recobró rápidamente y fulminó a Rafe con una mirada glacial.

—¿Acaso se ha vuelto usted completamente loco, señor?

Muy posiblemente. Aquélla parecía ser la única explicación posible a su extraño impulso. Ciertamente, no podía culpar de su comportamiento al cristal; ya no lo tenía.

—Suelte al niño —repitió Rafe—. Deje que vuelva con su madre.

—Pero qué impertinencia… —escupió la mujer—. Márchese, señor, antes de que llame a un policía.

Ahora existía una amenaza que debería haberle devuelto el juicio. Si es que le quedaba algo. Pero antes, Corinne se apresuró a intervenir. Puso una mano en la manga de Rafe y le dijo:

—Se lo ruego, señor. Le agradezco su preocupación, pero es que no lo entiende. Esta mujer no me está robando a mi hijo ni nada parecido. Ella…

—Por Dios, Corinne —dijo la mujer en tono despectivo—, no hay necesidad de que le expliques tus problemas. Es un completo desconocido.

—No, no lo es —terció Charley con voz quejumbrosa al tiempo que se zafaba de la otra mujer. Corrió a buscar la seguridad de las faldas de su madre y levantó su rostro manchado por las lágrimas para susurrarle—: Es el señor Moore, mamá.

Rafe se sobresaltó al oír el nombre fingido que había proporcionado a los Brewer. Con aquel aspecto exterior tan alterado, no se le había ocurrido pensar que el niño pudiera reconocerlo. Pero es que no había pensado precisamente mucho cuando se metió de cabeza en aquella situación.

Ya lo estaba lamentando, sobre todo cuando Corinne lo miró con ojos como platos, interrogantes.

—¿El señor Moore?

Odiaba tener que admitir que él era aquella criatura sucia y desaliñada que durmió en su granero, pero por lo visto no merecía mucho la pena intentar negarlo. De modo que asintió brevemente.

A pesar de su angustia, Corinne consiguió esbozar una sonrisa tímida.

—Me alegro de verlo con tan buen aspecto, señor. Cuando se fue de nuestra granja estaba usted muy enfermo. Estuve preocupada por usted.

¿Que estuvo preocupada por él? Rafe enarcó las cejas con sorpresa y una cierta incomodidad. Él no había vuelto a pensar en aquella mujer.

—¿Y se puede saber quién es este tal señor Moore? —exigió la otra mujer mirando con aire suspicaz a Corinne y después a Rafe.

—Es el caballero que compró nuestro viejo caballo.

—Según parece, se toma mucho interés por tus asuntos para tratarse de un conocido casual, Corinne.

—Lo cual parece mucho más de lo que está haciendo usted —replicó Rafe con frialdad—. ¿Quién diantre es usted, señora?

La mujer lanzó una exclamación ofendida, pero Corinne se apresuró a hablar:

—Es mi prima, la señora Olivia Macauley. He aceptado un empleo de niñera para la familia de un comerciante de esta ciudad, Falmouth. Naturalmente, no me permiten tener a Charley conmigo. Olivia ha consentido en que mi hijo viva con ella. Estoy segura de que se portará muy bien con él.

—Lo dudo mucho. He visto caras más amables en cuervos carroñeros.

La señora Macauley parecía estar a punto de ahogarse.

—¡Cómo… cómo se atreve usted!

—Y si esta prima suya es tan amable como dice —prosiguió Rafe—, ¿por qué ha aceptado dinero por cuidar del chico? —Señaló con un gesto de desprecio la bolsa que la señora Macauley aún sostenía en la mano.

—Bueno, es que… yo no podía esperar que… —titubeó Corinne.

—¿Por qué no? Se ve a las claras que su situación es mucho mejor que la suya.

La señora Macauley se indignó.

—¡No soy tan rica como para ofrecer limosna a todos los parientes indigentes que vienen mendigando! Los niños pequeños pueden resultar muy caros.

—Según mi experiencia, no tanto —replicó Rafe—. De hecho, suelen ser bastante baratos. Por lo visto, con mucha frecuencia se los considera basura.

Rafe se arrepintió enseguida de haber pronunciado aquellas amargas palabras, porque fue Corinne la que acusó el impacto, y no la arpía.

Corinne bajó la cabeza.

—Yo no quiero abandonar a mi hijo, señor Moore. Sencillamente, no tengo más remedio.

—Oh, basta ya, Corinne —dijo en tono tajante la señora Macauley—. No tengo todo el día para quedarme aquí mientras tú estás de cháchara con este tal Moore. ¿Quieres que me quede con el chiquillo o no?

—Sí —susurró Corinne desconsolada.

—No —dijo Rafe.

Los ojos de Corinne se clavaron en los suyos, obviamente desconcertada por la persistencia de Rafe en intervenir. Éste no se lo reprochó: él mismo estaba confundido por la misma razón.

La señora Macauley cruzó los brazos sobre su exiguo pecho y torció su pálido rostro.

—Ahora estoy empezando a ver lo que pasa aquí, Corinne. Ya fue bastante malo que tuvieras un matrimonio tan desastroso, fugándote con aquel marino. Pero es evidente que has encontrado otro hombre, igual de bajo.

—N-no —balbució la aludida, con un toque de rubor en las mejillas—. Te aseguro que… el señor Moore no es…

—Bueno, esta vez me lavo totalmente las manos de ti.

—Siempre que también se las lave de su dinero —dijo Rafe al tiempo que le arrebataba la bolsa de Corinne de las manos. Suponía que debía intentar aclarar las cosas y explicar la verdad sobre su intromisión en los asuntos de Corinne, pero desde luego no tenía ni idea de cuál era.

Como si fuera a servir de algo dar una explicación. La señora Macauley tenía una mente tan estrecha como sus ojillos mezquinos. Dirigió a Rafe una mirada letal, soltó un poderoso resoplido y a continuación regresó como una furia al interior de su casa tras dar un sonoro portazo.

Toda satisfacción que experimentó Rafe al derrotar a aquella vieja bruja se esfumó en el momento en que vio el semblante de Corinne. Estaba tan pálida que parecía a punto de desmayarse.

—Oh, señor Moore —dijo—. ¿Qué es lo que me ha hecho?

Rafe se encogió al ver la expresión de aflicción que revelaban sus ojos.

—Nada —dijo con un gruñido—. Simplemente salvarla de cometer un terrible error.

—Pero es que Olivia es mi única pariente, mi única esperanza. ¿Con quién voy a dejar a Charley ahora?

Rafe no tenía respuesta para aquello. Estaba distraído por una sensación peculiar, una mano pequeña y tibia que se deslizaba en la suya. Bajó la vista y quedó atónito al ver que Charley se apretaba contra su costado. Casi se había olvidado del pequeño, y se preguntó cuánto habría entendido de lo que acababa de ocurrir. Al parecer, lo suficiente para comprender que no iban a dejarlo con la señora Macauley.

El chico lo miró y le sonrió como si lo considerase una especie de maldito héroe.

—¿Qué tal está *Rufus*, señor Moore? —preguntó el niño al tiempo que se limpiaba los últimos restos de lágrimas de sus mejillas pecosas.

¿*Rufus*? ¿De qué diablos hablaba Charley? Entonces lo recordó. El condenado caballo. Por desgracia, no se acordaba de lo que había hecho con aquel animal; lo más probable era que se lo hubiera vendido a algún matarife.

—Er… *Rufus* está bien. Está en un establo de… de… —Rafe no supo cómo seguir. Se soltó de la mano del pequeño y prácticamente lo empujó hacia Corinne—. Tenga. Llévese a su hijo.

—Que me lo lleve, ¿adónde? —Corinne lanzó una carcajada que bordeaba peligrosamente la histeria.

—Pues… de vuelta a su granja.

—¡Ya no tengo granja! Se la han quedado los acreedores de mi marido.

Rafe hizo una mueca de dolor por su estupidez. Por supuesto, debería haberse dado cuenta. ¿Por qué, si no, iba a estar Corinne buscando empleo?

—Lo tenía todo organizado —continuó la joven—. Charley iba a vivir con Olivia. Puede que no sea la mujer más amable del mundo, pero tiene una buena casa. En el trabajo que he encontrado me pagan bastante bien y me exigen poco. Podía enviar algo de dinero, ahorrarlo para los estudios de Charley para que pudiera asistir a una buena escuela, y el día de mañana convertirse en un caballero. Quizás en un médico o un abogado.

«Y habrás de vivir en un castillo, Raphael. El castillo Leger, tu herencia. Te prometo que será tuyo cuando yo haya derramado la sangre de esos usurpadores de los St. Leger.» El recuerdo de la voz vehemente de su madre le atravesó el cerebro.

Miró furioso a Corinne.

—¿Acaso cree que a su hijo le preocupa todo eso? ¿Una buena casa, una buena escuela, todas esas malditas ambiciones que usted tiene para él? ¿De veras cree que todo eso podrá compensarlo de…?

Rafe interrumpió su estallido de cólera y se obligó a sí mismo a recordar que no era Evelyn Mortmain a quien le hablaba. Lo único que estaba haciendo era asustar a Charley y llevar a Corinne al borde de las lágrimas.

Entonces bajó el tono de voz.

—Lo único que desea su hijo es estar con usted.

—¿D-dónde? ¿En un asilo de pobres o en el calabozo por ladrón?

Corinne se dejó caer sobre el pórtico frontal de la casa y agachó la cabeza, pero no antes de que Rafe viera la primera lágrima rodar por su mejilla. Percibió que ella no era de aquellas mujeres que lloraban delante de desconocidos ni de su hijo. Sus hombros se agitaban por el esfuerzo de reprimir el llanto, y un profundo sollozo escapó de su control.

Rafe se encogió al oírlo, y Charley parecía estar totalmente horrorizado. Se arrojó hacia su madre y le rodeó el cuello con sus delgados brazos.

—No llores, mamá. Todo va a salir bien. Yo cuidaré de ti. Puedo trabajar mucho.

Las palabras del niño sólo consiguieron que Corinne llorase con más intensidad, y pronto él estuvo llorando también. Se acurrucó en los brazos de su madre y escondió la cara contra su hombro.

Rafe retrocedió con premura, profundamente desconcertado. Nunca había sabido qué hacer con una mujer que lloraba excepto ordenarle fríamente que saliera de la habitación hasta que fuera capaz de mantener la compostura. Pero estaba claro que era él quien tenía que irse. Ya había hecho más que suficiente daño con su inoportuna intromisión. No acertaba a comprender qué demonios le había pasado. ¿Desde cuándo Rafe Mortmain se erigía en defensor de los pequeños y los desvalidos? Siempre había dejado aquella especie de noble desatino a idiotas heroicos como Val St. Leger. Sí, aquélla era exactamente la clase de situación en la que san Valentine se habría inmiscuido, sólo que él no habría provocado semejante destrozo. St. Leger era el típico hombre que trataría de ayudar incluso a su peor enemigo.

En eso, Rafe dejó de respirar al experimentar un inesperado y súbito recuerdo. Estaba tendido en el suelo de Slate House, sufriendo un terrible dolor. El doctor St. Leger se hallaba inclinado sobre él. ¿Haciendo qué?

Arrugó el entrecejo al recordar la mano de Val que se cerraba sobre la suya, y luego un intenso calor. Siempre había oído decir que los St. Leger poseían extraños poderes, y que el de Val consistía en un raro talento para curar. Fue casi como si Val le hubiera desprovisto de la rabia y la amargura que durante tanto tiempo le habían servido de escudo, de armadura contra cosas tales como las viudas de ojos tristes y los niños llorosos.

—Maldito seas, St. Leger —murmuró—. ¿Qué diablos me has hecho?

Afectado por aquel recuerdo, Rafe sintió una necesidad imperiosa de poner la mayor distancia posible entre él y Corinne y su hijo. Retrocedió musitando una excusa, pero Corinne estaba tan hundida en su desconsuelo que Rafe dudó que lo hubiera oído siquiera.

Entonces se lanzó hacia la calle, al lugar en el que había dejado su baúl de viaje cuando lo asaltó aquel arrebato de locura. Tuvo la maldita suerte de que aún seguía allí. Lo recogió y se fue sigilosamente lo más deprisa que pudo, de vuelta al puerto, al mar y a la cordura.

A Corinne y a su hijo no les pasaría nada. Ya se las arreglaría ella para salir adelante. Tal vez podría incluso llamar a la puerta de la señora Macauley y suplicarle a aquella lagarta que cediese y que se quedase con Charley después de todo, aunque Rafe sentía asco al pensar en semejante posibilidad. Pero no importaba; no había nada más que él pudiera hacer.

Apretó el paso. Quizá todo hubiera ido bien si no hubiera sentido el impulso de pararse a mirar atrás. Sólo una mirada rápida a Corinne y el niño.

Maldición. Continuaban sentados sin más a la puerta de la casa de la maldita prima, como dos náufragos arrojados por la corriente a un mundo frío y desalmado. Ojalá no supiera él con toda exactitud cuán cruel podía ser aquel mundo.

Su paso se volvió vacilante. Lanzó una mirada desesperada al puerto, a todos los barcos anclados, a los mástiles que le hacían señas, al mar abierto. La única paz y libertad que había conocido o comprendido. No podía pensar en abandonar aquello y arriesgar el pescuezo quedándose en Falmouth para dar media vuelta y socorrer a aquella mujer y a su hijo. Rafe Mortmain nunca había sido un necio tan grande.

Dio otro paso inseguro, y entonces se detuvo del todo.

—Oh, maldita sea —gimió. Debía de estar loco de atar, o si no, poseído por alguna magia infernal de los St. Leger.

Lanzó una última mirada anhelante hacia los barcos que se veían a lo lejos y acto seguido se volvió muy despacio. Cogió su maleta y regresó penosamente al lugar en el que estaban Corinne y el pequeño sentados y abrazados el uno al otro.

—Deje de llorar —dijo Rafe en aquel tono brusco que empleaba siempre para dar órdenes en la cubierta de un barco—. Todo ese hipar y sollozar no lleva a ninguna parte.

Corinne parecía haber llegado a la misma conclusión. Alzó la cabeza, claramente sorprendida por el regreso de Rafe. Con un brazo alrededor de Charley, se sirvió del pico del chal para secarse los ojos.

¿Por qué las mujeres que lloraban nunca tenían pañuelo? Con un gesto de fastidio, Rafe sacó el suyo y se lo entregó a la joven. Corinne se apresuró a pasarse el lino blanco por los ojos y después por los de su hijo.

Rafe levantó la bolsa de viaje de Corinne con la mano que tenía libre.

—Está bien. Vámonos.

—¿N-nos vamos? —balbució Corinne.

—Así es, no puede quedarse ahí sentada para siempre con el crío… —Tras echar una mirada al niño, Rafe enmendó rápidamente el vocabulario escogido—: No puede quedarse a la puerta de la casa de su prima.

Y sin más se volvió en dirección a la calle, sin esperar siquiera a ver si Corinne lo seguía. Pero pronto la oyó caminar detrás de él, llevando al pequeño de la mano.

—Señor Moore, aguarde, por favor. No entiendo lo que está haciendo.

—Sorprendente. Yo tampoco.

—¿Pero adónde nos lleva?

—Ya quisiera saberlo yo.

—¿Y las cosas de Charley? Están aún en la casa de Olivia.

—Enviaremos a buscarlas.

—Además, yo debía presentarme hoy mismo en casa del señor Robbin para hacerme cargo de mis deberes.

—Olvídese de eso. No ha sido una buena idea dejar a su hijo para ir a ocuparse de los sucios mocosos de otra persona. Tendremos que pensar en otra cosa que pueda hacer.

—¿Como qué?

—No lo sé. Deje de hacerme tantas preguntas irritantes. —Rafe hizo un alto el tiempo suficiente para lanzarle a Corinne una mirada de frustración. Se dio cuenta de que ella apenas conseguía seguirle el paso. Era por causa del niño.

Charley venía arrastrando los pies y empezaba a parecer agotado por tantas emociones y cambios inesperados. Rafe entendía exactamente cómo se sentía el niño y lo contempló por espacio de largos instantes. Nunca había intentado coger a un niño en brazos, pues nunca había sentido el menor impulso de hacerlo.

Tras una breve vacilación, sostuvo ambas maletas con una sola mano y levantó torpemente a Charley con la otra. Lo sorprendió lo poco que pesaba el chico, y aún se sorprendió más cuando éste se fundió con él. Se abrazó a su cuerpo y hundió la cara en su cuello. Tan afectuoso, y totalmente confiado.

Rafe experimentó un extraño hormigueo de emoción, mucho más desconcertante cuando se dio cuenta de que Corinne lo estaba mirando fijamente.

—Señor Moore —dijo—. Debe permitirme que le haga al menos una pregunta más. —Lo miró con expresión grave. Aquella mujer no era hermosa en absoluto, pero sus ojos no eran del todo inexpresivos. Eran claros, sinceros y auténticos. Constituían su mejor rasgo. Rafe hizo un gesto de dolor; aquél era un pensamiento muy extraño en él y en un momento así.

Lanzó un suspiro y dijo:

—¿Qué más quiere preguntarme?

—Es de una amabilidad extraordinaria por su parte que desee ayudarnos a Charley y a mí. Pero no entiendo por qué razón lo hace. Antes de nada, ¿por qué se ha sentido empujado a intervenir?

«¿Por qué?» ¿Y cómo diablos iba a saberlo él? Rafe puso los ojos en blanco, exasperado, pero Corinne aguardaba, exigiendo una respuesta.

—Pues porque… porque… Maldita sea. —Respiró hondo—. Porque un niño no debería nunca ser abandonado por su madre. ¡Sea cual sea el motivo!

Rafe se sintió horrorizado al instante. Aquello era lo último en el mundo que hubiera querido decir. Con aquellas simples palabras, se sintió como si hubiera revelado más de sí mismo a Corinne Brewer que a ninguna otra persona que hubiera conocido en toda su vida.

Los ojos de la joven se agrandaron al comprender de repente, y luego se suavizaron con una mirada de compasión. Tendió una mano hacia él, pero después de todas las otras inquietantes experiencias que Rafe había soportado recientemente, aquel suave contacto podía ser ya demasiado.

De modo que le dio la espalda y echó a andar calle abajo con Charley en brazos, sin dejar a Corinne otra alternativa que ir tras él.

Capítulo 9

Val descendió muy despacio del carruaje y se apoyó pesadamente en su bastón para conservar el equilibrio. Uno de los criados del castillo Leger acudió al instante a hacerse cargo del caballo. El pobre *Vulcan* no estaba acostumbrado a ser enganchado a las correas, pero aquella mañana Val se había sentido incapaz de montar siquiera su tranquilo y viejo rocín.

Era un doloroso contraste con el día anterior, en el que había galopado por la playa a lomos de aquel magnífico semental, pero no creía volver a montar nunca más a *Tormenta*.

El milagro se había terminado. La magia desapareció. Había llegado a aceptar aquello durante las largas horas de desesperación de la noche anterior. Pero seguía faltando la parte más difícil: decírselo a Kate. Se reprochó amargamente todo lo que había permitido que sucediera el día antes, todos aquellos besos largos y apasionados, aquellas vehementes palabras de amor. Ahora iba a tener que romperle el corazón a la joven una vez más.

«¿Pero por qué? Tú sabes que las cosas no tienen por qué ser así. Sabes cuán fácilmente se puede restablecer toda la magia. No tienes más que volver a ponerte el cristal.»

La vocecilla parecía susurrar suave y persuasiva en su cabeza. Val sintió que sus dedos se deslizaban hacia los botones del gabán. El cristal permanecía en el interior de la pequeña bolsa, escondido bien hondo en el bolsillo de su chaleco, donde debería estar el reloj. Sería de lo más fácil...

No. Retiró la mano y se resistió a la atracción de aquella piedra, tal como había hecho la noche anterior. Resultaba un poco más fácil a la luz fría y brumosa de la mañana, pero no mucho más. No alcanzaba a comprender las peculiares propiedades de aquel pequeño fragmento de piedra brillante, sino tan sólo el efecto que surtía en él: hipnotizante, seductor, en cierto modo tan adictivo como el opio. Cuanto antes se lo entregase a su hermano, para que éste lo guardara en las arcas de los St. Leger, mejor que mejor.

Val se dirigió cojeando hacia el ala nueva de la casa, pero era la parte vieja del castillo la que parecía seguir sus pasos como una sombra, aquella fortaleza de piedra con sus almenas y sus altas torres. Siempre se le había henchido el corazón al verlo, el castillo Leger, el lugar donde había nacido, su hogar. Más de cinco siglos de tradición y leyenda.

Pero aquella mañana se sentía abrumado, casi aplastado por su herencia. Apretó el paso lo más que pudo y se encaminó hacia el sendero que pasaba por entre los jardines. No era el único que estaba levantado y activo a aquella hora tan temprana; en el castillo Leger se seguían los horarios del campo, y Val observó que su madre ya estaba absorta en su trabajo entre los canteros de flores.

Madeline St. Leger nunca había sido la típica dama que languidecía sobre un diván mientras sus sirvientes se hacían cargo de todo. A Val, su madre le recordaba más bien una castellana medieval, siempre ocupada en atender todas las cuestiones domésticas del castillo de su señor, pero principalmente su cuidado jardín.

Iba vestida con la ropa práctica que reservaba para las labores de jardinería en días fríos; un gastado vestido azul y un sencillo sombrero de paja que llevaba sujeto a la cabeza con un pañuelo. Su cabello había sido en otro tiempo de un rojo tan vivo, que la llamaban la mujer de fuego, pero aquel color se había suavizado con el paso de los años hasta convertirse en un regio tono plateado.

No obstante, Madeline St. Leger era una de aquellas mujeres cuya serena belleza no podía marchitarse nunca, y sus ojos eran aún tan brillantes y verdes como habían sido siempre. Su rostro se iluminó al ver acercarse a Val, y se irguió para saludarlo.

—¡Valentine!

Aunque ello le costó una aguda punzada de dolor en la rodilla, Val obligó a su pierna a efectuar una elegante reverencia. Era un ritual de cortesía observado desde los días de su infancia, cuando su hermano y él jugaban a ser caballeros de la Mesa Redonda y su madre era la única dama de él, la reina del castillo Leger.

—Buenos días, alteza —murmuró Val.

—Buenos días, sir Galahad —contestó Madeline St. Leger agachándose en una parodia de reverencia. Pero cuando Val le tomó la mano para llevársela respetuosamente a los labios, su madre retiró enseguida los dedos y los frotó contra su viejo vestido.

—Oh, no, cariño, no debes hacer eso. Como ves, he estado hurgando en la tierra, como lo llama tu padre.

Se alzó de puntillas para depositarle un beso en la mejilla. Aunque continuaba sonriendo, estudió su rostro, y Val cambió de postura, incómodo. Su padre era el verdadero St. Leger, el que poseía dones sobrenaturales de percepción, pero lo que solía darle miedo a Val era la suave mirada escrutadora de su madre, aquellos ojos que veían demasiado bien lo que él hubiera querido ocultar. Sabía que su madre debía de estar fijándose en las huellas de no haber dormido en toda la noche, tal vez incluso más: la impronta que había quedado en él de lo sucedido en la víspera de Todos los Santos, los flecos de su memoria que todavía no conseguía hilar entre sí.

Evitó la mirada de su madre inclinándose para recoger su cesto. Y contuvo la respiración al sentir la aguda punzada de dolor. Maldición, su pierna había empeorado. ¿O sería más bien que lo parecía, después de lo del día anterior, de aquel breve período de libertad que había saboreado?

Con los dientes apretados, entregó el cesto a su madre. Ésta, si había percibido que algo andaba mal, desde luego fue lo bastante sensata para no hacer ningún comentario.

—Es una alegría verte, Valentine —le dijo—. Precisamente el otro día tu padre se estuvo quejando de que no vienes por casa con la misma frecuencia, ahora que te has mudado a vivir tan lejos.

Val suspiró. Estaba cansado. Dolorido. Aquello hacía que le resultara difícil responder con su paciencia de costumbre.

—¿Tan lejos, mamá? Me he trasladado sólo al otro extremo del pueblo.

—Pero ya sabes cómo es tu padre, cariño.

—Sí, estoy totalmente seguro de que si pudiera, padre habría conservado a toda su familia en el castillo Leger para siempre, con la puerta cerrada y apuntalada, guardándonos igual que un fiero dragón.

Su madre dejó escapar una risita.

—Nunca me había imaginado así a tu padre. Pero supongo que se parece mucho a un dragón.

—No hay duda de que por eso ha partido de viaje hacia el norte:

para rugir y escupir fuego al pobre Marius hasta que acceda a regresar a la seguridad de las faldas de Torrecombe.

—Eso me temo. Tu padre y Marius siempre han sido más como hermanos que primos. Me atrevería a decir que Marius se alegrará de ver a tu padre aunque él le ladre un poco. —Madeline sonrió, pero sus ojos mostraban una expresión más bien triste—. Es absurdo, ya lo sé. Tu padre lleva ausente sólo un día, y con frecuencia me saca de mis casillas, pero aun así echo terriblemente de menos a mi dragón cuando no está.

Naturalmente que sí, pensó Val. Incluso después de treinta y cinco años de matrimonio, Anatole y Madeline St. Leger seguían teniendo una profunda devoción el uno por el otro y estaban tan apasionadamente enamorados como siempre, la personificación misma de la leyenda de los St. Leger. No, ellos eran la leyenda, habiendo sido emparejados gracias a los oficios del más sabio de todos los Buscadores de Novias: Septimus Fitzleger, el abuelo de Effie.

Dos corazones que se juntan en un momento, dos almas unidas para toda la eternidad. Igual que su hermano Lance y la novia de éste, Rosalind. Y que su primo Caleb y su esposa. Todas sus hermanas y los maridos de éstas, y decenas de otros St. Leger.

«Sí, todos son muy felices, están muy contentos. ¿Y dónde está la parte que te corresponde a ti de este encantador cuento de hadas? ¿Crees que alguno de ellos se da cuenta siquiera de lo solo y triste que estás? Igual daría que fueras invisible para tu familia.»

Aquella reflexión resultó amarga, turbadora, y Val se frotó los ojos con la mano en el intento de combatirla.

—¿Valentine?

Al bajar la mano descubrió que lo estaba mirando su madre, por una vez incapaz de ocultar su preocupación.

—Cariño, no dejo de tener una sensación extraña. ¿Ocurre algo?

—No, nada —repuso Val. Demasiado deprisa, advirtió. Obligó a sus labios a esbozar una sonrisa—. Es simplemente que estoy un poco cansado esta mañana. No soy yo mismo.

«Menuda mentira. El problema es que eres demasiado tú mismo: demasiado paciente, demasiado resignado, demasiado lisiado. Tanto por tu maldita pierna como por esa odiosa leyenda.»

Aquel pensamiento estaba tan cargado de furia, que Val se estremeció. Fue casi como si sintiera el cristal palpitar contra su bolsillo, perforarlo con rabia contenida. Tenía que librarse de aquella condenada piedra, enseguida.

—Mamá, ¿está Lance por ahí esta mañana?

—Pues sí. Creo que está en el estudio.

—Bien. Tengo cierto asunto del que debo hablar con él. —Val se inclinó rígidamente para depositar un beso en la frente de su madre. A continuación se marchó renqueando a toda velocidad antes de que ella pudiera formularle alguna de las preguntas que Val veía que le nublaban los ojos.

Madeline se quedó contemplando la huida de su hijo, profundamente preocupada. Se suponía que una madre no debía tener favoritos y ella adoraba a todos sus retoños, a su sinvergüenza de Lance, a sus tres hijas totalmente distintas; pero siempre había reservado un rincón especial de su corazón para aquel hijo suyo tan callado, su Valentine, quien desde la niñez había compartido su misma afición por los libros, su amor por aprender. Lo había visto crecer y pasar de ser un muchacho de buen carácter a convertirse en un hombre extraordinario por la suavidad de su fuerza y su coraje, y por su compasión sin límites.

Val y ella siempre habían estado muy unidos. Aquélla era la primera vez que él le mentía, pensó Madeline abatida. Por mucho que él quisiera negarlo, ella sabía que algo terrible le estaba sucediendo a su hijo.

Val entregó su gabán a uno de los lacayos y se dirigió hacia el conocido estudio situado en la parte posterior del edificio. Asido a la empuñadura de su bastón, se movió aún con mayor dificultad, y el mero esfuerzo de bajar del vestíbulo lo dejó agotado.

Era como si el cristal se fuera volviendo más pesado a cada paso que daba, conforme se iba acercando a desprenderse de él. Qué ridículo, pensó Val; seguro que estaba empezando a permitir que su cansada imaginación le jugara malas pasadas. Se trataba de una simple piedra, un diminuto fragmento de piedra.

De todos modos, se vio obligado a descansar un momento y se apoyó contra la puerta del estudio. Los golpes que dio a la puerta sonaron, como mucho, débiles, y al ver que nadie contestaba se limitó a hacer girar el picaporte y abrir.

El estudio era una estancia oscura y varonil, forrada de robusto roble inglés, con las paredes llenas de pinturas de escenas de caza. Lance se hallaba encorvado sobre el escritorio que había en el extremo más alejado. Con el chaleco desabotonado y la camisa remangada para que no estorbase, parecía ligeramente preocupado aquella mañana. Quizá fuera debido a que estaba trabajando en una carta, lo cual no había sido nunca una de sus tareas favoritas. Siempre había preferido llevar los asuntos de propiedades desde el lomo de un caballo.

Estaba tan absorbido en su trabajo que ni siquiera levantó la vista, lo cual le proporcionó a Val una rara oportunidad de estudiar a su hermano. Lance rara vez permanecía quieto tanto tiempo en un mismo sitio, ni siquiera para que le pintaran un retrato. En otra época había sido un sinvergüenza indómito, un soldado temerario y un auténtico libertino, aunque el matrimonio y la paternidad habían hecho mucho para domarlo. Aquella sonrisa que había cautivado a tantas mujeres, últimamente estaba reservada tan sólo para su adorada esposa, Rosalind.

Pero aparte de aquello, Val no podía por menos que maravillarse de lo poco que parecía haber cambiado el pequeño Lance. Era posible que él sintiera cada uno de los treinta y dos años que tenía e incluso alguno más, pero Lance parecía seguir tan joven y vigoroso como siempre. La luz pálida que se filtraba por las ventanas perfilaba sus anchos hombros y la fuerza de los músculos de sus antebrazos desnudos.

A Val le costaba recordar que eran gemelos. Aunque no eran idénticos, tenían el mismo cabello oscuro, los ojos oscuros y la infame nariz aguileña de los St. Leger. Lance era el mayor de los dos, ya que había nacido cerca de medianoche el día trece de un oscuro y frío mes de febrero, mientras que Val había hecho su aparición durante las primeras horas del día siguiente, a la zaga de su lozano hermano, como siempre. ¿Habría sido alguna vez otra cosa que no fuera una triste copia de Lance St. Leger?, se preguntó Val. Su hermano era la viva imagen de un hombre sano y robusto en toda su plenitud, lo cual debería ser él también. Si las cosas hubieran sido diferentes…

Val acarició con los dedos el contorno del cristal oculto bajo el chaleco.

«Si Lance no hubiera sido tan temerario aquel día en España, tan despreocupado respecto de su propia vida, tú no habrías tenido que hacer uso de tu poder para salvarlo. Es él quien debería haber terminado tullido, y no tú.»

Pero Lance nunca le había pedido semejante sacrificio, no lo había deseado. Fue enteramente decisión de Val, y jamás se había arrepentido de hacerlo, lo haría de nuevo en un abrir y cerrar de ojos, cualquier cosa por el hermano al que siempre había querido y admirado… ¿verdad?

Turbado por el hecho de estar siquiera cuestionándose algo así, Val volvió a dar unos golpecitos en la puerta del estudio, esta vez un poco más fuertes.

—Lance.

Su hermano levantó la vista por fin, y una ancha sonrisa arrugó sus bellas facciones.

—¡Val! Qué agradable sorpresa.

—¿De veras? —murmuró el aludido, que retrocedió cuando Lance se levantó de un salto y cruzó a zancadas la estancia. Estrechó la mano de Val con calor, y también le dio una palmada en el hombro.

Sentía afecto por su hermano, se dijo Val, un maldito afecto. Pero había días en los que la exuberancia de Lance lo agotaba, lo hacía ser más consciente de su aflicción. Días como éste.

—Eres precisamente la persona con quien necesitaba hablar —empezó Lance, pero frunció el entrecejo al recorrer a Val con la mirada. Falto del tacto de su madre, exclamó sin más—: Maldición, Val. ¿Qué has hecho con tu persona? Tienes un aspecto espantoso.

—Gracias —musitó Val—. Yo también me alegro de verte.

Se zafó de su hermano y se acercó penosamente hasta el asiento más cercano, un rígido sillón de respaldo recto. Reprimió una mueca de dolor y se recostó contra el cojín.

Lance lo siguió.

—Maldita sea, Val. Has estado despierto toda la noche, atendiendo a pacientes, ¿verdad? Sin duda, empleando tus poderes…

—No, maldita sea, no he hecho tal cosa. —Val lo interrumpió antes de que le lanzara el conocido sermón que solía recibir con demasiada frecuencia de los miembros de su familia, hasta de Kate. Estaba harto de él.

Nadie mejor que él sabía cuán peligroso podía ser el uso excesivo de sus poderes; pero no había utilizado su singular don St. Leger desde… desde…

Igual que un relámpago, el recuerdo atravesó su cerebro. Los ojos desesperados de Rafe Mortmain, sus dedos aferrados a los de él. Y al igual que un relámpago, el recuerdo desapareció.

—No he estado atendiendo a pacientes. Sencillamente…

«Sencillamente he pasado la noche en un puro tormento, luchando contra el impulso de seducir a mi más querida amiga.»

Aquélla era una confesión que dejaría atónito a su hermano y al pueblo entero, pensó Val con ironía. El noble doctor, san Valentine, suspirando por una mujer.

—Sencillamente he tenido una de mis malas noches —terminó. Por lo general, Val realizaba un gran esfuerzo por ocultar episodios dolorosos a su familia, sobre todo a Lance. Lance ya había experimentado bastante sentimiento de culpa con la herida sufrida por él en la rodilla, y eso era lo último que había deseado Val.

Pero aquella mañana se sentía demasiado sensible, demasiado exhausto para intentar no herir los sentimientos de su hermano. Lance se apoyó en una esquina del escritorio y lo miró con un ceño de preocupación.

—Me han llegado noticias muy curiosas sobre ti, «san» Valentine.

—¿Oh? —Val se obligó a sonreír, a reaccionar del modo que siempre habían adoptado ambos desde que eran niños, tomándose el pelo y atormentándose el uno al otro con lo inusual de sus respectivos nombres—. ¿Y qué noticias son ésas, «sir» Lancelot?

—Caleb me ha dicho que le has comprado el semental blanco.

—Sí, así es. ¿Qué pasa con eso?

—¿Qué pasa? Val, ese caballo es un verdadero demonio.

—Y no crees que yo pueda dominarlo.

—Bueno, no es eso exactamente —contestó su hermano a modo de evasiva.

Pero aquello era precisamente lo que era, pensó Val, más irritado aún porque sabía que Lance tenía razón. No podía dominar al semental, encontrándose en su actual estado.

—No tienes de qué preocuparte —le dijo—. He recuperado la sensatez y pienso deshacerme de ese animal. ¿Te importaría quedártelo tú?

Val se sorprendió de lo muy a regañadientes que había hecho la oferta. De hecho, casi se ahogó al formularla.

«Porque Lance ya lo tenía todo. Era el hijo primogénito, heredero del castillo Leger, estaba casado con una mujer preciosa, era padre de un niño muy guapo. No necesitaba tener también aquel increíble caballo. El caballo de él...»

Val apretó la mano contra el bolsillo del chaleco. Casi le pareció sentir el cristal palpitar bajo su mano, y deseó suprimir aquella siniestra sensación. Nunca había envidiado a Lance, nunca se había permitido a sí mismo hacerlo; de todos modos, se sintió aliviado de que Lance rechazara su oferta.

—Probablemente deberías devolver el semental a Caleb —dijo—. Yo tengo caballos más que suficientes, y a mi dama no le gustaría que metiera en el establo un animal tan fogoso. Rosalind se opone enérgicamente a que arriesgue mi pescuezo, sobre todo ahora que tenemos tan buena racha. —Al ver que Val lo miraba con un gesto interrogante, una sonrisa se extendió por su rostro y sus ojos se iluminaron con un brillo de ternura—. Rosalind está otra vez encinta.

—Oh. Enhorabuena. —Val lamentó profundamente no poder infundir más entusiasmo a su tono de voz. Se alegraba sinceramente por Rosalind y por su hermano, pero...

Suponía que se vería obligado a atenderla igual que había hecho cuando nació el pequeño Jack, absorbiendo su dolor. Cuando finalizara el parto, Val quedaría destrozado, exhausto, pero Lance levantaría a su nuevo retoño con orgullo en sus brazos.

El hijo que Val no conocería nunca, la dicha que él jamás sentiría. Mientras Lance y Rosalind se contemplaban con expresión de adoración el uno al otro y al bebé de ambos, él simplemente abandonaría cojeando la habitación, olvidado.

Esta vez experimentó una punzada de rencor más afilada, más difícil de reprimir. Se pasó las yemas de los dedos por los ojos; necesitaba entregar el cristal a su hermano y largarse de allí de una maldita vez.

De mala gana, extrajo la bolsa del bolsillo. Consiguió volcar la cadena sobre la palma de su mano y se apresuró a cerrar los dedos para no mirar el cristal; el mero hecho de hacerlo le habría exigido un gran esfuerzo. De hecho, ya tenía la frente perlada de sudor.

Entregar la piedra a Lance estaba resultando más difícil de lo que había imaginado. ¿Cómo iba a desprenderse de aquel cristal, desaparecido durante tanto tiempo, sin ofrecer alguna torpe explicación, sin traer a colación el nombre de la persona que siempre había provocado fricciones entre su hermano y él?

Rafe Mortmain. El hombre al que sin duda Lance insistía en considerar un amigo; el hombre al que él siempre había reconocido como enemigo. ¿De qué iba a servir resucitar toda aquella hostilidad, cuando Val ni siquiera lograba recordar lo que había sucedido en la víspera de Todos los Santos?

Tal vez si esperase hasta recordarlo con mayor claridad...

Y tal vez estaba sólo fabricándose una excusa para aferrarse un poco más a aquella condenada piedra.

Val respiró hondo para cobrar fuerzas.

—Lance, hay una cosa urgente que tengo que decirte, una cosa que debo darte...

Pero para su profunda frustración, se dio cuenta de que su hermano ni siquiera lo escuchaba. Lance había saltado y se había situado velozmente detrás del escritorio de nuevo, en busca de su carta sin terminar.

—Existe otro motivo por el que me alegro de que hayas venido, otra cosa de la que tengo que hablar contigo.

—De acuerdo, Lance, pero si me permites un momento…

—Esta mañana ha venido a verme Víctor.

Val exhaló un suspiro de impaciencia. Entregar el cristal ya era bastante difícil, y Lance no se lo estaba facilitando en absoluto. No sentía el menor interés por Víctor St. Leger, pero sabía lo empecinado que podía ser Lance.

—¿Y qué quería ese muchacho? —preguntó en tono cansado.

—No te lo vas a creer. Quiere casarse con Kate.

—¡Qué! —Val se quedó mirando a su hermano, seguro de no haber entendido bien—. Tienes que estar de broma.

—Ojalá.

—Pero si se supone que debe casarse con Mollie Grey, que es su novia elegida.

—Algo de lo que al parecer Víctor se ha olvidado, pero que no resulta sorprendente del todo. Mollie es una joven agradable pero más bien sosa. Y, por si no te habías dado cuenta, nuestra pequeña marimacho Kate ha crecido y se ha convertido en una mujer de increíble belleza.

Oh, sí, claro que se había dado cuenta, pensó Val con gravedad; aquello era precisamente su alegría y su tormento.

—Víctor se presentó en el vestíbulo al romper el alba —continuó Lance con una mueca—. Literalmente arrojó el guante. Vino a informarme a mí, como cabeza de familia en ausencia de nuestro padre, de que, en lo que respecta a él, la leyenda puede irse a tomar viento. Está completamente loco por Kate y no piensa aceptar a ninguna otra mujer excepto a ella.

Val se dejó caer contra el sillón, con la mente aturdida por las palabras de Lance. En otras circunstancias, tal vez hubiera admirado el temerario valor de Víctor; ciertamente, aquel muchacho estaba demostrando tener más temple del que había tenido nunca, reflexionó Val amargamente. Pero de lo que estaba hablando el muy estúpido era de su Kate. *Su* Kate.

Aferró con fuerza el cristal que tenía escondido en el puño, asaltado por una salvaje oleada de celos, como no los había conocido jamás. Aspiró profundamente para combatirlos, para recordarse a sí mismo que Kate no era suya, que no le pertenecía ni le pertenecería nunca.

Pero con toda seguridad tampoco le pertenecía a Víctor. Aunque Val no sabía qué era lo que lo preocupaba tanto. Se obligó a tranquilizarse, diciendo con un encogimiento de hombros:

—Carece de importancia que Víctor se encapriche de Kate o no. Ella se lo quitará de encima en menos que canta un gallo. —Esperaba que Lance se mostrara vehementemente de acuerdo con él, pero al ver que su hermano se limitaba a componer una expresión grave, exclamó—: Por Dios santo, Lance. No es posible que estés pensando que Kate es capaz de animar a ese imberbe vanidoso.

Lance frunció el ceño.

—Francamente, no lo sé.

—Pero si Kate desprecia a Víctor. Siempre lo ha amenazado con subirlo un día a uno de los barcos de su abuelo y obligarlo a caminar por el tablón.

—Y también ha dicho siempre que iba a casarse contigo. Por suerte, al parecer ha crecido y se le han quitado de la cabeza esas dos ideas tan absurdas.

¿Una idea absurda? ¿Que Kate quisiera casarse con él, que lo quisiera tanto como para eso? Y en cambio a Lance, por lo visto, no le costaba mucho imaginar que Kate pudiera enamorarse de aquel mastuerzo de Víctor.

Val tragó saliva y suprimió a duras penas sus amargos pensamientos mientras Lance continuaba:

—Víctor es muy apuesto y posee bastante encanto con las mujeres. Ya ha hecho un número alarmante de conquistas entre las jóvenes del pueblo.

—Pero a Kate, no. Nunca —replicó Val con pasión.

—Espero que estés en lo cierto. —Lance cogió la pluma para terminar la carta—. Mientras tanto, parece prudente enviar a Kate lejos de aquí, fuera del camino de la tentación.

—¿La tentación? ¿Qué tentación? —comenzó Val en tono despectivo, pero calló de improviso al comprender todo el significado implícito de las palabras de Lance—. ¿Enviar a Kate lejos de aquí? ¿Adónde?

Aguardó con tensa paciencia mientras Lance terminaba de escribir otro renglón de su carta antes de contestar.

—A Londres. Ya sabes que Effie siempre ha querido llevarla allí. Tiene una prima en Mayfair de la que espera que pueda presentar a Kate en sociedad.

—Eso no es más que una tonta idea de Effie. Kate nunca ha deseado conocer la temporada londinense, y además no creo que Effie siquiera puede permitirse algo así.

—No puede. Por eso estoy redactando esta carta de crédito. Para poner los fondos necesarios a su disposición.

Val se quedó mirando a su hermano. Lance no podía estar hablando en serio. Haciendo caso omiso de las protestas de su rodilla, Val se puso en pie. Se inclinó sobre el escritorio y observó con ansiedad cómo su hermano trazaba su firma al pie de una carta de aspecto muy oficial. Una carta que amenazaba con arrancar a Kate de su vida para siempre.

—Maldita sea, Lance —dijo—. No puedes hacer eso. No puedes ayudar a Effie a que se lleve a Kate de… de…

«De mí», estuvo a punto de decir en un impulso.

Agarró con fuerza su bastón, luchando por contenerse.

—De Torrecombe. Kate sería muy desgraciada en Londres. No sabes los sentimientos que le provoca ese lugar, lo que supuso para ella.

—Nadie está hablando de devolverla al orfanato. Se alojará en la mejor parte de la ciudad, asistirá a bailes, a cenas, al teatro.

—Como si a Kate le importara alguna de esas cosas. Lo único que le ocurriría es que se sentiría desterrada, sacada de su hogar, apartada como si nadie la quisiera, una vez más. Y todo porque un jovenzuelo idiota cree haberse enamorado de ella.

Lance levantó la vista y arqueó las cejas, ligeramente sorprendido por la vehemencia de la protesta de Val. Éste bajó los ojos, incapaz de sostener la mirada de su hermano, sintiéndose un poco avergonzado al darse cuenta de que no era el bienestar de Kate lo que tenía en mente, sino el suyo propio.

No podía soportar perderla… aunque no tuviera derecho alguno a retenerla.

Lance lo miró con expresión grave.

—No es simplemente por Víctor por lo que Kate debe marcharse. También hay que tener en cuenta su futuro. Aquí en Torrecombe hay poca cosa para ella. Londres sería el mejor sitio para que se casara bien, lo cual es algo que tú siempre has deseado para ella, ¿no es así?

—Por supuesto —murmuró Val. Así era, en la época en la que él era un noble y sacrificado idiota; antes del día anterior, cuando supo lo que era tener a Kate en sus brazos, sentir su dulce aliento mezclarse con el suyo al buscar sus labios en un beso tras otro.

174

Sin hacer caso del dolor de la pierna, dio unos cuantos pasos agitados con el cristal tan fuertemente aferrado en la mano que se le clavó en la palma. Había tenido que renunciar a todo lo demás que le había importado en la vida. Pero, maldita sea, no pensaba renunciar a Kate. La amaba y... y... ¡No! Era el cristal que le ofuscaba la mente y lo confundía.

Obligó a su mano a relajarse para que la piedra dejase de clavarse en su carne. Pero no sintió gran diferencia; era como si el cristal ya hubiera realizado su labor, hubiera roto sus defensas, hubiera agrietado la coraza que él había construido alrededor de su corazón para no enfrentarse a la verdad: que quería a Kate, que la necesitaba y la amaba más allá de todo raciocinio, por encima del miedo a cualquier maldición o leyenda.

A duras penas consiguió dominarse para no arrebatarle la carta a su hermano, romperla en pedazos y lanzarle éstos a la cara.

El impulso era tan intenso que tuvo que volver el rostro hasta que recuperó el control. Puso entre ambos la distancia de toda la habitación y se acercó cojeando hasta la chimenea. Se inclinó contra la repisa en busca de apoyo y retorció el cristal entre los dedos.

Sólo se percató a medias de unos golpes que sonaron en la puerta, un lacayo que llegaba con un mensaje para Lance. Una vez que se hubo marchado el sirviente, Lance se puso en pie, se bajó las mangas y se vistió la levita que había dejado sobre una silla.

—Lo siento, Val. Se me había olvidado que le prometí al administrador de papá que esta mañana iría con él a inspeccionar los daños causados por el vendaval en las casas de los arrendatarios.

Val se puso tenso, pues no se fiaba de sí mismo al levantar la vista cuando Lance se situó detrás de él.

—Mira, compañero —le dijo Lance—. No te preocupes por nuestra pequeña Kate. Estoy seguro de que Víctor recuperará pronto el buen juicio y que a Kate le irá muy bien en Londres. Pero hay una cosa que podrías hacer tú para ayudar.

—¿Y cuál es?

—Podrías hablar tú mismo con ella. Convéncela de que lo que más le conviene es irse. Ella siempre te escucha.

Val se puso rígido, sin poder creerlo. Ya era bastante malo que Lance propusiera sacar de allí a la única mujer que le había importado, la única a la que amaría en su vida; pero encima de eso, Lance de hecho esperaba que él lo ayudase a hacerlo. Lance con su matrimonio perfecto, su amor perfecto, su vida perfecta.

En aquel momento tuvo casi la sensación de odiar a su hermano, pero apretó los dientes y asintió con un gesto.

—Haré lo que pueda.

—Así se habla. —Lance le dio una palmada en el hombro.

Val apretó el cristal, y a duras penas logró contenerse para no volverse de pronto y estrellar el puño contra la cara de su hermano. Se sintió aliviado cuando oyó que Lance se retiraba, con el único deseo de que se fuera de una vez.

Pero Lance titubeó en el umbral de la puerta.

—Oh, cielos, Val. Lo siento. Casi se me olvida preguntarte: ¿había algo en particular por lo que querías verme?

Val estuvo a punto de lanzar una carcajada de amargura. Típico de su hermano, sacar la cabeza de sus propios asuntos el tiempo suficiente para caer en la cuenta de que tal vez Val necesitase algo. Y siempre cuando ya era demasiado tarde.

Porque… comprendió Val de pronto, mirando fijamente su puño cerrado… antes se cortaría el brazo que entregar ahora el cristal.

—No, no hay nada —dijo con voz ronca.

Esperó hasta que la puerta se cerró detrás de su hermano, hasta que estuvo seguro de que Lance se había ido, para abrir sus dedos temblorosos y permitirse mirar el cristal.

El fragmento de piedra relucía en su palma con una belleza hipnotizante que parecía traspasarle el alma misma, refractando las imágenes en lo más profundo de su cerebro. Imágenes aterradoras de Kate subiendo a un carruaje, desvaneciéndose en la carretera, sin ni siquiera detenerse para decir adiós.

O, peor aún, de Kate derritiéndose en los brazos de Víctor.

No, ella no haría semejante cosa, se dijo Val con vehemencia. Ella lo amaba, siempre lo había amado. Precisamente el día anterior se había abrazado estrechamente a él, sin cansarse de sus besos. Le habría permitido que le hubiera hecho el amor allí mismo, en el canapé de la biblioteca.

El día anterior había sido en gran parte igual a Víctor o más que él: joven, fuerte, vigoroso. Hoy volvía a estar de nuevo encorvado sobre su bastón, más patético que nunca. Pero tenía a su disposición el poder de cambiar todo aquello allí mismo, en su propia mano.

Acarició el trozo de cristal preguntándose por qué continuaba resistiéndose a su magia. Era cierto que ejercía un extraño efecto en él, pero empeoraba sólo por la noche. ¿Por qué no podía ponérselo encima y aprovecharse del alivio que le ofrecía, al menos durante el día?

Sostuvo la cadena en alto y contempló cómo el cristal giraba y lanzaba destellos ante sus ojos. En un instante experimentó una fugaz sensación de cordura, la revelación de que si volvía a ponerse aquella cadena, ya no podría quitársela más. Que se convertiría en un peligro no sólo para Kate, sino también para todos los que lo rodeaban.

Y que, en cambio, si no hacía uso del cristal, iba a perder a Kate. Para siempre.

La piedra emitió un centelleo que lo deslumbró, y aquel breve vislumbre de cordura se nubló y desapareció.

Entonces se pasó la cadena por la cabeza y se metió el fragmento bajo la camisa hasta que quedó colocado junto a la zona del corazón. Una quemazón. El cristal estaba congelado. Quemaba. Era como un rayo, lanzaba una lluvia de chispas.

Val contuvo una exclamación y se dobló por la cintura al sentir la repentina fuerza que lo inundó y que casi lo hizo caer de rodillas. Se agarró de su bastón y de la repisa para sostenerse, pues notaba la visión borrosa.

La habitación entera pareció dar vueltas a su alrededor, y tuvo que cerrar los ojos, con la sensación de estar a punto de desmayarse. Y entonces, con la misma brusquedad, todo cesó. Dejó escapar un suspiro entrecortado y abrió los ojos. Luego se irguió, sintiendo una inverosímil oleada de fuerza que le corría por las venas, y la pierna una vez más fuerte y robusta bajo su peso.

Miró con rabia el inútil bastón que tenía asido en la mano y con lenta deliberación lo alzó y lo estrelló contra la piedra de la chimenea, una y otra vez, y experimentó una malévola satisfacción cuando por fin el palo se partió en dos.

Arrojó los trozos sobre la alfombra y después dio media vuelta y se encaminó furioso hacia el escritorio. Cogió la carta que había escrito Lance y la rompió en pedazos también.

Nadie iba a llevarse a Kate de su lado, juró. Ni Effie ni su hermano. Y en cuanto a aquel pretendido rival suyo… Sus labios se curvaron en una sonrisa salvaje.

Él mismo se encargaría de Víctor. De un modo o de otro.

Capítulo 10

Arrebujada en su capa, Kate se deslizó por la puerta de la cocina de Rosebriar Cottage. Tras una mirada de cautela a la casa, se escabulló a través del jardín. A diferencia de las encantadoras flores silvestres del castillo Leger, los jardines de Rosebriar, mucho más pequeños, estaban confinados detrás de un alto muro de piedra y consistían en esmerados canteros de flores bordeados por cuidados senderos y un pequeño estanque lleno de carpas de vivos colores. Ofrecía escasas oportunidades para esconderse, como no fuera el viejo manzano y la glorieta situada en la parte de atrás. Kate se metió furtivamente detrás del manzano. Lanzó otra mirada nerviosa a su espalda y extrajo el objeto que llevaba oculto bajo la capa.

Una nueva ofrenda floral del lunático de Víctor. Kate hizo una mueca al contemplar el ramillete, y acto seguido lo arrojó con todas sus fuerzas por encima de la tapia. Se sintió satisfecha cuando oyó el ligero golpeteo de unos cascos, seguido de un balido.

Qué bendición era que su vecina más cercana, la viuda Thomas, tuviera una cabra que se comía cualquier cosa. De todas maneras, pensó Kate con un profundo suspiro, no podía seguir haciendo aquello mucho más tiempo.

Al parecer, Víctor se había recuperado notablemente bien del rechazo del día anterior y desde entonces la sacaba de quicio atosigándola con embarazosas cartas de amor, malas poesías y flores que depositaba a su puerta. Kate se las había arreglado para quemar las cartas y los poemas antes de que los viera nadie, y las flores las lanzaba por encima de la tapia; pero si no hallaba un medio de desalentar pronto a Víctor, el pueblo entero iba a enterarse de aquella persecución.

Kate encontraba amargamente irónico que el hombre al que no quería no la dejara en paz, mientras el hombre al que sí quería por lo visto conseguía resistirse a su magia. Val no había cumplido su promesa, no se había acercado a ella ni la noche anterior ni aquella mañana. Pero hasta que ella encontrase un modo de... de deshechizar a Víctor, quizá fuera mejor así.

Pero ¿cómo demonios iba a hacerlo sin el libro?, se preguntó Kate al tiempo que salía de detrás del manzano. Se había pasado la mayor parte de la noche buscando en vano, cada vez más alarmada a medida que pasaban los minutos. Ya había experimentado de primera mano el terrible poder de aquel libro; era demasiado peligroso para dejarlo correr por ahí, donde podría caer en malas manos.

Tal vez ya hubiera caído.

Kate se quedó congelada ante aquella idea, pero se tranquilizó pensando que el libro resultaba inútil a menos que uno supiera descifrar el egipcio antiguo. Y aun cuando el ladrón fuera tan listo y comprendiera que poseía tan sorprendente libro, ningún desconocido podría haber entrado y salido de su dormitorio a la luz del día sin que nadie lo detectara.

Tampoco podía creer que lo hubiera cogido alguien de la casa. Los sirvientes de Rosebriar eran todos de una honradez innata. Kate había interrogado detenidamente a todos ellos, pero ninguno había visto el libro que ella les describió, y mucho menos lo habían tocado. En cuanto a Effie, no se había molestado en preguntarle; los únicos libros en los que Effie se había fijado alguna vez eran los que contenían ilustraciones de la última moda.

Pero si el libro no había sido robado, trasladado o tomado prestado, ¿qué quedaba? No podían haberle salido patas para andar, ¿no? Teniendo en cuenta que era un libro de magia, a lo mejor sí.

Kate casi deseó poder creer aquello. Sería mucho mejor que la perspectiva a la que se enfrentaba. Si no lograba encontrar el libro, se sentía obligada a llamar a Próspero y contarle la verdad. No sólo había robado su libro de hechizos, sino que además lo había perdido.

¿Qué le haría el enfurecido hechicero? ¿Colgarla boca abajo sobre el foso, encadenarla en el interior de la mazmorra, convertirla en sapo? Tal vez aquello fuera una bendición, teniendo en cuenta los destrozos que había causado ella por todas partes, lanzando un hechizo de amor no sobre uno, sino sobre dos hombres.

Regresó penosamente hacia la casa, con la cabeza gacha, mirando detrás de cada rosal por si se le hubiera caído el libro, por si aparecía milagrosamente. Absorta en su registro, no prestó atención al leve golpe que produjo algo que cayó al suelo, el ruido de unos pasos a su espalda, hasta que dos manos la rodearon por detrás y le taparon los ojos. Entonces lanzó una exclamación sobresaltada.

—Adivina quién soy —le murmuró una voz masculina al oído.

No hacía falta adivinarlo.

—¡Víctor! —dijo Kate con los dientes apretados. Una vez recuperada del susto que le había dado el muchacho, le propinó un cachete en las manos para apartarlas y se volvió furiosa para encararse con él.

—¿Qué demonios estás haciendo aquí?

El sombrero de copa que llevaba Víctor casi se le había caído de la cabeza al trepar por el muro, y ahora formaba un ángulo torcido sobre la frente. Él terminó de quitárselo para utilizarlo en una espléndida reverencia.

—He venido a postrarme de nuevo a tus pies, mi princesa —anunció en tono grandioso.

La mirada nerviosa de Kate volvió a clavarse en la casa, temiendo que en cualquier momento saliera al jardín uno de los sirvientes o la propia Effie.

Agarró a Víctor por uno de los múltiples pliegues de su capa y lo arrastró en dirección a la glorieta. El cenador estaba construido al estilo de un templo griego y era más abierto de lo que Kate hubiera deseado, pero al menos las falsas columnas ofrecían cierta intimidad.

Por desgracia, Víctor interpretó las acciones de Kate de manera completamente equivocada.

—Kate —le dijo con voz ronca al tiempo que le rodeaba la cintura con los brazos y acercaba sus labios a los de ella.

Con un gruñido de frustración, Kate le propinó un fuerte empellón que hizo al joven tambalearse hacia atrás.

—Si vuelves a intentar besarme, te juro que…

—Pero, mi querida Kate…

—No soy tu querida Kate, de modo que guarda las distancias. Por el amor de Dios, ¿no te das cuenta de que mi guardiana a veces utiliza la salita que hay en la parte de atrás de la casa? En cualquier momento podría asomarse a la ventana y vernos.

Víctor suspiró, pero renunció a sus esfuerzos por abrazarla. Dejó su sombrero sobre un banco de piedra y después se recostó contra una de las columnas y se cruzó de brazos.

—Aprecio tus escrúpulos, amor mío. Pero yo diría que Effie va a enterarse muy pronto de lo nuestro de todas formas.

—¿Qué quieres decir?

—Sólo que ya he ido a visitar a Lance St. Leger esta mañana para decirle que tengo la intención de casarme contigo.

—¡Qué!

—He pensado que lo mejor era declarar mis intenciones de inmediato y abiertamente.

—¡Maldito idiota! —rugió Kate, avanzando hacia él. Víctor abandonó su postura de indiferencia y retrocedió unos pasos.

—Pero, mi amor, después de lo que me dijiste ayer sobre mi primo Anatole, no podía dejar que pensaras que yo era un cobarde, que me da miedo informar a mi propia familia de la adoración que siento por ti.

—Es de mí de quien deberías tener miedo —replicó Kate, apretando los puños.

Aunque Víctor se encogió previendo el movimiento, ni siquiera hizo el intento de levantar las manos para protegerse de un posible golpe.

—Adelante. Pégame, pues —murmuró—. Cualquier contacto de mi Kate es mejor que nada.

Kate alzó el puño, deseando tomarle la palabra. Había abrigado la esperanza de curar a Víctor antes de que alguien descubriese su ridícula chifladura por ella, y resulta que había ido a contárselo a Lance. Qué desastre. Pero comprendió que golpear a Víctor sería como matar al tonto del pueblo. Aquel hombre estaba completamente chalado, y era culpa suya. Bajó la mano y su cólera cedió.

—Por favor, Víctor —le dijo—, vete a casa y dame unos cuantos días. Te prometo que lo arreglaré todo de algún modo.

—¿Te casarás conmigo? —preguntó él con los ojos iluminados de repente.

—¡No!

Kate se apartó de él y se dirigió de vuelta a la casa. No le cabía duda de que Lance no tardaría en venir a Rosebriar Cottage después de la extraordinaria declaración de Víctor. Necesitaba hablar primero con Effie y buscar una manera de explicarle las cosas, para que su pobre guardiana no sufriera un ataque total de histeria.

Pero no consiguió llegar muy lejos antes de notar la mano de Víctor en el brazo, reteniéndola.

—No, Kate, por favor no te vayas.

Intentó zafarse de él, pero el joven la agarraba con fuerza. Kate se detuvo bruscamente y se dio la vuelta para mirarlo ceñuda.

Pero no era Víctor, el arrogante calavera, el elegante señorito, quien se encontró de frente, sino un joven que parecía tan tímido e inseguro como cualquier muchacho que experimentara su primer amor. Y aquello hizo que todo fuera mucho peor aún.

—Por favor —dijo él—, ya sé que he empezado mal. Te ruego que me permitas hablar contigo. Sólo unos instantes.

Kate se revolvió. Hablar con Víctor, ofrecerle cualquier tipo de ánimo era lo único que deseaba hacer. Pero era ella la que le había infligido aquel tormento, se suponía que le debía algo.

De mala gana, lo siguió de vuelta a la glorieta. Por lo menos, esta vez él mantuvo una distancia respetuosa. Se aclaró la garganta y la obsequió con una sonrisa tímida, muy distinta de la cegadora exhibición de dentadura que utilizaba con la mayoría de las mujeres.

—Kate, sé que tienes todos los motivos para despreciarme. En el pasado, no he sido precisamente amable contigo.

—Oh, bueno. —Kate se encogió de hombros—. Respecto a eso, supongo que no he sido exactamente...

—No, por favor. Déjame terminar. Fue un gran error por mi parte burlarme de ti por provenir de un orfanato, incluso una crueldad. No sé lo que me hizo comportarme de modo tan impropio de un caballero; quizá sea la manera en que siempre me has mirado tú con tanto desdén.

—Víctor...

—No es que no me lo merezca —se apresuró a continuar el joven—. Me doy cuenta de que no soy uno de esos hombres osados y duros que tú podrías admirar, el tipo de hombre que era mi padre. Pero podría cambiar, Kate. Te lo juro. Haría cualquier cosa por ti.

—Oh, Víctor, por favor —gimió Kate. No había creído que fuera posible sentirse peor por todo aquello de lo que se sentía ya. Pero Víctor le estaba enseñando el verdadero significado de sentirse culpable. Sus ojos oscuros mostraban una sinceridad que encogía el corazón.

—Sé lo mucho que adoras el mar. Mi familia posee muchos barcos. Podría llevarte a navegar por todo el mundo.

—No, no podrías. Te mareas sólo con subirte a un bote.

Víctor palideció ante aquella idea, pero se cuadró de hombros en un gesto de hombría.

—Tengo entendido que hasta el gran almirante lord Nelson sufría en ocasiones de mareos, y en cambio triunfó en Trafalgar. ¿Qué es una guerra insignificante en comparación con mi amor? Por ti, Kate, aprendería a conquistar cualquier cosa. Y hay algo más que podría hacer: podría servirme de mis poderes de St. Leger a favor tuyo—. Al ver que Kate lo miraba con expresión vacía, Víctor sonrió abiertamente—. Ni siquiera sabías que los tuviera, ¿verdad? Me avergüenza reconocer que siempre me he esforzado mucho por esconder mi habilidad especial, en un deseo egoísta de no ser importunado. Pero poseo el don singular de adivinar lo que les ha ocurrido a personas que han desaparecido. Y me sentiría sumamente feliz de emplear mi talento para ayudarte a ti.

—Gracias, Víctor. Agradezco la oferta, pero en mi vida no hay nadie que haya desaparecido.

—¿Ni siquiera tu madre? —preguntó él con suavidad.

—¿Effie? Está en la casa, probablemente tomando el té de la tarde.

—No me refiero a Effie, sino a tu verdadera madre.

—¿Estás intentando decirme que tú... que podrías...?

—Sí. —Víctor le tomó ambas manos en las suyas—. Lo único que tendrías que hacer es mirarme fijamente a los ojos y permitirme ahondar en tu memoria hasta el momento de tu nacimiento, hasta que viera el rostro de tu madre. Luego, concentrándome un poco más, podría decirte dónde se encuentra en este momento, si sigue estando viva o dónde se halla su tumba.

Kate se zafó de él, turbada por lo que le estaba ofreciendo. Estudió su semblante, segura de que se lo estaba inventando todo en el afán de buscar otro modo de impresionarla, pero lo único que vio en sus ojos fue sinceridad, la certeza de que era capaz de hacer exactamente lo que prometía. Al fin y al cabo, Víctor era un St. Leger.

Pero localizar a su madre después de todos aquellos años... Sintió que el corazón le daba un vuelco. Trató de recordarse a sí misma que nunca le había importado quién era su auténtica madre, que no había sentido el menor deseo de saberlo. Pero aquello era sólo una mentira, otra de sus vehementes negaciones, su manera de arrojar de sí todo lo que tenía el potencial de hacerle daño. Naturalmente que se había preguntado acerca de su madre, que había abrigado la ridícula esperanza de que un día quizá descubriera que existía un motivo perfectamente lógico para que la hubieran dejado morir en aquel infernal hospicio.

Y ahora resultaba que Víctor St. Leger, precisamente, le ofrecía la verdad.

Se mordió el labio inferior, y a continuación extendió la mano para volver a posarla sobre la de Víctor. Pero en el último segundo perdió el valor y retiró la mano a toda prisa.

—N-no —dijo con una risa trémula—. En realidad no quiero saberlo. Estoy segura de que mi madre no pudo ser una persona especialmente agradable.

—Si era tu madre, Kate —insistió Víctor—, tuvo que ser un ángel.

—Los ángeles no abandonan a sus niñas. Ni traen al mundo a criaturas malvadas como yo.

—Tú no eres malvada. Eres absolutamente maravillosa. —Víctor le sonrió, y sus ojos mostraban un adoración tal, que Kate no pudo soportarlo más. Fueran cuales fueran las consecuencias, tenía que decirle la verdad.

—Víctor, en realidad no estás enamorado de mí.

—Por supuesto que estoy…

—No, no lo estás. La verdad es… —Lanzó un suspiro y a continuación dijo impulsivamente—: La verdad es que te he lanzado un hechizo.

—Desde luego que sí. Me has embrujado por completo.

—¡Ooh! —suspiró Kate de pura frustración.

Y antes de que ella pudiera detenerlo, Víctor la rodeó con sus brazos y la atrajo hacia él.

—Te adoro, Kate. Por favor, permíteme demostrarte hasta qué punto. Estaría dispuesto a morir por ti.

—Eso se podría arreglar fácilmente.

Aquella voz glacial provenía de ninguna parte, y los sobresaltó a ambos. Kate se volvió, desconcertada al ver el hombre cuya silueta se recortaba en el umbral de la glorieta, su cabello oscuro retirado con descuido de la cara, su capa negra larga hasta las rodillas. Su sombra parecía estirarse sobre el suelo de piedra y elevarse por encima de los dos.

—Santo cielo —dijo Víctor—. ¿Es… ése es…?

—Val —murmuró Kate, sintiéndose también un tanto acobardada. Jamás había imaginado que pudiera presentarse con un aspecto tan formidable y arrollador. Tenía un brillo extraño en los ojos, y caminó hacia ellos de una manera lenta y pausada que a Kate le provocó un escalofrío inexplicable. Parecía casi… peligroso.

—Val —balbució—. Qué… qué sorpresa. No te esperaba.

—Eso resulta del todo evidente, querida.

Kate se sonrojó, al recordar de pronto que Víctor todavía le rodeaba la cintura con un brazo, y se apresuró a separarse de él.

—Víctor estaba sólo… es decir, simplemente estaba…

—Veo perfectamente lo que estaba simplemente haciendo. —La mirada de Val se centró de forma amenazadora sobre su primo.

El joven permanecía boquiabierto, a todas luces esforzándose por asimilar el asombroso cambio sufrido por Val. Pero se recuperó lo suficiente para efectuar una elegante reverencia.

—Hola, Val. Tienes un aspecto sorprendentemente bueno. ¿qué has hecho con tu bastón?

—Lo he destruido. Roto en mil pedazos —respondió Val en tono suave, con toda la apariencia de estar deseando hacer lo mismo con Víctor.

Éste emitió una risa insegura, creyendo al parecer que Val estaba de broma. Kate tuvo la desalentadora impresión de que no era así.

—Er… Víctor estaba a punto de marcharse —dijo a toda prisa.

—No es verdad. —Kate lanzó al joven una mirada de advertencia, pero él la ignoró tercamente—. Adivino a qué has venido, Val. Seguramente, te ha enviado Lance a razonar conmigo. Pero tengo la intención de casarme con Kate, y nada de lo que tú puedas decir…

Víctor se interrumpió con una exclamación ahogada cuando Val lo agarró por la pechera de la capa.

—Estoy harto de hablar —rugió Val.

Kate contempló boquiabierta cómo Val estampó a su primo contra una de las columnas.

—He desperdiciado la mayor parte de mi vida razonando con necios como tú. De modo que voy a hablar de forma sencilla y escueta: no te acerques a Kate.

Los ojos de Víctor estuvieron a punto de salirse de sus órbitas.

—Pero… pero, Val —farfulló—. Te aseguro que mis intenciones son completamente honorables.

—¡Al cuerno con tus intenciones! —Val lo sacudió golpeándole la cabeza contra la piedra—. Si vuelves a tocar a Kate, te mataré.

¿Que lo mataría?, pensó Kate alarmada; Val parecía dispuesto a matarlo allí mismo.

—Val, basta ya. Suéltalo —exclamó Kate. Ni en sus peores pesadillas había creído que iba a verse obligada a proteger a alguien de Val St. Leger. Corrió a tirarle del brazo—. Val, por favor.

Él la miró furioso, pero aflojó su garra al menos lo suficiente para que Víctor se apartara de él tambaleándose. Víctor se frotó la parte de atrás de la cabeza y miró a Val con una expresión de reproche y desconcierto.

—Maldita sea, Val. ¿Qué demonio te ha picado?

—¿A mí? ¿Qué demonio te ha entrado a ti, chico, para pensar siquiera que yo iba a hacerme a un lado para permitir que te quedaras con Kate?

—No, Val, por favor, no lo entiendes —dijo Kate—. En realidad Víctor no pretende nada de eso. Él...

—Sí que lo pretendo —replicó Víctor—. Te amo, y no alcanzo a comprender qué puede importarle a él.

—Porque Kate es mía, maldito. Mía. Lo ha sido siempre, y siempre lo será.

—¿Tú estás enamorado de Kate? —inquirió Víctor, incrédulo—. Pero... pero si eres demasiado mayor para ella.

—¿Demasiado mayor, maldito imberbe jactancioso? ¿Quieres poner eso a prueba? —Val se acercó en actitud amenazante hacia Víctor. Éste se apresuró a retroceder.

—Val, te lo advierto. No me pongas las manos encima. No quiero hacerte daño.

—Oh, no te preocupes por mis pobres huesos decrépitos. —Val le propinó un empujón.

—No hagas eso, Val, o...

—¿O qué? —Volvió a empujar a Víctor. Con más fuerza.

Kate apenas podía creerlo. Era como si Val intentase provocar una pelea con su propio primo.

—Ya basta, Val —rogó, agarrándole el brazo—. Déjalo en paz.

Pero su intervención no hizo más que empeorar las cosas. Val se zafó de ella con una sacudida y estrelló el puño contra la cara de Víctor.

Víctor se desplomó y quedó despatarrado sobre el suelo de piedra. Y allí se quedó, confuso y con una mano en el ojo. Con un grito de aflicción, Kate acudió a su lado.

—Víctor, ¿estás bien? —Intentó ayudarlo a levantarse, pero él le apartó la mano con un golpe.

Se incorporó con dificultad, ya tan rojo de ira como Val.

—Maldito seas, Val. Si no fueras primo mío, te retaría a duelo por esto.

—No permitas que eso te lo impida.

—Muy bien. Busca a tus padrinos y elige las armas. Pistola o espada.

—Me es del todo indiferente. Escoge tú cómo deseas morir.

—¡Basta ya! Los dos. —Con el corazón acelerado por la alarma,

Kate se interpuso entre ambos hombres. Los dos parecían prestos a abalanzarse el uno contra el otro como dos perros rabiosos. Aquello se estaba convirtiendo rápidamente en una pesadilla. Su hechizo parecía escapar de todo control por momentos—. Vete a casa —le dijo a Víctor, señalando con gesto severo en dirección a la salida—. Sal de aquí ahora mismo.

Víctor volvió su mirada encolerizada hacia ella, incrédulo.

—¿Quieres que me vaya? Pero si es él quien ha empezado todo esto.

—No me importa. Quiero que te vayas tú.

—Entonces… entonces, ¿lo eliges a él, en vez de a mí?

—Sí, claro que sí.

Víctor palideció y pareció más herido que cuando lo golpeó Val. A Kate casi le pareció ver en sus ojos cómo los sueños quedaban hechos pedazos. No era su intención ser tan directa, tan cruel, pero estaba desesperada por que se fuese antes de que sucediera algo peor.

Recogió su sombrero, lo apretó contra él y le dijo con más suavidad:

—Por favor, Víctor, vete a casa y ponte un filete en ese ojo antes de que se te cierre completamente por la hinchazón. Te prometo que mañana te habrás olvidado de todo esto.

Él la miró por espacio de largos y dolorosos instantes.

—Si no puedo tenerte, me importa un comino el mañana.

Acto seguido le arrebató el sombrero, se lo caló en la cabeza y, sin pronunciar una palabra más, echó a andar a grandes zancadas por el sendero del jardín con los hombros rígidos como un palo, en un intento de parecer orgulloso y digno. Pero lo único que consiguió fue parecer joven, herido y humillado.

Kate sintió que se le oprimía el corazón por lo que le había hecho, pero se tranquilizó diciéndose que a Víctor no le pasaría nada. Volvería a estar bien en cuanto ella diese con el modo de quitarle el encantamiento. La preocupaba mucho más el hombre que permanecía en la glorieta, a su espalda.

Si el día anterior Val le había parecido nervioso, hoy le pareció diez veces más. Había comenzado a pasear arriba y abajo, abriendo y cerrando los puños en un esfuerzo de controlar su rabia. Hasta aquel momento, Kate no se había dado cuenta de lo mucho que confiaba en la callada fuerza de Val, en su serena presencia. Era ella la que siempre perdía los estribos, la que hacía cosas descabelladas. Verlo en aquel estado de descontrol la hizo sentirse extrañamente perdida, incluso un poco asustada, igual que estaba antes de conocerlo a él. Se acurrucó en la entrada de la glorieta hasta que Val se detuvo de repente y se volvió para mirarla ceñudo.

—Deja de mirarme como si me hubiera crecido otra cabeza.

—Lo… lo siento —titubeó ella—. Es que nunca te había visto tan… tan…

—¿Tan qué? ¿Tan enfadado? Oh, sí, el cielo no permita que san Valentine pierda jamás los nervios. Ni siquiera cuando encuentro a la mujer que amo coqueteando con otro hombre.

—Pero es que no lo entiendes. No estaba coqueteando. Estaba…

—Dímelo, Kate. ¿Qué has hecho? ¿Correr directamente de mis brazos a los suyos? ¿Es ésa la razón por la que no te veo desde ayer?

—¡No! —exclamó Kate, herida y atónita a la vez por la injusticia de aquella acusación—. ¿No te acuerdas? Tú mismo me dijiste que me fuera, que esperara a que tú vinieras a mí.

—¿Desde cuándo haces lo que yo te digo? —La perforó con la mirada, y Kate retrocedió instintivamente. Entonces Val la agarró por los brazos—. Te lo advierto, pequeña. Si alguna vez te sorprendo de nuevo cerca de ese joven idiota, le pegaré un tiro en mitad de los ojos.

—No puedes hacer eso. A ti no te gustan las pistolas, y se supone que los St. Leger no deben pelearse entre sí. Hasta yo sé eso. «Todo St. Leger que derrame la sangre de su propio linaje será condenado.»

—Ya me estoy arriesgando a sufrir una maldición por amarte a ti. ¿Qué diablos importa otra más?

Arrastró a Kate hacia él y aplastó con fuerza su boca contra la de ella. Kate había ansiado sentir los brazos de Val alrededor de su cuerpo, la dulce presión de los labios de él contra los suyos, pero no de aquel modo. Era un beso que hablaba más de rabia y posesividad que de amor; sus labios eran agresivos, la invadían con el calor de su lengua.

Si otro hombre cualquiera la hubiera tratado de aquella manera, Kate le habría aporreado los oídos o le hubiera dado patadas en las espinillas; pero con Val, estaba demasiado conmocionada para resistirse, y se sometió rígidamente a su despiadado abrazo.

Cuando él se apartó por fin, la expresión de sus ojos era tan desenfrenada que se le aceleró el corazón, temiendo a medias lo que él pudiera hacer acto seguido. Val la miró fijamente durante largos instantes y después parpadeó una vez, dos, igual que un hombre que sale bruscamente de un trance.

La soltó, y la terrible luz de sus ojos fue reemplazada por una expresión de horror.

—Kate... lo siento —dijo con la voz enronquecida—. No era mi intención... ¿Te he hecho daño?

—N-no, claro que no —aseguró Kate, aunque se sentía magullada y profundamente turbada—. Ya sabes que no soy tan frágil.

Él extendió una mano, pero la retiró como si tuviera miedo de tocarla.

—Creía poder controlarlo —musitó, tirándose del cuello de la capa casi como si algo amenazase con estrangularlo.

¿Controlar el qué? ¿A qué se refería Val? ¿A su mal genio? ¿A su pasión prohibida hacia ella? No tenía ni idea. Pero la angustia, el amargo reproche contra sí mismo que oscureció su semblante le resultaron absolutamente insoportables.

Se olvidó de sus propios miedos y apartó los pocos mechones rebeldes que le caían a Val sobre los ojos.

—No pasa nada —murmuró.

—Sí que pasa. —Val le cogió la mano y la apartó de él, negándose a aceptar su consuelo—. He estado a punto de haceros daño a ti y a Víctor. Por Dios santo, me han entrado ganas de matarlo y de disfrutar al hacerlo. Cuando os descubrí a los dos aquí juntos, se apoderó de mí el demonio de los celos.

—Pero, Val, no tienes ningún motivo en absoluto para estar celoso de Víctor.

—¿No? Sus ojos oscuros escrutaron el rostro de Kate.

—Naturalmente que no. ¿Cómo puedes siquiera preguntar una cosa así? Ya sabes que es a ti a quien he amado siempre.

—Sí, pero él es muy apuesto, y desde luego bastante más joven que yo. Se acerca más a la edad que tienes tú.

—¡Bah! Yo soy mucho mayor que Víctor. Estoy segura de que tengo, er, por lo menos veintiséis.

—Más probable es que apenas rebases los dieciséis —replicó Val, pero al menos Kate consiguió provocarle una sonrisa, sombra de su sonrisa habitual, aquel gesto torcido e irónico de los labios que ella siempre había adorado.

Una vez más volvió a parecerse a su Val de siempre, y se reclinó contra él con un leve suspiro de alivio.

—¿Cómo puedes haber sido tan tonto? —lo reprendió suavemente—. Como si la diferencia de edad que hay entre nosotros hubiera importado alguna vez. Yo nunca he sido una damisela de ojos llorosos. En ocasiones creo que ya nací siendo vieja.

—Lo sé, querida mía, y eso es algo que siempre he querido cambiar en ti.

—¿Cómo? ¿Conservándome niña para siempre?

—No. —Val tomó su rostro entre las manos y acarició la suave piel de debajo de los ojos con las yemas de los pulgares—. Alejando las sombras, todos los malos recuerdos de tu infancia, aquellos terribles días en Londres. —Y a continuación se inclinó y le depositó un fervoroso beso en lo alto de la cabeza—. Oh, Kate, lo último que quisiera es proporcionarte más malos recuerdos, más pesadillas.

—Como si tú pudieras hacer tal cosa.

—Ojalá estuviera seguro de eso. —La miró fijamente con una expresión pensativa en los ojos—. Te amo, Kate. Pero si fueras lo bastante sensata, huirías de mí, lo más aprisa que pudieras.

Pero como Val acompañó aquellas extraordinarias palabras con un estrecho abrazo contra su corazón, Kate no se alarmó indebidamente. Enterró el rostro contra el gabán de él que olía a aire salado y a Val, a la tinta que con frecuencia le manchaba los dedos, al cuero de sus libros.

—¿Por qué iba a querer huir de ti —le preguntó—, cuando he pasado la mayor parte de mi vida corriendo hacia ti, persiguiéndote sin ninguna vergüenza? Pero si incluso...

—¿Incluso qué? —inquirió Val al ver que ella vacilaba.

«Incluso he recurrido a un hechizo para conquistarte.» Kate tragó saliva, consciente de que debería contarle lo que había hecho. Teniendo en cuenta lo que había estado a punto de suceder con Víctor, su hechizo había tomado un giro más bien peligroso.

Cuando alzó el rostro para mirar a Val, vio que en sus ojos ardía tanto amor, tanta pasión, que la respiración se le quedó ahogada en la garganta. Todo lo que siempre había querido de él, todo lo que había soñado, parecía vibrar en aquella mirada. Pero era más que eso lo que la mantenía en silencio.

Era el hecho de pensar que precisamente Val, y no otro, había sido el primero en creer en ella, en encontrar algo bueno en ella. Si alguna vez llegase a descubrir lo perversa y egoísta que era en realidad, tal vez perdiese su consideración, su respeto, para siempre. Y eso sería más insoportable que perder su amor.

Tragó saliva con dificultad y eludió su pregunta abrazándolo con ardor y besándolo. Él la estrechó con más fuerza. Val ya no parecía estar haciendo muchos esfuerzos por resistirse a la magia negra que ella había tejido. Su boca se fundió con la de ella hasta que comenzó a besarla con una pasión que fue convirtiéndose en desesperación. Kate le devolvió los besos, sintiéndose igual de desesperada, enterrando todos sus miedos y sus dudas en el calor de su abrazo. La boca de Val se movió hambrienta sobre la suya, los labios de ella devoraron los de él.

Se aferró a Val con fuerza, como si fueran dos amantes oscilando al borde de una violenta tormenta. Aquel amor, aquella pasión entre ambos se suponía que debía ser ilícita, prohibida. Pero entonces, ¿por qué parecía tan legítima?

Las manos de Val le recorrieron la espalda y exploraron la curva de sus caderas, de sus nalgas, la amoldaron contra él. Las interminables capas de ropa que había entre ellos actuaban como una frustrante barrera, pero aun así Kate percibía plenamente su excitación, y eso le produjo una emoción extraña.

Sus labios se abrieron ante la feroz arremetida de Val, y gimió suavemente cuando la lengua de él se enganchó a la suya en un violento emparejamiento. Val podría haberla tendido en el suelo de la glorieta y haberle hecho el amor allí mismo, y Kate tenía la impresión de no poder resistirse si sucediera. No importaba que corrieran el riesgo de ser vistos desde la casa, aunque el mundo entero estuviera mirando. Mientras Val continuara besándola y abrazándola de aquella forma, le parecía que nada podía salir mal.

Emitió una leve protesta cuando él rompió el ardiente contacto y su respiración entrecortada se mezcló con la de ella.

—Eres una criatura loca e insensata, Kate Fitzleger —le dijo Val con una risa trémula—. Supongo que si vas a arriesgarte a que caiga sobre ti la maldición por un St. Leger, ése bien podría ser yo.

—No existe ninguna maldición. Y aunque existiera, no me importaría. Arriesgaría lo que fuera por estar contigo, incluso mi vida.

—No digas eso. Si te sucediera algo, estoy seguro de que me volvería loco. Si llegara a perderte…

—No me perderás.

—Ah, pero tú no entiendes lo que ha hecho ese estúpido de Víctor al acudir a ver a mi hermano e insistir en que desea casarse contigo. Lance quiere enviarte lejos de aquí. A Londres.

—Oh, Effie lleva años hablando de eso.

—Pero esta vez va en serio, Kate. Va a ocurrir. Lance va a proporcionar el dinero necesario.

Kate abrió mucho los ojos, sorprendida. Siempre había considerado a Lance St. Leger amigo suyo, el hermano mayor bromista y a menudo provocador que nunca había tenido. Y ahora Lance estaba dispuesto a pagar para librarse de ella. Sintió una aguda punzada de dolor.

—¿Por qué va a querer hacer Lance algo así? —inquirió.

—Para que no te hagan daño. Para protegeros a Víctor y a ti, e impedir que invoques la maldición de los St. Leger.

La maldición. Otra vez aquella infernal leyenda. Kate ahogó un gemido, preguntándose si alguna vez se vería libre de ella. Afirmó los labios en una expresión terca.

—Bueno, no importa lo que esté planeando Lance. Sencillamente, no pienso irme.

—No tienes ni idea de lo empecinado que puede ser mi hermano.

Kate frunció el entrecejo, pues sabía que aquello era verdad. Lance St. Leger podía ser el más juguetón y transigente de los hombres, pero si tenía la certeza de que estaba actuando por el bien de alguien, se volvía completamente despiadado. No le costó nada imaginarse a Lance secuestrándola y llevándola a Londres por la fuerza si era necesario.

Levantó los ojos hacia Val con una mirada de preocupación.

—Y entonces, ¿qué me sugieres que haga?

—¿Para que no te envíen lejos de aquí? Sólo existe una solución. —Val le sonrió—. Simplemente, tendré que casarme contigo lo antes posible.

¿Casarse con ella? A Kate le dio un vuelco el corazón. Llevaba esperando toda la vida a que Val pronunciara aquellas palabras, y debería estar loca de alegría. Una parte de ella lo estaba. Le echó los brazos al cuello y ambos intercambiaron otro beso largo y apasionado. Pero se puso seria de inmediato al comprender la realidad de la situación.

—Supongo que tendremos que fugarnos —dijo.

—¿Fugarnos? —Val frunció el ceño—. No, santo cielo. Tendrás una boda como Dios manda, mi querida Kate. Con damas de honor, cintas de adorno y un vestido precioso.

—Oh, Val, ya sabes que nunca me han importado esas cosas.

—Pero a mí sí que me importa que las tengas. —Aquellas palabras fueron muy tiernas, pero tenía la mandíbula apretada y su mirada era resuelta. Val parecía dispuesto a enfrentarse a su familia, al pueblo entero si fuera preciso, por el privilegio de conducirla a ella por el pasillo de la iglesia de St. Gothian.

Por lo general era Kate la que siempre había sido testaruda y desafiante, y Val el tranquilo y juicioso. Kate estaba empezando a encontrar aquel cambio de papeles bastante desconcertante. Se zafó de los brazos de Val en un intento de razonar con él.

—Casarnos aquí, en Torrecombe, podría resultar muy difícil. No contaríamos con la aprobación de tu familia ni con el consentimiento de mi guardiana. Ni siquiera estoy segura de que pudiera convencer al reverendo Trimble de que oficiara la ceremonia.

—Oh, ya lo convenceremos.

Había algo en el tono de Val que hizo recelar a Kate.

—No estarás pensando en arrearle un puñetazo, ¿verdad? —preguntó preocupada.

—No, si se muestra razonable.

Kate encontró su risita muy poco tranquilizadora. Pero antes de que tuviera tiempo de discutir con él, Val la agarró de la mano y tiró de ella en dirección al sendero que llevaba a la casa.

—Ven, vamos a empezar ahora mismo, buscando a Effie para exigirle su consentimiento.

Kate se echó atrás, alarmada. ¿Una confrontación con Effie, en el actual estado de ánimo, tan impredecible? Dejaría aterrorizada a la pobre Effie.

—No, Val, por favor. Debes permitirme que yo le dé la noticia a Effie a solas. Ya sabes cómo es.

—Sí, una bruja tonta, necia y entrometida.

Kate se quedó petrificada, profundamente atónita. Sí que era verdad que Val tenía motivos para estar un poco enfadado con Effie. En su papel de Buscadora de Novias de los St. Leger, le había fallado por completo. Pero rara vez había oído a Val hablar de nadie con tanta amargura, con tanta dureza, ni siquiera de su gran enemigo Rafe Mortmain. Aquello la turbó más que el errático comportamiento de Val hasta aquel momento.

—Ya sé que Effie puede ser difícil, pero también es la criatura más amable y de mejor corazón que cabe imaginar, tal como tú mismo me has dicho muchas veces —le recordó—. Ya le he causado bastantes preocupaciones a lo largo de los años. No quiero angustiarla más de lo necesario.

Val apretó los labios. Parecía molesto, pero al fin se encogió de hombros.

—Muy bien. Puedes tratar con Effie tú sola, siempre que me prometas reunirte después conmigo.

—¿Dónde?

—Junto a la iglesia. Iremos a hablar con el vicario. Poco importa que Effie se niegue a dar su consentimiento. Tú eres sobradamente mayor de edad, según tus propios cálculos. ¿Cuántos años dijiste que tenías… casi treinta?

Kate intentó sonreír por la broma, pero de pronto todo parecía ir demasiado deprisa, a punto de escapársele de las manos. Necesitaba unos momentos para...

Entonces parpadeó de puro asombro por lo que estaba pensando. ¿Kate Fitzleger procurando no ser demasiado impulsiva? ¿Deseando tener tiempo para pararse a reflexionar? ¿Cuál de los dos, exactamente, había cambiado por culpa del encantamiento que llevó a cabo en la víspera de Todos los Santos?

Val se mostraba tan inflexible que no le quedó otra alternativa que aceptar, aunque deseara contar con un poco más de tiempo. Preocupada por el desaparecido libro de hechizos, dijo:

—Antes hay un pequeño asunto del que debo ocuparme.

—Muy bien. —Val se detuvo junto a la entrada del jardín. Tomó las manos de Kate en las suyas y le besó primero una y después la otra—. Nos veremos esta tarde, pero no te retrases. Anochece temprano, y no quiero que vengas a buscarme cuando ya se haya puesto el sol.

—No hay ningún problema en ese sentido. A menudo he atravesado el pueblo después de oscurecer. Torrecombe es un lugar bastante seguro y...

—¡He dicho que no!

La inesperada agresividad de su tono dejó estupefacta a Kate.

Val le apretó con fuerza las manos.

—Permíteme que te deje clara una cosa, Kate. Por nada del mundo debes acercarte a mí después de que se haya puesto el sol.

—¿Q-qué? —Kate se lo quedó mirando, incrédula. No podía estar hablando en serio—. ¿Y qué pasa cuando se pone el sol? ¿Acaso te conviertes en un monstruo?

Pero él no respondió a su broma, sino que su boca adquirió una expresión dura y seria, su ojos una mirada intensa e inquietante.

—Hablo en serio, Kate. Hasta que estemos casados, no te acerques.

—Pero...

—¡Maldita sea! Por una vez, haz lo que te dicen. —Le apretó las manos más fuerte aún, casi haciéndole daño. Al ver que Kate hacía un gesto de dolor, aflojó su garra y moderó el tono—. Prométemelo, Kate.

—E-está bien. Te lo prometo —dijo Kate a regañadientes, aunque seguía sin encontrarle la lógica a aquello.

—Bien. —Val la besó por última vez, una caricia que la dejó temblorosa y sin resuello. Y a continuación se fue.

Kate permaneció aferrada a la verja del jardín mucho tiempo después de que Val se hubo ido, con el corazón sumido en una profunda confusión. Estaba prometida, prometida de verdad, con Val St. Leger. Notaba la boca magullada y sensible a causa de sus besos, y el cuerpo todavía inundado de una sensación cálida. Entonces, ¿por qué otra parte de ella sentía aquel frío, incluso un poco de miedo?

Val se estaba comportando de manera muy extraña, incluso para estar bajo la influencia de un hechizo de amor. Su pasión era increíble, más de lo que había imaginado nunca; pero también lo eran sus arrebatos de mal genio, sus estallidos de amargura. En sus ojos ardían a partes iguales el deseo hacia ella y el tormento, como un hombre que estuviera librando una batalla con su propia alma.

Tal vez Víctor St. Leger no fuera el único que necesitaba ser liberado de su encantamiento.

Pero la mera idea de renunciar a Val la llenaba de desesperación, le provocaba un nudo de dolor en la garganta. Se apresuró a rechazar aquel pensamiento. No podía abandonar ahora que estaba tan cerca de convertirse en la esposa de Val, de encontrar por fin un poco de felicidad, no sólo para sí misma, sino para los dos. ¿Acaso no había dicho el propio Val que se volvería loco si llegara a perderla?

«Sí, claro que lo ha dicho. ¿Y qué esperabas que dijera? Lo has embrujado igual que a Víctor.»

Kate luchó por sofocar sus dudas, la voz gélida de su conciencia. No, todo iría bien en cuanto Val y ella estuvieran casados. Val se serenaría, volvería a ser él mismo.

Si ahora estaba alterado, algo confuso, errático, era sólo porque el encantamiento se había torcido ligeramente. Ella lo había puesto furioso y celoso de Víctor. Una vez que Víctor fuera liberado de su maleficio, todo estaría en orden. O, por lo menos, eso quiso creer.

Ahora la dificultad estribaba en encontrar el modo de enderezar aquel desastre. Por desgracia, al haber desaparecido el libro de hechizos, había una sola persona en el mundo que podía ayudarla a hacerlo.

Sintió un escalofrío. Es decir, si es que el gran hechicero no la convertía antes en un montón de cenizas.

Capítulo 11

*U*nas nubes oscuras cubrían el cielo sobre la antigua torre, y el aire amenazaba con una inminente tormenta. Hasta el sol parecía haberse escondido prudentemente cuando Kate subió por la tosca escalera de piedra que ascendía en espiral atravesando los gruesos muros de la torre.

Por las troneras se filtraba una luz fría y gris que daba al pasadizo un aire sombrío y lúgubre, más inhóspito todavía que la primera vez que lo visitó. Kate fue subiendo con mucho cuidado, deseando poder volverse atrás.

Tal vez, si tuviera suerte, Próspero hubiera vuelto a desaparecer en aquel extraño inframundo en el que habitaba entre una aparición y otra. Kate se despreció a sí misma por abrigar una esperanza tan cobarde; necesitaba que estuviera allí, necesitaba su ayuda.

¿Pero qué demonios iba a decirle?

«¿Se acuerda del libro de hechizos que me prohibió tocar? Bueno, pues, en fin, digamos que lo tomé prestado de todos modos y... y resulta que lo he perdido.»

Kate se encogió de miedo. Las explicaciones se le agolpaban incluso en su propia mente; cuando por fin se enfrentase a la mirada enfurecida de Próspero, seguro que se quedaría totalmente indefensa. Pero se obligó a sí misma a continuar, aunque el corazón le latía con desasosiego, cuando advirtió una luz que procedía de la cámara. Al superar el último escalón, se asomó por la puerta.

Había un fuego fantasmagórico ardiendo en la vasta chimenea de piedra. Las llamas se elevaban con un vivo color oro y azul, pero no desprendían calor, pues la estancia estaba tan fría y húmeda que Kate sintió un escalofrío. En cambio, aquel fuego fantasmal arrojaba una extraordinaria cantidad de luz que iluminaba todos los rincones de la cámara circular, la cama de madera tallada, las estanterías atestadas de misteriosos frascos, los libros, el pequeño escritorio. Un lugar sagrado y medieval que permanecía suspendido en el tiempo, tanto como el hombre que se alzaba junto a la ventana de la torre.

Kate se quedó sin aliento al percibir la presencia del hechicero. Próspero se encontraba en postura reclinada, con un codo flexionado y la cabeza apoyada en la mano, estudiando algún antiguo texto. El resplandor del fuego lo bañaba de un aura dorada que resaltaba el brillo negro azulado de su cabello y su barba, y destacaba los hilos iridiscentes de su túnica de terciopelo.

Parecía punto por punto un caballero ocioso que estuviera pasando el tiempo en una tarde gris entretenido en una actividad erudita, con su tez bronceada, sus anchos hombros y aquellas piernas musculosas que lo hacían parecer tan sólido y real como cualquier hombre. Salvo por un pequeño detalle:

Próspero y su libro estaban flotando en el aire.

Ni siquiera se tomó la molestia de levantar la vista cuando entró Kate, aunque ésta estaba bastante segura de que era consciente de su presencia. Avanzó lentamente, sintiéndose tan tímida como una pordiosera que se acerca a un poderoso rey.

—¿P-próspero? —La voz le salió con un ligero temblor, por lo que tuvo que obligarse a hablar en un tono más firme—. ¿Mi señor?

Próspero alzó la vista del libro por fin, y sus ojos oscuros relampaguearon a través de sus densas pestañas.

—Señorita Kate.

Kate experimentó la curiosa sensación de que él había estado esperándola todo aquel tiempo, de que no sentía un total desagrado por verla otra vez. Temió que aquello cambiase de inmediato cuando el mago descubriese el propósito de su visita. El hechicero cerró el libro y adoptó fluidamente una postura erguida para obsequiarla con una elegante reverencia.

—¿Y a qué debo el honor de esta visita? ¿Habéis venido para recibir más lecciones de conducta?

—N-no. Yo… necesitaba decirle que… —No pudo terminar la frase, pues su mirada se había quedado clavada en el libro que sostenía el hechicero, un volumen pequeño y delgado con tapas de cuero agrietado. Un libro que le resultó desconcertantemente familiar. Se acercó un poco más, olvidando de pronto su miedo, y se quedó mirando con incredulidad el dragón que se veía grabado en la tapa.

¡El libro de hechizos desaparecido! No lo había perdido, ni se lo habían robado. De algún modo le habían salido alas y había regresado volando con su dueño. Kate estaba tan excitada de alivio, que casi creyó que iba a desmayarse. Pero enseguida el alivio fue reemplazado por la indignación.

Miró a Próspero con expresión acusadora:

—Se llevó el libro de mi habitación. Usted... usted ha sabido todo el tiempo que lo tenía yo. —Próspero inclinó la cabeza en un gesto de divertida aceptación—. Podría habérmelo dicho, en lugar de recuperar el libro de una forma tan furtiva y dejar que yo creyese que había desaparecido.

—¿Quise recuperar mi propiedad robada y olvidé informaros? Cuán negligente por mi parte —comentó el hechicero en tono de mofa—. Os suplico sinceramente que me perdonéis, querida.

—¿Se hace una idea de lo preocupada que he estado? ¿De la angustia que sufro desde la víspera de Todos los Santos?

—En efecto, fue una noche angustiosa. Hubo por ahí fuera extraños rumores de una muchacha medio gitana que encendió una hoguera cerca de la vieja piedra vertical. Y luego aquella terrible tormenta. Eso basta para causar a uno tremendas pesadillas, quizá de descargas de rayos, el pueblo en llamas, una turba de aldeanos enfurecidos que te persiguen por las calles. Brrr. —Próspero hizo como que se estremecía.

Kate lo miraba boquiabierta, preguntándose cómo podía haberse enterado el mago de la pesadilla que había tenido. A juzgar por el brillo malévolo de sus ojos, la respuesta era demasiado obvia.

—Fue usted. Usted fue el responsable de mi pesadilla.

Próspero se sacó brillo a las uñas de una mano con la pechera de su túnica.

—Uno más de mis modestos talentos. La capacidad de dar forma a los sueños, de enviarlos flotando a través de la noche a penetrar en la mente de otra persona.

—¿Cómo ha podido hacerme algo tan cruel? —exclamó Kate—. La pesadilla que me envió fue horrible.

—Abrigaba la esperanza de que ello os diera una lección acerca del hecho de jugar con las malas artes. Pero según parece no ha sido así, ya que habéis regresado. —Próspero puso los ojos en blanco en un gesto de resignación. Se percató de que Kate estaba mostrando un cierto interés por su libro, de manera que rápidamente lo sostuvo fuera de su alcance.

—Oh, por favor —rogó Kate—. Necesito ese libro, necesito más que nunca que usted me ayude.

—Como ya os he dicho, querida, tengo por norma no inmiscuirme jamás en los asuntos humanos.

—Pero se inmiscuye todo el tiempo. Cada vez que le conviene. —La réplica escapó de su boca antes de que pudiera impedirlo. Lo último que deseaba era enfurecer al hechicero.

Próspero se puso en tensión durante unos instantes, y después se relajó sonriendo de mala gana.

—Muy cierto, pero aun así procuro mantenerme al margen de los asuntos del corazón. Así pues, si habéis venido a atormentarme otra vez con lo de ese hechizo de amor…

—¡No, no! Tan sólo necesito su ayuda para deshacer el hechizo que ya he lanzado. O al menos una parte de él.

—¿El hechizo que habéis lanzado? —Próspero parecía divertirse de lo lindo—. Me temo que sufrís delirios de grandeza, mi señora.

—Le digo que ya lo he hecho. Valiéndome de su libro.

—Imposible. Ni siquiera podríais soñar con descifrar mi escritura secreta.

—¿Escritura secreta? ¡Bobadas! Se trata de jeroglíficos egipcios, y le aseguro que muchos eruditos llevan años traduciéndolos.

El hechicero parecía estupefacto. De hecho, se le quedó la boca abierta. La cerró, con una expresión de no saber si asombrarse u ofenderse por el hecho de que los simples mortales compartieran ahora sus conocimientos.

—¿De modo que habéis sido capaz de leer mi libro?

—Fácilmente. Bueno, no del todo —se corrigió Kate—. Debo de haber leído mal una parte, de lo contrario mi encantamiento no habría salido tan mal. No he conseguido lanzar el hechizo de amor sobre un solo hombre, sino sobre dos.

Próspero se la quedó mirando unos instantes, y seguidamente estalló en una sonora carcajada de profundo timbre masculino que llenó la estancia. Sus ojos brillaban con una mezcla de regocijo y admiración.

—¿Habéis logrado embrujar a dos hombres con un solo conjuro? ¿A la primera? Os felicito, mi señora.

—No es cuestión de felicitaciones —replicó Kate—. No tiene usted idea de lo horrible que es ser perseguida por dos hombres, y que se reten a duelo entre sí por una.

—La mayoría de las mujeres lo encontrarían sumamente placentero.

—¡Yo no soy como la mayoría de las mujeres!

—Rápidamente me voy dando cuenta de ello. —Los ojos de Próspero relucían de franco aprecio.

—Ahora, el hombre al que amo está celoso, y el otro hombre, el que no quiero, tiene el corazón destrozado por mi rechazo —dijo Kate—. Yo no tenía intención de hacer daño a ninguno de los dos. Lo único que deseaba era ser amada.

Próspero debió de percibir el grado de su angustia, porque su regocijo se desvaneció y su expresión se suavizó.

—Mi querida Kate. Es muy probable que os estéis reprochando por nada. Lanzar un maleficio así sería muy difícil incluso con la ayuda de mi libro. ¿No es posible que esos dos galanes vuestros se hayan enamorado de vos sin la ayuda de ninguna magia?

Kate suspiró. Cuánto le hubiera gustado creer aquello, no de Víctor, por supuesto, sino de Val. Creer que Val se había enamorado de ella de forma natural, que ciertamente la adoraba tanto que estaba dispuesto a desafiar las tradiciones de su familia, la mismísima leyenda de los St. Leger.

Pero sacudió la cabeza en un gesto negativo, convencida de lo contrario.

—Me temo que no soy tan encantadora. Ni siquiera mi propia madre me encontraba tan digna de ser amada. Me abandonó.

—También la mía.

Sorprendida, la mirada de Kate voló al rostro del hechicero.

—¿Usted es también un bastardo?

—Así es. Y en más de un sentido. O eso os habrían contado de mil amores algunas de mis antiguas amantes.

Aquella seca broma no logró ocultar del todo un infrecuente ramalazo de vulnerabilidad, el recuerdo de un dolor parecido al que sentía ella. Sus ojos se clavaron en los de Kate, y durante breves instantes ésta tuvo la sensación de que ambos compartían un vínculo inexplicable. Próspero se apresuró a desviar la mirada apartándose de la joven.

El fantasmagórico resplandor del fuego jugueteó sobre su apuesto semblante, trazando sombras sobre su perfil aguileño. El mago guardó silencio como si estuviera sumido en profundas reflexiones, y Kate comprendió que en realidad estaba estudiando su petición, contemplando la posibilidad de acudir en su ayuda.

Contuvo la respiración, temerosa de hablar e inclinar la balanza en su contra.

—Y bien, ¿qué deseáis exactamente que haga? —preguntó Próspero.

—No gran cosa. Sólo ayudarme a deshacer el hechizo.

—«Sólo.» —Próspero emitió una risa seca y le lanzó una mirada larga e inescrutable—. ¿Deshacer el hechizo de esos dos hombres?

—No, claro que no. Sólo del que he embrujado de forma accidental.

—¿Y entonces seguiríais pretendiendo a ese otro reacio galán vuestro? Debéis de amarlo mucho para arriesgar tanto, para pensar siquiera en invocar de nuevo tan negra magia.

—Así es —gimió Kate—. Arriesgaría cualquier cosa, incluso la vida, para estar con él.

—Si yo fuera aún mortal, casi podría envidiarlo —comentó Próspero en voz baja.

De un fantasma no se podía decir con propiedad que suspirase, pero de los labios de Próspero escapó un sonido que se le parecía mucho.

—Está bien —concedió por fin—. Veré qué puedo hacer.

—¡Oh! Gracias. —Kate se sentía tan agradecida que hubiera echado los brazos al cuello del hechicero y lo habría besado. Estuvo a punto de obedecer dicho impulso, y Próspero debió de notarlo.

—Una idea encantadora, mi señora —dijo con una sonrisa irónica—, pero más bien imposible. —Kate se sonrojó furiosamente—. Y os ruego que recordéis que no he prometido nada. Sólo he dicho que lo intentaré.

—Pero seguro que lo logrará. Un gran hechicero como usted, con tanta experiencia en hechizos de amor. ¿Qué hay de todas esas mujeres a las que sedujo?

—No era amor lo que yo buscaba en las mujeres, sino tan sólo deseo. Y os aseguro que para inducir eso no se precisa la magia.

A continuación abrió el libro de hechizos y procedió a pasar las páginas. Kate permaneció junto a su hombro, debatiéndose entre la esperanza y el pánico, temiendo que Próspero exigiese saber los nombres de los hombres a quienes había embrujado. Si llegase a descubrir que ella había estado practicando la magia negra con dos St. Leger, Kate dudaba que siguiera mostrándose tan amigable. Pero, para alivio

202

suyo, el mago no le preguntó nada aparte de pedirle que señalara el conjuro exacto que había empleado.

Próspero lo leyó brevemente con la frente arrugada por la concentración.

—Muy bien —dijo—. Creo que tal vez sepa un modo de deshacer el encantamiento. Venid a verme dentro de un mes.

—¡Un mes! —Kate no pudo ocultar su desaliento—. Tenía la esperanza de que pudiera hacer algo ahora mismo. ¿No puede darse un poco más de prisa?

Próspero arqueó las cejas en un gesto de arrogancia.

—Ni siquiera yo puedo acelerar el movimiento de los cielos. Si ha de existir alguna esperanza de alterar vuestro hechizo, debe hacerse en la misma fase de la luna en la que lo lanzasteis.

—Oh. —Kate intentó tragarse su desilusión, pero ¡un mes entero! En aquel período de tiempo podía suceder cualquier cosa—. Seré afortunada si Víct... quiero decir si mis dos, hm, galanes no se han matado entre sí para entonces.

—Debéis hacer todo lo posible para que no se acerquen el uno al otro.

—¿Y cómo voy a hacer eso? Este pueblo es muy pequeño.

—Sois una joven de recursos. Estoy seguro de que se os ocurrirá algo.

Kate iba a continuar protestando, pero vio claramente que no serviría de nada. Próspero cerró el libro y se acercó flotando hacia la chimenea. Con un elegante gesto de la mano, hizo que el fuego vacilara y se extinguiera. No quedó madera chamuscada, ni cenizas. Las llamas habían sido alimentadas por un pedazo de cristal de múltiples facetas muy similar al que estaba engastado en la empuñadura de la espada St. Leger, sólo que mucho más grande.

Incluso ahora que ya no había fuego, el cristal seguía palpitando y resplandeciendo como si poseyera una especie de extraña vida propia, emitiendo fragmentos de una luz con los colores del arco iris tan intensa que parecía capaz de perforar las paredes mismas.

Olvidada momentáneamente de sus preocupaciones, Kate siguió la mirada de Próspero y se fijó también en la piedra que refulgía, con una expresión de asombro.

—¿Qué es eso? —quiso saber.

—Parte de un experimento que llevé a cabo cuando todavía estaba vivo, una pequeña incursión en la alquimia.

Próspero se inclinó y sacó el cristal de la chimenea sosteniéndolo en sus dedos largos y flexibles. La luz que irradiaba era tan brillante que Kate se llevó una mano a los ojos para protegerlos.

—En otro tiempo, este pedazo formó parte de un cristal mucho más grande que fabriqué, pero algo salió mal. Hubo una terrible explosión, y cuando se disipó el humo sólo quedaban unos cuantos trozos. Uno de ellos lo incrusté en la empuñadura de mi espada para que pasara a mis descendientes. Éste me lo quedé para mí.

Acercó la piedra para que la inspeccionara Kate, y ésta la miró fijamente, medio hipnotizada por su belleza que parecía tan cálida y fría al mismo tiempo. Extendió una mano para tocarla.

—¡No hagáis eso!

La repentina advertencia del hechicero la hizo retirar la mano de inmediato.

—¿Es que es peligrosa? —preguntó.

—Podría serlo, sobre todo si se me cayera al suelo y volviera a romperse. He observado que cada fragmento que se separa del todo tiende a hacerse más inestable. Cuanto más pequeño es el trozo, más impredecible es la magia que puede sobrevenir, incluso mortal.

Kate sintió un escalofrío y dio un paso atrás para alejarse de la brillante piedra. Y pensar que Próspero la había censurado por jugar con la magia negra.

—¿Por qué quiso siquiera inventar algo tan peligroso? —inquirió—. Supongo que, al igual que la mayoría de los alquimistas, intentaba usted encontrar un modo de transformar el plomo en oro.

—No, jamás le encontré utilidad al oro. Ya tenía toda la fortuna que necesitaba, todo el poder.

—Entonces, ¿qué? ¿Qué es lo que busca?

—La inmortalidad. Deseo vivir para siempre. —Los labios de Próspero se estiraron en una sonrisa irónica—. De manera que tened mucho cuidado, amiga mía, al emplear la magia para perseguir vuestros sueños. Podríais terminar consiguiendo lo que habéis deseado.

Kate frunció el entrecejo. ¿La estaba advirtiendo para que abandonase su obstinada persecución del hombre al que amaba? ¿O bien las palabras de Próspero pretendían simplemente ser una triste reflexión sobre el propio destino del mago?

No tuvo ninguna oportunidad de formularle más preguntas. El hechicero se alejó despidiéndola con un gesto imperioso de la mano. Estaba claro que daba la visita por terminada. Se guardó la hipnotizante piedra y la encerró en las aterciopeladas profundidades de un antiguo arcón.

Con el cristal fuera de la vista, la estancia quedó sumida en la semioscuridad. ¿De verdad se estaba haciendo tan tarde? ¿O sería que aquellas tinieblas se debían a las nubes de tormenta que se avecinaban? Kate se acordó de que le había prometido a Val reunirse con él junto a la iglesia, y recordó también sus extrañas palabras de advertencia.

«Por nada del mundo debes acercarte a mí después de que se haya puesto el sol.»

Se despidió a toda prisa de Próspero, se subió la capucha de la capa y comenzó a bajar la escalera de la torre. Se las arregló para escabullirse del castillo Leger sin tropezarse con ninguno de los sirvientes. Manteniéndose en las sombras, salió al trillado camino que conducía de vuelta al pueblo, sin darse cuenta de que estaba siendo observada por una figura fantasmal situada en lo alto de las murallas del castillo.

Próspero se desplazó flotando a lo largo de los muros de la torre, observando el panorama desde su señorial altura, preguntándose qué demonio se habría apoderado de él. Se había permitido a sí mismo mezclarse con muy pocos mortales durante los siglos que llevaba habitando el castillo Leger. Entonces, ¿por qué ahora? ¿Por qué este mortal? ¿Qué tenía aquella muchacha que tanto lo conmovía, a él, que hacía tanto tiempo que se había desprendido de toda emoción humana? ¿Era su temple, su valor, su pasión? ¿Aquella manera implacable de perseguir sus sueños a costa de lo que fuese? Eran muchos recuerdos agridulces de su propia locura, del modo temerario en que él había vivido su vida.

—Debo de estar loco —murmuró. Por haber aceptado ayudarla, sobre todo cuando él tenía preocupaciones más acuciantes. El presentimiento que lo había atraído el primer día al castillo Leger no había disminuido, sino que se había acrecentado con el paso de los días.

Aquella molesta sensación aún persistía, sólo que ahora parecía estar centrada cada vez más en Kate. Había algo que amenazaba a aquella joven, algo más importante que un tonto hechizo de amor equivocado.

«Algo maligno.» Pero por más que lo intentó, Próspero no pudo averiguar de qué se trataba. Era como si se le hubiera puesto delante de los ojos una pesada cortina que se negaba a abrirse. Lo único que podía hacer era contemplar cómo Kate desaparecía por el camino en sombras, una figura pequeña y frágil que parecía correr directamente hacia el centro de la tormenta.

Y a pesar de todos los poderes de los que alardeaba, Próspero se sintió totalmente incapaz de protegerla.

Capítulo 12

Val paseaba junto al muro de piedra que rodeaba la iglesia, con su capa negra pegada a los talones y bajo el azote de un intenso viento que le arremolinaba el pelo sobre los ojos. Se lo echó hacia atrás con un gesto de impaciencia y miró el camino que tenía a su espalda, casi totalmente tragado por la oscuridad.

El pueblo se veía desierto, pues todo el mundo se había retirado al fuego de sus hogares y había cerrado las contraventanas para protegerse de la inminente tormenta. ¿Dónde diablos estaría Kate? Maldita muchacha. Ya se había olvidado de la promesa de encontrarse con él antes de que cayera la noche. Unas nubes oscuras surcaban el cielo amenazando con llevarse lo poco que quedaba del día, y Val notaba cómo iba creciendo la tensión en su interior.

Se esforzó por conservar la calma observando la iglesia que se alzaba sobre él, que siempre le había transmitido un aura de paz y fuerte fe. St. Gothian era una sencilla estructura de piedra erigida en forma de cruz. Pero también había sido construida sobre el emplazamiento de un antiguo altar de druidas, y era la parte pagana del accidentado terreno que tenía bajo sus pies lo que había atraído a Val aquella tarde. El viento que agitaba los árboles le susurraba historias de guerreros bárbaros que invadieron la tranquila aldea; hombres que no tenían necesidad de vicarios, que simplemente atacaban y tomaban las mujeres que querían.

Val sintió cómo le ardía la sangre, cómo se le iba endureciendo el cuerpo.

Tal vez él tampoco tuviera por qué hacer uso de ningún maldito clérigo; lo único que necesitaba era la doncella de cabello negro y gitano y de ojos grises como el azogue, de pechos firmes, de muslos suaves y prometedores. Ella lo desafiaría con aquella sonrisa traviesa, y él se la echaría sobre el hombro y se la llevaría a...

Val se frotó los ojos y luchó por reprimir aquellas sensuales imágenes que le corrían por la mente. Se tocó la cadena que llevaba colgada del cuello; era el cristal el que provocaba aquellos oscuros deseos, el que despertaba en él la parte más depravada de la sangre de los St. Leger.

Dios sabía que debería haberse librado de aquel cristal, sobre todo después de lo que había sucedido aquella tarde, del modo en que agredió a Víctor, de lo duro que fue con Kate. La piedra lo estaba debilitando, estaba derribando sus viejas barreras de reserva, decencia y honor.

Pero cuando introdujo los dedos bajo la capa, se sintió asaltado por una sensación de desafío. ¡No, maldita sea! La piedra no lo estaba debilitando, sino que lo estaba haciendo más fuerte, más poderoso de lo que había sido nunca.

Ahora era su cristal, su magia, y podía controlarlo; por lo menos mientras quedase un resto de luz diurna. Val se humedeció los labios y estudió nerviosamente el cielo. Quizá fuera más sensato no esperar a Kate. Iría a ver al vicario él mismo, y arreglaría la boda mientras todavía era capaz de concentrar sus pensamientos más en las nupcias y menos en simplemente arrastrar a Kate a la cama.

Saltó el muro de piedra que rodeaba el recinto de la iglesia provocando un ruido sordo al golpear el suelo con las botas. La casa del párroco se encontraba en el pequeño sendero que discurría por detrás de la iglesia, de modo que Val se dirigió a ella atravesando el cementerio.

Había a quienes el camposanto les resultaba inquietante incluso a plena luz del día, pero Val llevaba mucho tiempo siendo médico y estaba demasiado familiarizado con la muerte para tenerle miedo. De manera que caminó con paso firme, sin fijarse apenas en las inscripciones en recuerdo de las almas desaparecidas hacía tiempo, hasta que lo sorprendió la primera sensación de frío, como unos dedos helados que lo agarrasen de la nuca.

Se le puso la carne de gallina y su paso titubeó. Aquel frío parecía surgir del suelo y filtrarse por sus botas, hasta calarle la médula de los huesos. Miró a su alrededor y descubrió que se encontraba en la parte más vieja, la más descuidada del camposanto; muchas de las lápidas que lo rodeaban se veían antiguas y rotas, era como estar rodeado por una hilera desigual de dientes de dragón.

La mayor parte de los nombres estaban desgastados y borrosos. Ya no podía leerlos. No importaba; sabía bien a quién pertenecía aquella parte del cementerio, que descansaba tan inquieta bajo sus pies.

A los Mortmain, los más antiguos enemigos de su familia.

Retrocedió unos pasos como si sintiera el mal de los Mortmain que intentaba infectarlo incluso desde la tumba. Su bota chocó contra una lápida más nueva que las demás, y Val dejó escapar un juramento de sorpresa. A pesar de la mortecina luz, aún se apreciaba con claridad el nombre que llevaba inscrito.

Evelyn Mortmain
1761-1789

Cuando Val era niño, recordó lo indignado que se sintió por que aquella persona hubiera venido a descansar en el camposanto de St. Gothian, aquella malvada mujer que había urdido el asesinato de sus padres de él y casi lo había conseguido. Tuvo un final violento, y se lo merecía. Como todos los Mortmain anteriores a ella.

Val sintió deseos de continuar, de evitar aquella parte del cementerio, como había hecho siempre; pero descubrió que era incapaz de moverse, incapaz de dejar de mirar aquella lápida. Jamás se le había ocurrido pensarlo, pero Evelyn Mortmain se encontraba en plena juventud cuando murió.

Ni siquiera había cumplido los treinta. Una vida desperdiciada, consumida por la venganza y el odio, desprovista de toda dulzura, olvidada del amor.

Val no estaba en absoluto preparado para la oleada de amargura y de pena que lo inundó. Le cerró la garganta, le oprimió el pecho y le produjo un violento escozor en los ojos. Parpadeó con fuerza, aturdido al comprender que estaba casi llorando. Llorando por un Mortmain, deseando derramar lágrimas sobre la tumba de aquella mujer como si se tratara de su propia madre. Pero no era su dolor ni su sensación de pérdida lo que estaba experimentando.

Era el dolor de Rafe Mortmain.

¿Cómo diablos era posible?

Retrocedió bruscamente, y se dejó caer contra la áspera corteza de un roble. Se pasó una mano temblorosa por la cara, luchando una vez más por recordar lo que había sucedido en la víspera de Todos los Santos, una noche muy parecida a ésta, con un viento salvaje y el rugido de los truenos a lo lejos.

Excepto que aquella noche había ocurrido algo siniestro y terrible. Rafe estaba enfermo, agonizante. Val intentó socorrerlo, utilizó sus poderes, le tendió la mano y... y algo se trasvasó entre Rafe y él, algo más que aquel cristal. Algo que le dejó la terrible sensación de que... Sintió un escalofrío.

La sensación de que su alma ya no era enteramente la suya.

Val había desaparecido.

Kate paseó por el camino procurando no alarmarse más de lo debido. El nuevo semental blanco de Val estaba atado a la verja de entrada al cementerio, y bajo aquella luz mortecina se veía como si fuera una especie de caballo fantasma, agitando sus crines de color plata, pateando el suelo con inquietud.

Val jamás habría abandonado así a su caballo, justo cuando se avecinaba una tormenta. Tenía que andar por allí cerca, incluso había preguntado en la casa del párroco. Había llegado tan tarde, que pensó que quizá Val hubiera id a consultar al vicario sin ella, pero el señor Trimble sencillamente se mostró sorprendido por su pregunta.

¿El doctor St. Leger? No, no había visto a aquel caballero en todo el día.

Ni tampoco lo había visto nadie de la posada Dragon's Fire. Ni en Rosebriar Cottage. Había abrigado la esperanza de que Val se hubiera cansado de esperarla y hubiera ido a la casa de ella a buscarla. Pero no lo había hecho.

Entonces, ¿dónde estaba? No podía haberse esfumado en el aire. Él no era Próspero.

Escrutó una vez más el camino ya oscurecido, mordiéndose el labio inferior. No era la única que estaba preocupada; también Jem Sparkins había salido a buscar a su amo. Al parecer, se requería urgentemente la presencia de Val en Slate House, para uno de sus pacientes.

—Y no es propio del doctor que se vaya de esta forma, sin decírselo a nadie —le había comentado Jem con la frente fruncida de preocupación—. No me importa decírselo a usted, señorita Kate, pero últimamente el amo Val actúa como si no fuera él mismo.

Aquél era el eufemismo del año, pensó Kate con desazón. No se había atrevido a hacer frente a la mirada sincera de Jem, pues demasiado bien sabía quién era la persona responsable del cambio sufrido por Val.

Se dio cuenta de que Val venía comportándose de modo extraño cuando se separó de él aquel mismo día; no debería haberlo dejado marchar, se reprendió Kate. Ahora, Jem andaba por ahí recorriendo todos los caminos más allá del pueblo, y ella tenía que hacer algo más que pasearse por delante de St. Gothian retorciéndose las manos.

Fue entonces cuando se le ocurrió que no había mirado en el interior de la iglesia, tal vez porque era el último sitio donde habría ido ella. Observó con aire dubitativo el pequeño edificio de piedra; parecía demasiado oscuro y silencioso para que hubiera nadie dentro, pero nada perdería con mirar. Era mejor que quedarse allí de pie, esperando a que regresara Jem.

Dejó atrás el bajo muro de piedra y subió a toda prisa los pocos peldaños de la entrada principal. La puerta de roble macizo protestó con un crujido al abrirse, y el interior de la iglesia en sí tampoco tenía un aspecto precisamente acogedor.

Kate se deslizó por el diminuto portal y se asomó al interior de la nave. Aquel lugar parecía totalmente distinto en una tarde de tormenta que en aquellas serenas mañanas de domingo en las que ella se sentaba en el banco al lado de Effie. El altar, el púlpito y el magnífico relieve que había en la parte posterior quedaban engullidos por las solemnes sombras que formaba la escasa luz que aún lograba filtrarse por las celosías de las ventanas.

—¿Val? —llamó Kate en un susurro.

Pero no recibió más respuesta que el pesado silencio. Entonces se volvió a medias con la intención de irse, y no lo habría visto si no hubiera sido por el súbito relámpago que iluminó el interior de la nave.

Lo descubrió encorvado sobre sí mismo en el primer banco, con la cabeza agachada. Creyó que estaba concentrado en rezar, hasta que se acercó por el pasillo; entonces se dio cuenta de que tenía las manos unidas más en un gesto de desesperación que de devoción, y que estaba temblando.

—¿Val?

Lo tocó ligeramente en el hombro. Él se sobresaltó como si lo hubieran golpeado.

Irguió la cabeza de pronto, e incluso bajo aquella luz tenue Kate advirtió lo pálido que estaba, sus ojos semejantes a dos pozos oscuros.

Parecía casi… asustado. Pero Val siempre había sido muy valeroso, a su estilo tranquilo y callado. Kate nunca lo había visto atemorizado por nada, y eso la alarmó más que ninguna otra cosa.

—¿Qué ocurre? —le preguntó—. ¿Te encuentras bien?

Él le contestó murmurando su nombre con voz ronca, rodeándole la cintura con los brazos, enterrando el rostro en su capa. Se abrazó fuertemente a ella, como si no quisiera soltarla, como si Kate fuera el último lazo que lo unía a la cordura.

Kate lo abrazó con vehemencia, le acarició el pelo, trató de murmurar palabras cariñosas para tranquilizarlo, aunque no tenía ni la menor idea de lo que le pasaba y sentía el corazón encogido de temor.

Val la soltó por fin con un profundo estremecimiento. Kate se dejó caer en el banco a su lado, y le retiró de la cara los mechones de pelo rebeldes para estudiar su semblante con preocupación.

—Dios mío, Val, ¿qué sucede? ¿Estás enfermo?

—No —musitó él.

No le creyó. Le puso una mano en la frente. Val tenía la piel fría y sudorosa, pero apartó los dedos de Kate con un gesto de impaciencia.

—No te preocupes por mí, Kate. Acuérdate de que el médico soy yo. Creo que sabré si me encuentro mal.

—Entonces, dime qué ocurre. Estás como si hubieras visto un fantasma.

Él soltó una extraña risa desprovista de alegría.

—Quizá lo haya visto, pero no ha sido un fantasma que me pertenezca a mí.

Aquella contestación no tenía sentido. Val la estaba alarmando por minutos. Entonces se irguió, se echó el pelo hacia atrás y, tras aspirar profundamente, pareció hacer un gran esfuerzo para recuperar el dominio de sí mismo. Cuando se volvió de nuevo hacia Kate, parecía ser él otra vez. Incluso se obligó a esbozar un atisbo de sonrisa.

—Deja de poner esa cara de preocupación, Kate. Simplemente me he cansado de esperarte y he entrado aquí a descansar. ¿Dónde demonios has estado tú?

—Lamento haberme retrasado. El recado que tenía que hacer para Effie me ha llevado más tiempo de lo que esperaba.

¿Un recado para Effie? Kate hizo una mueca y agachó la cabeza. Odiaba mentirle a Val; y últimamente por lo visto le mentía mucho.

Él le tomó la barbilla con los dedos. Ya tenía la mano más firme, y obligó a Kate a mirarlo, entornando los ojos.

—No habrás estado otra vez con él, ¿verdad?

—¿C-con quién? —tartamudeó Kate. ¿Era posible que Val se hubiera enterado de alguna manera de sus encuentros con Próspero?

—Con ese idiota de Víctor. ¡Con ése!

—Oh. Naturalmente que no. —Kate se relajó, aliviada en parte de que su secreto estuviera a salvo, pero consternada al descubrir que Val seguía temiendo que ella lo traicionara con otro hombre.

Val siempre se había fiado de ella. Era una de las pocas personas que se fiaban. ¿Era aquél el efecto que causaba en un hombre el hecho de estar enamorado? ¿Lo volvía tan siniestro y suspicaz? ¿O sólo a uno lo bastante desgraciado como para enamorarse de Kate Fitzleger? Si Val continuaba estando celoso, aquel mes iba a hacerse muy largo y triste, hasta que consiguiera deshacer el hechizo en Víctor. A Kate no se le ocurrió otra forma de convencer a Val que rodeándolo con sus brazos y uniendo los labios de él a los suyos.

Pero Val la separó y se incorporó bruscamente.

—Más vale que te vayas antes de que estalle la tormenta.

Sus acciones turbaron a Kate tanto como sus palabras. No quería dejarlo así, cuando todo parecía haberse torcido entre ambos. Pero entonces se acordó de que Jem Sparkins también estaba recorriendo el pueblo en busca de Val.

—Tú también tienes que irte —le dijo—. Jem te está buscando por todas partes. El nieto de la señora McGinty ha ido a Slate House a buscarte para llevarte a su granja. Dice que su abuela ha empeorado de pronto.

Kate se levantó del banco, esperando que Val pasara presuroso por su lado para echar a correr, como hacía siempre que lo necesitaba alguien; pero se sorprendió al ver que no se movía, sino que seguía allí de pie, inmóvil.

Cuando val se dio cuenta de que ella lo estaba mirando, apretó los labios y encogió levemente los hombros.

—La señora McGinty siempre afirma encontrarse mal. No le pasa nada, salvo una pizca de reumatismo y de soledad desde que falleció su esposo. Yo no puedo curarle ninguna de las dos cosas.

—Pero sí que sueles sentarte con ella durante un rato, para hacerle compañía.

—No es mi compañía lo que desea; sólo quiere de mí lo que quieren todos. —Al ver que Kate lo miraba confusa, alzó la mano derecha—. ¡Esto! —dijo amargamente al tiempo que extendía los dedos delante de los ojos de la joven—. Mi maldito poder.

Kate fue incapaz de disimular su desaliento.

—¿Qué? ¿Te he sorprendido ahora, Kate?

—Sí. Quiero decir... no —balbució ella—. Es que nunca te había oído hablar de tu poder de esta manera. Siempre lo has considerado un... un...

—¿Un don? ¿Una bendición? Quizás en otro tiempo sí, antes de... de... —No terminó la frase, sino que continuó paseando arriba y abajo por delante de los bancos, pasando la mano por la gastada madera, con el ceño fruncido—. ¿Sabes cuántos años tenía cuando descubrí que poseía tan extraño poder?

—No. —Kate se sorprendió al caer en la cuenta de que no lo sabía. Creía que lo sabía prácticamente todo de Val St. Leger, pero aquello era un tema del que no habían hablado nunca.

—Sólo tenía seis años. —Para mayor énfasis, dio un golpe con la palma de la mano derecha sobre el respaldo de un banco—. Estaba jugando al escondite con Lance en los jardines del castillo Leger. No logré encontrarlo, pero a la que encontré fue a una de las hijas de nuestro mayordomo llorando debajo del arbusto de azaleas. La pequeña Sally Sparkins. Al parecer, se había hecho un rasguño en el codo, y le rodaban unos tremendos lagrimones por las mejillas. Yo sólo quería consolarla, conseguir que dejase de llorar, de modo que le toqué la mano. Ella se puso a llorar más fuerte, y yo no sabía qué más hacer, de manera que le agarré la mano con más fuerza y deseé con toda mi alma poder hacer que dejara de dolerle, y entonces sucedió algo extraño. Empecé a sentir un hormigueo en la palma de la mano. —Val flexionó la mano, mirándola fijamente como si estuviera reviviendo la sensación—. Tuve la impresión de que se me abrían las venas, y luego sentí una increíble oleada de energía. Lo siguiente que percibí fue que Sally había dejado de llorar. Por supuesto, a mí me estuvo doliendo el codo como un demonio durante un rato, pero eso no parecía tener importancia. La niña me miró con unos ojos rebosantes de gratitud y asombro. Y yo también lo sentí. El hecho de poseer un poder así, Kate, de ser lo bastante fuerte para absorber el dolor de otra persona, de procurar alivio a otro ser humano, sobre todo a uno que te importa, uno al que amas.

El rostro de Val se ablandó, y sus ojos se llenaron del asombro que debió de sentir en aquella ocasión. Pero su expresión se esfumó tan rápidamente como había aparecido, y su boca adquirió un gesto deprimido.

—No sé qué es lo que ha pasado —dijo—. A lo mejor ya no soy lo bastante fuerte, o puede que finalmente haya habido demasiadas hijas de mayordomos, demasiadas señoras McGinty, demasiadas personas doloridas que han llamado a mi puerta. Y siempre con la misma súplica: «Debe usted ayudarme, doctor St. Leger. Por favor, quíteme este dolor. Usted es el único que puede hacerlo, el único.» —Val se frotó los ojos con la mano—. Dios, Kate, estoy muy cansado de ser el único.

Kate hizo ademán de querer tocarlo, con el deseo de procurarle consuelo, pero titubeó, temiendo que él volviera a rechazarla.

Val bajó la mano, y Kate vio que sus ojos mostraban una desesperación tal, que sintió que se le encogía el corazón.

—Nunca lo he reconocido ante nadie, ni siquiera ante mí mismo. Ahora, supongo que comprenderás que no soy precisamente el héroe que siempre habías creído que era.

A Kate se le hizo un nudo en la garganta. Corrió hacia él y le rodeó el cuello con sus brazos.

—Oh, Val, ¿cómo puedes decir esas cosas? —dijo con voz ahogada—. ¿No te das cuenta de que sencillamente eres el hombre más bueno que he conocido? Todo lo que he aprendido sobre la amabilidad y la bondad, lo he aprendido de ti.

Él la estrechó con fuerza y murmuró contra su pelo:

—Últimamente no me siento muy amable ni muy bueno. He cambiado, Kate. Me ha sucedido algo terrible, y no sé qué es.

No, pero ella sí, pensó Kate reprimiendo amargas lágrimas de reproche hacia sí misma. Ella le había hecho aquello a Val, con su insensato afán de cumplir sus sueños, obligándolo a enamorarse de ella, lanzando siniestros conjuros, sin pararse nunca a pensar lo que aquello podía suponer para Val.

Tenía que dejarlo libre, soltarlo, e incluso ahora su malvado y egoísta corazón se retraía al pensar en hacerlo.

—Val... —Respiró hondo—. ¿Y si todo pudiera volver a ser como era antes?

—¿A qué te refieres?

Kate alzó la cabeza, casi sin atreverse a mirarlo.

—¿Y si se pudiera volver atrás en el tiempo y que todo fuera de nuevo como era antes de la víspera de Todos los Santos? Cuando éramos sólo amigos.

Val frunció el entrecejo.

—¿Te refieres a volver a estar lisiado, a sacrificarme por las necesidades de los demás, a no tener ninguna esperanza de poder amarte a ti? —Apretó los labios—. Antes preferiría estar muerto.

Aquellas palabras deberían haber tranquilizado a Kate, pero en cambio la dejaron helada. Se aferró a Val, y éste la abrazó bien fuerte. Fuera rugían los truenos y estallaban los relámpagos conforme se iba acercando la tormenta. Comenzó a repiquetear la lluvia contra las vidrieras de las ventanas.

Iba a ser una noche oscura y tempestuosa, de ésas que hacen que cualquier hombre crea en leyendas y maldiciones, y que hizo a Val recordar su herencia. Como si necesitase que se la recordasen en el interior de una iglesia bajo cuyo suelo de piedra descansaban la mayoría de sus antepasados.

Su mirada se posó en el nicho en que sabía que había sido enterrada la famosa Deirdre, o al menos su corazón, la única parte que quedó de su cuerpo después de que aquellos infames Mortmain hubieran terminado con ella. Hacía mucho tiempo que Val sentía un lazo de unión con su infortunada antepasada, y ahora dicho lazo parecía más fuerte.

Ambos eran sanadores, cada uno a su estilo, ambos se habían enamorado de alguien no elegido por el Buscador de Novias, y ambos habían sido asesinados por un Mortmain. Val no podía acusar a Rafe de haberlo atacado con un cuchillo o una pistola; seguía sin saber con precisión lo que había hecho Rafe. Pero de todas maneras le había quedado grabada la impresión de que Rafe lo había matado, de que se estaba extendiendo por sus venas algún veneno que lo consumiría lentamente.

¿Se trataría de una mera venganza de los Mortmain, o del efecto de la maldición de los St. Leger? Val no tenía idea. Ansiaba proteger a Kate mientras aún conservara algún vestigio de cordura, había oído decir que Deirdre había logrado salvar a su amante administrándole un bebedizo que le hizo olvidarla.

Aun cuando él supiera cómo preparar dicho bebedizo, ¿se atrevería a dárselo a Kate? La contempló fijamente, sintiendo su calor, respirando su leve aroma femenino. ¿Sería capaz de soportar que su niña salvaje simplemente se fuera y lo olvidara para siempre?

No, ya no era capaz de un sacrificio así, pensó desesperado. Sencillamente, ya no era tan noble. Tal vez no lo hubiera sido nunca.

Se inclinó para besarla. Supo el instante preciso en que el día desapareció definitivamente y los sumió a ambos en la oscuridad. Sintió cómo huía de él el último vestigio de su control.

—Oh, Kate —gimió—. Deberías haber cumplido tu promesa. Deberías haberte alejado de mí.

La única respuesta de ella consistió en besarlo con más pasión que nunca. Y él quedó perdido, pues todas las ideas que le quedaban del honor, de la leyenda y hasta de la boda abandonaron su mente. Lo único que deseaba era llevarse a Kate a la cama más cercana.

Así que la levantó en brazos y la llevó afuera para internarse en la tormenta.

Capítulo *13*

Rafe trató de apretar el paso por las estrechas calles, pues el tronar del cielo lo advertía de que en cualquier momento podía comenzar a llover. Pero por lo visto no había forma de espolear al castrado gris. El caballo avanzaba pesadamente, como si cada paso que daba fuera el último.

Rafe había renunciado a montar al pobre animal, y a cambio había preferido llevarlo de la rienda, musitando imprecaciones por lo bajo y preguntándose por qué habría pasado la mejor parte del día buscando aquella condenada bestia y por qué habría pagado casi el doble para recuperarla.

El tratante de caballos al que se lo había vendido anteriormente también se lo preguntó.

—¿Quiere comprar este viejo saco de huesos? —rió—. Por Dios, señor, me parece a mí que tiene usted la cabeza llena de pájaros.

No, no eran pájaros, pensó Rafe; era un St. Leger. Fuera cual fuese la locura que lo había inducido a rescatar aquel desvencijado rocín era la misma que lo había empujado a asumir la protección de una viuda y su hijo pequeño. Fuera cual fuese la extraña magia que había obrado en él Val St. Leger la víspera de Todos los Santos.

El viento soplaba con fuerza entre los edificios haciendo crujir el cartel de la posada y golpeando una contraventana contra la pared. Los hombres se sujetaban el sombrero, las mujeres se arrebujaban bajo sus chales al pasar junto a Rafe, corriendo a refugiarse, cuando de pronto se oyó un profundo trueno. El viejo caballo, habitualmente tan dócil, se asustó al ver todo aquel revuelo. No intentó retroceder sobre sus cuartos traseros, ya que no le quedaba energía suficiente para ello, pero sí que relinchó y tiró de las riendas, sin querer moverse, terco como una mula.

Rafe tiró inútilmente, deseando jurar y azotar con el látigo a la recalcitrante bestia. Nunca había sido tan bueno con los caballos. Pero lo que lo detuvo fue el terror que vio relampaguear en los blandos ojos líquidos del animal. Se sorprendió a sí mismo acariciándole el hocico y murmurando palabras tranquilizadoras.

—Tranquilo, amigo. Todo va bien… —¿Qué nombre le había puesto Charley a aquel viejo jamelgo?—. No pasa nada, *Rufus* —ronroneó Rafe—. Nada de lo que asustarse. Este pequeño chubasco no será nada. Mira, deberías haber visto algunas de las tempestades que tuve que pasar yo cuando doblé el cabo…

Rafe se interrumpió de pronto. No podía creerlo. Efectivamente se había vuelto loco. De hecho le estaba hablando a un caballo, y lo más sorprendente era que el animal parecía reaccionar. Entre mimos y caricias, consiguió que *Rufus* volviera a moverse.

El caballo fue tras él trotando obedientemente durante el camino que quedaba hasta el patio de la posada. Rafe siempre tenía la costumbre de entregar las riendas al mozo de caballos más cercano y olvidarse del caballo. Pero se sintió empujado a quedarse para cerciorarse de que su caballo era bien atendido. Observó cómo cepillaban a *Rufus* y le daban una ración extra de avena. Cuando le hizo una última caricia y se volvió para marcharse, casi imaginó haber visto una chispa de agradecimiento en los ojos del animal.

Aquello le provocó una sensación extraña en el pecho. Nunca había sido de esos hombres que se ganaban la confianza de un caballo, y mucho menos la de una mujer y un niño. Salió de los establos en medio de la oscuridad y apretó el paso al acercarse al hospedaje donde había dejado a Corinne y a Charley.

Un sencillo par de habitaciones en la planta más alta de la posada. No era el mejor sitio en el que Rafe se había alojado en su vida, pero tampoco el peor. Al levantar la vista vio la luz de la vela a través de las ventanas, como un faro que guiase a un marino cansado a través de los arrecifes para llevarlo sano y salvo hasta su hogar.

«Su hogar…» Rafe frunció el ceño ante aquella palabra, atónito de que se le hubiera ocurrido utilizarla. Jamás en su vida había tenido un sitio que hubiera considerado su hogar, como no fuera la cubierta de un barco. ¿Por qué iba a aplicarla ahora a un par de lúgubres habitaciones de una posada de callejón?

Empezó a subir las escaleras de madera de dos en dos, intentando echar la culpa de su prisa al simple alivio de escapar de la inminente lluvia, no al hecho de estar deseando ver la cara de Charley, la sonrisa de Corinne, cuando les dijera que había recuperado aquella ruina de caballo.

Sin detenerse a llamar a la puerta irrumpió en la habitación, y reparó demasiado tarde en que la puerta debería estar bloqueada hasta que regresara él. Aquello era lo último que le había advertido a Corinne que hiciera. Más tarde tendría que reprenderla por ello, pero por el momento...

La mirada de Rafe recorrió con avidez la pequeña y exigua salita. En la chimenea ardía un fuego acogedor que caldeaba la habitación. No había señal de la presencia de Corinne, pero Charley estaba sentado hecho un ovillo en un descolorido sillón de orejas que había situado junto a la ventana. Rafe fue hasta él.

—Charley, he recuperado a *Rufus* y lo he llevado a los establos. ¿Te apetece venir a...? —Pero se interrumpió al percatarse de que el chico tenía la cabeza caída hacia un lado. Sus claras pestañas descansaban sobre sus mejillas lisas y sonrosadas. El pequeño dormía profundamente.

Rafe tuvo conciencia de un ridículo sentimiento de desilusión. Se inclinó y sacudió ligeramente el delgado hombro de Charley; pero la única reacción del niño fue un leve murmullo. Luego apartó la mano de Rafe con un cambio de postura y se volvió hacia el otro lado del sillón.

En eso se oyó el eco de una risa suave desde el otro extremo de la salita. Rafe se volvió y descubrió la silueta de Corinne recortada en los huecos en sombra del umbral que daba al dormitorio.

—Me temo que a Charley no va a despertarlo nada, como no sea un cañón —dijo—. Duerme muy profundamente.

—Ya lo veo. —Rafe se sintió disgustado y ligeramente avergonzado de que lo hubieran sorprendido intentando despertar al niño.

—Ha estado toda la tarde sentado junto a esa ventana, esperándolo a usted. Los dos estábamos preocupados de que lo hubiera pillado la tormenta.

¿Preocupados por él? Rafe arrugó el ceño. Debería decirle a Corinne que no estaba acostumbrado a tales preocupaciones, y que no tenía por costumbre explicar a nadie lo que hacía.

Pero en cambio se sorprendió a sí mismo al decir:

—Lo siento. Lo que tenía que hacer me ha llevado más tiempo del que...

Aquellas palabras murieron en su garganta cuando Corinne se acercó un poco más. Debía de haber aprovechado que Rafe estaba ausente para lavarse el cabello, porque le caía suelto sobre los hombros. Estaba todavía húmedo en las puntas, pero el resto se veía ya seco y brillaba suavemente, con unos destellos dorados que arrancaba el resplandor del fuego aquí y allá entre los mechones de un cálido tono castaño.

Corinne siempre llevaba el pelo recogido bajo una cofia. Por eso Rafe nunca había imaginado que lo tuviera tan largo y sedoso. Al recorrerla con la mirada, hizo otro sorprendente descubrimiento.

Tenía un largo chal de lana de color marrón sobre los hombros, pero debajo de él estaba ya preparada para acostarse, vestida tan sólo con el camisón. Rafe sin duda había visto mujeres con vestimenta mucho más escasa y otras mucho más seductoras que Corinne, de modo que no sabía por qué tenía que perturbarlo tanto el hecho de verla así, en *déshabillé*. Desvió la mirada y musitó:

—Si el chico está tan cansado, supongo que deberíamos llevarlo a la cama.

Corinne asintió. Pasó por su lado para coger en brazos a Charley, pero Rafe no se lo permitió. El niño pesaba demasiado para ella, y el hecho de trasladarlo hasta la cama le daría a Rafe la oportunidad de hacer algo más que quedarse allí de pie mirando a su madre.

Levantó a Charley del sillón. El niño era igual que un peso muerto en sus brazos, con su cabeza de pelo rubio claro caída sobre su hombro. Rafe casi envidió su profundo reposo.

¿Había conocido él alguna vez un sueño tan imperturbable, siquiera cuando era niño? Lo dudaba. Había pasado demasiadas noches escuchando cómo su madre entretenía a sus amigos demasiado cerca de su cama. Incluso después de que Evelyn lo hubiera dejado en el monasterio, no conoció mucha paz. A la edad de ocho años ya poseía un conocimiento del mundo mucho mayor que el de sus santos hermanos, y era mucho más consciente de los peligros de la revolución que había estallado al otro lado de sus puertas. La noche en que los policías militares irrumpieron en San Agustín blandiendo sus cuchillos, Rafe era el único que estaba despierto.

El recuerdo de aquella noche solía causarle tal horror, que se apresuraba a suprimirlo. Ahora, pensar en ello le provocó tan sólo una profunda tristeza de que el mundo pudiera ser un lugar tan malvado y siniestro.

Estrechó a Charley con gesto protector al depositarlo en la cama de la habitación contigua, mientras Corinne lo seguía con una palmatoria. Rafe estaba a punto de acomodar al pequeño bajo las mantas cuando ella lo detuvo y le mostró la camisa de dormir.

A Rafe no se le había ocurrido pensar que fuera necesario quitarle la ropa al niño, tarea que se le antojaba más temible que trepar por un alto mástil para remendar una vela rasgada por el viento.

Se alegró inmensamente de apartarse para dejar que Corinne se hiciera cargo de aquella operación, maravillado de lo bien que se le daba. El niño estaba inerte como un muñeco, y aun así Corinne lo desnudó en un santiamén con manos suaves y eficientes. Charley apenas se agitó cuando su madre le pasó la camisa por la cabeza.

Corinne volvió a acostar al pequeño sobre la almohada y le depositó un tierno beso en la frente. Al hacerlo, su largo pelo castaño cayó hacia delante y se mezcló con los rizos dorados del niño. Había en ambos una inocencia, una vulnerabilidad que suscitó un fuerte instinto de protección en Rafe. Fue un sentimiento tan desconocido y turbador como vestirse con la ropa de otro hombre. Hizo el ademán de retirarse del dormitorio cuando Corinne extendió una mano para detenerlo.

—Oh, por favor, señor Moore. Ya sé que esto le va a parecer una tontería, pero Charley esperaba que usted lo arropase esta noche.

—El niño está profundamente dormido. ¿Cómo va a enterarse?

—Seguramente me lo preguntará por la mañana, y no sería capaz de mentirle.

Claro que no. Rafe dudaba que Corinne Brewer hubiera dicho una sola mentira en toda su vida.

Miró con aire dubitativo a Charley y después a Corinne, que aguardaba junto a la cama. Tenía unos ojos tan esperanzados y confiados, unos ojos que podrían haber convencido a la mayoría de los hombres a hacer cualquier idiotez que ella les pidiera. Rafe no pudo por menos que quedarse estupefacto al descubrir que podían ejercer aquel mismo efecto en él.

Se acercó de mala gana y notó las manos torpes al arrastrar el cobertor hasta la barbilla del pequeño. A continuación remetió las mantas a su alrededor con el mismo esmero y la misma precisión que si estuviera orientando una vela. No estaba seguro, pero creyó ver que Corinne contenía una leve sonrisa.

Rafe se quedó mirando la cabecita que asomaba sobre la almohada. Nunca le habían gustado mucho los niños, sobre todo uno como Charley, tan pequeño y frágil; sin embargo, ya percibía una callada fuerza en él, una generosidad de espíritu y una orgullosa determinación de cuidar de su mamá. Era un niño bueno que probablemente se convertiría en un hombre fuerte, compasivo, honorable y bondadoso.

Un hombre como Val St. Leger.

Rafe no sabía por qué no cesaban de acudir a su mente pensamientos acerca de Val, ni por qué le causaban aquella sensación de culpabilidad. Deslizó los dedos con gesto desmañado por el cabello rubio y fino de Charley hasta que recordó que Corinne continuaba observándolo.

Aquella mujer lo observaba demasiado, pensó Rafe, con aquella mirada suya tan honesta. Por fin se apartó de Charley y salió de la habitación.

Se acercó lentamente a la ventana de la salita. La lluvia formaba oscuros charcos de agua a lo largo del camino, los relámpagos iluminaban el patio del establo que había debajo, los árboles se doblaban azotados por el viento.

A Rafe siempre le habían gustado los temporales en el mar, disfrutaba de la sensación de la cubierta que cabeceaba bajo sus pies y de inclinarse contra los embates del oleaje furioso. Pero en la costa era distinto; la lluvia implacable y los truenos a menudo lo hacían sumirse en un humor de perros y cavilar sobre el pasado. Demasiados recuerdos tristes, demasiadas pesadillas.

Excepto aquella noche. Era mucho más consciente de la cálida luz de las llamas que se agitaban a su espalda, de la suave presencia de la mujer y el niño en la otra habitación. Miró por la ventana, aguardando a verse invadido por la inquietud, por la amargura de siempre, pero no sucedió. Y supo a quién tenía que agradecérselo.

A Val St. Leger y a cualquiera que fuera la extraña curación que había llevado a cabo en él. Con la simple presión de su mano, había hecho algo más que salvarle la vida; era como si le hubiera salvado el alma misma.

¿Pero quién diablos le había pedido que lo hiciera? Rafe sintió deseos de estallar en cólera. Resultaba de lo más irritante estar en deuda con una persona a la que durante mucho tiempo había considerado un enemigo, y sin embargo no podía dejar de preocuparse por Val, de lamentar haberlo dejado en posesión de aquel condenado cristal.

Trató de tranquilizarse diciéndose que no pasaba nada. Rafe había tenido aquel cristal encerrado en su arcón durante años, incluso hasta lo había llevado puesto alguna vez, y nunca resultó ser un peligro para él. Hasta que tocó fondo en su vida, cuando la desesperación y una sensación de completo fracaso lo llevaron a vivir de la piratería frente a la costa de México.

El recuerdo de aquellos días lo llenó ahora de vergüenza y asco de sí mismo. Era marino desde la edad de dieciséis años, sabía lo dura que era la vida sin que el barco de uno fuera objeto del pillaje de la escoria de la tierra, la misma escoria en la que él se había dejado convertir.

Fue durante aquella oscura época cuando empezó a llevar colgado el cristal todo el tiempo, permitiendo que absorbiera lo mejor de él. Parecía devolverle, multiplicado por diez, todo pensamiento de ira, todo amargo rencor. Pero un hombre tan santo como St. Leger no tendría ese problema, jamás sucumbiría al poder del mal que contenía el cristal. Y aunque sucumbiera, Rafe no pensaba que tuviera que preocuparlo a él.

Pero lo preocupaba, hasta el punto de que estaba casi pensando en arriesgar su propio cuello y regresar a Torrecombe para advertir a Val. Era como si, de alguna manera extraña, él hubiera absorbido parte de la nobleza de Val, de su carácter altruista.

—¿Señor Moore?

El bajo tono de voz de Corinne sacó a Rafe de sus inquietas reflexiones. Se volvió y la vio de pie detrás de él, insegura. Desde que había alquilado aquel alojamiento para ellos, por la noche Corinne solía retirarse discretamente con Charley a la habitación contigua y dejaba a Rafe en posesión de la salita.

Lo desconcertaba tenerla tan cerca de él, en camisón, con el cabello extendido de aquel modo y exhalando aquel suave olor a limpio que inundaba sus fosas nasales.

—Es tarde. Debería acostarse —le dijo.

—Lo sé, pero no podría retirarme sin darle las gracias.

Rafe suspiró. No estaba acostumbrado a tanta gratitud.

—¿Darme las gracias? ¿Y por qué motivo, ahora?

—Por haber recuperado a *Rufus*.

—Necesitaba un caballo y…

—No necesitaba ése —lo interrumpió Corinne—. Además, señor Moore, a usted ni siquiera le gustan los caballos.

Rafe se sobresaltó, maravillado de que ella se hubiera dado cuenta de aquel detalle. Con el poco tiempo que hacía que se conocían, aquella mujer ya lo entendía muy bien. Eran aquellos ojos suyos, tan dulces y observadores, que parecían penetrar bajo las gruesas capas de su piel y desnudarlo hasta llegar a su alma. Sólo que Rafe no estaba seguro de que fuese precisamente el alma de él la que estaba viendo.

—Sé por qué ha ido a recuperar a *Rufus* —dijo Corinne—. Lo ha hecho por Charley.

Rafe abrió la boca para negarlo, pero descubrió que no podía. De modo que se encogió de hombros.

—Costaba muy poco recuperar ese caballo, y su hijo parece estar muy unido a ese maltrecho animal.

—Espero que Charley no lo haya atosigado con *Rufus*, o...

—No, no —se apresuró a tranquilizarla Rafe—. Él no haría una cosa así. Es... es un buen chico —añadió con la voz ronca.

—Y usted es un hombre muy bueno.

—No hay nada de bueno en mí, querida. No se imagine que soy una especie de héroe sólo porque me haya entrado el absurdo antojo de ayudarla a usted y a su hijo. Si le he parecido bueno, es sólo por... por...

Por la milagrosa transformación que se había producido en él, gracias a Val. ¿Pero cómo iba a hacer para explicarle a Corinne lo de los St. Leger y sus extrañas capacidades? No podía, de manera que contuvo la lengua y se alejó unos pasos de ella, deseando que simplemente lo dejara en paz y se fuera a dormir.

Pero Corinne lo siguió, insistiendo.

—Es usted un hombre fuera de lo corriente, señor Moore. Muy pocos caballeros habrían cargado con una mujer y un hijo que no son suyos.

—Ya le he dicho por qué lo he hecho —replicó Rafe, impaciente.

—Porque un niño no debe ser abandonado por su madre. —Corinne dudó antes de preguntar—: ¿Cuántos años tenía usted cuando lo abandonó su madre?

Rafe se puso en tensión. No lo sorprendió que Corinne hubiera conseguido adivinar aquel detalle de su pasado; era una mujer muy perceptiva. Evelyn Mortmain era un tema del que Rafe prefería no hablar, pero se sorprendió a sí mismo al contestar a Corinne:

—Tenía más o menos la edad de Charley cuando me abandonó en un monasterio de París. Murió antes de poder volver a por mí.

—Oh, lo siento —dijo Corinne—. Así pues, ¿su madre abrigaba la esperanza de que usted tomase los sagrados votos algún día?

Rafe estuvo a punto de ahogarse al oír aquello.

—No —repuso secamente—. Los miembros de mi familia nunca han sido especialmente religiosos. Sobre todo mi madre, y jamás tuve la menor idea de quién fue mi padre. A menudo sospechaba que tal vez fuera uno de los monjes de San Agustín. Mi madre era una de esas mujeres que encontraban divertido seducir a un hombre santo.

Esperaba que su respuesta horrorizara a Corinne lo suficiente como para que dejase de hacer preguntas, pero ella parecía más entristecida que impresionada por sus palabras.

—Entonces, ese monasterio de París... ¿fue allí donde se crió usted?

—Podría haberlo sido, salvo por el insignificante asunto de la revolución. En aquella época, las instituciones religiosas no eran precisamente populares en Francia. Una noche, la turba entró en San Agustín y quemó todo hasta no dejar más que los cimientos. —Rafe se encogió de hombros, en un intento de disipar el recuerdo de la noche que aún lo acosaba, el fuego, la sangre, la muerte que había presenciado y a la que apenas había logrado sobrevivir.

Pero algunos de aquellos antiguos horrores debieron de dejar huella en su rostro, porque Corinne no dijo nada pero le acarició suavemente el pelo, un gesto tierno y tranquilizador que la había visto emplear muchas veces con Charley.

No recordaba que ninguna otra mujer lo hubiera tocado de aquel modo. Su madre no había sido nunca tan afectuosa, y él se había mostrado siempre tan frío y distante que ninguna otra dama se había atrevido a hacerlo. Ni siquiera las que se había llevado a la cama.

La mano de Corinne transmitía preocupación, pero era de una suavidad sorprendente. Rafe la miró con fijeza, experimentando la misma tensión y cautela que un animal salvaje que se permitiera acercarse demasiado al mundo de los seres humanos. Corinne era casi hermosa, advirtió con cierta sorpresa, estudiando su rostro. Quizá se debiera a aquellos ojos suyos, grandes y luminosos a la luz del fuego; o al brillo de su cabellera de color castaño dorado. Tuvo que luchar contra el impulso de hundir los dedos en aquellas hebras densas y sedosas, pues la mera proximidad de Corinne despertaba en él algo muy afín al deseo.

¿Deseo hacia Corinne Brewer? Aquello era ridículo, pensó Rafe, pero cuando los dedos de ella acariciaron el duro contorno de su mejilla, contuvo la respiración.

Cogió su mano y la apartó de él con brusquedad.

—No haga eso.

Aquella orden tajante hizo retroceder a Corinne. Pero Rafe no deseaba herir sus sentimientos; la joven sólo intentaba ser amable, pero, maldita sea, ya era lo bastante mayor para mostrar más sensatez.

—He intentado dejarle bien claro que no soy un hombre bueno ni especialmente honorable —gruñó—. No debería estar aquí a solas conmigo, vestida con ese liviano camisón, tocándome, tentándome...

De pronto se interrumpió al ver que las mejillas de ella se sonrojaban intensamente y que sus ojos se agrandaban. Al parecer, a Corinne no se le había ocurrido que él pudiera encontrarla deseable, lo cual no era de sorprender; tampoco se le había ocurrido a él.

La joven balbució:

—Quiere decir que... que yo estoy... que estoy...?

—¿Excitándome? Pues sí. —Aquellas palabras tan directas deberían haberla hecho huir despavorida a la otra habitación y cerrar la puerta a cal y canto, pero en cambio se limitó a manosear los extremos de su chal y a inclinar la cabeza, con lo que la melena le cayó hacia delante y ocultó el intenso rubor de sus mejillas.

—Señor Moore, usted ha sido enormemente amable conmigo y con Charley.

—¿Y qué diablos tiene eso que ver?

—Es que no tenía idea de cómo iba a poder pagárselo, a no ser que usted quisiera... Es decir, que yo... yo podría...

Estaba hablando con el pelo delante de la cara, y al principio Rafe no tuvo la menor idea de qué estaba diciendo, hasta que de pronto lo comprendió.

Corinne se estaba ofreciendo a sí misma como pago por su ayuda. ¡La respetable viudita! Debería haberse echado a reír, debería haber encontrado aquello de lo más gracioso, pero por alguna razón no fue así.

Rafe estaba a punto de ordenarle con severidad que se fuera a la cama cuando Corinne respiró hondo y dejó caer el chal al suelo. Después se echó el cabello hacia atrás, y Rafe sintió que se le secaba la boca.

Aquel camisón era verdaderamente diáfano, viejo y gastado de tanto lavarlo. El resplandor del fuego atravesaba la delgada tela marcando la silueta de sus formas femeninas desde abajo. Era una mujer plenamente formada, de muslos suaves y caderas generosas, pechos grandes y redondos cuyos pezones eran oscuros círculos que presionaban contra el corpiño del camisón.

Rafe tragó saliva con dificultad e hizo un esfuerzo de desviar la mirada, pero Corinne no facilitaba nada la situación. Temblando, le rodeó tímidamente el cuello con los brazos y se acercó a él lo bastante como para dejarle sentir el contacto de su carne suave, del calor que le invitaba a compartir.

Rafe llevaba mucho tiempo sin estar con una mujer, demasiado tiempo. Se sintió atravesado por un relámpago de excitación que le tensó las ingles. Nunca había sido un hombre que rechazase lo que una mujer fuera lo bastante tonta para ofrecerle. Cuando Corinne se acercó aún más, lanzó un gemido y la atrajo hacia sí, al tiempo que reclamaba su boca.

El viento y la lluvia azotaban las ventanas de Slate House, aunque los gruesos muros amortiguaban el sonido de los truenos, lo cual hacía a Kate sentirse como si Val la hubiera llevado al corazón mismo de la tormenta. Se echó hacia atrás la capucha empapada por la lluvia y trató de adaptar los ojos a la oscuridad mientras recorría con la mirada aquel entorno desconocido para ella, las formas oscuras del mobiliario, las pesadas cortinas. Un súbito relámpago iluminó los vastos espacios de la cama, y un siniestro escalofrío la recorrió de arriba abajo.

Nunca había estado dentro del dormitorio de Val, él jamás le habría permitido algo así. Pero el Val que había conocido parecía encontrarse en peligro de desaparecer justo delante de sus ojos.

Observó cómo él penetraba aún más en la habitación, apenas algo más que una poderosa silueta masculina, hasta que frotó un trozo de yesca y encendió una de las velas. La mecha lanzó una pequeña llamarada que iluminó las facciones de Val, su cabello oscuro y mojado, echado hacia atrás excepto por un mechón rebelde que le caía sobre la frente, y su rostro blanco como el hielo salvo por la intensidad con que ardían sus ojos.

Val depositó la vela sobre el escritorio, se quitó la capa y la arrojó a un lado. Después le tocó el turno a la levita del traje, tras lo cual quedó vestido con el chaleco empapado y la camisa pegada a la piel, que revelaba los fuertes músculos de los antebrazos. A Kate casi le pareció un desconocido, un hombre que la había subido a su caballo y se la había llevado internándose en la noche. Un desconocido siniestro y seductor...

Su mirada se clavó en la de él desde el otro extremo de la habitación, y percibió el calor, la fuerza del anhelo de Val. Tenía la intención de hacerle el amor, y Kate tuvo la sensación de que esta vez no iba a echarse atrás.

Era el momento que había esperado siempre, y sin embargo, al ver que Val se acercaba lentamente a ella, se volvió de espaldas con una repentina inseguridad. Tras el extraño comportamiento que había mostrado en la iglesia, estaba resultando cada vez más difícil no hacer caso de todos los devastadores cambios que ella había operado en Val, cada vez más difícil acallar su conciencia, y más difícil aún continuar usando como excusa el amor que sentía por él.

Val se situó a su espalda y le apoyó las manos en los hombros. Notó el calor de su aliento.

—Deberíamos quitarte esta ropa mojada —susurró.

Kate no dijo nada, pues el corazón le retumbaba con tanta fuerza que apenas podía respirar, y mucho menos hablar. Se le disparó el pulso cuando Val extendió un brazo por delante de ella para desabrocharle los cierres de la capa y cuando se la retiró de los hombros y la dejó caer al suelo. Seguidamente deslizó con suavidad las manos a lo largo de sus brazos de un modo que le provocó minúsculos escalofríos, a la vez que su calor traspasaba la delgada tela de las mangas.

Entonces Val le rodeó la cintura con el brazo y la atrajo con fuerza hacia él. Le apartó a un lado el pelo mojado y apretó los labios contra su cuello, cálidos y apasionados. Kate dejó escapar un suspiro trémulo, sintiendo el fuerte impulso de fundirse con Val.

Pero lo resistió, y se separó de Val empujándolo con las manos para quedarse temblando junto a la cama. Val la siguió y la obligó a volverse y mirarlo a la cara.

—¿Qué sucede, Kate? —inquirió—. ¿Es que de pronto tienes miedo de mí?

¿Miedo de él? Kate sacudió la cabeza en un gesto negativo ante aquella tonta pregunta. ¿Cómo iba hacer para explicarle que era más bien de sí misma de quien empezaba a tener miedo, que había sido lo bastante despiadada para hacerle aquello, transformarlo hasta el punto de que nadie lo reconociera?

Cuando Val hizo el gesto de pasarle los dedos por el pelo, su mano antaño tan fuerte y segura estaba totalmente alterada. Y sin embargo, al margen de las oscuras emociones que veía en sus ojos, aún apreció rastros del verdadero Val St. Leger, perdido en alguna parte de aquel absurdo hechizo que le había lanzado.

—Todavía puedes marcharte, Kate —le dijo él—. Puedes huir por la escalera y acudir a Jem. Él encontrará un modo de… de mantenerte apartada de mí esta noche, de protegerte.

—Oh, Val, no necesito protegerme de ti —repuso Kate. Si acaso, era todo lo contrario. Le tocó la mejilla con la mano—. Yo te quiero —susurró.

Val le tomó la mano y depositó un ardiente beso en el centro de la palma, pero rió con tristeza al hacerse eco de las palabras de Kate:

—¿Que me quieres? Kate, no creo que sepas siquiera quién soy. Tú crees que soy una especie de... de cruce entre sir Galahad y algún santo. Pero ya no soy así. No lo he sido nunca. Lo único que soy es un hombre que... que...

—¿Qué? —lo animó ella al ver que dudaba.

—Que te desea más allá de todo raciocinio —terminó Val con la voz ronca, al tiempo que estrechaba a Kate contra sí.

Kate percibía el calor que desprendía el cuerpo de Val, el errático latir de su corazón a la par del suyo cuando reclamó sus labios en un beso lento y prolongado que despertó su propio deseo y al mismo tiempo la llenó de desesperación.

«Más allá de todo raciocinio.» Sí, era una descripción certera de lo que había conseguido con su hechizo lanzado a Val, el hombre bueno y fuerte al que conocía y amaba de toda la vida. Ella lo había obligado a esto, a desearla en contra de su voluntad, incluso de su personalidad, y aquella situación amenazaba con arrancarlo de su lado.

Antes de que el beso pudiera privarla de sus últimos vestigios de razón, Kate intentó separarse y mirar a Val con gesto preocupado.

—Pero, Val, ¿y si la leyenda está en lo cierto? ¿Y si no debieras amarme? ¿Qué pasa si en efecto soy mala para ti?

—¿Mala para mí? Kate, tú siempre has sido mi ángel bueno.

Kate se ruborizó de vergüenza y sacudió la cabeza con vehemencia ante aquella descripción de sí misma, tan inmerecida. Pero Val acalló sus protestas y le aprisionó la cara entre sus manos.

—¿No te acuerdas de todas las noches en que me quedaba sentado en la biblioteca porque la pierna me dolía tanto que no podía dormir? Y tú siempre venías a hacerme compañía, a consolarme.

—Sí. —Kate intentó sonreír—. Recuerdo que me regañabas por levantarme a hurtadillas de la cama y andar por ahí a aquellas horas.

—Efectivamente, pero nunca sabrás lo mucho que me alegraba de verte. Yo pasaba todo el tiempo atendiendo las dolencias de este pueblo, suprimiendo el dolor, pero tú eras la única persona capaz de hacerme olvidar el mío. Tú siempre parecías darte cuenta de cuándo te necesitaba más. ¿Cómo lo sabías, Kate?

—No... no lo sé —tartamudeó Kate. Era algo que nunca había sabido explicar, ni siquiera a sí misma—. No tengo idea. Simplemente lo sabía.

—Entonces debes comprender lo mucho que te necesito en este

momento. Te deseo tanto que me causa dolor. Jamás lograré pasar esta noche si no es contigo. —Los ojos de Val ardían de pasión, pero también estaban ensombrecidos por el tormento—. Quédate conmigo, Kate —suplicó, su boca a un suspiro de distancia de la de ella—. Sé mi ángel de medianoche una vez más.

¿Cómo podía resistirse una mujer a semejante petición?, pensó Kate desesperada, incluso sabiendo que aquello no estaba bien. Los labios de Val se cerraron sobre los suyos, y entonces se dejó caer hacia él, fundiéndose en su abrazo. Qué momento de desesperación le supuso comprender que iba a tener que liberar a Val de aquella locura, dejarlo libre para siempre.

Pero aquella noche no podía hacer nada para deshacer el maleficio. ¿De verdad sería tan malo rendirse y calmar el anhelo de Val? ¿Robar una sola noche en sus brazos antes de poner fin a aquella magia negra y condenarlos a ambos a una vida entera separados? Tal vez lo fuera, pero Kate sintió que su voluntad de resistir se disolvía lentamente bajo la ardorosa exigencia de la boca de Val pegada a la suya. Él la besó una y otra vez, tirando suavemente de su labio inferior, provocándola con el empuje de su lengua. Ella sentía el calor de sus manos que forcejeaban con los botones del vestido.

—Lamento ser tan torpe en esto —dijo Val con una mueca—. Pero es que durante todos estos años prácticamente he vivido como un maldito monje en este condenado pueblo. Dios, que confesión tan humillante para un hombre de mi edad.

—No hay cuidado —dijo Kate al tiempo que unía sus labios a los de Val—. Aprenderemos a hacer esto igual que hemos aprendido otras muchas cosas… juntos.

Se movió para ayudarlo con las prendas. Sus manos estaban tan inquietas como las de él, pero de alguna manera consiguieron despojarla del vestido. Camisola, medias y ligas fueron cayendo rápidamente, hasta que Kate quedó desnuda delante de Val.

Él la repasó con la mirada con una audacia tal, que sintió cómo el calor le inundaba las mejillas. Pero no experimentó el impulso de cubrirse, sino que echó hacia atrás la mata de pelo para dejar al descubierto las curvas de sus senos, al tiempo que la recorría de arriba abajo un temblor de excitación bajo la mirada hambrienta de Val.

—Te… te has convertido en una mujer preciosa, Kate —dijo él con voz ronca—. ¿Cuándo ha sucedido? Volví la cabeza sólo un instante, y la niña que conocí una vez había desaparecido. —La tomó de nuevo en sus brazos—. Juro que jamás volveré a apartar los ojos de ti.

Bellas palabras, bella promesa. Ojalá tuvieran su origen en lo que sentía el corazón de Val, y no en el hechizo lanzado por ella. Pero Kate hizo a un lado aquellas tristes reflexiones cuando Val reanudó sus caricias en la espalda, en las caderas, y le tomó las nalgas en las manos hasta presionar el cuerpo de ella íntimamente contra el suyo para que viera lo duro y caliente que estaba. Kate tembló, su cuerpo se aceleró con toda clase de sensaciones nuevas, pero se sintió extrañamente vulnerable al estar desnuda mientras Val permanecía casi totalmente vestido.

En cambio, cuando hizo el gesto de buscar el botón del cuello de su camisa, él la detuvo.

—¡No! —exclamó. Su tono de voz sonó brusco, casi cercano al pánico. Cuando Kate lo miró sorprendida, intentó sonreír—. Todavía no —dijo al tiempo que se apartaba suavemente de ella. Kate se quedó con la curiosa sensación de que escondía algo debajo de la camisa, pero antes de que pudiera cuestionarlo más, él apagó la vela y dejó la habitación sumida en la oscuridad.

Acto seguido la tomó en brazos y la llevó hasta la cama. La depositó sobre el colchón y se tendió a su lado. Sus labios encontraron los de ella en otro ardoroso beso. Kate lo rodeó con sus brazos y le devolvió la caricia con pasión, pero cuando intentó explorarlo del mismo modo en que él la exploraba a ella, Val la detuvo una vez más.

—No, Kate, no hagas eso. Estoy tan a punto para ti, que te juro que una sola caricia más acabará conmigo —jadeó—. Tú... tú quédate quieta y déjame que te haga el amor, que te excite.

Kate procuró hacer lo que le decía Val y se acomodó tendida de espaldas. Pero ¿quedarse quieta? ¿Cómo era posible obedecer una orden así cuando hasta la última caricia de Val parecía estar calculada para llenarla de inquietud, y aumentaba la tensión que se estaba formando en su interior?

Val le aprisionó los brazos por encima de la cabeza con una mano, manteniéndola así cautiva de los inmisericordes avances de la otra mano y de su boca. Kate gimió suavemente a cada beso, a cada caricia. A pesar de toda su pretendida falta de experiencia, Val era un amante tan apasionado como podría soñar cualquier mujer.

Ojalá fuera real y no el fruto de la brujería, de la magia negra que ella había tejido en la víspera de Todos los Santos. Resultaba extraño hacer el amor de aquel modo, a oscuras y con el rumor de la lluvia y de los truenos en el exterior, mientras que lo único que se oía en el dormitorio era la suave y rápida mezcla de las respiraciones de ambos.

Val seguía sin hacer una pausa para quitarse la ropa, tan sólo se bajó un poco los pantalones. No era la manera tierna y romántica que Kate había soñado, pero se sintió más que preparada cuando Val le separó las piernas y se situó encima de ella.

Se apoyó sobre ambos brazos y tomó la boca de Kate en un beso ardiente y hambriento al tiempo que empujaba al interior de ella. Kate experimentó una fugaz punzada de dolor, y después nada excepto la milagrosa sensación del cuerpo de Val unido al suyo.

—Ahora eres mía, Kate —le susurró Val al oído con la voz ronca—. Y nada ni nadie te apartará nunca de mí.

Ojalá aquello fuera cierto. Kate sintió un fuerte escozor detrás de los ojos, porque ella sabía que las cosas eran muy distintas. Era el mismo Val quien se apartaría una vez que se rompiera el encantamiento.

Pero parpadeó con fuerza para reprimir aquel pensamiento desesperado. Rodeó a Val con los brazos mientras éste comenzaba a moverse dentro de ella, cada vez más deprisa.

En eso, un súbito relámpago iluminó el rostro de Val suspendido por encima del suyo, pero Kate no logró distinguir la expresión de sus ojos mientras la llevaba cada vez más hacia la culminación de aquel deseo prohibido para ambos. Y quizá fuera mejor así, pensó Kate, porque de aquel modo podía entregarse por entero a la pasión de Val y fingir que él la amaba de verdad.

Al menos durante una sola noche.

Rafe estrechó a Corinne con fuerza, saboreando las curvas de su cuerpo apretado contra el de él. Corinne parecía rígida, un tanto insegura. No era una mujer que estuviera acostumbrada a expresar su gratitud de aquella forma, entregándose a un hombre a cambio de los favores que éste le había prestado. Pero Rafe sabía bien cómo seducir a una hembra reacia cuando quería ejercitarse.

Capturó sus labios y movió la boca sensualmente sobre la de ella para persuadir a sus labios de que se abrieran. Entonces Corinne adelantó la lengua y la unió a la de Rafe en un apasionado combate. Él suprimió una sonrisa de triunfo al notar que se relajaba contra él.

La besó larga y profundamente, mientras sus manos le recorrían el cuerpo. El viejo camisón de algodón le resultaba una molestia, una nada atractiva barrera que lo separaba de la forma femenina que ocultaba debajo.

Rompió el contacto entre los labios de ambos y comenzó a desatar las descoloridas cintas que cerraban la pechera del camisón. Corinne temblaba, y un intenso rubor le tiñó las mejillas cuando Rafe le retiró el camisón y descubrió sus hombros regordetes y rosados, pero no hizo movimiento alguno para detenerlo. Fueron sus ojos los que lo hicieron, al alzarse para mirarlo, tan tímidos y vulnerables. Rafe se sintió titubear, aunque no tenía la menor idea de por qué. Su cuerpo ya estaba listo para ella, vibrante de necesidades que había desatendido durante mucho tiempo.

Y para colmo, Corinne había empezado aquello. Se le había ofrecido. No era precisamente una virgen timorata; había estado casada, había pasado por los rigores de un parto. Era obvio que poseía cierta experiencia respecto de los deseos de un hombre.

Entonces, ¿por qué parecía tan joven, tan condenadamente inocente, allí de pie, con su gastado camisón blanco y el pelo suavemente ondulado alrededor de su honrado semblante? Rafe apretó los dientes y trató de tirar hacia abajo de la tela del camisón para desnudar sus pechos; lo intentó y descubrió que no podía hacerlo.

Con un juramento, volvió a colocar el camisón en el cuello y se apartó bruscamente de Corinne. Por espacio de largos instantes, el único sonido que llenó la habitación fue el repiqueteo de la lluvia en las ventanas y su propia respiración frustrada.

Cuando tuvo valor para mirar de nuevo a Corinne, ésta se encontraba exactamente donde él la había dejado, con una expresión avergonzada y confusa. Rafe no se lo reprochó: él mismo se sentía de lo más confuso y no entendía por qué se estaba permitiendo arder de deseo frustrado cuando podía encontrar alivio sólo con extender el brazo.

Pero cuando Corinne intentó aproximarse a él, Rafe alzó una mano para impedírselo.

—No, no haga eso. No se acerque a mí.

—Entonces... ¿no me desea?

Rafe reprimió un gemido. ¿Que si la deseaba? No recordaba haber deseado tanto a una mujer en toda su vida, pero contestó:

—No, maldita sea. Váyase a la cama y... y déjeme en paz.

Corinne agachó la cabeza, pero no antes de que Rafe alcanzara a ver cómo su rostro ardía de humillación y sus ojos brillaban de dolor.

—Lo siento —dijo Corinne—. Me he puesto en ridículo. No soy una mujer que pueda tentar a un hombre como usted a... a...

Dejó la frase sin terminar y dio media vuelta en dirección al dormitorio. Si Rafe tuviera suficiente sensatez, simplemente la habría dejado ir, pero por alguna razón no pudo soportarlo, el modo en que ella se alejó lentamente, la actitud hundida de sus hombros. De manera que cruzó la estancia a grandes zancadas y le cortó la retirada sujetándola por los brazos.

—Maldición, Corinne, naturalmente que me he sentido tentado. Me parece que lo he dejado sumamente claro.

Ella ladeó la cabeza para mirarlo dudosa.

—Entonces, ¿por qué se ha parado?

—Porque usted no está hecha para una noche cualquiera de pasión en los brazos de un hombre; usted es una mujer que lleva la palabra «siempre» escrita en los ojos. Y yo no puedo aprovecharme de su gratitud simplemente porque lleve demasiado tiempo estando solo.

—¿Y cree que yo no lo estoy? —replicó Corinne—. Señor Moore, llevo más de un año viuda, y teniendo a mi esposo en la mar, mi cama lleva vacía mucho más tiempo aún.

Se sonrojó, avergonzada por aquella confesión, pero sus ojos se clavaron directamente en los de Rafe, y en ellos brillaba el mismo deseo, la misma necesidad, una soledad demasiado parecida a la de él.

Rafe no pudo resistirse a tomarla en sus brazos y estrecharla con fuerza. Aspiró el aroma de su cabello; olía a flores, a suave lluvia de primavera, y llenaba sus brazos con aquella tibieza, aquella blandura que había echado de menos a lo largo de toda su vida.

Y además ella lo deseaba tanto como él. Sin embargo, aquel detalle seguía sin justificar el hecho de seducirla. Con más autodominio del que jamás soñó poseer, separó a Corinne de sus brazos.

—Es sólo por la tormenta, querida —murmuró al tiempo que le acariciaba con los dedos el brillante cabello—. Debes fiarte de mí. Lo sé. El aullido del viento puede jugar malas pasadas, suscitar en ti un sentimiento de melancolía y hacerte creer que quieres cosas que no deberías tener.

Los labios de ella se curvaron en una sonrisa triste.

—Creo que está intentando decirme que mañana por la mañana me arrepentiría de esto.

—No, le estoy diciendo que me arrepentiría yo. —Aquellas palabras lo asombraron tanto a él como a ella. Besó a Corinne en la frente y acto seguido se apartó de ella de mala gana—. Y ahora creo que lo mejor es que se vaya a dormir.

Corinne lo miró pensativa, pero aceptó con un movimiento de cabeza.

—Buenas noches, señor Moore.

—Rafe —replicó él.

—¿Cómo?

—Me llamo Rafe —repitió, pensando que tal vez aquél fuera el mayor disparate que había cometido hasta entonces, revelarle una parte de su verdadera identidad. Pero de pronto, curiosamente, se le antojó importante oír pronunciar su nombre en los labios de Corinne.

—Buenas noches... Rafe —dijo ella en voz baja. Y con aquella dulce despedida se deslizó al interior del otro dormitorio y cerró la puerta, con lo que Rafe quedó embargado por un sentimiento de confusión y pesar.

¿Qué había hecho, al permitirle dejarlo así? Ahora iba a pasar la mitad de la noche atormentado por necesidades que podía haber satisfecho fácilmente. Y sin embargo, por una de esas raras ocasiones en su vida, comprendió que se había comportado de manera honorable.

Y ello le produjo una sensación maravillosa.

Tomó una almohada y una manta y se tendió para disfrutar de todas las frías comodidades que suponía acostarse solo frente al fuego a punto de extinguirse. A pesar de la lluvia y del viento que continuaban azotando la ventana de la posada, a pesar del duro suelo que tenía debajo, Rafe se tumbó de espaldas y contempló el techo con una sonrisa desvaída. Pensando en la mujer de ojos dulces y tacto suave que había en la habitación de al lado, en el niño que dormía profundamente junto a ella, Rafe se sintió inundado de una inesperada sensación de contento, una sensación de paz diferente de todo lo que había conocido nunca.

Estuviera donde estuviera Val St. Leger aquella noche, Rafe sólo deseó que sintiera lo mismo que él.

Val se agitó inquieto sobre su almohada y gimió, atrapado en la angustia de la peor pesadilla que había tenido jamás.

Tenía frío, estaba temblando y se sentía solo, perdido en el terrible laberinto que forman las calles de París. Frente a él veía a su madre, pero por más que corriera nunca lograba alcanzarla.

—«*Maman*. Espera. Por favor, no me dejes.»

Madeline St. Leger se limitó a mirarlo con una sonrisa fría y distante, y a continuación desapareció por un callejón envuelto en la niebla. Con el corazón acelerado por el miedo, Val se lanzó en pos de ella, y al doblar la esquina se topó con la escena de una terrible matanza.

Había una iglesia incendiada, con una cruz en el tejado que ya estaba siendo consumida por las llamas. El resplandor infernal del fuego iluminaba la calle, por la que se veían las enormes sombras de unos demonios de gorras rojas que avanzaban asestando golpes con sus espadas, abatiendo a todo el que se interponía en su camino. Hombres de caras amables vestidos con túnicas marrones, mujeres, niños. Sus chillidos perforaban el aire, su sangre hacía resbaladizo el suelo bajo los pies de Val.

Algunos de ellos estaban todavía vivos y se agarraban de él, tirando de su capa, rodeándolo de ojos oscuros y desesperados, de rostros suplicantes y cubiertos de sangre.

—«Ayúdenos, doctor St. Leger. Por favor, ha de ayudarnos. Usted es el único.»

Pero eran demasiados. Val giró a su alrededor con desesperación, sin saber a quién socorrer primero. Entonces vio a una mujer desplomarse al pie de los escalones de la iglesia, con su melena de gitana extendida sobre los hombros y su blanco rostro vuelto hacia el cielo iluminado por el fuego.

Kate.

Val apartó las manos que intentaban agarrarlo y se precipitó hacia ella para tomarla en sus brazos. Pero la joven tenía los ojos cerrados y el cuerpo helado, carente de vida. Val levantó la vista del pálido rostro de Kate y se encontró con Effie Fitzleger de pie junto a él.

—Es la maldición —dijo ella sacudiendo sus rizos rubios con un gesto de reproche—. No deberías haberla tocado. No era tu novia elegida.

—¡No! —gritó Val a la mujer al tiempo que la apartaba de sí. Luego volvió a concentrarse, desesperado, en Kate, seguro de que podía revivirla. Si pudiera quitarle parte del dolor…

Cogió la mano inerte de la joven y la asió con fuerza, intentando con todo su ser invocar su poder especial de la magia de los St. Leger. Pero fue inútil. Su poder había desaparecido…

—No —gimió Val de nuevo, pero esta vez consiguió abrir los ojos de golpe y obligarse a despertar. Con el corazón desbocado, luchó por incorporarse en la cama como si la almohada o las propias sábanas bastaran para arrastrarlo de nuevo al sopor y hacerlo caer otra vez en la pesadilla.

Miró frenético a su alrededor para absorber la sólida familiaridad de su dormitorio. Después se pasó una mano temblorosa por el pelo y se secó las gotas de sudor que le perlaban la frente.

Había sido sólo un mal sueño, pero era incapaz de consolarse con aquel pensamiento porque no había sido un sueño enteramente suyo. A él nunca lo había abandonado su madre, y no había estado en París en toda su vida.

Ahora, hasta las pesadillas de Rafe Mortmain parecían mezclarse con las suyas, con sus peores miedos acerca de Kate, acerca de la maldición de los St. Leger. Al menos podía consolarse pensando que la joven se encontraba, con toda probabilidad, en casa y segura en su cama.

Salvo que no lo estaba. Estaba en la de él.

La tormenta había cesado, y la luz de la luna se asomaba entre las nubes para revelar la forma yacente que tenía a su lado. Kate dormía acurrucada de costado, con la sábana enredada alrededor de su cuerpo desnudo, casi tan fría e inmóvil como la había visto en su sueño.

Extendió una mano temblorosa para retirarle hacia atrás la oscura maraña de pelo, y sintió alivio al percibir el suave subir y bajar de su respiración, aunque vio un oscuro hematoma que manchaba la piel clara de su hombro.

Oh, Dios, ¿qué había hecho?

Se encogió de horror, sintiendo una opresión en el pecho a medida que iba volviendo a él el recuerdo de cómo había tomado a Kate, del ardor y la pasión con que habían hecho el amor. No lo hizo sentirse mejor el recordar lo cálida y dispuesta que se había mostrado Kate, el entusiasmo con que había reaccionado a sus caricias. Ella siempre lo había amado y había confiado demasiado en él, y ahora la había traicionado por completo. Ya había soportado mucho: las mofas, las risitas por haber nacido bastarda, una niña del hospicio, abandonada por sus padres.

Y ahora también la había deshonrado él.

Todo era culpa del maldito cristal. Tiró de la cadena para sacar la brillante piedra de debajo de la camisa. Su mano se cerró sobre el cristal y apretó los dientes, en un intento de encontrar las fuerzas necesarias para arrancarlo y librarse de él.

—¿Val? —sonó la voz soñolienta de Kate a su espalda, que lo dejó petrificado—. ¿Qué... qué estás haciendo? ¿Ocurre algo? —murmuró. Y Val la notó moverse a su lado.

Se quedó mirando fijamente el cristal, y a continuación volvió a meterlo bajo la camisa, sabedor de que no debía dejar que lo viera Kate, que resultara infectada por su extraño poder. Temía que ya fuera demasiado tarde para él, pero a Kate tenía que protegerla de algún modo antes de que él fuera causa de destrucción para ambos, antes de que los dos se convirtieran en otra página más de la trágica historia de los St. Leger que habían desafiado la leyenda.

Sacó las piernas por un lado de la cama con el deseo de poner distancia entre Kate y él, pero cometió el error de volverse a mirarla. Kate se había incorporado y parecía adormilada y confusa, con las sábanas retiradas de su cuerpo desnudo.

Val notó que la respiración se le quedaba dolorosamente atascada en la garganta. Siempre se había inventado cuentos para Kate acerca de que ella era la hija de una sirena, y bien podría haberlo sido. Su largo cabello se esparcía sobre los hombros, con mechones oscuros tan enmarañados como los de una sirena, y su piel se veía tan clara como el brillo de la luna que se reflejaba sobre ella. Su cuerpo era esbelto y flexible como un junco, desde la elegante forma de las piernas hasta la orgullosa curva de los senos.

No tenía derecho a tocarla de nuevo, ningún derecho a desearla con tanta urgencia; pero el cristal se pegaba a su piel y vibraba contra la región de su corazón, palpitando con cada deseo, con cada anhelo que había reprimido.

Estaba perdido. Gimió en voz baja, pero no le quedó otra alternativa que atraer a Kate de nuevo a sus brazos y volver a hacerle el amor.

Capítulo 14

*D*urante las semanas que siguieron, Rosebriar Cottage llegó a parecer la escena de un accidente entre carruajes, con maletas medio abiertas y baúles de viaje diseminados por todas partes, mientras Effie mantenía la casa entera en un tremendo alboroto de febriles preparativos para el viaje a Londres. Incluso habían comenzado a aparecer sombrereras en la salita; guantes, abanicos y otros adminículos se apilaban sobre la mesa. Effie paseaba nerviosa sobre la alfombra sumida en una terrible indecisión, levantaba un reloj de bronce dorado de la repisa de la chimenea y al instante volvía a dejarlo en su sitio para probar con otro más robusto encastrado en un marco de latón.

Los tirabuzones de su cabello y los colgajos de su cofia de encaje se agitaron cuando hizo el gesto de chasquear la lengua y sacudir la cabeza.

—Oh, cielos. —Se volvió con nerviosismo hacia la figura inmóvil de Kate, recortada contra la ventana—. Kate, cariño, tienes que ayudarme a decidir. ¿Cuál de mis preciosos relojes crees que debería llevarme?

Kate tenía la mirada perdida al otro lado de la ventana, en actitud apática, absorta en sus propios pensamientos, ninguno de ellos agradable. Pero salió de su sopor el tiempo suficiente para lanzar una mirada de indiferencia en la dirección de Effie.

—No necesitas ninguno. Estoy segura de que en Londres habrá suficientes relojes.

—Sin embargo, nunca es lo mismo que tener la comodidad del re-

loj de una —repuso Effie angustiada—. En cierta ocasión oí hablar de
no sé qué duquesa que no podía viajar a ninguna parte sin sus propias
sábanas. Bueno, pues estoy segura de que a mí me ocurre lo mismo
con mis relojes.

Effie se decidió por el de latón, pero sólo para cambiar de opinión
inmediatamente y deshacer los envoltorios para arrojarlos al suelo.

Kate suspiró y procuró no hacerle caso, deseando que Effie y todos sus malditos relojes se fueran a la porra. Un pensamiento malévolo del que enseguida se avergonzó. La culpa la tenía la tensión nerviosa del último mes, que finalmente estaba empezando a cobrarse su
precio. Las últimas semanas, sin duda alguna, habían sido las más largas de toda su vida.

Se frotó el dolorido cuello y volvió a mirar por la ventana, sintiendo hasta el último centímetro de su cuerpo agarrotado por la tensión
y el cansancio. Las casas del pueblo parecían apiñarse bajo un cielo de
color gris pizarra, azotadas por un viento que soplaba del mar, frío y
desagradable. Kate no recordaba cuándo había visto el sol por última
vez; a veces temía que no fuera más que otra desastrosa consecuencia
de su malogrado hechizo, que había conseguido privar al mundo de la
luz del sol.

¿O sería que sólo había privado de luz al hombre al que amaba?

Val cambiaba cada vez más conforme pasaban los días, su estado
de ánimo era cada vez más incierto, sus ojos más oscuros y cavilosos.
Los aldeanos habían empezado a murmurar que el doctor St. Leger se
había vuelto loco, que estaba maldito, y la propia Kate temía que fuera así. Val descuidaba a sus pacientes, evitaba a su familia y desaparecía en el campo por espacio de horas interminables, huyendo al galope con aquel demoníaco caballo suyo. Hasta Kate desconocía adónde
iba.

Las únicas ocasiones en que había visto a Val durante aquellos días
fueron cuando… Un intenso rubor le cubrió las mejillas, y apretó la
cara contra el cristal de la ventana para aplacarlo.

La única vez que había visto a Val fue cuando estuvieron haciendo
el amor. O, más exactamente, en realidad no llegó a verlo, ya que se
abrazaron, acariciaron y unieron con desesperación al amparo de la
oscuridad. Una noche robada en sus brazos se había transformado de
algún modo en dos, tres, cuatro… cada una más apasionada que la anterior.

Kate temía que a aquellas alturas el distrito entero estuviera al tanto de la indiscreción de ambos. Había vislumbrado algunas sonrisas

242

maliciosas, algunos susurros detrás de los setos. Nadie parecía estar especialmente sorprendido respecto de Kate; no cabía esperar nada mejor de ella, la bastarda, la gitana salvaje. Pero todo el mundo se mostraba perplejo de que su buen doctor pudiera comportarse de un modo tan escandaloso.

A Kate le importaba un comino lo que se dijera de ella, estaba acostumbrada; pero le dolía profundamente que se cuestionara el honor de Val, que se ensuciase su reputación. Aun así, no se atrevía a separarse de él. Una mirada ardiente de sus ojos, una señal exigente de su dedo, y volvía a arrojarse en sus brazos, con el deseo de ambos inflamado una vez más.

Había obtenido de Val toda la pasión que había ansiado siempre, pero en el proceso de ganar un amante, de algún modo había perdido un amigo. Echaba de menos los ratos tranquilos que antaño habían pasado jugando al ajedrez, estudiando los libros de él, dando largos paseos, conversando sin fin. Durante los pasados días, en ocasiones se había sentido tan sola, tan desgraciada, que de hecho se había visto tentada de regresar a la torre de Próspero en busca de la compañía de un fantasma.

Pero todo terminaría aquella noche. Había transcurrido exactamente un mes desde la víspera de Todos los Santos, y Próspero le había asegurado que ahora se darían las circunstancias apropiadas. La idea de poner fin al encantamiento le produjo al mismo tiempo una sensación de alivio, desesperanza y temor. A menudo la atormentaba el recuerdo de lo que había dicho Val cuando ella le propuso que la situación volviera a ser la de siempre.

«Antes preferiría estar muerto.»

A Kate sólo le quedaba rezar para que cuando Val recobrara la cordura opinara de modo muy distinto, y también para que fuera capaz de perdonarla cuando por fin se diese cuenta de lo que ella le había hecho. Sintió un nudo enorme en la garganta y el escozor de las lágrimas en los ojos.

—¿Cariño?

Kate notó la mano de Effie sobre el hombro. Se secó la humedad de los ojos antes de volverse para responder a su guardiana. Sentía que en aquel momento le hubiera venido bien un poco de consuelo, un pequeño consejo maternal, pero estaba claro que no iba a recibirlo de Effie.

Con expresión de perplejidad, Effie sostenía en alto los dos relojes.

—Sencillamente no soy capaz de decidirme, Kate. ¿Cuál crees tú que debería escoger?

Kate soltó una risa entrecortada. No se lo podía creer. Era evidente que el corazón se le estaba partiendo en dos, y aquella mujer la estaba consultando acerca de relojes. Todo el pueblo entero parecía estar al corriente de lo que pasaba entre Val y ella. Todo el pueblo menos Effie. Su madre adoptiva existía totalmente en un mundo particular de ella.

Resistiéndose al impulso de arrebatar los relojes de las manos de Effie, Kate se levantó del asiento junto a la ventana y se puso en pie de un salto.

—Por el amor de Dios, Effie. Llévate los dos condenados relojes si quieres. ¿Qué diablos importa?

Effie retrocedió, al parecer tan dolida como una niña que hubiera sido abofeteada. Kate se arrepintió al instante. Perder los nervios con Effie era como propinar una patada a un gatito.

—Lo siento —dijo Kate con cansancio, suavizando el tono—. Llévate el de bronce. Es el más bonito que tienes.

Pero el daño ya estaba hecho. Ya mucho menos entusiasmada y con gesto triste, Effie volvió a dejar los dos relojes sobre la repisa de la chimenea y después miró a Kate con un labio tembloroso.

—¿Es que no te importa nada nuestro viaje a Londres, cariño? ¿No estás un poco emocionada siquiera?

No, ansiaba responder Kate. La verdad era que después de aquella noche, no le importaba lo más mínimo el lugar donde estuviera. Una vez que Val volviera a ser él mismo sano y salvo, todo sería de nuevo exactamente tal como era antes. Sólo que no podría serlo del todo; su honorable Val quedaría horrorizado, avergonzado de todas aquellas citas furtivas. No querría volver a tenerla cerca nunca más. Kate habría perdido a su amante y a su amigo.

Después de aquella noche, el futuro no era sino un amargo vacío. Pero para complacer a Effie, se obligó a sonreír.

—Estoy segura de que Londres resultará bastante agradable.

En lugar de mostrarse más tranquila, Effie rompió a llorar. Se lanzó sobre Kate en un desesperado abrazo, temblando a causa de los sollozos.

Kate permaneció rígida e incómoda.

—Effie, ¿qué diantre te sucede ahora?

—¡Ooh! —Effie se aferró a ella, y las palabras le salieron a trompicones—. Es que sencillamente no puedo soportar esto, el verte tan... tan infeliz.

Kate abrió los ojos, estupefacta. No podía creer que Effie se hubiera percatado de aquello. La abrazó y le palmeó el hombro, deseando que ella pudiera llorar de aquella forma tan sentida, y desahogar sus cuitas. Pero se imaginaba cuál sería la reacción de Effie si llegaba a revelarle todo lo que había ocurrido a lo largo de aquel mes. No sólo había hechizado a Val St. Leger, sino que además había pasado una noche tras otra en sus brazos.

Effie caería al instante víctima de una apoplejía.

Como de costumbre, Kate se tragó sus tribulaciones y apartó a Effie de ella.

—Effie, no estoy tan infeliz, sino meramente cansada. Esto de hacer los preparativos para Londres está resultando agotador.

—Así es, en efecto —repuso Effie buscando su pañuelo—. Y… y no creas que no entiendo cómo te sientes, cariño. Para ti va a ser muy triste dejar… dejar a todas nuestras amistades. Estoy segura de que yo misma voy a echar de menos a ese tonto señor Trimble, pero piensa solamente en las cosas que vamos a ver y hacer. Los parques, los teatros, los bailes.

En pocas palabras, todo lo que Effie había anhelado siempre, excepto que le llegaba varios años tarde. Kate procuró recordarse aquello a sí misma para infundir algo de entusiasmo a su voz:

—Estoy segura de que todo va a ser muy divertido.

—Oh, lo será, claro que sí —afirmó Effie—. Seremos muy felices, te lo prometo, y… y voy a compensarte de todo, cariño.

¿Compensarla de todo? ¿A qué se refería Effie? Hablaba como si le hubiera causado alguna herida. Estudió el semblante surcado de lágrimas de su guardiana, y de pronto comprendió que Effie no era la única que había estado ciega durante aquel mes.

Effie tenía alrededor de los ojos unas arrugas de tensión y cansancio que Kate no había advertido antes. Era como si, a su manera, Effie se sintiera infeliz por algo, igual que ella. Pero antes de que pudiera interrogarla, irrumpió en la salita la pequeña doncella Nan.

La muchacha no pareció en absoluto desconcertada al hallar a Effie sollozando contra su pañuelo; la casa entera estaba acostumbrada a las manías de la señorita Fitzleger.

Nan se inclinó en una apresurada reverencia.

—Siento molestarla, señorita Effie. Ya sé que ha dicho que no estaba para las visitas. Pero está aquí esa señorita Mollie Grey, e insiste en que necesita verla.

La propia Kate se puso tensa al oír el nombre de la novia abandonada de Víctor St. Leger, y Effie dejó escapar un gritito de angustia.

—Oh, pobre muchacha. Probablemente habrá venido a suplicarme que haga algo respecto de ese bribón de Víctor, que lo obligue a que se case con ella. Mollie es su novia elegida. No sé por qué el muy canalla se resiste a ella. Ni siquiera sé dónde ha estado durante estas últimas semanas. ¿Lo sabes tú, Kate?

—Er… no. —Kate hizo una mueca, avergonzada de haber pensado tan poco en Víctor últimamente. Se sentía profundamente aliviada de que hubiera desistido de cortejarla y de que guardara las distancias con Val—. Estoy segura de que Víctor aparecerá pronto para hacer la corte a Mollie.

—En ese caso, te ruego que se lo digas a esa pobre muchacha, porque yo no me siento con fuerzas para hacerlo. Me parece que me está viniendo una de mis jaquecas.

—Oh, no, Effie, por favor —intentó protestar Kate. Enfrentarse a la joven a la que le había robado el novio de forma inadvertida era lo último que deseaba hacer Kate. Pero Effie ya estaba saliendo a toda prisa de la salita, poniendo pies en polvorosa como hacía siempre que tenía que hacer frente a algo desagradable.

Nan se volvió hacia Kate, y ésta experimentó el cobarde impulso de decirle que despidiera a la señorita Grey. Pero lo sofocó, y alzó una mano en un gesto de cansancio.

—Hazla pasar —dijo.

Kate se situó en postura rígida delante de la chimenea al tiempo que entraba Mollie. La muchacha pasó tímidamente a la salita, al parecer tan consternada de ver a Kate como Kate de verla a ella.

Kate nunca había tenido amigas. Nunca había necesitado a nadie excepto a Val, y aunque lo hubiera necesitado, jamás habría buscado la compañía de Mollie. Aquella muchacha siempre le había resultado particularmente insípida; le recordaba a una flor descolorida, con su cabello rubio blanco y sus ojos faltos de brillo. Ni siquiera el gorrito y la capa de piel de color rosa que llevaba puestos lograban reflejar un poco de color hacia su cara pálida en forma de corazón, si bien el atuendo era en efecto bastante elegante. Mollie era una de las cinco hijas de un próspero granjero. Las agrestes tierras de los alrededores hacían difícil que crecieran los cultivos, pero el escudero Thomas Grey se las había arreglado para sacar adelante una floreciente granja de ovejas y había incrementado sus propiedades mediante inversiones en minas de estaño.

Con todo, muchos opinaban que Mollie aspiraba a un nivel superior al suyo al abrigar la esperanza de casarse con Víctor St. Leger. Después de todo, la sangre de los St. Leger tenía una veta de nobleza. Pero Effie había hablado, y había dicho que Mollie estaba destinada a ser la esposa de Víctor, y ningún hombre cuestionaba lo que decretaba la Buscadora de Novias.

Por lo menos hasta que ese hombre hubiera caído víctima de su malvado hechizo, reflexionó Kate con una punzada de dolor.

Compuso una sonrisa tensa en sus labios y dijo:

—Mollie, cuánto me alegro de verte. Lo siento, Effie se encuentra indispuesta. ¿Pero por qué no entras y tomas asiento?

—Gracias. —La voz de la joven era tan blanda e incolora como ella. Se sentó al borde del canapé igual que una mariposa a punto de levantar el vuelo en cualquier momento si Kate hacía el menor gesto para sobresaltarla—. Me doy cuenta de que debes de estar muy ocupada con los preparativos de tu viaje a Londres. No es mi intención molestarte. Es que he pensado que debía devolverle esto a la señorita Fitzleger antes de que os vayáis.

Mollie le entregó a Kate un pequeño estuche plateado. Kate lo cogió y reconoció al instante de qué se trataba: el joyero contenía las preciadas perlas de Effie, las que le regaló su abuelo Septimus Fitzleger en su veintiún cumpleaños. ¿Pero qué hacía Mollie con ellas? Cuando Kate la miró con gesto interrogante, Mollie bajó los ojos y fijó la vista en la alfombra.

—La señorita Fitzleger es muy generosa. Fue tan buena que me prestó sus perlas, pero es que ya no tengo ocasión de lucirlas.

—Seguro que podrías ponértelas para el baile de disfraces de los St. Leger, mañana por la noche.

—No, ya no pienso asistir, y en cualquier caso, iba a acudir disfrazada de pastora. Las perlas son demasiado buenas para eso, pensaba usarlas en una ocasión mucho más especial.

Durante unos momentos Kate no tuvo idea de a qué se refería Mollie, pero entonces se abatió sobre ella la verdad: Effie le había prestado aquellas perlas para que las luciera el día de su boda. A Kate se le cayó el alma a los pies al mirar furtivamente la cara de infelicidad de Mollie. ¿Es que nunca iban a tener fin las desgracias que había causado su jugueteo con la brujería?

Se dejó caer en un sillón situado frente a Mollie. Otra mujer, reflexionó Kate, habría sabido cómo tenderle una mano, ofrecerle un poco de consuelo, o por lo menos expresar una bella excusa por la travesura que había cometido. Pero lo único que pudo hacer Kate fue volver a poner la caja de las perlas en las manos de Mollie.

—Mollie, no creo que debas renunciar a esa otra ocasión. Es posible que Víctor aparezca más pronto de lo que tú crees.

Mollie recuperó un poco de color al oír mencionar aquel nombre, pero sacudió la cabeza con tristeza.

—Solía venir de visita por nuestra granja de vez en cuando, pero llevo semanas sin verlo. Está trabajando mucho para estudiar el negocio de su familia. Tengo entendido que últimamente pasa mucho tiempo en el puerto de Penryn, aprendiendo a navegar, a mandar una tripulación, incluso a trepar por las jarcias.

—Bueno, verás. Seguro que es una señal de que se está volviendo más serio, de que está cerciorándose de poder mantenerte.

—No lo está haciendo por mí, Kate —replicó Mollie con una expresión de callado dolor—. Lo está haciendo para impresionarte a ti, para que tengas mejor opinión de él.

—Oh, señor —gimió Kate—. Yo… lo siento mucho, Mollie…

—No lo sientas. Estoy segura de que no es culpa tuya.

Sí, lo era. Enteramente, pensó Kate, sintiéndose embargada por un sentimiento de culpa.

Mollie prosiguió en tono triste y pensativo:

—No es de extrañar que Víctor te admire a ti en vez de a mí. Tú eres preciosa, estás llena de vida, mientras que yo… —Se encogió de hombros con un gesto de desconsuelo—. Hasta mi padre me regaña por ser tan dócil. Pero Víctor siempre ha sido amable conmigo. En cierta ocasión, estábamos en una reunión y todas mis hermanas estaban bailando, hasta la más pequeña. Yo, como de costumbre, estaba contemplando la pared, y Víctor se dio cuenta. Entonces me sacó a bailar.

Una rara chispa de animación brilló en los ojos de Mollie, y su rostro se iluminó de un modo encantador que sorprendió a Kate. Pensó que era una lástima que Víctor no pudiera ver a la muchacha en aquel momento. Con hechizo o sin él, era posible que hubiera recordado quién había de ser su novia elegida.

Una suave sonrisa curvó los labios de Mollie.

—Estaba tan guapo con su levita negra y sus pantalones hasta la rodilla. Creo que me enamoré de él al instante. Ya sé que fue una tontería por mi parte. —Su sonrisa se transformó en un gesto más melancólico—. Supongo que tú no podrás entender lo que es suspirar para siempre por un hombre que está fuera de tu alcance. —Kate no dijo nada, pero sintió un nudo en la garganta. Demasiado bien lo entendía—. Nunca creí que tuviera ninguna posibilidad respecto a él hasta que la señorita Fitzleger proclamó que yo era su novia elegida. Me pareció increíble, como un sueño, y supongo que eso fue. Haría falta mucho más que una leyenda para que Víctor St. Leger se enamorase de una joven como yo.

—Oh, Mollie, no —protestó Kate—. Si quisieras esperar un poquito más, tal vez...

Pero Mollie la interrumpió con un gesto triste:

—No, estoy segura de que esta vez Effie debe de estar equivocada. Es a ti a quien adora Víctor. —Seguidamente clavó su mirada en Kate con expresión sincera y suplicante—. Por favor, Kate, ¿no podrías buscar en tu corazón la manera de ser amable con él, de intentar devolverle su afecto?

—¿Me estás pidiendo que ame al hombre al que tú adoras? —preguntó Kate, incrédula.

—Sí. Lo único que deseo es lo mejor para Víctor, verlo feliz.

Kate la miró boquiabierta. Aquella muchacha estaba loca. Si cualquier otra mujer hubiera intentado quitarle a Val, le habría metido una bala justo en medio de los ojos.

«Así es, sin tener en cuenta lo que Val quisiera u opinara al respecto», la reprendió su conciencia. Se habría mostrado tan despiadada como lo había sido ya, doblegando la voluntad de Val, su raciocinio, con su terrible hechizo, sin que importara el coste.

Kate se sintió anonadada y avergonzada. Por lo visto, aquella joven «insípida» podría enseñarle mucho acerca de la falta de egoísmo del verdadero amor.

Impulsivamente, extendió un brazo y asió con fuerza la mano de Mollie.

—Escúchame —le dijo—. No puedes renunciar a Víctor ahora. Esta noche va a suceder algo. No puedo explicarte el qué, pero lo cambiará todo.

—¿Oh? —murmuró Kate en tono cortés, pero dirigió una mirada de duda a Kate.

—Imagínate que es un cuento de hadas y que Víctor es tu apuesto príncipe, que ha sido embrujado. Pero esta noche, el encantamiento se romperá.

—Claro —contestó Mollie al tiempo que se separaba con cautela de Kate, intentando liberar la mano.

Pero Kate se la apretó más fuerte.

—Ya sé que todo esto debe de sonarte bastante absurdo, pero voy a decirte lo que quiero que hagas: has de acudir al baile de mañana. Víctor estará allí, y creo que puedo garantizarte con seguridad que te mirará con otros ojos.

—No, Kate, yo no podría…

—Maldita sea, Mollie. Haz lo que te digo, o te juro que iré a buscarte yo misma.

Mollie se encogió ante aquella amenaza. Se zafó de Kate y se puso de pie, al parecer dispuesta a salir disparada como una liebre asustada.

Kate también se incorporó y le cerró el paso. Luego suavizó el tono:

—Mollie, por favor. Ya sé que no hemos sido amigas y que nunca he sido especialmente amable contigo. Pero sólo por esta vez te ruego que confíes en mí.

Mollie la observó con incertidumbre. Kate no supo lo que terminó de convencerla, si fue la energía de sus palabras o que la misma Mollie necesitaba con desesperación algo en que creer.

—Está bien, Kate —concedió la joven—. Asistiré al baile, si tú crees de verdad que debo hacerlo.

—Oh, sí, lo creo. —Kate mostró una ancha sonrisa, y Mollie sonrió a su vez, trémula.

Para cuando Kate acompañó a la joven hasta la puerta principal, advirtió que en los ojos de Mollie había ahora una chispa de esperanza. Sólo esperó no haberse equivocado al provocar dicha chispa.

Había hecho a Mollie una promesa precipitada, una promesa que no sabía si iba a poder cumplir. No sabía qué era lo que la había poseído para hacer tal cosa, salvo su necesidad de enmendar un poco todo el mal que había causado, su deseo de ver salir algo bueno de aquel desastre.

Se detuvo un momento en el vestíbulo para contemplar los grandes relojes de Effie. Parecían desgranar los minutos con eterna lentitud. Aún quedaban muchas horas para el momento en que habría de reunirse con Próspero junto al monolito. Elevó una ferviente plegaria para que no se torciera nada más hasta entonces.

Pero era una plegaria que no iba a obtener respuesta.

Se encontraba a medio camino de las escaleras que conducían al segundo piso cuando oyó que Nan abría la puerta para recibir a Jem Sparkins, que venía sin resuello. Antes de que la doncella pudiera siquiera preguntarle qué deseaba, el larguirucho sirviente de Val se coló en el vestíbulo, volvió la vista hacia las escaleras y llamó a Kate en tono de pura desesperación:

—Oh, señorita Kate. Ha de venir enseguida. Últimamente es usted la única persona que tiene algo de influencia sobre el amo Val. Tiene que detenerlo.

—¿Detenerlo por qué? —inquirió Kate, con el corazón encogido de miedo.

—Para impedir que cometa un asesinato. El amo Val pretende matar a ese tal Reeve Trewithan.

Capítulo 15

*R*eeve Trewithan atravesó violentamente la puerta de la bodega y se estrelló contra el suelo del patio de los establos, donde quedó tumbado, aturdido y sangrando. Los atónitos clientes de la posada Dragon's Fire asomaron la cabeza por las ventanas para mirar, mientras los aldeanos que pasaban por allí se detenían asombrados a contemplar la escena. No era que no hubieran visto antes una reyerta; simplemente era que nadie había visto nunca al amable doctor St. Leger tan enfurecido.

Val salió de la posada hecho un basilisco y se abalanzó contra Trewithan. El fornido Trewithan había logrado ponerse en pie. Lanzó un salvaje manotazo a Val y falló. Éste le acertó con el puño en la mandíbula, y después le propinó un rápido directo en la blanda panza.

El hombre se dobló por la cintura con un grave gemido, pero ni siquiera así se detuvo Val. Veía el rostro zafio de Trewithan borroso ante sus ojos. Lo golpeó una y otra vez, sintiendo una perversa satisfacción cada vez que el puño encontraba su objetivo. Trewithan empezó a caer de rodillas, pero Val lo agarró por la pechera de la camisa y descargó una lluvia de golpes sobre él.

—Val. Basta ya. ¿No ves que ya tiene bastante?

La voz pareció provenir de muy lejos, como si alguien estuviera gritando a través de una densa niebla. Val apenas la oyó, pues no era consciente de nada más que de su propia furia desbocada. Asió a Trewithan del pelo y le asestó un puñetazo en un lado de la cabeza.

—Maldita sea, Val. ¡Basta!

Val sintió un brazo fuerte que le rodeaba los hombros y lo apartaba de Trewithan. Con un rugido ronco, se zafó de aquel brazo y se volvió hacia su captor. Echó el puño hacia atrás, pero su brazo quedó atrapado por una garra de acero, y forcejeó furiosamente.

—¡Val!

Aquella vez la voz penetró la neblina de su rabia. Entonces se le aclaró la vista, y se encontró mirando fijamente al rostro de su hermano. La expresión estupefacta de los ojos de Lance actuó sobre él como un jarro de agua fría.

Su furia cedió por fin, y el brazo perdió fuerza. Lance lo soltó y él dio unos pasos tambaleantes hacia atrás, jadeando. Una vez consumida su cólera, lo inundó una súbita oleada de debilidad: le temblaron las rodillas y una tos seca le ascendió por la garganta. Se apretó una mano contra el pecho, sorprendido por la quemazón del dolor. La cabeza le daba vueltas, y se vio obligado a apoyarse contra el muro de la posada. Aspiró profundamente y cerró los ojos durante unos instantes hasta que cedió aquel extraño dolor, hasta que el suelo se volvió firme bajo sus pies.

Entonces abrió los ojos y contempló con horror lo que había hecho. Reeve Trewithan yacía derribado a sus pies, gimiendo, con el rostro desfigurado por la sangre y los hematomas. Val sintió el hormigueo del antiguo instinto, el que casi había perdido últimamente, el impulso de tender una mano, de socorrer, de curar. Pero fue empujado a un lado cuando se precipitó sobre la escena Carrie Trewithan. Con un leve grito, se hincó de rodillas, rodeó a su marido con sus delgados brazos y le apoyó la cabeza sobre su regazo. Trewithan la miró a través de sus ojos hinchados y empezó a sollozar, y luego enterró la cara en el gastado chal de ella.

—Shh —murmuró Carrie—. V-vas a ponerte bien. —Lo estrechó contra sí y rompió a llorar también.

—Carrie… —Val intentó ponerle una mano en el hombro, pero ella se apartó bruscamente. Alzó su rostro surcado de lágrimas y sus ojos brillantes de aflicción y desconcierto.

—Oh, doctor St. Leger, ¿cómo ha podido usted hacer algo así?

¿Que cómo había podido? Val retrocedió, confuso. Aquélla era la misma mujer cuya vida había salvado recientemente, cuyo dolor se había visto obligado a soportar, y todo por culpa de aquel grandísimo patán al que ahora acunaba como si fuera un bebé. ¿Y lo estaba reprendiendo precisamente a él, mirándolo como si se hubiera transformado en el mismo diablo?

Al mirar en torno, vio que Carrie no era la única; parecía estar rodeado por un mar de caras. Wentworth, el posadero. El robusto herrero de la aldea. Los mozos de caballos, la cocinera y las camareras. Todos lo miraban con sorpresa e incredulidad, miedo y confusión. Hasta su propio hermano.

Lance fue el primero en recuperarse. Se abrió paso entre los presentes y comenzó a dar órdenes.

—Muy bien. Ya ha terminado todo. Ocúpense en sus asuntos, buenas gentes. Y tú —hizo una seña imperiosa a uno de los mozos de caballos— ven a ayudar a la señora Trewithan a transportar a su esposo a casa y meterlo en la cama.

Mientras la multitud se aprestaba a obedecer, Val permanecía de pie a un lado, sintiéndose perplejo e incómodo, notando cómo lo perforaba el cristal con una aguda punzada de resentimiento.

Sí, las buenas gentes de Torrecombe siempre se apresuraban a obedecer las indicaciones de su hermano. Nadie habría opinado nada si hubiera sido sir Lancelot el que perdió los nervios y propinó una paliza a Trewithan hasta dejarlo inconsciente. En ese caso todo habrían sido guiños y codazos. Ah, el amo Lance, tan pendenciero y siempre tan hábil con los puños.

Pero con san Valentine la cosa era totalmente distinta, reflexionó Val con amargura. Los aldeanos pasaban junto a él cabizbajos y sin mirarlo a los ojos, poniendo mucho cuidado en mantener una distancia prudente. Se apartaban de su lado como si fueran sombras atemorizadas, todas aquellas personas cuyas pequeñas dolencias tanto trabajo se había tomado él en curar.

Ahora no oía a ninguno de ellos pedirle: «Por favor, doctor St. Leger, venga a socorrernos. Es usted el único».

Bueno, pues que el diablo se los llevase a todos. Val intentó lanzar un bufido de burla, pero en cambio su garganta se estrechó con un inesperado dolor. Entonces, giró sobre sus talones y se alejó a grandes pasos, con el único deseo de poner la máxima distancia posible entre él y aquel condenado pueblo.

—¡Val, espera!

Oyó que lo llamaba Lance, pero no hizo caso. Su hermano era la última persona a la que deseaba enfrentarse en aquel preciso momento, para verse asaeteado por una lluvia de malditas preguntas a las que no quería responder.

Apretó el paso y se internó en el trillado camino que conducía a la playa y a su hogar; es decir, si es que seguía sabiendo dónde se encontraba éste. No en el castillo Leger, eso por descontado, ni tampoco en la sombría casa de campo de Marius situada junto al mar.

Hizo una pausa para contemplar con desesperación las olas de color gris oscuro que rompían contra la costa rocosa, aquella tierra agreste que en otro tiempo había amado tanto. Ya no parecía pertenecer a aquel lugar, no parecía encajar. Nunca había encajado. Siempre había sido mal recibido, un forastero…

¡No! Val se pasó los dedos por la frente, en un intento de aplastar aquel pensamiento, porque no era cierto. No correspondía a Val St. Leger, sino a Rafe Mortmain. Pero Val ya no estaba seguro de dónde terminaba el dolor de Mortmain y dónde comenzaba el suyo.

—¿Val?

Oyó a Lance justo detrás de él, ligeramente falto de aliento debido a que había tenido que correr para alcanzarlo.

—Val, por favor —dijo, apoyando una mano en su hombro—. Aguarda un momento. Tienes que decirme qué es lo que ha sucedido.

Val se zafó de él sacudiendo los hombros.

—¿Qué es lo que parece haber sucedido? Que he perdido un poco los nervios.

—¿Un poco, san Valentine?

—¡No me llames así! No se te ocurra volver a llamarme así.

Lance pareció considerablemente estupefacto por aquel estallido, pero se apresuró a levantar una mano para aplacar a Val.

—De acuerdo. No era más que una vieja broma.

—Una broma de la que estoy profundamente cansado. Nunca me ha parecido tan graciosa.

Lance frunció el ceño.

—Val, ¿te encuentras bien?

—Sí, estoy bien —saltó Val. Por lo visto, últimamente todo el mundo le preguntaba lo mismo: sus criados, su madre, hasta Kate. Ya estaba empezando a cansarse de aquella maldita pregunta—. A lo mejor deberías ir a preguntar a Trewithan cómo se encuentra él. Y deja de mirarme como si ni siquiera supieras quién soy.

—Tal vez no lo sepa —murmuró Lance.

—¿Sólo porque me he enfadado un poco? —replicó Val en tono irritado—. No es la primera vez que me ves perder los estribos.

—En efecto, pero no de un modo tan brutal. ¿Qué ha hecho Trewithan para ponerte tan furioso?

—Nada —musitó Val. Nada que no hubiera hecho antes, holgazanear en la posada cuando debería estar haciendo algún esfuerzo por cuidar de su frágil esposa y de sus hijos pequeños.

Val no sabía por qué el hecho de ver a Trewithan sentado allí, trasegando cerveza, tuvo que ponerlo tan fuera de sí esta vez. De repente, Trewithan pareció personificar todos los matones que Val había soportado, todos los sinvergüenzas a los que se había obligado a perdonar, todos los canallas que habían abusado demasiado de su paciencia. Y entonces, sintió algo que se le agarró a las entrañas como si fuera un siniestro demonio que luchara por salir, un demonio que le estaba resultando cada vez más difícil dominar.

Aquello lo aterrorizaba, lo hacía temer por su razón incluso. Sintió otro ataque de tos que amenazaba con subirle por la garganta y luchó por suprimirlo.

—Mira, Lance —dijo—. He perdido los nervios con Trewithan, ¿de acuerdo? Pero aún está vivo, de modo que olvidemos el asunto. No quiero hablar más de ello.

—Maldita sea, Val, tienes que hablar con alguien. Dime qué te está pasando en estas últimas semanas. No te has acercado siquiera por el castillo Leger. Estamos todos muy preocupados por ti.

La preocupación que mostraban los ojos de Lance debería haberlo reconfortado, pero no hizo más que acrecentar su irritación. Demasiado poca, demasiado tarde, pensó.

—Qué conmovedor. —Notó que se le curvaba el labio en una mueca burlona—. Más valdría que te hubieras preocupado por mí cuando yo aún cojeaba como un maldito tullido.

—Naturalmente que me produjo una gran alegría descubrir que habías encontrado una cura para tu pierna, pero…

—Oh, apuesto a que sí —lo interrumpió Val—. Debió de suponer un gran alivio para tu conciencia culpable, ¿no es así, hermano?

Lance se encogió.

—Jamás he pensado que tú quisieras que me sintiera culpable, Val —repuso en voz baja.

—Oh, claro que no, por supuesto. ¿Por qué debería querer tal cosa? Sólo porque he terminado pasando la mayor parte de mi vida lisiado y sufriendo dolores porque tú preferiste jugar a ser el noble héroe, lanzándote como un idiota en aquel campo de batalla.

Lance palideció, y Val supo que estaba haciendo daño a su hermano de manera tan experta como un cirujano blandiendo su bisturí, hurgando en una vieja herida, pero la amargura iba creciendo en su interior hasta que temió ahogarse si no la dejaba escapar.

—Fue tu insensatez, tu estupidez, la que dio como resultado que yo terminara herido. Deberías regocijarte de verme bien.

Val experimentó una maliciosa satisfacción al ver la expresión atónita que mostraban los ojos de su hermano. Perfecto. Ya era hora de que Lance fuera obligado a sentirse...

¡No! Val aferró la cadena que le rodeaba el cuello, luchando por aquietar el insistente palpitar del cristal. Ciertamente, se estaba volviendo loco. Él no quería hacer aquello, decir cosas tan venenosas, herir a su hermano de aquel modo. Retrocedió y lanzó un gemido.

—Oh, Dios, Lance. ¿Por qué no puedes dejarme en paz de una maldita vez?

Pese al dolor y la confusión que ensombrecían sus ojos, Lance consiguió esbozar una sonrisa triste.

—Por la misma razón por la que tú no me abandonaste aquel día en España, aun cuando pagaste un alto precio por ello. Porque soy tu hermano.

Val se limitó a mover la cabeza en un gesto negativo e intentó marcharse. Para su extrema turbación, Lance se obstinó en mantenerse a su lado. Caminaron juntos en grave silencio a lo largo de la misma orilla en la que con frecuencia habían montado a caballo de niños, jugando a ser caballeros, sir Lancelot y sir Galahad. Pero nunca había habido un abismo tan grande entre los dos, tan inmenso como la vasta superficie del mar, y Val tuvo la sensación de estar ahogándose.

—Val —empezó Lance, titubeante—. Aunque no quieras hablar conmigo, hay algo de lo que yo sí debo hablarte.

—¿Oh? —Había algo en el tono de Lance que puso a Val en guardia y lo hizo sentirse aún más nervioso—. ¿Y de qué diablos se trata?

Su hermano exhaló un profundo suspiro antes de continuar:

—Esto me resulta verdaderamente incómodo, pero me han llegado rumores acerca de ti y de Kate. Naturalmente, no los creo, pero...

—Pues créelos —dijo Val en tono tajante—. Hasta el último detalle.

Lance lo miró fijamente.

—¿Que has seducido a Kate? No.

—No ha sido necesario seducirla mucho. Yo la deseaba y ella me deseaba a mí.

Lance se detuvo de pronto y miró boquiabierto a Val, con tal consternación e incredulidad que éste sintió deseos de golpearlo. Apenas pudo contenerse para que sus manos no se cerraran en dos puños. Se encaró con su hermano y apretó la mandíbula en una expresión dura y tensa.

—¿Qué sucede, sir Lancelot? Oh, ya sé. Estabas completamente seguro de que Kate iba a volverse loca por ese joven idiota de Víctor. ¿Tan endiabladamente difícil te resulta imaginarte que soy yo a quien desea?

—Por supuesto que no, Val, pero jamás se me ha ocurrido que tú pudieras...

—¿Que pudiera qué? ¿Enamorarme? ¿Sentir deseo como un hombre normal?

—¿Pero por Kate? Me doy cuenta de que ella siempre ha estado encaprichada de ti. Es joven e impetuosa, pero desde luego tú eres lo bastante mayor para ser más sensato. Ella no es...

—Oh, claro, no es mi novia elegida según la grandiosa tradición de nuestra familia. Estoy harto de oír eso. Ojalá no hubiera nacido con el maldito apellido St. Leger.

—Val, no es posible que estés hablando en serio.

—Pues sí, quizá por primera vez en mi vida, así es. A ti te ha venido muy bien, ¿no es cierto, Lance? La gran leyenda romántica. Has encontrado a tu esposa, a tu perfecto amor. Fin del cuento de hadas, destino cumplido. ¿Pero y yo, qué? ¿Qué diablos he hecho yo para terminar condenado a pasar toda la vida solo?

—Nada, Val. Yo nunca he comprendido por qué Effie se ha negado a buscarte una novia. De hecho me he sentido furioso por ello. Pero tú... tú siempre has parecido resignado.

—Tal vez deberías mirar un poco más de cerca, hermano.

—Tal vez sí, y siento no haberlo hecho.

Val desechó aquella excusa con un furioso gesto de la mano y se volvió con intención de marcharse. Cuando Lance se apresuró a cerrarle el paso, sintió que el cristal palpitaba peligrosamente.

—Val, espera. Escúchame. Te juro que ahora mismo voy a ver a Effie y que insistiré...

Pero Val no le dejó terminar.

—¿Es que no lo entiendes? Es demasiado tarde para eso. Aun cuando Effie me buscase esa supuesta novia elegida, yo ya no la querría. Amo a Kate, y ella está enamorada de mí.

—Entonces, que Dios os ayude a los dos. Porque tú has estudiado la historia de nuestra familia lo suficiente para saber lo que les ocurre a los St. Leger que desafían al Buscador de Novias.

—Ya estoy maldito. De manera que ¿qué importa?

—Me importa a mí. Me preocupo mucho por Kate y por ti. No pienso quedarme a un lado contemplando cómo termináis destruidos.

Lance hablaba en tono grave y sincero, pero Val percibió la terca determinación que se estaba formando en los ojos de su hermano, y eso lo enfureció.

—¡Maldito seas! —rugió—. Ya te has inmiscuido más que suficiente, ayudando a Effie a organizar ese maldito viaje a Londres. Pero Kate jamás pondrá un pie en ese carruaje. No va a irse a ninguna parte.

—Val, tienes que escucharme y razonar…

Val agarró a su hermano por la pechera de su capa.

—Ya te salvé la vida una vez, Lance. No hagas que me arrepienta más de lo que ya me arrepiento. Te juro que destruiré a cualquier hombre que intente entrometerse entre Kate y yo, y eso te incluye a ti.

Lance no mostró reacción alguna a aquella amenaza, ni intento alguno de soltarse.

—Val, está claro que no eres tú. Por favor, déjame ayudarte. Sabes que haré lo que sea.

El tono de voz de su hermano iba cargado de preocupación, era inusualmente amable.

«Me está hablando como si ya me hubiera vuelto loco», pensó Val. Y quizás así fuera; sentía cómo crecía y se hinchaba dentro de él la negra cólera, semejante a una bestia siniestra que aguardaba a que la liberasen. Necesitaría muy poco para abalanzarse sobre Lance tal como había hecho con Trewithan.

Era consciente del salvaje retumbar de su corazón, del áspero sonido de su propia respiración; tuvo que hacer uso de toda su fuerza de voluntad para soltar a Lance y empujarlo lejos de él.

—Sólo hay una cosa que puedes hacer: procurar no acercarte a mí.

A continuación giró sobre sus talones y echó a correr por la playa, rezando para que esta vez Lance tuviera la sensatez de no seguirlo. Cuando se detuvo para mirar hacia atrás, vio que Lance regresaba subiendo por el camino, con sus anchos hombros hundidos en un gesto de abatimiento.

Aquella visión le provocó un intenso deseo de romper a reír. Cuántas veces había rechazado Lance su ayuda y lo había apartado de sí; ahora Lance iba a saber perfectamente lo que era aquello, ahora le tocaba a él el turno de marcharse cojeando.

Val experimentó una sensación de triunfo salvaje… un triunfo que lentamente fue dando paso a una abrumadora desesperación. ¿Qué había hecho? Llevaba años luchando por atenuar el sentimiento de culpa de Lance tras aquel día en el campo de batalla, por poner fin al distanciamiento que había entre ellos; y ahora apartaba a su hermano de él de forma deliberada.

Contempló la figura de Lance que se alejaba, y luchó contra el impulso de ir tras él, decirle que volviera y contárselo todo, todo lo que había sucedido en la víspera de Todos los Santos, lo de Rafe Mortmain y el cristal. Lance era su hermano, encontraría un modo de ayudarlo.

«Sí, y lo primero que querrá hacer será quitarme el cristal.» Una voz siniestra pareció advertirlo: «Te quitará tu curación, tu poder, y te quitará a Kate. Y después de eso, ¿qué te quedará a ti que dé sentido a tu vida?».

—Nada —susurró Val al tiempo que su mano se cerraba posesivamente sobre la cadena que llevaba alrededor de la garganta. Observó con desesperación cómo Lance desaparecía de la vista. Sintiéndose más perdido y solo que nunca, dio media vuelta y continuó avanzando por la playa.

Para cuando llegó a Slate House, estaba helado y temblando. Acosado por un nuevo espasmo de tos, le había quedado una sensación de debilidad tal, que tuvo que agarrarse de la verja para apoyarse.

¿Qué diantre le estaba pasando? A cualquier otra persona que mostrara aquellos síntomas, él le habría diagnosticado consunción; pero por alguna razón sabía que no se trataba de eso. Temía que no fuera una enfermedad lo que amenazaba con destruirlo, al menos una corriente.

Era el mismo mal siniestro que se había apoderado de Rafe Mortmain.

—¿Val?

Oyó a lo lejos que alguien gritaba su nombre. Por un momento tuvo una sensación medio de pánico, medio de esperanza de que fuera Lance; pero cuando levantó la cabeza vio a Kate que bajaba corriendo por la playa, dejando muy atrás a Jem Sparkins, que la seguía a grandes pasos.

Val dejó escapar el aire en un sollozo entrecortado de alivio. Consiguió erguirse y apartarse de la cerca para extender los brazos, y Kate se lanzó a ellos. Val la estrechó contra sí y le cubrió la cara de besos. Kate, su único consuelo, su único solaz en medio de toda aquella locura. Emitió un gemido de protesta cuando ella intentó romper el abrazo para mirarlo con ansiedad.

—Val, ¿te encuentras bien? Jem me ha dicho que has estado peleándote con Reeve... —De pronto se interrumpió, y una expresión de horror cruzó sus delicadas facciones—. ¡Oh, Val! M-mírate las manos. Tus hermosas manos.

Val no tenía idea de qué estaba hablando Kate, hasta que bajó la vista y por primera vez se dio cuenta de que tenía los nudillos magullados e hinchados, y la piel raspada y manchada de sangre a causa del castigo que había infligido a Reeve Trewithan.

Se miró las manos con expresión aturdida, aquellas manos que antes eran tan suaves, tan firmes, las manos de un sanador, de un médico. Ahora apenas reconocía aquellos dedos temblorosos como los suyos; parecían pertenecer a otra persona, a las manos de un desconocido rudo y tosco.

Sintió algo húmedo en el nudillo, que le provocó un gesto de dolor como si hubiera caído sobre una herida abierta. Kate le tomó la mano dulcemente en la suya, y entonces Val comprendió que la joven estaba llorando sobre él.

—No... no llores, mi niña salvaje —murmuró, aunque apenas pudo pronunciar aquellas palabras antes de que lo asaltase una nueva oleada de debilidad. Se habría desplomado junto a la verja si no hubiera sido por Kate y por el súbito apoyo que le proporcionó el fuerte brazo de Jem Sparkins.

Val se dejó caer en el sillón de la biblioteca, con los ojos semicerrados. Kate pensaba que debería haber insistido en que Jem lo llevase directamente a la cama, pero Val se opuso firmemente, y Kate no se atrevió a presionarlo.

Aquello en sí mismo constituía un pensamiento deprimente. Kate nunca había imaginado que tuviera motivos para temer a Val St. Leger, pero incluso ella había aprendido a tener cautela respecto de su mal genio.

Acercó un taburete bajo y se sentó al lado de Val. Procurando ser lo más suave posible, le bañó y curó las manos. Tenía los nudillos tan despellejados, que debería haber hecho muecas de dolor cuando ella le aplicó el ungüento de olmo escocés, pero Val no parecía sentir gran cosa. Por debajo de sus pestañas, la expresión de sus ojos mostraba un vacío aterrador, como si estuviera alejándose de ella velozmente para internarse en algún oscuro mundo que Kate no podía imaginar siquiera.

Val no se movió ni cuando entró Jem en la biblioteca para llevarse la palangana de agua. El criado intercambió una mirada de preocupación con Kate al tiempo que dejaba una botella de whisky y abandonaba la habitación en silencio. Kate llenó un vaso y lo acercó a los labios de Val.

—Toma, bébete esto. —Val reaccionó lo suficiente para beber unos cuantos sorbos—. Todo —ordenó Kate.

Val bebió otro poco más, y después apartó el vaso.

—¿Ahora juegas a ser el médico, Kate? —Alzó una mano para examinarla—. Lo haces bastante bien, aunque resulta una sensación de lo más extraña. Siempre he sido yo el que cura, no estoy acostumbrado a dejar que nadie se ocupe de mí.

—Tal vez ya sea hora de que lo hagas.

Val torció los labios en una vaga semblanza de su antigua sonrisa, una sonrisa que se desvaneció al instante.

—Respecto de lo que ha ocurrido en el pueblo…

—Estoy segura de que no ha sido culpa tuya —se apresuró a replicar Kate—. Ese Reeve Trewithan hace tiempo que se merecía una paliza.

—Puede que sea cierto eso. Lo que me preocupa es lo mucho que he disfrutado al pegarle. Se supone que a mí no debería gustarme hacer daño a la gente. Soy médico.

—También eres un hombre. Un hombre muy bueno y honrado.

—Eso creía yo. Pero ya no estoy seguro de lo que soy.

La expresión atormentada de sus ojos era casi más de lo que Kate podía soportar. Le retiró con ternura los mechones de cabello de la frente. Val le cogió la mano y tiró de ella para sentarla sobre sus rodillas, tal como había hecho muchas veces cuando ella era pequeña y se sentía herida o triste, y necesitaba su consuelo.

Kate se acurrucó contra él y apoyó la cabeza sobre su hombro, en un intento de recuperar el recuerdo de aquellos tiempos, la sensación de los fuertes brazos de Val alrededor de ella, su presencia tranquilizadora que prometía arreglarlo todo.

Pero todo aquello parecía ya muy lejano. Ahora, Val era el que estaba herido, y ella era la causante. Cuántos cambios terribles. Sólo existía un modo de arreglarlo todo: poner fin al hechizo y dejar a Val en libertad.

Escondiendo su dolorido corazón bajo una sonrisa trémula, Kate le acarició la mejilla.

—Val, por favor. No te encuentras bien. Tienes aspecto de estar agotado. No has dejado de montar como loco ese maldito caballo tuyo a diario, a todo galope. Ni siquiera sé adónde vas.

—A la Tierra Perdida —murmuró Val.

—¿C-cómo? —Kate se puso en tensión de pronto, segura de que no podía haber entendido bien.

—Voy siempre a la Tierra Perdida.

Aquél era el siniestro mote que empleaban los aldeanos para la vieja propiedad de los Mortmain. Abandonada desde hacía mucho tiempo, aquella mansión no era más que una ruina ennegrecida, situada en uno de los tramos más sombríos y peligrosos de la costa.

—¿La Tierra Perdida? —repitió Kate con terror—. Val, tú siempre me has advertido de que no me acerque por allí. ¿Por qué ibas a querer acercarte tú a ese terrible lugar?

—No… no lo sé. En busca de respuestas, tal vez.

—¿Respuestas a qué? Ya sabes todo lo que hay que saber acerca de los Mortmain. Eres tú el que me ha enseñado lo malvados que eran, sobre todo Rafe Mortmain. Él era el peor de todos.

—Sí, supongo que así es.

—Val, lo sabes perfectamente. Él robó la espada de los St. Leger y estuvo a punto de matarte. Ese hombre era un auténtico demonio.

—O quizá sufría un dolor tan intenso que no podía remediarlo. Más dolor del que yo jamás pude imaginar.

Kate lo miro fijamente, inquieta y atónita. ¿De qué estaba hablando Val? Si había un tema sobre el que Val siempre se había mostrado inflexible, era su desconfianza y condena de Rafe Mortmain. Le puso una mano en la frente, buscando con ansiedad alguna señal de fiebre.

Val lanzó una carcajada hueca.

—Sí, crees que debo de estar delirando para hablar así de un maldito Mortmain, y puede que tengas razón. Últimamente, al parecer me lo estoy cuestionando todo. Ya no hay nada que esté tan seguro ni tan claro como antes. A veces temo estar volviéndome un poco loco.

La mirada que dirigió a Kate hizo que a ésta se le encogiera el corazón, pues sus ojos oscuros estaban llenos de confusión y miedo. Se abrazó a él con vehemencia.

—Oh, Val, todo se arreglará muy pronto, te lo prometo. Mañana por la mañana todo te parecerá mejor. —O al menos eso esperaba, que fuera capaz de deshacer su terrible hechizo y reparar todo el mal que había hecho. Se echó hacia atrás y puso una mano sobre la mejilla de Val—. Lo único que necesitas es descansar un poco. Deberías estar acostado.

—¿Contigo? —preguntó él con voz ronca. Se llevó la mano de Kate a los labios, y en aquel instante surgió en sus ojos un oscuro brillo, aquel brillo que ella conocía tan bien. Antes de que pudiera protestar siquiera, la mano de Val se apoyó en su nuca y le acercó la boca a la de él. Sus labios sabían a calor, a coñac y a seducción.

Cuando trató de apartarse, Val simplemente ahondó la caricia, un beso potente, embriagador, que despertó sus sentidos como hacía siempre, sin fallar nunca.

Kate empujó contra su pecho.

—Val, p-por favor —murmuró mientras notaba cómo la boca de Val descendía por su cuello explorando, hasta provocarle un escalofrío. Se mordió con fuerza el labio y luchó por resistirse a las sensaciones que él estaba suscitando. No podía permitirse el lujo de dejar que Val la atrajese de nuevo a su cama, cuando su amor por él ya le había causado tanto daño, cuando aquella noche tenía una cita muy diferente a la que acudir.

Con un hechicero, sobre la falda de una colina, cerca del antiguo monolito.

Cuando la mano de Val ascendió para acariciarle los senos, Kate sintió un estremecimiento. Con un poderoso empujón, se zafó de él y se levantó de su regazo.

—N-no —dijo, deseando que su voz transmitiera más convicción. Se situó fuera de su alcance y sacudió la cabeza en un gesto negativo.

Val aferró los brazos del sillón. Kate emitió una débil protesta cuando él se incorporó con esfuerzo y se dirigió despacio hacia ella. Dio un paso atrás, temiendo su ira por aquel rechazo, pero el dolor que vio en sus ojos fue mucho peor.

—¿También tú, Kate? —exigió Val en un tono de insoportable tristeza—. Pretendes rechazarme, volverte contra mí, igual que hace todo el mundo en este maldito pueblo.

—No, Val. Por supuesto que no —repuso ella, horrorizada de que Val pudiera pensar siquiera tal cosa. Poco le faltó para lanzarse de lleno a sus brazos y tranquilizarlo. Se abrazó a sí misma para contener dicho impulso—. Nadie se está volviendo contra ti. En Torrecombe, todo el mundo te admira y te respeta. Más que eso, se preocupan mucho por ti.

—Eso era antes, mientras yo era el santo doctor, mientras era perfecto. Dios sabe que intentaba serlo. Lo intenté con todas mis fuerzas. Pero ya no puedo. Estoy cansado, Kate, muy cansado.

—Lo sé, cariño —murmuró ella—. Por eso necesitas...

—Oh, sí, ya sé —replicó Val con amargura—. Val, ve a acostarte. Descansa un poco. Vete a la cama. Pero sin ti.

Trató de atraer a Kate a sus brazos, y ella necesitó toda su voluntad para resistirse; la desesperación que veía en sus ojos la estaba partiendo en dos.

—Kate, ¿por qué no quieres quedarte conmigo esta noche? ¿Es que ya no me deseas?

¿Que si no lo deseaba? Si él supiera... Kate se volvió de espaldas para reprimir el súbito escozor de las lágrimas.

—Naturalmente que te deseo. Sólo sucede que estoy asustada.

—¿Asustada de qué?

Asustada de que su maldito encantamiento lo estuviera destruyendo. Desesperada, rebuscó en su mente otra excusa.

—Asustada de que... de que nos estemos precipitando. De que puedas dejarme embarazada.

—¿Y no querrías tener un hijo mío?

Además del propio Val, a Kate no se le ocurría nada que pudiera desear más. Tragó saliva y negó con la cabeza.

—N-no. No estamos casados. Después de lo que he pasado yo, no quisiera que mi hijo naciera siendo bastardo.

—¿Acaso crees que yo permitiría que sucediera tal cosa? —Val la tomó de los hombros y la obligó a volverse y mirarlo a la cara—. Ya me habría casado contigo. Eres tú la que sigue retrasándolo, poniendo excusas.

Sólo porque comprendía que en cuanto se deshiciera el maleficio, Val ya no la querría. Tal vez, ni siquiera como amiga. Kate bajó la cabeza y eludió la mirada de Val para ocultar su desesperación.

—Bueno, yo... esperaba que quizá podríamos obtener el consentimiento de tu familia antes.

—Eso no va a suceder nunca. Mi hermano ya está urdiendo planes para apartarte de mí. Hemos estado a punto de llegar a las manos por ese asunto.

¿Val peleando con Lance? Y todo por culpa de su perverso hechizo.

—Oh, Val, lo siento muchísimo —balbució Kate—. Nunca ha sido mi intención que sucediera nada de esto, ponerte a ti a mal con tu propia familia.

—Al diablo mi familia. Los St. Leger son todos una pandilla de necios. Los destruiré a todos antes de... —Pero se interrumpió a sí mismo, al parecer tan horrorizado como Kate por lo que estaba diciendo. Se apretó un puño contra la frente como si quisiera aplastar aquel terrible pensamiento—. No. No lo digo en serio. No deseo pelear con mi hermano ni con nadie. Mi padre ha de regresar a casa cualquier día, y las cosas no harán sino empeorar. Moverá cielo y tierra para separarnos, y temo que yo termine haciendo algo que… —Se estremeció—. Que Dios me ayude. Tenemos que salir de aquí. Ahora mismo. Esta noche.

—¿E-esta noche? —tartamudeó Kate.

—Sí. Tú has dicho que deberíamos fugarnos, y tenías razón.

—Pero no en este preciso instante. —Kate intentó sonreír, disimular su consternación tras una broma—. Ni siquiera tengo aquí mi gorro de dormir ni mi polvo para los dientes.

—Yo te compraré todo lo que puedas necesitar.

—¿Y Effie? Por lo menos tengo que hablar con ella y…

—Puedes dejarle una nota. —Val fue hasta su escritorio a buscar tinta y papel.

—Ahora, llama a Jem, y yo le daré instrucciones para que prepare el carruaje.

Kate miró a Val boquiabierta y horrorizada. No podía estar hablando en serio. Pero a las claras se veía que sí. Al ver que ella no hacía movimiento alguno para obedecer la orden, se encaminó a grandes zancadas hacia la puerta para llamar a Jem él mismo.

Cuando Kate se movió para cerrarle el paso, Val le lanzó una mirada fulminante que la hizo temblar.

—Val, por favor… —empezó.

—Basta ya de excusas, Kate.

—No voy a poner ninguna. Pero has de concederme un poco más de tiempo.

—¿Tiempo para qué? —inquirió él—. ¿Para cambiar de opinión? Te lo advierto, Kate: no pienso tolerar eso. Ahora tú eres mía, y no tengo intención de soltarte jamás.

Kate sintió retumbar el corazón al mirar a Val. ¿De verdad la estaba amenazando? El brillo que ardía en sus ojos era duro, peligroso. Su hechizo había invocado una vena desalmada en él, Kate comprendió que ahora era totalmente capaz de forzarla. Y si triunfara en su empeño de arrastrarla fuera de Torrecombe aquella noche, ella jamás podría poner fin al encantamiento.

Le deslizó los brazos al cuello y le suplicó:

—Necesito tiempo sólo para prepararme para el viaje, para recoger unas cuantas cosas que son valiosas para mí. Sólo un día más, Val. Por favor.

Y se alzó de puntillas para depositar un leve beso en sus labios. El gesto de la boca de Val era tan severo, tan resistente, que Kate tembló, segura de que él iba a rechazarla. ¿Y entonces qué iba a hacer ella?

Pero los ojos de Val centellearon y, para su profundo alivio, parecieron relajarse un poco. Cuando estrechó a Kate contra sí, había en sus brazos un vestigio de su antigua dulzura de siempre.

—Muy bien, Kate querida —murmuró—. Un día, pero no más. Partiremos mañana por la noche.

—Pero ésa es la noche del baile de disfraces —le recordó ella, titubeante.

—Mejor que mejor. En medio de tanta conmoción, tardarán algún tiempo en echarnos en falta. Tendré mi carruaje aguardando en el cruce que hay junto al castillo. Tú te reunirás conmigo no más tarde de las ocho en punto.

Kate asintió entumecida.

Él le depositó un suave beso en la frente.

—No me falles, Kate.

—N-no.

Kate se empeñaba en evitar su mirada, pero él la tomó de la barbilla y la obligó a levantar la vista.

—Prométemelo. —Su expresión era una extraña mezcla de exigencia y ternura, pero había una chispa de peligro.

—Te… lo prometo —contestó Kate, y acto seguido se apresuró a enterrar el rostro contra su hombro, con el corazón destrozado. Se vio obligada a mentirle, a engañarle una vez más. Sólo le quedaba un consuelo en sus ojos.

Después de aquella noche, sería una promesa que Val no querría obligarla a cumplir.

Capítulo 16

*L*a noche era fresca y despejada, el cielo parecía una bóveda de brillantes estrellas, la luna se veía como una cuña resplandeciente que derramaba luz sobre el agreste paisaje. El mar rompía suavemente contra la costa, susurrando un ritmo lento y seductor. Era una noche perfecta para el romance, para escaparse al encuentro de un amante en la alta falda de la colina.

Salvo que Kate no había venido a encontrarse con el hombre al que amaba, sino tan sólo a llevar a cabo la magia negra que la haría perderlo para siempre. Con la capa bien ceñida al cuerpo, trepó colina arriba con el corazón lleno de pesar y ni mucho menos el mismo entusiasmo con que lo hizo en la víspera de Todos los Santos. Tal vez porque tenía la impresión de haber envejecido una vida entera desde entonces.

En lugar de proporcionarle una emocionante sensación de aventura, esta vez la solitaria inmensidad de la noche la hizo sentirse pequeña e insignificante, un imprudente mortal que una vez más pretendía jugar con poderes que quedaban mucho más allá de su control, poderes que mejor habría hecho en dejar en paz.

Sus pisadas titubearon al aproximarse a la antigua piedra vertical. Perfilada por el resplandor de la luna, la maciza roca se erguía sobre ella, más misteriosa que nunca. Teniendo en cuenta la debacle que había ocasionado la primera vez, Kate dudaba que se hubiera atrevido a acercarse de nuevo a aquel lugar. Pero no estaba sola; él la aguardaba.

Próspero se encontraba de pie junto a la base del monolito, una imponente sombra masculina. En muchas de sus visitas a la torre, Kate había pensado con frecuencia que Próspero parecía casi humano, demasiado real para ser un espectro. Pero aquella noche, allí fuera, sobre el cerro bañado por la luna que se asomaba al mar, tenía todo el aspecto del hechicero fantasma que todos pensaban que era, un Merlín de ojos oscuros y capa iridiscente que le ondeaba desde los anchos hombros, con una cabellera negra que le caía hacia atrás desde los altivos ángulos de su rostro.

Kate sabía que no tenía motivos para sentir miedo de él, pero no pudo reprimir un escalofrío. Se acercó con cautela para presentarse con una trémula reverencia. Entonces, una repentina brisa sopló junto a su cara como si unos dedos helados le tocaran la barbilla y la obligaran a levantar la vista hacia él.

Los ojos entornados del hechicero relampaguearon como si lo divirtiera la inusual actitud humilde de Kate.

—Buenas noches, señorita Kate. Empezaba a temer que hubierais cambiado de opinión.

—No, no he cambiado. Y espero que usted tampoco. —Lo miró con ansiedad—. ¿Ha cambiado?

—Ya me estáis viendo. —Efectuó una magnífica reverencia, y su capa sembrada de lentejuelas relumbró a la luz de la luna—. A vuestro servicio, mi señora, aunque a veces dudo que verdaderamente tengáis necesidad de mí. Me he preguntado si en realidad podríais ser una bruja, después de todo.

—¿Por qué iba a pensar una cosa así?

—Porque, al parecer, habéis sido muy hábil en hechizarme a mí, en persuadirme de que haga cosas que nunca he hecho por ningún mortal.

—Se refiere a ayudarme con el hechizo.

—No, me refiero a convencerme de que me aventure fuera del castillo Leger. Durante siglos, he repartido mi tiempo entre esos muros y el olvido del ancho cielo. No me aventuro a recorrer el campo.

—¿Y por qué no? Pensaba que podía ir flotando a donde le apeteciese.

Próspero sonrió con tristeza.

—Hasta un fantasma tiene su límite de resistencia, querida mía. Hace mucho tiempo comprendí que lo mejor era que permaneciera en el interior de mi torre, que me enclaustrara y me apartara del mundo. Para el corazón es mucho mejor no contemplar todo lo que uno ha perdido.

Sus ojos miraron más allá de Kate y parecieron absorber con ansia toda la belleza de las colinas iluminadas por la luna, la costa rocosa, la superficie azul marino del océano que hacía señas hacia numerosos lugares lejanos e intrigantes. Una rara tristeza tocó el inescrutable semblante de Próspero, y Kate comprendió que era posible que incluso un fantasma pudiera sentirse atormentado.

Cuando le rogó que le prestara ayuda, en ningún momento se dio cuenta del coste que aquello podría suponer para él; siempre se había mostrado impasible ante un sentimiento tan humano como el remordimiento. Kate contuvo un profundo suspiro. Por lo visto, últimamente no traía más que desgracias a todo el que la rodeaba.

—Yo... lo siento —murmuró—. No debería haberle pedido que...

Pero él la interrumpió con un gesto imperioso de la mano. Fueran cuales fuesen los recuerdos agridulces que hubiera podido evocar la visión de la costa bañada por el mar y las oscuras colinas, Próspero se dio prisa en enterrarlos de nuevo.

—Ese asunto no tiene importancia, querida —dijo rápidamente—. Bien, ¿nos ponemos al trabajo?

Kate asintió, tragando saliva nerviosamente. Tiró de la capucha de su capa y se la caló sobre el rostro tanto como le fue posible. Próspero se inclinó para escrutar con aire burlón su cara, ahora oculta bajo los pliegues de la tela.

—Esto... Kate, comprendo que la práctica de la magia exige una cierta dosis de garbo, pero en realidad no es preciso que intentéis adoptar el disfraz de un monje fantasma.

—No lo pretendía —repuso ella, indignada—. Simplemente me estoy protegiendo de la tormenta.

—¿La tormenta? ¿Qué tormenta? No hay una sola nube en el cielo.

—Ya lo sé. Pero en la víspera de Todos los Santos sí la hubo. Rayos y truenos. He pensado que usted provocará unos cuantos.

Próspero emitió una carcajada suave.

—Por mi fe, señora, poseéis una noción de mis poderes mucho más inflada que la mía propia. Si nos encontrásemos dentro de los muros del castillo, tal vez conjurase para vos la ilusión de que había relámpagos, pero ni siquiera yo puedo alterar los cielos.

—Entonces, ¿qué vamos a hacer? —preguntó Kate con desmayo—. Hubo una tormenta la noche en que yo...

—Y por lo tanto ha de haber otra ahora —interrumpió Próspero—. ¿Habéis olvidado ya lo que os dije? Para deshacer el hechizo, todo debe volverse del revés, ser lo contrario de lo que ocurrió entonces. Así pues, esta noche despejada resulta perfecta.

—Oh. —Kate se echó la capucha hacia atrás, sintiéndose tonta. Se alegraba de que la noche disimulase las huellas de su rubor y su vergüenza, pero en todo caso, la atención de Próspero se encontraba ya en otra parte.

El hechicero paseaba por delante del monolito, musitando:

—No obstante, sí que necesitamos la hoguera.

—Iré a buscar leña —dijo Kate, preparada para salir disparada, pero él la detuvo con un gesto lánguido de su mano.

—No es necesario, mi señora. El fuego es un pequeño truco de magia que puedo efectuar. —Rebuscó debajo de su capa y extrajo su misterioso trozo de cristal. La piedra reflejó la luz de la luna con un brillo frío y duro.

Kate se acordó entonces de todas las advertencias del mago acerca de lo peligroso que podía ser aquel cristal, y retrocedió un paso. Próspero puso la reluciente piedra en el suelo y acto seguido, con un gesto de la mano y unas palabras, el cristal desapareció, perdido en una llamarada que se elevó hacia el cielo de la noche. El fantasmagórico resplandor de las llamas no desprendía calor, pero de todas formas crepitaba con feroz intensidad y bañó a Próspero en un aura diabólica hasta que él también llegó a parecer tan etéreo como aquel fuego.

Extendió la mano con la palma hacia arriba.

—¿Habéis traído lo que os pedí?

Kate hurgó bajo los pliegues de su capa y sacó un pedazo de carbón que le entregó al mago. Éste lo sostuvo frente a la luz y examinó las marcas que ella había grabado en su superficie negra y brillante.

—S. V. —leyó—. ¿Os habéis acordado de escribir las iniciales al revés, tal como os dije?

—Sí.

—Así que las verdaderas iniciales del hombre al que embrujasteis serían V. S.

Kate asintió incómoda y desvió la mirada.

Próspero continuó estudiando el carbón en ceñudo silencio.

—Procuraré hacer lo que me pedís, mi señora, pero no va a ser fácil deshacer sólo la mitad del hechizo, retirar el maleficio de uno y dejar al otro…

—Ya no deseo eso —se apresuró a intervenir Kate—. Debe deshacerlo todo, retirar el encantamiento de los dos hombres.

Próspero arqueó las cejas, sorprendido.

—¿Ahora habéis decidido renunciar al hombre al que amáis?

—Sí. —Kate manoseaba el forro de su capa, comprendiendo que había llegado el momento que tanto temía. Ya no podía evitar durante más tiempo confesarle a Próspero la verdad.

—Hay una cosa que no le he dicho —dijo—. Es acerca del hombre al que amo, el que quise hechizar. Se llama… Val St. Leger.

Kate se preparó para una explosión de ira sobrenatural. Pero al ver que transcurrían los segundos y no pasaba nada, se arriesgó a mirar a Próspero, y se quedó atónita al ver que éste tenía los labios curvados en una expresión divertida.

—Eso ya lo sabía, querida.

—¿Pero cómo podía saberlo? ¿Ha utilizado su magia para espiarme?

—No me ha hecho falta brujería alguna para adivinar vuestro secreto, mi señora. En todas esas encantadoras tardes en que habéis venido a visitarme a la torre, con frecuencia hemos hablado de mis descendientes.

—Pero estoy segura de que en ningún momento he mencionado el nombre de Val. Ni una sola vez.

—No, no ha sido una vez; más bien ha sido un centenar de veces. Apenas podíais comenzar una frase que no empezara con su nombre. «Val siempre dice» o «Val opina que»… Sólo una mujer profundamente enamorada podría resultar tan agotadora hablando de un hombre.

Kate hizo una mueca, y comprendió que debía de haberse delatado una y otra vez, siempre creyéndose tan lista. ¿Así que Próspero lo supo todo el tiempo y no estaba ni mínimamente enfadado con ella? Tal vez era que no lo entendía todo.

—Verá, yo no soy la novia elegida de Val —dijo en tono de mal humor.

—Esto también lo he supuesto. De lo contrario, no habríais recurrido a la brujería.

Kate lo contempló con franco asombro.

—¿No está furioso conmigo por desafiar su leyenda?

Próspero se encogió de hombros.

—Esa leyenda no es mía, Kate. En mi época no existía el Buscador de Novias.

—Entonces, ¿cómo eligió esposa?

—Del modo más práctico y trivial. Busqué una mujer que tuviera abundantes riquezas y poderosos contactos familiares y la desposé de inmediato. Como ya os he dicho, en aquella época la búsqueda del verdadero amor no tenía ningún interés para mí.

—¿Y ahora?

—¿Ahora? —Próspero torció la boca en un gesto de tristeza—. Ahora me parece que ya es un poco tarde. Más o menos cinco siglos tarde, para ser precisos. Pero creía que estábamos hablando de vos. Con los años he tenido la oportunidad de observar cómo funciona la leyenda, la felicidad de los St. Leger que se han unido gracias a los oficios del Buscador de Novias, los desastres que se han abatido sobre los que no han obrado de ese modo. Los amantes que evidentemente se emparejaron mal.

—Como Val y yo —dijo Kate, afligida.

—En efecto, como vos y vuestro callado erudito. Sin embargo... —Próspero la estudió con los ojos entornados—. Rara vez he presenciado que una mujer persiguiese a un hombre con tanta firmeza y devoción.

—No era devoción. Era puro egoísmo. Utilicé la magia negra para conseguir lo que deseaba, sin detenerme a pensar en lo que podría ser mejor para Val ni en el efecto que iba a causarle. —Se le agarrotó la garganta—. Mi hechizo lo está destruyendo. Al principio logré engañarme a mí misma pensando que le había hecho un bien, que le había curado su pierna herida; pero en lugar de eso lo he lanzado a un tormento peor, a obligarlo a que me ame en contra de su propio sentido del honor, de su raciocinio. Ha cambiado mucho, se ha vuelto tan agresivo y tan amargado que en ocasiones apenas lo reconozco. El hombre suave y amable que conocía parece haberse esfumado delante de mis propios ojos, y... —Kate tuvo que hacer una pausa para tragar saliva antes de terminar con voz ahogada—: Me aterroriza la idea de que lo estoy matando.

La frente de Próspero mostraba profundas arrugas.

—¿Y todo eso con un solo hechizo, señora? No creo que sea posible. Ese conjuro que empleasteis no era más que una extravagancia que adquirí en mis viajes y la apunté. Estoy sorprendido de que haya funcionado siquiera.

—Pues ha funcionado. Al menos lo suficiente para lograr que Val me ame. Quizá sea la leyenda de los St. Leger la que está haciendo lo demás. No lo sé, pero sea lo que sea, debe usted ayudarme a salvarlo.

—Haré todo lo que pueda —contestó Próspero gravemente—. Pero después de que haya conseguido poner fin a este encantamiento, ¿qué vais a hacer vos?

Kate se encogió de hombros.

—Oh, yo… yo estaré bien. Todo el mundo me ha dicho siempre que lo que sentía por Val no era más que un encaprichamiento de colegiala, que lo superaría y lo olvidaría.

—¿Y vos creéis eso? A mí me parece que debéis de estar más enamorada que nunca, si estáis dispuesta a renunciar a él.

—Tal vez sea cierto. Pero yo no soy importante. Lo único que tiene importancia es… es Val, que vuelva a ser él mismo. —Kate notó que una lágrima escapaba del ojo y le rodaba por la mejilla.

Los ojos de Próspero brillaban con un extraña suavidad. Extendió una mano como para consolar a Kate, pero interrumpió su fútil gesto antes de que sus dedos atravesaran a Kate, porque ésta se secó furiosa las lágrimas.

—¿P-podríamos continuar con esto, por favor? Terminemos de una vez.

Próspero afirmó con la cabeza y se volvió lentamente hacia el fuego.

—Muy bien, mi señora, aunque siento curiosidad respecto de un detalle. ¿Quién es el otro hombre al que habéis embrujado por error?

—Víctor St. Leger.

—¿Otro St. Leger? —exclamó el mago—. Por el cielo, señora, cuando urdís un desastre, lo hacéis a conciencia.

—Así es —convino Kate en tono perverso.

—No os preocupéis, pequeña. Pronto le pondremos fin, pero será mejor que os mantengáis bien apartada.

Próspero ocupó su posición frente al fuego y Kate se retiró a una distancia segura, con el corazón desgarrado entre la esperanza y el pánico. A pesar de su abatimiento, no pudo por menos que sentir admiración y respeto por la escena que tenía lugar delante de ella, por la piedra de los druidas, por las llamas, por aquel hechicero en acción.

Próspero no proyectaba ninguna sombra, pero parecía más grande, con el rostro levantado hacia la noche. Alzó los brazos y echó la cabeza hacia atrás, un gesto que hizo ondear el oscuro manto desde los hombros. De su garganta comenzaron a surgir unas palabras dichas en voz baja que no sonaban en absoluto como las sílabas que Kate había pronunciado en la víspera de Todos los Santos. El conjuro fluía de los labios de Próspero cada vez más rápido, semejante a un siniestro y terrible poema diseñado para convocar todos los poderes del infierno.

—*Mithrun dineelo* —rugió Próspero. Seguidamente, con un poderoso floreo de la mano, lanzó el pedazo de carbón al fuego. Las llamas se elevaron de pronto en una ensordecedora explosión que hizo a Kate gritar y caer de rodillas.

La hoguera despidió abundantes chispas, como si fuera un estallido de cohetes que surcaban el cielo nocturno, cometas de un blanco candente y luz cegadora. Kate se agazapó y se protegió los ojos.

Se produjo una nueva explosión, lo bastante violenta como para partir la tierra en dos. Kate permaneció inmóvil, con las manos encima de la cabeza. Después todo quedó en silencio, salvo por el distante murmullo de las olas que rompían contra las rocas a lo lejos.

Kate dejó escapar un suspiro entrecortado y levantó la cabeza con cautela. Ahora las llamas estaban a ras de suelo, como una fogata a punto de extinguirse. Y Próspero… El corazón le dio un vuelco. Por un momento temió que el hechicero se hubiera esfumado simplemente y la hubiera dejado allí sola.

Luego se dio cuenta de que flotaba por encima de ella, con su larga y elegante mano extendida, como si fuera a hacer uso de sus poderes para ayudarla a levantarse. Pero Kate tenía la sensación de estar ya harta de magia; tenía suficiente para el resto de sus días.

Aunque estaba temblando, consiguió incorporarse sin ayuda y se limpió la tierra y las ramitas de la capa con dedos temblorosos.

—¿Ha funcionado? —susurró.

Próspero alzó la cabeza, sus exóticos ojos alerta como una extraña criatura salvaje que escudriñara la noche.

—Creo que sí. Sea cual sea el sortilegio que lanzasteis, se ha deshecho.

Había un extraño titubeo en sus palabras, pero Kate apenas se dio cuenta. Val iba a ponerse bien. Su hechizo había terminado. Sabía que más tarde llegaría el dolor, la plena comprensión de lo que aquello significaba para ella, el final de todos sus sueños. Pero por el momento se sentía inundada de alivio. Le habría echado los brazos al cuello a Próspero, si fuera posible abrazar a un fantasma, pero lo único que pudo ofrecerle fue su sonrisa trémula.

—Oh, gracias, muchas gracias.

Próspero aceptó aquellas palabras con un sombrío gesto de asentimiento, deseando pensar que había hecho algo para merecer la gratitud que se leía en el brillo de los ojos de Kate. Tuvo que reconocer que había hecho gala de una exhibición deslumbrante, que había actuado al límite de sus poderes. Entonces, ¿por qué seguía teniendo la impresión de no haber conseguido nada más que un poco de fuego y de ruido? ¿De que el mal que lo había hecho regresar al castillo Leger aún persistía, tal vez más fuerte que nunca?

Se aproximó flotando hasta la hoguera y apagó las llamas con gesto brusco. Sólo quedaba el resplandeciente cristal; otro rápido giro de la mano y hasta el cristal se oscureció. Volvió a guardar aquel peligroso objeto en su capa mientras se esforzaba por suprimir sus dudas o al menos ocultarlas a Kate.

La joven ya había soportado bastante. Tenía la cara pálida, completamente desprovista de su habitual vitalidad.

—Se está haciendo tarde, mi señora —dijo con suavidad—. Deberíais encaminaros a vuestro hogar y acostaros.

—Sí. —Kate le dirigió una mirada vacilante—. Y también debería despedirme de usted.

¿Despedirse? Aquella palabra sobresaltó a Próspero, pero sólo inicialmente. Claro, debería haberlo previsto. Toda transacción entre ellos estaba ya finalizada. Kate no tenía motivo alguno para regresar a la torre.

Quedó estupefacto por la súbita punzada de dolor que le causó darse cuenta de ello, pero se apresuró a desechar aquel sentimiento inexplicable. Al fin y al cabo, él, Próspero, no iba a dignarse echar de menos la compañía de un simple mortal.

—Pronto partiré para Londres —dijo Kate.

—Londres —repitió él—. Tan lejos.

—Sí, pero es lo mejor. Al igual que usted, yo creo que para el corazón es mucho mejor no contemplar todo lo que uno ha perdido.

Hizo un valeroso esfuerzo por sonreír, que casi fue peor que si se hubiera echado a llorar. Próspero levantó a medias la mano, sólo para bajarla frustrado. No recordaba haber anhelado tanto tocar a alguien, ofrecer algún cálido gesto de consuelo. En vez de eso, retrocedió y desplegó su reverencia más esplendorosa.

—Os deseo que os vaya bien, mi señora. Y que las bondadosas hadas os guíen sana y salva y os conduzcan a días mejores.

Kate asintió e hizo una breve reverencia, al parecer sin atreverse a hablar. Echó a andar a través del brezo en dirección al lugar donde había dejado su caballo, al pie del cerro, con los hombros rectos y la cabeza erguida, altiva como una duquesa. Pero Próspero sabía muy bien cuánto dolor y miedo podía esconderse bajo aquella actitud; él mismo había caminado en la misma postura cuando se dirigía hacia su propia ejecución.

—Ah, Kate —murmuró tristemente—. Ojalá fuera la mitad del

hechicero que afirmo ser. Entonces sí que sería capaz de idear la magia necesaria para reparar un corazón destrozado.

Pero lo único que pudo hacer fue dejarla marchar y observar cómo su figura pequeña y valiente desaparecía en la oscuridad.

Capítulo 17

El gran salón del castillo Leger había permanecido muchos años silencioso y sin usar, pero esta noche era como si el gran mago Merlín en persona hubiera transportado aquel vasto recinto de piedra a través del tiempo, a la época de Camelot.

Un fuego ardía en la maciza chimenea, y la mesa de banquetes medievales estaba una vez más atestada de humeantes fuentes de plata rebosantes de comida. Damas ataviadas con sus amplios vestidos y caballeros cubiertos con túnicas practicaban los pasos de una majestuosa danza mientras unos juglares tocaban con gaitas la melodía. La escena estaba iluminada por antorchas encendidas y cientos de velas, que arrojaban su resplandor sobre la espada atravesada en la piedra que habían montado sobre el estrado, la Excalibur del rey Arturo, que aguardaba a ser rescatada.

Sólo si se miraba con gran detenimiento se distinguía que era todo fantasía. Los tapices que cubrían las paredes estaban descoloridos, resultado de varios siglos de desgaste; muchas de las parejas que desfilaban por el centro de la estancia reían y tropezaban con los pasos de un baile olvidado hacía mucho tiempo; y la espada Excalibur no era más que una réplica de madera cuyas costosas joyas estaban hechas de pasta.

Pero Effie Fitzleger batía palmas y contemplaba la habitación lanzando exclamaciones de placer. Su toca con cuernos estuvo a punto de sacarle un ojo a un robusto caballero medieval cuando se volvió emocionada hacia su acompañante.

—Oh, Kate, ¿verdad que es maravilloso?

—Maravilloso —repitió Kate en tono aburrido.

—Bueno, naturalmente, reconozco que no es nada en comparación con los bailes a los que asistiremos en Londres. Imagina cómo va a ser eso.

Kate no tenía ganas de imaginar nada. Ya tenía bastante que soportar aquella noche, procurando fingir que no pasaba nada, que su corazón estaba allí y no en Slate House. Effie se apresuró a arreglar el atuendo de Kate con la frente arrugada de preocupación, enderezando la diadema dorada que llevaba en la cabeza, alisando las mangas de su vestido de terciopelo rojo rubí.

—Oh, querida —suspiró Effie—. Me has prometido que esta noche intentarías divertirte.

—Y lo estoy intentando, Effie —respondió Kate. Pero Effie no tenía idea de lo difícil que era. Ella era completamente ajena al hecho de que al margen de la música y de las risas, flotaba una tensión en el aire. Incluso los invitados que habían acudido desde las partes más remotas de la comarca parecían detectar que ocurría algo malo en la familia St. Leger y que Kate era la causa.

Las miradas se volvían en su dirección, unas frías, otras curiosas. Aquello habría bastado para que Kate hubiera alegado sufrir jaqueca y se hubiera quedado en casa. Pero eso habría dejado destrozada a Effie, que había estado deseando que llegara aquel acontecimiento con toda la emoción y el entusiasmo de un niño que espera la Navidad.

Kate se sintió aliviada cuando el señor Trimble reclamó la atención de su guardiana. El regordete vicario se había ataviado de forma apropiada con un disfraz de monje medieval. Medio tropezando con la cola de su vestido, Effie lo espió por encima del borde de su abanico y enseguida se inició un tímido coqueteo.

Ninguno de los dos se fijó cuando Kate se apartó en silencio de allí para ocupar una posición donde no estorbara, cerca de la pared más próxima. Estudió con mirada de indiferencia el esplendor de la escena que tenía lugar frente a ella, y sus ojos fueron a posarse en el tapiz colocado al fondo del salón, detrás del estrado. El descolorido tejido representaba al dragón de los St. Leger causando estragos entre unos desventurados aldeanos, pero su auténtica finalidad consistía en ocultar la puerta que conducía a la torre de Próspero.

Kate se preguntó si todo aquel bullicio no molestaría al gran hechicero; pero era más que probable que Próspero ya hubiera regresado a... ¿cómo lo había llamado él? «El olvido del ancho cielo.»

Kate lanzó un profundo suspiro. Envidiaba al mago. Deseaba poder ella también estar muy lejos, en cualquier otro sitio que no fuera aquél. No era que le importara mucho el chismorreo y la desaprobación que parecía rodearla, pues estaba acostumbrada; era mucho peor la amabilidad con que seguían tratándola muchos de los St. Leger, sobre todo la señora, Madeline.

La madre de Val la había saludado con el mismo afecto de siempre, pero Kate captó la sombra de preocupación que oscurecía los claros ojos verdes de aquella mujer. Le habría gustado tanto tranquilizarla, tranquilizarlos a todos... Ya no existía ningún motivo para temer por Val St. Leger, pero suponía que eso lo averiguarían todos muy pronto.

Aquella mañana, lo primero que hizo fue correr a Slate House, pero fue interceptada en el camino por Jem Sparkins. El demacrado sirviente la había informado de que su amo Val había pasado una mala noche. Al parecer, descansaba ya mejor aquella mañana, pero había dado instrucciones de que no estaba de humor para recibir a ninguna visita. Jem temía que hubiera vuelto a acosarlo su antigua dolencia, porque lo había enviado al castillo Leger a buscar el otro bastón que había dejado guardado allí.

Aquello era lo único que necesitaba saber Kate. De modo que desanduvo el camino y regresó a casa con gran pesar en el corazón.

Su hechizo estaba anulado. Todo estaba tal como antes, incluida la pierna herida. Pero al menos había conseguido salvar la cordura de Val, su vida, se dijo para tranquilizarse. Su mirada recorrió pensativa la multitud pululante que formaban los invitados, pero desde luego no esperaba que Val hiciera su aparición aquella noche. Y no sólo porque lo molestase su pierna mala; creyó desfallecer al pensar en la conmoción que debía de estar sufriendo ahora que había vuelto a ser él mismo, con qué horror y desconcierto recordaría las pasadas semanas, todas las veces que habían hecho el amor, y con cuánta vergüenza de sí mismo.

Kate sabía que iba a tener que reunir valor para explicarle exactamente lo que había hecho, que nada de lo sucedido era culpa de él. Sólo rezaba por que Val pudiera perdonarla con el tiempo.

—No está usted bailando, milady —murmuró una voz desde las sombras de una columna cercana. Kate levantó la cabeza, y su primera impresión de un brillante cabello negro y aquel familiar perfil aguileño hizo que le diera un vuelco el corazón. Pero cuando el hombre se acercó un poco más, vio enseguida que no se trataba de Val, sino sólo de su gemelo. Val y Lance nunca habían sido idénticos, pero el parecido entre ambos era lo bastante marcado para que Kate lo encontrara doloroso.

Lance siempre había sido un pillo elegante, por lo que le resultó muy fácil transformarse en el personaje que llevaba su nombre. Era un espléndido sir Lancelot con su túnica azul bordada de plata.

Le hizo a Kate una reverencia y le tendió una mano con aquella sonrisa deslumbrante que nunca le había fallado a la hora de encantar a toda dama que había conocido.

—Señorita Kate, ¿querrá hacerme el honor?

Así que Lance estaba decidido a hacer caso omiso de los rumores y a tratarla con mucha más generosidad de la que merecía. A Kate estuvieron a punto de saltársele las lágrimas. Pero esbozó una frágil sonrisa y trató de infundir un poco de ligereza a su tono:

—Oh, no, gracias. Sir Lancelot debería más bien hacer la corte a su amada Ginebra.

—Por desgracia, mi reina está ocupada en este momento. —Lance señaló hacia donde se hallaba su esposa, en las filas de los danzantes. Mujer joven y radiante, Rosalind St. Leger siempre tenía un aire de princesa de cuento, con su constitución menuda y su reluciente melena rubia. Estaba junto a un muchacho tímido que le propinaba pisotones a cada paso que daba, pero Rosalind se limitaba a obsequiar al joven con una sonrisa alentadora. La dama de Lance siempre había sido notoria por su amabilidad.

Lance observó a su mujer por espacio de unos instantes, con los ojos brillantes de una adoración que no hizo esfuerzo alguno por disimular. Después se volvió de nuevo hacia Kate, pero ésta se escabulló de él y rechazó nuevamente su petición de salir a bailar.

—Me temo que infligiría más daños a tus pies que ese muchacho que está pisoteando a la pobre Rosalind.

—Lo dudo —repuso Lance—. Aunque, que yo recuerde, a ti siempre te ha gustado más pelear que bailar. Tú y yo solíamos enzarzarnos en poderosos combates a espada en este mismo salón, cuando tú aún eras una mocosa enana.

Kate sonrió a pesar de sí misma por la broma.

—Sí, con las espadas de juguete que nos hizo tu padre. Recuerdo muchas tardes lluviosas en las que causé estragos en el noble sir Lancelot.

—Sólo porque yo te lo permitía —replicó Lance.

—¡Bah! Más de una vez me las arreglé para traspasar tu guardia, aunque tú tenías una injusta ventaja al ir yo vestida con enaguas.

Lance se echó a reír.

—¿Enaguas, dices? Creo recordar que tú mostrabas una asombrosa tendencia a usar pantalones.

—Supongo que sí —admitió Kate, contrita—. Para horror de Val. Él siempre te regañaba por animarme a comportarme como una marimacho. Pero cada vez que me ganabas en un duelo, jamás podía resistirse a llevarme a un lado y susurrarme algún consejo al oído para que yo pudiera…

Pero Kate no terminó la frase, pues la mención de Val arrojó una sombra sobre ella y sobre los recuerdos de Lance. Se hizo un pesado silencio que Lance quebró por fin.

—Kate —dijo—. Espero que sepas que yo siempre he sido amigo tuyo, pero… pero… —titubeó, buscando las palabras. Kate se apresuró a acudir en su rescate.

—No pasa nada, Lance. Sé lo que quieres decir, y tienes razón. Ha sido una tontería por mi parte abrigar esperanzas de que algún día pudiera desafiar la leyenda, de que Val y yo pudiéramos estar juntos. Ahora me doy cuenta de que eso es imposible. Me iré a Londres tal como tú quieres. Incluso ya he empezado a animar a Effie a que adelante la fecha. Seguro que para Navidad ya te habrás librado de mí.

Kate esperaba que aquel comentario tranquilizador llenase de alivio a Lance, pero en cambio éste le dirigió una mirada de tristeza y dio una palmada contra la columna, un gesto de frustración.

—Maldita leyenda. —Pero casi inmediatamente se retractó de aquellas palabras—. No, no lo digo en serio. Effie, la Buscadora de Novias, me ayudó a mí a emparejarme con mi Rosalind, a hallar más amor y felicidad de la que he merecido nunca. Es que no sé por qué no ha podido encontrarle una novia igual a Val, por qué no podías haber sido tú.

—¿Yo? —dijo Kate sorprendida.

—Es obvio que tú le has hecho mucho bien.

—¿Que le he hecho bien? Lance, yo he sido para Val una desgracia, más que ninguna otra cosa.

—Sí, una desgracia que ha hecho que abandone su forma de vivir callada y recluida, que lo ha hecho reír y ser menos serio. Y en cuanto a la influencia que él ha tenido sobre ti, él…

—Él me ha suavizado —dijo Kate en voz baja—. Tomó en sus manos a una niña salvaje y maleducada y la convenció de que un día se convertiría en una interesante mujer.

—Y así ha sido. —Al ver que Kate meneaba la cabeza en un gesto de desaprobación, él la tomó de la barbilla de aquella manera juguetona que siempre utilizaba para tomarle el pelo. Pero sus ojos estaban llenos de tristeza—. Oh, Kate. Cuánto me gustaría que las cosas fueran distintas para ti y Val.

—A mí también —murmuró ella, haciendo un valiente esfuerzo por sonreír.

La expresión de Lance indicaba que le habría gustado decir mucho más, pero su atención fue atraída por un invitado de última hora, un antiguo amigo de su regimiento al que llevaba varios años sin ver. Debiendo a excusarse para saludar a su invitado, Lance abandonó a Kate a regañadientes.

Su marcha dejó a Kate más desconsolada que nunca. Comenzó desesperadamente a calcular los minutos que transcurrirían hasta que terminase aquel doloroso asunto, y entonces se puso a espiar a Mollie Grey.

La tímida joven también había buscado refugio contra la pared, una triste pastorcilla que sostenía su cayado mientras observaba a los que bailaban. Su vestido de seda a rayas le daba más bien el aspecto de una estatuilla de Dresde que el de una campesina que se dedicase con seriedad a la tarea de cuidar de las ovejas, sin embargo, ningún caballero de los presentes aquella noche habría puesto peros a su aspecto.

El subido color de sus mejillas y la esperanza que brillaba en sus ojos proporcionaban a la joven un aire inusualmente encantador. Observaba la multitud con nerviosismo, y a Kate no le cupo duda de la persona a quien Mollie buscaba con tanta ansiedad. Al menos, le había llegado el momento de enderezar algo del mal que había causado. De modo que, poniendo una sonrisa de determinación en el rostro, se encaminó hacia donde se encontraba Mollie.

—Buenas noches, Mollie. —La muchacha se sobresaltó al verla, pero antes de que pudiera decir algo, Kate la agarró de la muñeca y tiró de ella para separarla de la pared—. Ven conmigo.

Mollie debió de ver claramente sus intenciones, porque abrió mucho los ojos con una expresión similar al pánico y trató de resistirse.

—¡Oh, no, Kate! Por favor, aguarda un momento. Yo… no creo que esté preparada aún.

—Naturalmente que lo estás. Eres la novia elegida de Víctor, pero él jamás se dará cuenta si tú te empeñas en esconderte por los rincones. Hasta el destino necesita un ligero empujón.

—P-pero, Kate, ¿de verdad crees que…?

—Sí lo creo —repuso Kate en tono firme. Antes había espiado a Víctor, que estaba disfrazado de joven y honrado caballero medieval ataviado con túnica y yelmo de cota de malla. El muchacho pareció indiferente a la llegada de Kate, pues no hizo esfuerzo alguno por dedicarle sus atenciones. El hechizo había finalizado completamente.

Ahora estaba por ver si había manera de convencer a aquel necio joven de dónde se encontraba su verdadera felicidad.

Kate, sin darle a Mollie la oportunidad de seguir protestando, la arrastró por el centro del gran salón. Mollie se aferró a su cayado, tropezando tras ella, por lo visto lo bastante nerviosa para desmayarse.

Kate se detuvo cerca de la mesa de banquetes para escrutar la multitud. Estando vestido con aquella ridícula cota de malla, y tan alto como era, no debería resultar difícil localizar a Víctor. ¿No se habría ido ya del baile?

No, pero parecía estar a punto de hacerlo. Kate lo vio cerca del enorme arco que conducía al antiguo puente levadizo, y casi arrancó a Mollie los pies del suelo en su afán de alcanzarlo.

Víctor casi había desaparecido bajo el arco cuando Kate lo llamó:
—¡Víctor, espera!

Mollie se ruborizó, se encogió, y pareció a punto de caerse muerta allí mismo. Víctor se volvió muy despacio, con una expresión congelada en el semblante. Parecía como si... como si estuviera viendo a Mollie Grey por primera vez.

Kate corrió hasta él, arrastrando consigo a la desventurada Mollie.
—Víctor, no estarías pensando en abandonarnos ya.
—Pues... sí. Yo... —En eso se le iluminaron los ojos—. No —repuso en voz baja—. Ya no.

Kate se inclinó en una parodia de reverencia.
—Buen caballero, ¿me permitís la osadía de presentaros una damisela que se halla deseosa de bailar con vos?

Una lenta sonrisa se extendió por el apuesto rostro de Víctor.
—Sí, por supuesto que os lo permito.

Kate retrocedió rápidamente y prácticamente arrojó a Mollie a los brazos de Víctor. La muchacha se acobardó tras su cayado, como si estuviera dispuesta a esconderse detrás de aquel delgado palito si pudiera. Miró tímidamente a Víctor, con el corazón en los ojos.
—B-buenas noches, señor St. Leger —dijo sin aliento.

Víctor parpadeó.
—Buenas noches, señorita Grey —contestó con gesto grave.

Siguió un incómodo silencio en el cual los dos se quedaron mirándose el uno al otro, impotentes, hasta que a Kate se le agotó la paciencia.

—Más vale que os deis prisa —dijo—. Me parece que ya se está formando el siguiente conjunto de bailarines.

Al ver que ninguno de los dos se movía, cogió la mano de Mollie y la empujó hacia Víctor; para asombro e inquietud suya, éste no hizo movimiento alguno para tomarla.

—Perdóneme, señorita Grey, pero me temo que esta noche no puedo complacerla. Es por esta condenada cota de malla, que... pesa demasiado para bailar. Ha sido una elección de disfraz sumamente desafortunada.

—Oh —respondió Mollie con un hilo de voz, bajando los ojos—. Por supuesto, lo... lo entiendo.

¿De verdad lo entendía? Desde luego, Kate no. Miró furiosa a Víctor.

—Si esa condenada malla pesa tanto, quítatela. Llevas una túnica debajo.

Víctor hizo caso omiso de la sugerencia y sonrió cortésmente a Mollie.

—Estoy seguro de que habrá aquí varios caballeros que estarán encantados de bailar con usted. Permítame que le busque un acompañante más adecuado.

Pero Mollie se había soltado de la mano de Kate y ya estaba dando marcha atrás.

—Oh, n-no. Es... muy amable por su parte, pero estoy segura de que mi padre... mis hermanas deben de estar preguntándose dónde...

La frase se perdió en la incoherencia. Sonrojada por la ofensa y la humillación, Mollie dio media vuelta y echó a correr de nuevo hacia el gran salón.

—Mollie —exclamó Kate, que hizo ademán de ir tras ella, pero consideró que lo mejor era dejar que se marchara; la muchacha estaba a punto de echarse a llorar.

Kate se volvió enfurecida hacia Víctor.

—Pero qué zopenco eres. ¿Cómo se te ha ocurrido...?

—No, ¿cómo se te ha ocurrido a ti, Kate? —la interrumpió él con voz ahogada—. No tienes la obligación de corresponder a mis afectos, pero no intentes arrojar a otra mujer a mis brazos.

Kate lo miró fijamente, estupefacta. ¿Corresponder a sus afectos? ¿De qué estaba hablando? El hechizo estaba anulado, terminado. En-

tonces, ¿por qué Víctor la miraba con aquella expresión de desesperado anhelo?

—No —balbució Kate—. Es imposible. Tú... tú no puedes seguir
enamorado de mí.

—¿Y qué creías que iba a suceder, Kate? ¿Que mi amor iba a desvanecerse con la luna menguante?

—¡Sí, eso es lo que creía!

—Siento mucho que continúes teniendo tan pobre opinión de mi
carácter, pero te aseguro que mis sentimientos por ti siguen siendo firmes e inalterables.

—¡No! —exclamó Kate, golpeando el suelo con el pie para mayor
énfasis—. Se acabó. Se supone que ya no debes estar enamorado de
mí.

—He realizado un esfuerzo heroico para mantenerme a distancia
de ti, para dejar de atosigarte con mis atenciones. Puedo soportar tu
indiferencia conmigo, Kate, pero te ruego que no me causes más daño
todavía diciéndome lo que debo sentir.

Le dirigió una mirada final de angustia antes de marcharse despacio, y Kate quedó temblando de horror. Aquello no podía estar sucediendo, porque si Víctor continuaba bajo el hechizo, entonces Val...
Kate sintió que el corazón le daba un vuelco de miedo.

Pero no, Val había enviado a Jem a buscar su bastón, y eso no lo
habría hecho si no se hubiera roto el encantamiento. Además, ella había visto a Próspero ponerle fin en medio de un magnífico despliegue
de fuego y magia negra. Era un hechicero muy poderoso, no podía haber fallado, ¿no? Kate recordaba claramente lo que había dicho:
«Sea cual sea el sortilegio que lanzasteis, se ha deshecho.»

¿Pero qué pasaría si Próspero hubiera conseguido deshacer sólo
una parte del hechizo? ¿Y si algo había salido terriblemente mal? Sólo
una persona podía responder a aquello: el propio Próspero. Kate rezó
para ser capaz de convocar al mago en su torre una última vez.

Cruzó a toda prisa el gran salón abriéndose paso entre la muche-
dumbre de invitados, impasible a las miradas ofendidas y de sorpresa
que iba recibiendo. Supuso que debería haber sido más discreta, pero
su sentimiento de urgencia no se lo permitía. Se coló por detrás del estrado y corrió hacia el tapiz que ocultaba la puerta de la torre.

Acababa de extender el brazo para empujar el tapiz cuando sintió
una pesada mano que descendía sobre su hombro.

—¿Vas a alguna parte, Kate?

La voz era poco más que un susurro, pero la dejó helada hasta la médula de los huesos. Con el corazón acelerado, se volvió y se encontró con Val, imponente tras ella. La luz de las antorchas parpadeaba sobre su alta figura vestida de viaje, con la larga capa negra y las gruesas botas. Formaba un extraño contraste con los disfraces del gran salón, engalanados con toda clase de fantasías, satenes, sedas y cintas brillantes. En comparación, Val parecía duro, real y peligroso. Kate levantó los ojos, temerosa, hacia su rostro, y su corazón pareció detenerse del todo. Toda esperanza de que Próspero hubiera puesto fin siquiera a una parte del hechizo se desvaneció al instante.

El cabello negro de Val caía sin orden sobre los demacrados contornos de su cara, sobre su piel pálida como el hielo, sobre sus ojos semejantes a febriles pozos de oscuridad. Parecía más atrapado que nunca en el malvado hechizo de Kate.

En una blanca mano llevaba un bastón de empuñadura plateada, pero cuando se acercó se hizo evidente que no tenía necesidad alguna de usarlo. Kate retrocedió hasta que él la tuvo aprisionada contra la dura superficie de la pared.

—Llevo horas esperándote. —Su voz era calma, terriblemente calma, pero su mirada atravesaba a Kate con una furia a duras penas contenida—. Se suponía que debías reunirte conmigo en el cruce de caminos. ¿O es que lo has olvidado por completo?

—Bueno, yo...

—Oh, no te molestes en darme explicaciones. Está perfectamente claro por qué me has fallado esta noche. Te he visto persiguiendo sin ninguna vergüenza a ese joven imbécil.

—No, Val, no lo entiendes...

Pero él le puso una mano sobre la boca. Sus ojos despedían un brillo frío, siniestro.

—Nada de mentiras, Kate. Haría falta muy poco para provocarme. Soy capaz de matar a Víctor aquí mismo sin pensarlo dos veces.

A Kate se le encogió el corazón de terror. Logró, no sin esfuerzo, apartar los dedos de Val.

—N-no, Val. Por favor.

—Entonces ven conmigo. Ahora mismo.

La mano de Val se cerró sobre su muñeca semejante a una argolla de hierro, y empezó a arrastrarla hacia la disimulada puerta lateral que daba a la parte nueva de la mansión. Kate se resistió, volviendo la vista hacia el gran salón en busca de ayuda, pero estaba demasiado aterrada para gritar. No porque tuviera miedo de lo que pudiera hacerle Val, sino de lo que pudiera suceder si alguien tratara de intervenir.

No vio en los rasgos de Val rastro alguno del hombre amable al que ella había amado. La locura que había conjurado parecía haberlo dominado por completo.

Val prácticamente la lanzó a través de la recia puerta de madera y cerró ésta de un golpe, con lo que dejaron de oírse las risas y la música procedentes del salón. Aquel vestíbulo en forma de claustro parecía oscuro y sumido en un silencio fantasmal, después del bullicio de la otra sala. La única iluminación provenía del resplandor de la luna que penetraba por las altas ventanas de celosía, que proyectaba sombras sobre el suelo parecidas a los barrotes de una mazmorra.

Val le propinó un empellón a Kate para obligarla a caminar por delante de él. Pero Kate giró sobre sus talones y se volvió para encararlo.

—Val, tienes que escucharme... —empezó, al tiempo que alzaba las manos para tocarle la cara, y entonces descubrió con horror el intenso calor que irradiaba su piel—. ¡Dios mío, Val! Estás... estás ardiendo.

—Me encuentro bien —rugió él, apartando las manos de Kate con un gesto de impaciencia. Sin embargo, sus palabras quedaron desmentidas por un salvaje acceso de tos. Val perdió la sujeción de su bastón, el cual se le cayó de las manos y fue a estrellarse contra el suelo de piedra. Se apoyó contra la pared con la respiración ronca y entrecortada. La luna pintaba barras de luz sobre su rostro demacrado.

Kate acudió a su lado y le acarició el pecho con gesto de impotencia. Puso una mano sobre la de él y la apretó con fuerza sobre su corazón. Notó la velocidad con que palpitaba, y aquello la atemorizó.

—Val, por favor, no estás bien.

—Me pondré bien cuando nos hayamos ido de aquí.

—No, no vas a ponerte bien. No entiendes lo que te he hecho —replicó Kate, pero advirtió con desesperación que Val apenas prestaba atención a lo que le decía. La miró con los ojos brillantes por la fiebre, y le soltó la mano para acariciarle el pelo con dedos temblorosos.

—Esta noche estás preciosa, Kate —dijo Val con voz áspera—. ¿De qué vas disfrazada? ¿De lady Elaine? ¿Nimue? ¿O tal vez Morgan le Frey, la encantadora hechicera que embrujó al pobre Merlín?

La última opción se acercaba tanto a la verdad, que a Kate se le hizo un nudo en la garganta a causa de las lágrimas.

—¿Una encantadora hechicera? —se ahogó—. Sería mejor describirla como una perversa bruja. —Aferró la mano de Val y la apretó con fuerza, en un desesperado intento de penetrar el velo de locura que nublaba sus ojos—. Val, te lo ruego. ¡Escúchame!

A continuación, con frases entrecortadas, se lo contó todo, cómo habría robado el libro de Próspero, la magia negra que había llevado a cabo en la víspera de Todos los Santos, el modo terrible en que había salido mal, sus vanos intentos de anularla.

Val torció los labios en una sonrisa desconcertante.

—Val, ¿entiendes lo que te estoy diciendo?

—Sí, me sometiste a un hechizo. —Y echó la cabeza hacia atrás y lanzó una carcajada tan salvaje que Kate le soltó la mano y retrocedió alarmada.

—¿Es que no me crees?

—Oh, claro que te creo. Es la típica acción absurda e insensata muy propia de ti.

Entonces, ¿por qué no estaba enfadado con ella, o por lo menos alarmado por lo que acababa de contarle? Kate temió que su confesión hubiera llegado demasiado tarde para servir de algo, para perforar aquella niebla de locura. En los ojos de Val brillaba una chispa de irreverente diversión que la ponía nerviosa.

—Mi pobre Kate —se burló—. Te angustias por nada. Tu hechicero fantasma y su pretendido libro de encantamientos no son sino un gran timo.

—¿Q-qué quieres decir?

—Pues que no eras tú la única que estaba haciendo magia en la víspera de Todos los Santos. Yo también tengo un secreto, querida. Y ya que vas a ser mi esposa, supongo que debo compartirlo contigo.

Sus ojos se entornaron y su boca se torció en una sonrisa taimada cuando le hizo una seña a Kate para que se aproximase a él. Su expresión era tan extraña, que Kate sintió un hormigueo de temor, pero dio un paso cauteloso adelante. Val se desabrochó la capa y se llevó una mano al cuello, tras lo cual tiró de una cadena de plata que llevaba.

Kate había sentido el contorno de la misma bajo la camisa muchas veces cuando hicieron el amor; era tan sólo una medalla sagrada, le había explicado Val, una reliquia histórica heredada de un antiguo St. Leger que había ido a las cruzadas.

Pero cuando Val descubrió la cadena en su totalidad, Kate vio que el objeto que pendía de ella distaba mucho de ser sagrado. No parecía más que una astilla, un pedazo de vidrio, hasta que reflejó la luz de la luna que penetraba por las ventanas; entonces el fragmento se iluminó con una belleza fría y extraña, un fulgor que desencadenó en Kate un perturbador recuerdo.

«El cristal de Próspero.»

—Val —tartamudeó—. ¿De dónde has sacado esto?

—De un viejo conocido… Rafe Mortmain.

—Rafe Mortmain —repitió Kate, aturdida—. Pero si ese malvado desapareció hace años. ¿Dónde lo encontraste?

—Él me encontró a mí. Vino a Slate House la víspera de Todos los Santos para entregarme esto. —Val balanceó el cristal, el diminuto prisma que lanzaba destellos de una luz que resultaba hipnótica y aterradora a la vez. Kate se vio obligada a desviar la mirada—. Éste es el cristal que robó Rafe —dijo Val—. Cortado de la piedra engastada en la empuñadura de la espada de los St. Leger.

Kate ya había adivinado todo aquello, pero había un detalle que no entendía.

—¿Por qué iba a desear Rafe Mortmain arriesgarse a regresar aquí, a devolvértelo?

—Estaba moribundo cuando llegó a mi puerta. Acosado por el dolor… mucho dolor. No pude ayudarlo, pero lo intenté. Le cogí la mano y… y…

Val titubeó y se apretó una mano contra la frente, al parecer incapaz de continuar. Pero Kate adivinó muy bien lo que había hecho; la simple idea de que Val hiciera uso de su peligroso poder para socorrer a alguien tan malvado como un Mortmain hizo que se le helara la sangre. Sólo Val St. Leger habría corrido semejante riesgo.

—Oh, Val, ¿qué ocurrió? ¿Qué te hizo ese horrible hombre?

—No… no estoy seguro. Había… una tremenda tormenta, con rayos y truenos. Rafe me aferraba la mano. —Val traspasó a Kate con sus atormentados ojos—. Que Dios me ayude, Kate, el… el dolor iba fluyendo de él a mí. N-nunca he sentido nada parecido, y… y él no me soltaba. El cristal lanzó un destello, y fue como si yo… como si yo absorbiera la oscuridad misma de su alma.

Val se estremeció y tembló violentamente, como si el recuerdo en sí fuera demasiado para él. Kate lo rodeó con sus brazos.

—Calla —susurró—. No te preocupes, cariño. Todo va a solucionarse, te lo prometo.

Val la abrazaba con tanta fuerza que Kate apenas podía respirar. Lo acunó contra sí, acariciándole el pelo. De modo que aquel terrible cambio operado en Val no tenía nada que ver con los torpes esfuerzos que había realizado ella por hacer magia. Aquel pensamiento debería haberle proporcionado un cierto alivio, pero no hizo sino acentuar su sentimiento de culpa. Mientras ella andaba dando saltos alrededor de aquella fogata como una tonta, Val se encontraba solo y en peligro mortal. Debería haber estado allí, haberlo salvado de alguna manera del mal que había inoculado en él aquel Mortmain.

Pero al menos había una cosa que podía hacer aún para protegerlo. Deslizó los dedos por su cuello, buscando la cadena. Pero Val se puso rígido y se zafó de ella.

—Val, por favor. Tienes que deshacerte de esa cosa.

—No. —Con el cristal aferrado en la mano, Val se separó de Kate, tan cauteloso y desconfiado como un lobo acorralado—. Ahora el cristal es mío. Rafe me lo dio a mí.

—Dudo que lo hiciera debido a la bondad de su corazón. Está intentando destruirte.

—Pero se ha ido, ha desaparecido de nuevo.

—Sí, porque ya dejó esa piedra infernal para que le hiciera el trabajo. Rafe debía de saber lo peligrosa que era.

—Para un Mortmain, puede ser, pero yo… yo soy un St. Leger —dijo Val, retrocediendo aún más—. Y puedo controlar su poder.

—¡No, no puedes! Ese cristal es demasiado imprevisible. Me lo ha dicho el mismo Próspero. Ese fragmento forma parte de una piedra de terrible magia que él fabricó, una magia que se le escapó de las manos. La piedra explotó. Él todavía conserva un trozo, el otro lo incrustó en la espada. Pero cada vez que se rompe de nuevo el cristal, cada nuevo fragmento se vuelve aún más inestable. No hay forma de saber qué te está haciendo esa maldita piedra.

—Sé exactamente lo que está haciendo. Me ha curado, me ha dado libertad para… para amarte a ti.

—No, cariño —replicó Kate en tono suave—. Te está nublando la mente, te está confundiendo, enfermando. Por favor, dámela.

Dio un paso adelante, con precaución, suplicando con toda la fuerza de su mirada. Val la contempló fijamente, luego contempló el cristal. Poco a poco comenzó a pasarse la cadena por la cabeza. Kate dejó escapar la respiración y extendió una mano.

Aquello fue un error. Val parpadeó y la oscuridad descendió otra vez sobre él como si se hubiera cerrado una puerta de golpe. Aferró el cristal con más posesividad que nunca y rugió a Kate:

—¡No! Sólo pretendes engañarme, hacerte con mis poderes para escapar y volver corriendo enseguida con tu querido Víctor.

—No, Val, yo...

—Bueno, pues no va a salirte bien, Kate. ¡Es cristal es mío, y tú también lo eres! —Mirándola furioso, volvió a ocultar la piedra debajo de la camisa, y a Kate se le cayó el alma a los pies, pues en ese momento comprendió que acababa de perder toda posibilidad de razonar con él.

Val recogió del suelo el bastón que se le había caído y con la otra mano asió a Kate del brazo. Sin hacer caso de sus protestas, la instó a regresar al ala principal del edificio. Kate trató de arrastrar los pies, mientras los pensamientos corrían por su mente tan deprisa como la sangre por sus venas.

¿Qué iba a hacer a continuación? Val necesitaba ayuda; estaba gravemente enfermo, pálido, el sudor le resbalaba por el rostro, pero todavía contaba con una fuerza despiadada. Incluso cuando se detuvo un momento para emitir una áspera tos, su garra de hierro sobre el brazo de ella no se aflojó lo más mínimo.

—Por favor, Val, me estás haciendo daño —gimió Kate, forcejeando para liberarse.

Pero él no parecía oírla ni darse cuenta de sus esfuerzos, pues avanzaba con determinación entre las silenciosas estancias del ala nueva. No había ni un solo sirviente que pudiera ser testigo de la apremiante situación de Kate, pues la mayoría de ellos se encontraban muy ocupados en atender a los invitados que se hallaban reunidos en el gran salón.

Kate Miró a Val con desesperación. No se atrevía a propinarle un puñetazo, pero tenía que encontrar un modo de escapar, de ir a buscar ayuda para él antes de que fuera demasiado tarde. Su desesperación no hizo sino aumentar cuando Val la sacó a rastras por las altas puertas de la sala del desayuno al jardín, sumido en las sombras de la noche, en el que había dejado a su corcel *Tormenta* atado a un rododendro, lejos del bullicio de los establos.

El fantasmagórico semental blanco se agitó con nerviosismo a la luz de la luna cuando se le acercó Val. Kate tiró con todas sus fuerzas, pues sabía que si Val lograba izarla hasta el lomo de aquel demonio de caballo, saldrían raudos como el viento. Y no había manera de saber lo que sucedería entonces.

Casi se le rompió el corazón al hacerlo, pero apretó los dientes y lanzó un puñetazo. Le acertó a Val en el oído, y el golpe lo hizo tambalearse lo suficiente para soltarla a ella. Kate echó a correr, pero no lo bastante deprisa.

Val la capturó de nuevo antes de que se alejara. Con una maldición, la agarró por la cintura y casi llegó a levantarla del suelo.

—Basta —exclamó una voz que los dejó petrificados a ambos. De la casa emergió la alta silueta de un hombre. Kate rezó para que fuera Lance; él, si acaso, tal vez tuviera una posibilidad de quebrar aquel lazo enfermizo con que el cristal tenía sujeto a Val.

Pero conforme el hombre se fue acercando, la luna iluminó su brillante cota de malla y a Kate se le cayó el estómago a los pies.

Oh, Dios, no, pensó desesperada. Víctor, no. Cualquiera menos él.

Percibía la tensión que iba acumulándose en Val, en la manera de apretarle el brazo alrededor de la cintura, en el modo en que la estrechaba con más fuerza a medida que Víctor iba cubriendo la distancia que los separaba.

El joven tenía el ceño fruncido en un gesto de confusión.

—¿Qué sucede aquí? Kate, ¿te encuentras bien?

Val habló antes de que ella pudiera contestar.

—Se encuentra perfectamente, aunque no creo que sea asunto tuyo. Ahora tendrás que disculparnos, señor caballero —se mofó—. Kate y yo ya nos íbamos.

—Yo no tengo la impresión de que Kate desee marcharse.

—No, estoy bien —balbució la aludida—. Por favor, regresa a la casa y di a Lance que venga…

Pero Víctor no parecía escucharla siquiera. Habló en un tono bajo que pretendía ir dirigido tan sólo a ella:

—Kate, ya sé que crees estar enamorada de Val, pero no deberías ir a ninguna parte con él. Últimamente Val no es el mismo. Hay quien dice incluso que está…

—¿Loco? —terció Val con una carcajada glacial. Soltó a Kate tan bruscamente, que ésta dio un traspié para recuperar el equilibrio—. Voy a enseñarte lo que es la locura, muchacho.

Asió la empuñadura de su bastón y Kate comprendió de pronto, horrorizada, para qué servía. Val desenvainó un estilete cuya mortífera hoja relampagueó a la luz de la luna.

—¡Val, no! —Lo aferró del brazo, pero él se la sacudió. El brillo de sus ojos era tan siniestro como el de cualquier Mortmain; su sonrisa, más terrible.

Avanzó lentamente hacia Víctor. El joven dio un paso atrás y levantó los brazos.

—Como puedes ver, estoy desarmado.

Val sólo se echó a reír.

—Más bien absurdo, ¿no crees?, disfrazarte de caballero medieval y no acordarte siquiera de hacerte con un arma.

—No tenía previsto batirme en duelo en un baile de disfraces.

—Esto no es un duelo. Es una ejecución. —Val comenzó a girar alrededor de él, con una cruel expresión de depredador en los ojos—. Siempre he querido saber si la cota de malla era realmente eficaz para desviar una hoja. Ahora vamos a averiguarlo.

—¡Val, detente! —gritó Kate.

Cuando Val descargó el golpe, ella se lanzó adelante y apartó a Víctor de un empujón. El brillo de la hoja no fue más que un borrón, pero notó su mordedura y el candente dolor que comenzó a subirle por el brazo.

Se quedó petrificada, contemplando el desgarrón de la manga y la sangre que estaba manchando su falda roja de un rojo más intenso. Después levantó la mirada y la posó con sorpresa en Val. El hecho de darse cuenta de lo que acababa de hacer pareció conmocionarlo y devolverle la cordura; sus ojos se agrandaron de horror y la espada resbaló de sus dedos.

—Kate —exclamó con voz ronca.

Ella cerró los ojos, tambaleándose pero decidida a no perder el conocimiento; sin embargo, sentía que se le doblaban las rodillas.

Unos fuertes brazos la sostuvieron y la depositaron sobre el suelo. Por un momento creyó que se trataba de Víctor, pero al abrir los ojos descubrió a Val inclinado sobre ella.

Su Val. Parecía haber realizado un gran esfuerzo para regresar a ella, dejando atrás la oscuridad, pues la expresión de su rostro era a la vez tierna y afligida.

—Kate, Dios mío. ¿Qué he hecho?

—No es nada —murmuró ella—. No tiene la menor importancia. —Trató de sonreír, de alzar una mano para tranquilizarlo, pero se estremeció al sentir el agudo dolor en el brazo. El ruego escapó de sus labios antes de que ella pudiera impedirlo, tal como había hecho tantas otras veces, reconocer delante de Val lo que nunca reconocía delante de nadie.

—Oh, Val… me duele.

Su fuerte mano se cerró alrededor de la de Kate, preparada para realizar el antiguo milagro. Pero en vez del familiar flujo de calor, algo se torció de manera terrible.

Un dolor huyó a través de las yemas de los dedos de Val y comenzó a perforar las venas de Kate como un negro veneno. Era un dolor más insoportable que ninguna otra cosa que hubiera padecido nunca. Su cabeza cayó hacia atrás y lanzó un alarido, al tiempo que se formaban ante sus ojos telarañas de oscuridad.

—¿Qué estás haciendo? —chilló Víctor—. Suéltala, maldito.

Pero la orden de Víctor era innecesaria. Val ya la había soltado. Víctor lo apartó de un codazo y se hizo cargo de Kate él mismo. Val, aturdido, le permitió hacerlo, mientras contemplaba horrorizado su propia mano antes de desplomarse al lado de Kate.

Capítulo 18

Val St. Leger agonizaba.

Un lúgubre silencio descendió sobre el castillo y sobre el paraje que lo rodeaba, el miedo y la pena sobrecogieron la aldea de Torrecombe. El temido lord Anatole era su protector, el que administraba justicia; el amo Lance era quien aportaba ideas nuevas, el hálito del mundo moderno. Pero pocos habían comprendido el efecto que había causado el hombre discreto que ahora los abandonaba poco a poco.

Val St. Leger había sido al mismo tiempo sanador y consolador, el amable médico que había cargado sobre sus hombros el dolor de un pueblo entero. Pero había hecho un uso excesivo de sus poderes, y ahora estaba pagando un terrible precio.

Kate paseaba arriba y abajo por el antiguo dormitorio de Val en el castillo Leger, velando al hombre al que amaba. Ya nadie le recordaba que ella no era su novia elegida, ni la advertía de que no se acercara a él; ni siquiera Lance había tenido valor para apartarla del lado de Val. Él y su madre, Madeline, habían hecho guardia junto con Kate, pero el agotamiento obligó a la mujer a retirarse a su lecho. Lance, que ya no pudo aguantar más el hecho de permanecer de pie sin poder hacer nada, había partido hacia el norte para acelerar el regreso de su padre y también el de su primo Marius. Marius era a la vez un médico experto y un St. Leger; si había alguien que fuera capaz de hallar un modo de curar la extraña dolencia de Val, sin duda era él. Siempre que no llegara demasiado tarde...

Pero Kate se mordía el labio negándose a pensar aquello. Con los ojos doloridos por la falta de sueño, continuaba inclinándose sobre la cabecera de la cama de Val, poniéndole otra compresa húmeda en la frente, en un esfuerzo desesperado por evitar que le subiera la fiebre. Val llevaba dos días oscilando entre la conciencia y la inconsciencia, agitándose nervioso al contacto de Kate.

Kate no lo entendía. Le habían quitado aquel terrible cristal y lo habían guardado bajo llave en un pequeño cofre de madera que había sobre su tocador. Val tenía que haber mostrado alguna señal de recuperación. ¿Qué más le habría hecho aquel malvado Mortmain?

Parecía casi engullido por la anchura de la cama, aquel hombre callado y fuerte del que ella había dependido durante una gran parte de su vida. Su cabello negro reposaba despeinado sobre la almohada, las líneas de su rostro se veían rígidas, por lo visto incapaces de relajarse bajo el azote de algún tormento interior.

Cuando Kate le pasó suavemente los dedos por el mentón áspero por la barba, Val se estremeció y musitó unas palabras que ella no entendió. De repente abrió los ojos de golpe con una expresión de terror, igual que un hombre que despertase de un violento sueño.

—¡Oh, Dios! —exclamó. Y sobresaltó a Kate intentando incorporarse de pronto.

Pero ella lo retuvo por los hombros.

—No, Val, debes permanecer echado.

Él la miró con ojos desorbitados durante unos momentos antes de reconocerla.

—¿Kate?

—Sí, aquí estoy, amor. Todo va bien.

Estaba tan débil, que resultó muy fácil volver a recostarlo contra las almohadas, aunque seguía estando tenso. Su mirada se apartó de Kate y miró alrededor con obvio desconcierto.

—¿Dónde… dónde estoy?

—Estás en casa —respondió ella al tiempo que lo arropaba—. A salvo en tu antigua habitación del castillo Leger.

Val exhaló un largo suspiro y pareció relajarse, aunque continuaba escrutando el entorno. Se puso una mano sobre los ojos como si hasta la pálida luz que penetraba en la estancia fuera excesiva para él.

Kate se levantó del borde de la cama con la intención de cerrar las cortinas.

—No —exclamó Val en un tono teñido de pánico—. No me dejes. He tenido un sueño terrible en el que te hacía daño a ti, te… —Con dedos temblorosos, le tocó el brazo a Kate y advirtió el grosor del vendaje que llevaba ésta bajo la manga.

—Oh, Dios, no ha sido una pesadilla —dijo con la voz ronca—. Es cierto que te he herido con mi estilete.

—Calla, Val, no ha sido nada. Es sólo un rasguño. Tu madre me lo ha curado rápidamente. —Kate trató de tranquilizarlo—. Me ha dado unos pocos puntos, minúsculos y limpios como cualquiera de sus labores de bordado.

—A mi madre se… se le dan muy bien esas cosas. —Una leve sonrisa curvó sus labios—. Debería haber sido médico ella misma, con… con todas las heridas que nos ha vendado a Lance y a mí.

—Lo mismo que tú has hecho por mí siempre.

—Pero esta vez no he podido cuidarte.

—Pronto estarás lo bastante bien para hacerlo de nuevo.

Val sacudió la cabeza débilmente, con ojos oscuros y vacíos por la desesperanza.

—No, ya no. He perdido mi don de curar, Kate. No puedo eliminar el dolor. Lo único que puedo hacer es infligirlo.

—Eso no es cierto. Nada de esto es culpa tuya. Todo lo que ha sucedido ha sido por ese malvado Mortmain y ese condenado cristal.

—No, no todo. —Val consiguió levantar la mano para acariciar con ternura la mejilla de Kate—. Yo te quiero, Kate, siempre te he querido. Y no tiene nada que ver con ningún libro de hechizos ni ningún cristal mágico. Tú… tú acuérdate siempre de eso, y no llores por mí.

Aquellas palabras la conmovieron y alarmaron a un mismo tiempo. Apretó con fuerza la mano de Val y le dijo:

—Deja de hablar como si fueras a morirte.

—Pero es que es la única manera… la única manera de proteger a las personas que amo.

—No necesitamos protección. Tu protección. Vas a ponerte bien, volverás a ser tú mismo. Ya te has librado de ese maldito cristal.

—Ahora ya no hay diferencia, ¿no lo entiendes, Kate? —murmuró Val—. La oscuridad está dentro de mí… ha estado aquí todo el tiempo.

Aquellas palabras no tenían sentido para ella. Cuando Val volvió a cerrar los ojos, comprendió que una vez más se estaba sumiendo en la inconsciencia. Pero ahora parecía respirar con mayor facilidad, las tensas líneas de su rostro comenzaban a relajarse. Kate le tocó la frente y se animó al notar que ya no tenía la piel tan caliente.

Quizá lo único que necesitaba Val era un poco de descanso, un largo reposo sin interrupciones. Le pareció verlo tiritar, y se apresuró a añadir más leña al fuego. Fue a buscar otra manta y la colocó con cuidado alrededor de su cuerpo. Después le tocó de nuevo la frente; ya parecía estar mucho más fresca, de hecho…

Kate, angustiada, apretó el dorso de la mano contra la sien de Val, contra la mejilla y el mentón; estaba casi frío como el hielo. Yacía totalmente inmóvil, sin que se apreciase el aire tibio de su respiración, el subir y bajar de su pecho era casi imperceptible.

Con dedos trémulos le buscó el pulso y a duras penas logró encontrarlo. Entonces la recorrió un escalofrío de puro pánico, y tuvo que hacer un esfuerzo para conservar la calma.

No, aquello no era lo que parecía, aquel brusco cambio en el estado de Val. Refrenó su inquietud y se recordó a sí misma que él ya había hecho algo muy parecido en otra ocasión, cuando recibió un disparo en la espalda. Val se había sumido en un trance similar a la muerte, sin moverse y sin respirar apenas, durante varios días. No era sino otro aspecto más de su extraño poder como el St. Leger que era, aquella capacidad para cerrarse, para curarse a sí mismo. Aquello tenía que ser lo que estaba haciendo ahora.

De todos modos, pensó Kate, lo mejor sería hacer venir a su madre, contarle a Madeline lo que estaba ocurriendo. Kate se volvió y se apartó de la cama dispuesta a correr hacia la puerta, y a punto estuvo de embestir contra la figura en sombras que se alzaba detrás de ella.

Reprimió un grito de sorpresa y se detuvo a escasos centímetros de haber atravesado el espectro de Próspero. Se llevó una mano al corazón, que latía desbocado, pero por una vez no se sintió tentada siquiera de reprender al hechicero por presentarse de aquella forma; estaba demasiado aliviada de verlo.

—Oh, gracias a Dios. Ha… ha vuelto.

—Dudo que Dios tenga algo que ver en ello —comentó él—. Parecéis estar muy resuelta, señorita Kate, a no dejarme descansar en paz.

Pese a aquella queja, el hechicero le sonreía con una rara dulzura. Parecía diferente en medio de la mortecina luz crepuscular que iluminaba el dormitorio de Val, un poco más tenue, hasta los pliegues iridiscentes de su capa carecían de su brillo.

Pasó flotando junto.a ella para acercarse a observar al hombre que descansaba tan inmóvil sobre la cama. Kate se situó a su lado, angustiada.

—Es… es Val —explicó—. Está… está muy enfermo.

—Se está muriendo, Kate —le dijo Próspero con suavidad.

—¡No!

—Distingo perfectamente cuándo un St. Leger está a punto de abandonar este mundo. Es una siniestra sensación de vacío que siempre me atrae al castillo de nuevo.

—Esta vez se equivoca —insistió Kate—. Usted no sabe lo intenso e insólito que es el poder de Val. Ya ha hecho esto mismo otras veces, cerrarse por completo para curarse.

—Pero esta vez no. Está dispuesto a morir.

Kate miró furiosa al hechicero, con los ojos arrasados en lágrimas porque en su corazón temía que tuviera razón. Entonces recordó con pesar las palabras de Val: «La única manera de proteger a las personas que amo.»

Se inclinó sobre la cama, agarró a Val y lo sacudió con fuerza, llamándolo frenéticamente por su nombre, intentando despertarlo.

—Maldito seas, Val, no hagas esto. —Pero sus esfuerzos resultaron inútiles. Se volvió desesperada hacia Próspero—. Sáquelo del trance. ¡Oblíguelo a regresar!

Próspero se colocó sobre la cama y entornó los ojos. Pareció perforar a Val con la mirada como si estuviera atravesando las capas de su conciencia para hacerlo volver. Transcurrieron largos instantes, y Kate aguardó sin aliento. Pero Próspero meneó lentamente la cabeza en un gesto negativo.

—Lo siento, querida. Posee una voluntad de hierro, este amable erudito vuestro. Yo no tengo poder sobre él.

—Entonces, ¿sobre qué tiene usted poder, exactamente? —exigió saber Kate, cuyo miedo se iba transformando en cólera—. Todas aquellas tonterías que recitó aquella noche en la colina, todos sus trucos de fantasía con el fuego. No sirvieron para nada.

—Sin embargo, aquello se debió a que vos no tuvisteis éxito en lanzar hechizo alguno. Tal como yo creía. Nada de esto ha sido culpa vuestra.

—No, porque ha sido culpa de usted. De usted y de sus malditos cristales.

Próspero alzó las cejas, altivamente sorprendido por aquella acusación. Kate fue hasta el tocador, agarró el cofre de madera y se lo arrojó al mago.

La llave la tenía Lance St. Leger, pero a Próspero no le costó mucho esfuerzo abrir la cerradura. Con una larga mirada y un ligero movimiento de la mano, levantó sin más la tapa. Sus ojos se agrandaron al observar el contenido. Kate retrocedió con cautela y se protegió los ojos cuando el hechicero tomó la cadena de la que colgaba el cristal lanzando malévolos destellos.

—La pieza que faltaba de la espada de los St. Leger —murmuró—. Hace años advertí al joven Lance St. Leger de que era necesario recuperar este fragmento, pues de lo contrario tal vez fuera capaz de provocar grandes perjuicios.

—Y así ha ocurrido. —Kate le contó a Próspero todo lo que había sucedido, o por lo menos la parte que ella entendía—. Y... y cuando Val intentó socorrer a ese perverso Mortmain, ocurrió algo terrible. Fue como si absorbiera parte de la negra alma de ese canalla.

—Tal vez sea exactamente eso lo que hizo. He percibido que se aproximaba algo profundamente maligno, pero su naturaleza no me resultaba clara. Aun así, eso no es de sorprender. —Frunció el ceño y sostuvo en alto la reluciente piedra—. Es el poder que tienen estos cristales. Siempre han distorsionado mi criterio, han nublado mis extraordinarias percepciones.

—En ese caso, ¿por qué quiso inventar algo tan vil?

—Ya os lo he dicho. Yo perseguía el poder, la inmortalidad. Admito que fui un gran necio y que pagué un alto precio por ello.

—Y ahora le está sucediendo lo mismo a Val —gimió Kate.

—No necesariamente.

—¿Qué quiere decir?

—Que aún podría haber una manera de salvar a vuestro Valentine. Claro está, si no me equivoco acerca de la naturaleza de todo esto. —Próspero estudió atentamente el diminuto prisma de vidrio—. Yo creo que este trozo de cristal en concreto está actuando como una lente de aumento. Al principio seduce con oleadas de poder, aumentando la fuerza de la persona, su vitalidad. Por eso el joven St. Leger tenía la sensación de que se le había curado la pierna. Pero también incrementa los sentimientos negativos: los celos, la ira, la amargura, hasta que éstos llegan a consumir al individuo.

—Val es un hombre dulce y amable. No tiene sentimientos negativos.

—Todos tenemos un lado oscuro, Kate. Pero me temo que el de Val se ha visto multiplicado por diez gracias a los negros sentimientos que absorbió de Mortmain, y por esa razón su estado puede invertirse.

—¿Cómo? —preguntó Kate ansiosa—. Dígamelo.

—Hay que encontrar a Rafe Mortmain y traerlo aquí. Si él se pone el cristal y coge a Val de la mano para recuperar sus propias miserias, tal vez entonces se arregle todo.

—Daré con ese canalla —juró Kate con vehemencia—. Lo traeré aquí a rastras aunque tenga que pegarle un tiro y...

—No, Kate —repuso Próspero—. Hay una cosa que debéis comprender: esto surtirá efecto sólo si Rafe consiente en realizar la transferencia. Ha de hacer voluntariamente el mismo sacrificio que hizo Val por él. —El hechicero concluyó gravemente—: Y puede que eso sea esperar demasiado de un Mortmain.

Kate corrió escaleras abajo en dirección a la biblioteca, un camino que había recorrido tantas veces durante su infancia que habría sido capaz de repetirlo con los ojos vendados. Cada vez que llegaba al castillo Leger, apenas se detenía a saludar a nadie, sino que se lanzaba directamente hacia la habitación forrada de libros que se hallaba en la parte posterior de la casa, donde sabía que encontraría a Val.

Irrumpía en la habitación para espiarlo mientras él estaba absorto en algún volumen, con la cabeza inclinada en profunda concentración y el cabello negro caído sobre la frente. Pero Val levantaba la vista cuando entraba ella y sus ojos se iluminaban al verla.

—Ah, Kate —exclamaba—, llegas justo a tiempo. Tienes que venir a ver este libro nuevo tan fascinante que he recibido de Londres.

Y acto seguido le tendía una fuerte mano y torcía los labios en aquella media sonrisa amable, aquel hechicero suyo, aguardando para transportarla a alguna tierra lejana con sólo tocarla, con el mero sonido de su voz.

Los recuerdos que asaltaron a Kate eran tan fuertes y agridulces, que tuvo que tragar saliva para atreverse a girar el picaporte y entrar en la biblioteca. No era Val quien la esperaba en aquella ocasión, sino un caballero muy distinto.

Víctor St. Leger estaba arrellanado en un sillón delante del fuego casi apagado, profundamente dormido y con la cabeza torcida hacia un lado. La mayoría de los invitados que habían asistido al baile de disfraces habían partido días antes. Sólo Víctor se había quedado, observando y esperando como un perro desamparado. En cierta ocasión, al salir del dormitorio de Val, Kate había estado a punto de tropezar con él; cansada y tensa como estaba también ella, le dijo sin contemplaciones que se fuera a su casa.

Kate se sentía culpable por ello, sobre todo ahora que necesitaba la ayuda de Víctor. Cruzó la habitación de puntillas para echar un vistazo al joven dormido. Por lo general tan pulcros, los pantalones y el chaleco de Víctor se veían arrugados; ni siquiera había hecho el esfuerzo de ponerse una corbata de lazo, y llevaba la camisa abierta en el cuello. Tampoco se había afeitado, ya que tenía la mandíbula oscurecida por una barba incipiente, cosa que contrastaba de modo curioso con el aire juvenil que le daban aquellas pestañas negras que descansaban sobre sus mejillas. Parecía tan exhausto y agotado como todos.

Kate rara vez experimentaba impulsos maternales, pero le entraron ganas de cubrir con un chal los hombros de Víctor y permitirle que siguiera durmiendo. En cambio, estaba obligada a despertarlo.

—Víctor. ¡Víctor!

—Mmnn. —El joven abrió los ojos y la miró soñoliento—. ¿Kate? ¿Ya ha amanecido?

—No, pero tienes que despertarte.

Víctor parpadeó con fuerza y se pasó una mano por la cara.

—¿Qué… qué hora es?

—No tengo la menor idea.

Víctor volvió a dejarse caer en el sillón, mostrando una alarmante tendencia a dormirse otra vez. Kate lo sacudió de manera más vigorosa.

—¡Víctor, por favor! No te duermas. Necesito tu ayuda.

El tono de apremio de su voz pareció penetrar el sopor del joven. Víctor se sacudió poderosamente y se puso en pie con dificultad. Sus ojos se despejaron al mirar a Kate con expresión de preocupación y alarma.

—¿Qué ocurre, Kate? ¿Se trata de Val? ¿Ha habido algún cambio?

—Ninguno para mejor. Por eso precisamente necesito que hagas una cosa por mí. Es muy importante.

—Lo que sea —repuso Víctor con impaciencia—. No tienes más que decirlo.

—Una vez me dijiste que poseías una habilidad especial para localizar personas desaparecidas. ¿Es cierto eso?

—Sí —contestó Víctor, aunque parecía más bien perplejo por la abrupta pregunta de Kate—. ¿Has decidido que quieres que averigüe quién era tu madre, después de todo?

—No, al diablo mi madre. Necesito que encuentres a un hombre que vivía en este pueblo. ¿Te acuerdas de Rafe Mortmain?

Víctor soltó una carcajada de incredulidad.

—Desde luego que sí. Soy un St. Leger, Kate. Nosotros no nos olvidamos de ningún Mortmain.

—Bien. Entonces, fija su imagen en tu mente y dime dónde está. Él es el responsable de lo que le ha sucedido a Val, y el único que puede curarlo. Tengo que ir a buscar a Rafe Mortmain y traerlo aquí. Así que adelante con tu conjuro, y dime dónde se esconde ese canalla.

Para su consternación, Víctor se limitó a fruncir el entrecejo y cruzarse de brazos.

—No creo que deba hacer tal cosa, Kate.

Kate lo contempló sin poder creerlo. ¿De verdad se estaba negando a ayudarla?

—Maldición —rugió—. Ya sé que consideras a Val rival tuyo, pero también es un miembro de tu familia. No puedes permitir que muera porque estás celoso de él.

Víctor se irguió indignado y se ruborizó al oír aquella acusación.

—Naturalmente que no pretendo dejar morir a Val, pero no pienso proporcionarte una información que sólo servirá para ponerte en peligro. Jamás me perdonaría a mí mismo si lo hiciera.

—Y yo jamás te perdonaré a ti si no lo haces —replicó Kate con furia.

Víctor apretó los labios en un gesto de terquedad tal, que Kate sintió deseos de sacudirlo. Pero en cambio dominó su miedo y su frustración y le apoyó una mano en la manga.

—Oh, Víctor, te lo ruego. Hablas de peligro para mí, pero ¿es que no lo entiendes? Si a Val le ocurre algo, mi vida se habrá terminado.

—Desde luego que terminará si intentas ir tras Rafe Mortmain.

—¡No me importa! Arriesgaría cualquier cosa por salvar a Val.

—¿Tanto… tanto lo amas?

—¡Sí! Moriría gustosa por él.

Víctor se encogió al oír aquellas apasionadas palabras. Kate supuso que debería haberse acordado de que Víctor todavía creía estar enamorado de ella, y se esforzó un poco por respetar sus sentimientos. Le tomó la mano y se la apretó con suavidad.

—Víctor, lo siento mucho… —empezó, pero él la interrumpió con una sacudida de cabeza. Se zafó de su mano y se apartó de ella.

—No, no te excuses, Kate. Supongo que por fin he comprendido que he hecho un gran ridículo contigo.

Kate hizo una mueca de culpabilidad.

—Tal vez eso no sea enteramente culpa tuya. De hecho, en cierto momento creí haberte lanzado un hechizo, un hechizo de amor que pretendía que fuera dirigido hacia Val, en la víspera de Todos los Santos. Cuando tú comenzaste a perseguirme de repente, temí que mis artes mágicas se hubieran torcido. Y quizá fue así.

Víctor sonrió con tristeza.

—Hay un solo problema en ese razonamiento, Kate: ya había decidido que estaba enamorado de ti mucho antes de la víspera de Todos los Santos.

¿Que lo había decidido? Vaya extraña manera de describirlo. Kate frunció el ceño.

—¿Decidiste que estabas enamorado de mí? No creía yo que el amor fuera un sentimiento que pudiera regularse tan bien. Y aunque así fuera, ¿qué demonios te hizo decidirte por mí?

Las palabras de Kate parecieron dejar a Víctor momentáneamente en blanco.

—Pues… porque… —tartamudeó—, porque eres preciosa.

—También lo son otras muchas mujeres. Y mucho más que yo.

—Sí, pero tú además tienes tanta personalidad, estás tan segura de ti misma, es algo que he admirado siempre. —Víctor hizo una mueca—. Tal vez sea porque eso te hace muy diferente de mí. La mayoría de mis primos St. Leger, incluso mi abuelo, me despreciaban por ser un débil señorito, un inútil. Pero siempre soñé que algún día les demostraría a todos que estaban equivocados; me convertiría en un hombre notable y poderoso que llegaría a hacer algo importante. —Víctor se volvió hacia ella con mirada cada vez más triste—. Y una parte de ese sueño, Kate, consistía en llevar al altar a una mujer hermosa, una dama dulce y amable que me amase a pesar de todos mis defectos, y a la que yo querría y protegería para siempre.

—¿Una dama dulce y amable? —repitió Kate—. Oh, Víctor, ¿acaso no lo ves? No me estás describiendo a mí, sino a Mollie Grey.

Víctor compuso una mueca de terquedad.

—No vuelvas a empezar con eso, Kate. Durante casi toda mi vida me he visto intimidado por los St. Leger. No pienso permitir que me digan también con quién he de casarme. Comprendo que cuando la Buscadora de Novias declaró que Mollie era mi novia elegida, se esperaba que yo echara a correr directamente a la iglesia, pero cada vez que miro a Mollie lo único que deseo es dar media vuelta y salir huyendo. Supongo que eso me hace ser muy distinto de los demás St. Leger.

—No —dijo Kate secamente—. Te hace exactamente igual que todos ellos.

Víctor le dirigió tal mirada de estupefacción que Kate se sintió obligada a sonreír.

—Es evidente que yo conozco mucho mejor que tú la historia de tu familia, gracias a Val. La mayoría de los St. Leger varones en efecto os resistís la primera vez que os presentan a vuestra novia elegida. Tengo entendido que lord Anatole quería enviar a Madeline de vuelta a Londres inmediatamente. Y en cuanto a Lance, opuso una fuerte resistencia a Rosalind la primera vez que se vieron.

—¿De... de veras?

—Sí —le aseguró Kate. De hecho, sólo había un St. Leger que hubiera conocido ella que estaba deseoso de encontrar a su novia elegida, y ése era su pobre Val. Recordó su cruel desilusión cuando Effie se negó a ayudarlo. También recordó con vergüenza cuánto se alegró ella en secreto de que Val jamás fuera a pertenecer a otra.

Si lograra sobrevivir... no, cuando sobreviviera, se apresuró a corregir Kate, juró que le buscaría el amor que le estaba destinado, la dama encantadora y gentil que Val siempre se había merecido. Iba a verlo feliz en los brazos de su novia elegida, aunque eso la matara a ella.

Lanzó una mirada furtiva a Víctor. No sabía si algo de lo que había dicho lo habría convencido o lo habría hecho cambiar de opinión acerca de Mollie, pero pensó que por lo menos lo había hecho pararse a pensar. Su frente mostraba un ceño pensativo.

—Siempre he estado convencido de que cuando un St. Leger encontraba su novia elegida, se suponía que había de ser amor a primera vista.

—Ni siquiera una leyenda puede garantizar eso —replicó Kate—. El Buscador de Novias sólo puede señalar la dama adecuada. Después de eso, depende de uno llegar a conocerla de corazón y de mente. De verdad opino que deberías darte a ti mismo una oportunidad de conocer mejor a Mollie, y ya se verá qué ocurre después. Quizá por haber vivido tanto tiempo con Effie, se me ha contagiado un poco de su talento como buscadora de novias. Incluso ya os estoy imaginando a Mollie y a ti juntos y felices para siempre.

—Y si yo empezara a cortejar a Mollie —replicó Víctor—, desde luego dejaría de molestarte a ti.

—No quiero que dejes de molestarme. Con el tiempo, incluso espero que podamos ser amigos. —Kate le tendió la mano con gesto inseguro.

—Sobre todo amigos que se ayuden el uno al otro, ¿verdad?

—dijo Víctor elevando las cejas con aire suspicaz. Pero aceptó la mano de Kate y esbozó una sonrisa a regañadientes—. Muy bien, Kate. Localizaré a Rafe Mortmain, pero con una condición.

—¿Cuál?

—Que he de ser yo el que vaya a buscarlo.

—¡Cómo! —Kate se esforzó por contener su desprecio de semejante proposición. No sentía deseos de insultar a Víctor, pero enviarlo en busca de Rafe Mortmain era como enviar un cordero a buscar al lobo.

Víctor debió de leerle el pensamiento con toda claridad, porque agregó:

—Oh, no te preocupes. No tengo la intención de ir solo. Si estuviera aquí Lance, le encargaría este asunto a él. Pero dado que no está, pediré a Caleb y a unos cuantos primos más que me acompañen. Cazaremos a Rafe Mortmain, pero tú debes prometerme que te quedarás aquí, Kate. ¿Conforme?

Kate exhaló un profundo suspiro.

—Oh, muy bien. Pero no tenemos tiempo que perder, de modo que date prisa. Haz uso de tus poderes y dime dónde se encuentra.

Víctor afirmó con la cabeza. Se frotó las sienes para aclararse la mente, se volvió de espaldas y fijó la mirada con atención en las ascuas del fuego. Kate se hizo a un lado, procurando reprimir su impaciencia y permanecer lo más quieta posible. No sabía muy bien qué debía esperar cuando Víctor pusiera en práctica su don propio de los St. Leger, pero desde luego algo más que aquello; Víctor se limitó a quedarse allí de pie, contemplando el fuego como si estuviera entrando en trance.

O quizá fuera que se estaba quedando dormido. A medida que fueron transcurriendo los minutos, Kate ya no pudo soportarlo más.

—Maldita sea, Víctor. ¿Está sucediendo algo? ¿Todavía no ves nada? —inquirió.

—Veo… agua —contestó Víctor muy despacio—. Oleaje. Una amplia superficie de… de océano.

A Kate se le cayó el alma a los pies.

—Maldito canalla —musitó—. Ha huido por mar. Debería haberlo adivinado. Ha tenido tiempo de sobra para marcharse de Inglaterra. Jamás lograremos traerlo a tiempo.

—No. Percibo que no está muy lejos. Está… en una posada de una ciudad junto al mar. —Víctor parpadeó con fuerza, y a continuación su rostro entero se iluminó. Se volvió hacia Kate con una sonrisa triunfante—. Falmouth, Kate. Está en Falmouth.

Kate dejó escapar un grito de alegría y se abrazó a Víctor.

—Oh, gracias, gracias. Podremos tener aquí a ese canalla antes de mañana por la noche.

Víctor la apartó de él con suavidad.

—Sí, pero recuerda lo que has prometido, Kate. Has accedido a quedarte aquí con Val y dejar que me ocupe yo de este asunto.

—Oh… oh, sí, por supuesto. —Kate juntó las manos por delante y bajó la vista al suelo. Aquel gesto de sumisa aceptación jamás habría engañado a Val, pero satisfizo a Víctor.

Sólo después de que el joven hubo salido disparado de la biblioteca Kate levantó la vista. Supuso que debería haber advertido a Víctor y contarle lo que había dicho Próspero: que Rafe Mortmain tenía que ser persuadido, no capturado por la fuerza. Pero apenas tenía importancia.

Que Víctor se reuniese con los otros St. Leger, pensó Kate lóbregamente. Antes de que los hombres hubieran ensillado siquiera sus monturas, Kate tenía la intención de estar ya muy lejos de allí.

Capítulo 19

Kate fue sacando prendas de ropa del ropero y las fue arrojando al suelo del dormitorio, hasta que dio con lo que estaba buscando: pantalones, una vieja levita y un par de botas masculinas de montar. Llevaba años sin usarlas, pues se había esforzado mucho en aprender a comportarse como una dama para Val.

Pero no era una dama lo que Val necesitaba ahora, pensó Kate con expresión sombría. Se vistió a toda prisa los pantalones, la levita y las botas, y a continuación acercó la vela al ropero y rebuscó en su interior hasta que encontró el objetivo final de su búsqueda: la pistola que le había regalado Lance para su cumpleaños.

—¿Kate? —la llamó una vocecilla susurrante junto a la puerta del dormitorio, seguida de un leve golpe. Kate se enderezó bruscamente, y al volverse descubrió que su puerta se estaba abriendo. Se maldijo a sí misma por haberse olvidado de cerrarla con llave.

Contuvo un gemido cuando Effie se deslizó al interior de la habitación. Nunca había visto a su guardiana levantarse antes del mediodía. ¿Por qué había tenido que escoger precisamente aquel día para estar en pie y activa antes de que amaneciera?

Effie se acercó despacio, semejante a un pequeño espectro con su camisón blanco y su cofia de encaje, y un chal rosa ceñido a los hombros. Sus pies descalzos asomaban por el borde del camisón. Ofrecía un aspecto más infantil y más viejo a la vez de lo que Kate había visto nunca, la luz de la vela que portaba parpadeaba sobre los rasgos ojerosos de su rostro.

—No me he dado cuenta de que habías vuelto a casa —dijo—. Pero te he oído moverte, y como yo tampoco podía dormir… —Pero se fue quedando callada al levantar la vela y mirar horrorizada el extraño atuendo de Kate y la pistola que ésta sostenía en la mano—. Oh, Kate —exclamó en voz baja—. ¿Qué te traes ahora entre manos?

—Nada —empezó Kate, pero se interrumpió; la situación presente era demasiado apremiante, y ella estaba demasiado cansada para poner en práctica sus habituales evasivas y negaciones. Se guardó la pistola en el interior de la levita y dijo—: Lo siento, Effie. Había pensado dejarte una nota al marcharme. Por favor, no te preocupes. Intenta olvidar que me has visto y… y vuelve a la cama.

Acto seguido tomó a Effie del codo y la empujó en dirección a la puerta, pero Effie clavó los talones, con los ojos agrandados por la agitación.

—¿Marcharte? —chilló—. ¿Marcharte adónde?

Kate suspiró. Disponía de poco tiempo para dar explicaciones o calmar a Effie. Procuró hablarle en tono sencillo y tranquilizador como habría hecho con un niño pequeño.

—Sé que esto te va a parecer alarmante, Effie querida, pero es que… es que tengo que marcharme durante un tiempo. Val está agonizando, y sólo existe un modo de salvarlo, y es encontrando al hombre que le echó encima esa maldición.

Effie frunció los labios de miedo y desconcierto.

—¿Qué hombre?

Kate dudó, pero confesó de mala gana:

—He de encontrar a Rafe Mortmain.

—¿M-mortmain? —La reacción de Effie fue incluso peor de lo que Kate habría imaginado. Su guardiana se puso blanca como el camisón que llevaba puesto, y la mano le tembló de tal manera que corría peligro de prender fuego a las cortinas de Kate. Ésta se apresuró a quitarle la vela y depositarla sana y salva sobre la mesilla de noche.

Durante unos momentos, Kate casi temió que Effie fuera a desmayarse, pero Effie agarró la pechera de su levita con sorprendente fuerza.

—¡No, Kate! Te lo prohíbo terminantemente, ¿me oyes?

Kate la contempló con sorpresa. En todos los años que hacía que conocía a Effie, su tímida guardiana nunca le había prohibido que hiciera nada.

—No debes acercarte siquiera a ese hombre perverso —exclamó—. Prométemelo.

—Te prometo que tendré cuidado. —Kate trató de soltar su levita de los dedos cerrados de Effie—. Pero tengo que…

—¡No! —A Effie le temblaba el labio—. Si… si es necesario traer aquí a ese canalla, que lo haga otra persona, Lance o… o alguno de los otros varones St. Leger.

Kate consiguió por fin separar a Effie de ella y dijo, meneando la cabeza:

—Va a costarte entender esto, Effie, pero si hay una persona que debe correr el riesgo de ir a buscar a Rafe Mortmain, he de ser yo.

—¿P-pero por qué?

—Porque una gran parte de este desastre ha sido culpa mía. Siempre he conocido a Val mejor que nadie. Debería haberme dado cuenta antes de lo que le estaba pasando y haber buscado el modo de ayudarlo. Pero ni siquiera caí en la cuenta de que tenía problemas; estaba demasiado absorta en mis propios planes egoístas para desafiar la leyenda del Buscador de Novias y obligarlo a que se casara conmigo. —Tragó un nudo que se le había formado en la garganta—. Era mi amigo más querido, y yo lo he defraudado, le he fallado cuando más me necesitaba. Puede que incluso haya arrojado sobre él la maldición de los St. Leger.

—Oh, no, Kate, no puedes haber hecho semejante cosa. Tú… —Effie se interrumpió de repente y se volvió desesperada para ponerse a pasear por la habitación, retorciéndose las manos. Luego emitió un suave gemido—. Mira, si existe un culpable, soy yo. Todo esto es culpa mía, toda mía.

Kate la agarró por los hombros para que dejase de pasear nerviosamente.

—No seas tonta, Effie. ¿Cómo puede ser esto culpa tuya? Tú siempre me has advertido de que dejase de perseguir a Val, porque no era su novia elegida.

—Ya lo sé. —Effie gimió otra vez—. Mentí.

—¿Qué? —Kate la fulminó con la mirada, segura de no haberla entendido bien. Effie agachó la cabeza y miró fijamente la alfombra—. ¿Y bien, Effie?

Le apretó con fuerza los hombros, intentando verle la cara, pero Effie continuaba desviando la mirada, con expresión de culpabilidad.

—M-mentí —dijo con un hilo de voz—. Llevo años mintiéndoos a ti y a Valentine. Desde el primer momento en que os vi juntos, incluso cuando tú eras aún pequeña, comprendí que estabas destinada a ser su esposa.

Kate la soltó y retrocedió un paso, demasiado estupefacta para decir nada.

—¿Yo soy la novia elegida de Val? —quiso saber por fin—. ¿Lo he sido siempre?

Effie afirmó con la cabeza, temblorosa.

Kate dejó escapar un suspiro largo y entrecortado, en su esfuerzo por absorber todo el impacto de las palabras de Effie. Estaba destinada a ser la esposa de Val, su eterno amor, tal como siempre había soñado. Sus labios se curvaron momentáneamente en una sonrisa trémula.

Lo sabía. De algún modo, en su corazón, lo había sabido siempre. Si Effie no hubiera sido tan inflexible para... Su sonrisa se desvaneció, y la fugaz dicha que había experimentado por aquel descubrimiento fue reemplazada por un sentimiento de ultraje, dolor y rabia como no había conocido jamás.

Perforó a Effie con la mirada.

—¿Que lo sabías? —rugió—. ¿Lo has sabido durante todos estos años, y aun así has tratado de mantenernos separados a Val y a mí? Le has dejado creer que tenía que quedarse solo para siempre. Y en cuanto a mí, veías que se me estaba rompiendo el corazón y sin embargo... tú... —Kate ahogó el resto de la frase, con la vista clavada en su guardiana—. Maldita seas, Effie. ¿Cómo has podido hacer algo así?

Effie se encogió ante la furia de Kate y se refugió contra el poste de la cama.

—Abrigaba la esperanza de estar equivocada.

—En el nombre de Dios, ¿por qué? —exclamó Kate—. ¿Tan paria soy? Oh, ya me doy cuenta de que no soy una dama de alta cuna como la mayoría de las esposas de los St. Leger, sino solamente una mocosa de orfanato procedente de los lupanares de Londres. No puedo ni imaginar qué clase de mujerzuela debió de ser mi madre...

—Yo sí —la interrumpió Effie en un apagado susurro, al tiempo que las lágrimas le resbalaban por las mejillas—. Esa mujerzuela era... soy yo.

—¿Estás intentando decirme que... que...?

—Que soy realmente tu madre. Sí. —Effie hundió la cara entre las manos. Se dejó caer sobre el borde de la cama y rompió a llorar desconsoladamente.

Kate no pudo hacer otra cosa que contemplarla con total incredulidad. No, todas aquellas extrañas confesiones tenían que ser otro de los melodramas de Effie, una de sus habituales exhibiciones montando una escena por nada.

Pero a pesar de sus sollozos, Effie no parecía estar recreándose en su familiar histeria. Cuando levantó la cabeza para arriesgarse a mirar a Kate, su rostro mostraba la sombra de una callada desesperanza, un dolor auténtico que al parecer llevaba años reprimiendo.

—Oh, Kate, l-lo siento mucho. —Trató de tocarla, pero ella se replegó al instante y cruzó la habitación para sentarse en la silla del tocador, con la cabeza hecha un lío.

Effie… Effie Fitzleger, su madre. Había pasado tantos años negándose a pensar siquiera en la mujer que podía haberla traído al mundo y luego la había abandonado… Habría sido mejor descubrir que su madre era una ramera, la prostituta barata que ella siempre había imaginado.

Pero Effie, a pesar de sus frivolidades, siempre había sido amable y cariñosa. Incluso ahora la miraba con expresión triste, como si estuviera calculando la distancia que Kate había interpuesto entre ambas.

Siguió un terrible silencio, roto finalmente por el ruego de Effie.

—Por favor, di algo, Kate.

—¿Y qué esperas que diga? Primero me dices que llevas años ocultándome que soy la novia elegida de Val, y ahora me entero además de que eres mi madre. Tú eres la mujer que me dejó morir en aquel terrible orfanato.

—No, nunca fue ésa mi intención. Kate, te lo juro. Te dejé al cuidado de una prima mía, que me prometió buscar una buena familia que viviera en el campo para cuidar de ti.

—Para mantenerme escondida, querrás decir. Es evidente que había pocas esperanzas de que te casaras con mi padre. ¿Quién diantre fue? ¿Algún mozo de los establos? ¿Un gitano errante?

—N-no. Mucho peor que eso.

—¿Qué podría ser peor que eso? —dijo Kate, sarcástica—. A no ser que te hubieras acostado con el diablo en persona.

Effie se encogió al oír aquello y una extraña expresión cruzó su semblante, como si la acusación de Kate encerrase algo de verdad. Kate frunció el entrecejo. ¿El diablo en persona? No había muchos hombres que hubieran pasado por Torrecombe y que encajaran en aquella descripción. De hecho, sólo se le ocurría uno…

«Rafe Mortmain.»

Pero no. ¿Effie y Rafe? Aquella idea resultaba a un tiempo demasiado ridícula y demasiado horrible para tomarla en consideración. Aun así, Kate observó con inquietud a su guardiana, recordando lo que parecía haber desencadenado todas aquellas confesiones de Effie al cabo de tantos años: su anuncio de que tenía la intención de ir a buscar a Rafe Mortmain.

Kate desvió la mirada, pues de pronto tuvo la sensación de haberse enterado ya de demasiados secretos de Effie; no quería saber nada más. Pero al igual que la tapa de la caja de Pandora, su sospecha se negó a ser ignorada o desechada.

—¿Quién era, Effie? —le preguntó con la voz ronca y el corazón retumbante—. Dime el nombre de mi padre.

Effie se limitó a dirigirle una mirada lastimera.

—¡Respóndeme! —exclamó Kate.

Effie se encogió sobre sí misma hasta el punto de casi desaparecer del todo.

—R-rafe. Rafe M… —Pero se ahogó en un mar de lágrimas, como si no se atreviera a pronunciar el nombre.

—¡No! —jadeó Kate, sintiendo un profundo malestar en el estómago. Se llevó una mano a la boca con la sensación de estar enferma de verdad. A lo largo de toda su vida había temido que corriera mala sangre por sus venas, pero nunca se había imaginado nada así, que podía haber sido engendrada por una familia infame a causa de su locura y su maldad.

Era una Mortmain. Una Mortmain maldecida por Dios.

Se incorporó tambaleándose, desesperada por ver su reflejo en el espejo, medio temerosa de verse transformada en una especie de monstruo. Pero lo único que vio fue su rostro, pálido y ensombrecido por el cansancio, con un toque de vulnerabilidad en los ojos que le recordó extrañamente a la mujer que lloraba sentada en la cama.

—No —murmuró—. ¿Rafe Mortmain, mi padre? No lo creo. No es verdad.

—Ojalá no lo fuera —sollozó Effie.

Kate atravesó la habitación hecha una fiera y se plantó delante de la acobardada Effie.

—¿Cómo es posible esto? ¿Acaso te violó? —Effie negó con la cabeza, abatida—. Entonces, ¿te metiste voluntariamente en su cama?

—Creía estar enamorada de él.

—¿De un Mortmain? ¿Te habías vuelto completamente loca?

Effie lanzó un profundo sollozo y comenzó a temblar. Pero antes de que se disolviera en la total incoherencia, Kate la aferró por los hombros y la sacudió con energía.

—No, Effie. Esta vez, no. Nada de histerismos ni de pamplinas. Y, sobre todo, nada de continuar mintiendo. Vas a dejar de lloriquear y a contármelo todo. Ahora mismo.

Kate no supo si fue por su propia conducta autoritaria o porque la propia Effie había superado ya el llanto, pero el caso es que ésta respiró hondo y recuperó el dominio de sí misma sorbiéndose sonoramente las lágrimas.

Kate hurgó en su cajón y extrajo un pañuelo, el cual le tendió en silencio a su guardiana. Effie lo aceptó agradecida y se secó los ojos hinchados y enrojecidos.

—G-gracias.

Trató de sonreír a Kate, pero ésta le dio la espalda. Cruzada de brazos, se puso a mirar por la ventana del dormitorio, sintiéndose tan fría como la luz gris matinal, que comenzaba a posarse sobre los tejados de la aldea.

Effie, con los hombros caídos, lanzó un suspiro profundo y lastimero y comenzó su relato.

—En fin, todo… todo empezó en Portsmouth. —Hizo una pausa para corregirse—. No, no fue así. Me temo que empezó mucho antes de que Rafe llegara a Torrecombe. Era el último de los Mortmain, y había sido abandonado en París por su madre, una mujer ciertamente malvada que tramaba destruir hasta al último de los St. Leger. Casi logró matar a lord Anatole.

»Pero Anatole y Madeline St. Leger son personas extraordinarias, muy generosas. Se apiadaron del chico, huérfano y desamparado, y lo llevaron al castillo Leger cuando no era más que un muchacho de dieciséis años, a vivir con la familia.

—Ya sé todo eso —interrumpió Kate, impaciente—. Hace mucho tiempo que Val me contó la historia de los Mortmain.

—Pero hay una cosa que Val no podía saber, ya que en aquel entonces él tenía sólo ocho años. Jamás advirtió el efecto que tuvo Rafe en todas las muchachas del pueblo; volvía locas a todas las jovencitas, incluida yo misma. Yo tenía poco más de dieciséis años, y Rafe era muy diferente de los chicos que yo había conocido: tan moreno, tan guapo y tan… tan indómito.

Kate le dirigió una mirada de desdén. Ella misma tenía recuerdos de haber visto a Rafe Mortmain durante su infancia. Pero como era enemigo de los St. Leger, el canalla que casi había destrozado a su querido Val, le costaba considerar a aquel hombre otra cosa que no fuera vil. Era muy difícil escuchar a Effie presumir de lo guapo que había sido Mortmain, pero apretó los labios y consiguió sujetar la lengua para permitir a Effie continuar.

—Pues bien, al cabo de un tiempo sucedió algo terrible. Lance St. Leger estuvo a punto de ahogarse, y cundió la fuerte sospecha de que no había sido un accidente, de que el responsable había sido Rafe. Jamás se demostró nada, pero por la seguridad de su propia familia, lord Anatole decidió que era preciso enviar a Rafe lejos de allí. Y mi abuelo también estuvo de acuerdo.

»Por aquel entonces era el vicario de St. Gothian, y lord Anatole guardaba alta opinión de él. A Rafe le encontraron un puesto de aprendiz en un barco mercante que se dirigía a las Indias occidentales. Aquella debería haber sido la última vez que vi a Rafe Mortmain, pero nuestros caminos se cruzaron de nuevo cinco años más tarde.

Effie manoseó el pañuelo, retorciéndolo y haciendo nudos.

—Yo ya había cumplido los veinte y seguía soltera. Hasta mi abuelo comenzaba a preocuparse. Él quería que me casara con un muchacho del pueblo para que me quedase en Torrecombe. En parte para permanecer cerca de él y en parte porque estaba destinada a ser la próxima Buscadora de Novias. Ah, pero —suspiró Effie— yo tenía mis propios sueños. Deseaba vivir un romance, aventuras, emociones.

Kate no pudo evitar mirarla boquiabierta, y una sonrisa ligeramente triste curvó los labios de Effie.

—Te has quedado mirándome, Kate. Supongo que la idea de que una persona tan nerviosa como yo anhele emociones te resulta ridícula. Pero no siempre he sido tan gansa. —La voz de Effie adoptó un tono soñador al proseguir el relato—: Ansiaba viajar, ver el mundo que había más allá de Torrecombe. Más que nada, quería ir a Londres a vivir la temporada, pero mi abuelo desconfiaba y temía profundamente las grandes ciudades. Aun así, me ofreció llevarme a Portsmouth. —Compuso una mueca de ironía—. ¡Portsmouth! Era una ciudad, por descontado, pero desde luego no era Londres. Sí que tenía la ventaja de que allí vivía una de mis tías, Lucy, y mi abuelo llevaba años sin verla. De modo que allá nos fuimos. Una vez pasada la diversión inicial de estar en un sitio nuevo, pronto comencé a aburrirme tanto como en Torrecombe, por lo menos hasta el día en que el *Meridian* atracó en Portsmouth y lo trajo de nuevo a mi vida. Rafe Mortmain —murmuró—. Si a los dieciséis ya era apuesto, a los veintiuno resultaba arrebatador, con aquel típico aspecto duro y curtido que tienen los marinos. Sólo que Rafe poseía algo más, un aire de misterio, siniestro, melancólico, peligroso. Siempre he sido un poco locuela, pero hasta yo poseía suficiente sentido común para saber que no debía acercarme a aquel hombre.

—Entonces, ¿por qué lo hiciste? —quiso saber Kate.

Effie se encogió de hombros, resignada.

—No… no lo sé. Tropecé con él en una ocasión en la calle, frente a una tienda, y lo siguiente que recuerdo es que me escapé para encontrarme con él en secreto. Nunca había engañado a mi abuelo, pero por lo visto no era capaz de separarme de él. Rafe podía ser tan… profundamente seductor.

¿Seductor, un Mortmain? Kate no pudo contener un resoplido de desprecio.

—Lo era, Kate —insistió Effie—. O… o por lo menos a mí me lo parecía. Comencé a verlo como un héroe que había sufrido una injusticia, difamado e incomprendido. Él me hizo olvidarme de todo, de todos mis sueños de Londres, de casarme a lo grande. Me quedé prendada de él, convencida de que con el tiempo terminaría casándose conmigo. —Effie juntó las manos y bajó la vista con una expresión de tristeza—. Para acortar esta historia tan desgraciada, una mañana me desperté y descubrí que su barco había zarpado. Se había ido sin una palabra de despedida, y poco después descubrí que me encontraba encinta.

»No podía soportar que mi abuelo se enterase de lo tonta y pervertida que había sido, de modo que lo acosé sin misericordia hasta que por fin me permitió ir a la casa de mi prima en Londres, y le confié a ella mi apurada situación. Fue muy amable y me ayudó a encargarme de todo.

—De todo excepto de mí —replicó Kate con amargura.

—Así es. Creí que odiaría verte porque eras hija de Rafe. Pero eras tan preciosa, Kate, que me rompía el corazón tener que separarme de ti. Te tuve en brazos sólo unas horas y… y luego desapareciste.

Una única lágrima rodó por la mejilla de Effie, la más genuina que había derramado nunca. Kate casi se sintió conmovida, salvo por un detalle.

—Muy bien, desaparecí —dijo—. Me llevaron directamente a uno de los peores orfanatos de Londres, directamente a las puertas del infierno.

—Yo no sabía eso. Por favor, has de creerme. Yo creía que te habían llevado a un hogar lleno de amabilidad y afecto.

—Deberías haber… —Kate no terminó la frase. ¿Qué debería haber hecho Effie? Una mujer joven seducida, abandonada, embarazada. ¿Qué habría hecho ella misma en aquellas circunstancias?— Continúa —dijo en tono brusco—. Termina la historia.

—No queda mucho más que contar. Me recuperé y regresé a mi casa, a mi tranquila vida en Torrecombe. Extrañamente, me alegré de hacerlo. Con el tiempo incluso aprendí a apreciar las atenciones de mis antiguos pretendientes, aunque nunca me casé con ninguno de ellos.

—Porque no eran lo bastante buenos para ti.

—No, sólo fingía que era ésa la razón por la que rechazaba todas las ofertas que se me presentaban. La verdad era que jamás me consideré lo bastante buena para ningún hombre decente. Yo era ya una mujer perdida, devastada por Rafe Mortmain.

—Oh, Effie —murmuró Kate, meneando la cabeza.

—Permanecí discretamente en Torrecombe hasta que murió mi abuelo. Pero jamás conseguí dejar de pensar en ti, Kate, me acordaba de mi hijita. Pensé que aunque sólo pudiera verte una vez más para cerciorarme de que eras feliz y estabas bien atendida, todo estaría bien. Así que regresé a Londres y obligué a mi prima a que me enseñase el lugar al que te había enviado.

»No puedes ni imaginarte lo que sentí cuando te encontré en aquel... aquel hospicio. Era un lugar terrible. Dios sabrá cómo lograste sobrevivir. Entonces sólo pensé en una cosa: en sacarte de allí lo más rápidamente posible.

»De manera que te traje de vuelta a Torrecombe como hija adoptiva. A los ojos de todo el mundo pareció la típica tontería propia de mí, otra más de las chifladuras de Effie. Nadie sospechó la verdad, ni siquiera tú. Te tenía de nuevo conmigo, una segunda oportunidad para cuidar bien de ti esta vez.

»Todo parecía maravilloso hasta que comprendí la verdad respecto de Valentine y tú. Val ya daba signos de haberte cobrado mucho afecto, pero yo vivía con el miedo de que alguien llegara a descubrir que eras la descendiente de un Mortmain.

Sí, Kate lo entendía perfectamente. Con leyenda o sin ella, era la única herencia que ningún St. Leger sería capaz de perdonar ni de aceptar, ni siquiera su dulce Val.

—Todo pareció empeorar aún más cuando Rafe Mortmain volvió a presentarse en Torrecombe y pasar un tiempo aquí —prosiguió Effie—. Ya era oficial de aduanas, y lo habían asignado a esta parte del país. A menudo pasaba a caballo por delante de mi casa. Ni siquiera me miraba dos veces, como si me hubiera olvidado por completo, y menos mal.

—Estaba demasiado ocupado en provocar otra catástrofe —dijo Kate—. En robar la espada de los St. Leger y casi matar a Val.

—Sí, en efecto no hizo gran cosa por mejorar la opinión que tenían todos acerca de los Mortmain. Yo experimenté un gran alivio cuando desapareció de nuevo, excepto por el hecho de que día tras día veía crecer tu amor por Val. Debería haberte enviado lejos de aquí, pero la idea de separarme de ti me resultaba insoportable. —Effie terminó su relato por fin, y se volvió hacia Kate con un afligido ruego—: Oh, Kate, ¿podrás perdonarme? Ahora debes de despreciarme profundamente.

¿Despreciar a Effie? Tal vez debiera estar más enfadada con ella, pero no era así; su odio lo reservaba enteramente para el canalla que había puesto a ambas en aquella crítica situación.

Cruzó la habitación y rodeó con sus brazos a Effie, murmurando:

—Calla. Todo se arreglará.

—Kate, lo s-siento muchísimo. Pero al menos ahora entiendes por qué tienes que evitar acercarte a ese pervertido.

Kate desvió el rostro. No tenía sentido decirle a Effie que no había hecho otra cosa que darle más motivos para ir en busca de Rafe. Cuando lo hubiera arrastrado hasta el pueblo para salvar a Val, su intención era que aquel malnacido respondiera por fin de sus fechorías, aunque tuviera que ser ella quien le metiera una bala en su negro corazón de Mortmain.

De pronto surgió otra cuestión que la sobresaltó, y cuya respuesta no debería importarle en aquel momento, pero llevaba mucho tiempo preguntándose por ella.

—¿Cuándo nací, Effie?

—Bueno, lo extraño es que Valentine no se alejó mucho cuando te señaló una fecha de cumpleaños. Naciste en la víspera de Todos los Santos.

—¿En la víspera de Todos los Santos? —Kate torció la boca en un gesto irónico—. La noche del diablo. Debería haberlo imaginado. ¿Y exactamente cuántos años tengo?

—Diecinueve, cariño.

—Tan sólo diecinueve —repitió Kate, maravillada y entristecida—. Qué extraño. Siempre me he sentido mucho más vieja.

Capítulo 20

Las gaviotas describían círculos en lo alto emitiendo sus chillidos estridentes, mientras el mar lamía en silencio la playa de piedras. La luz del sol se reflejaba en el agua y en los guijarros húmedos y lisos. A pesar del aire frío y penetrante, era un día agradable para estar a primeros de diciembre, y una suave brisa soplaba hacia la costa.

Rafe se hallaba sentado sobre un tronco de madera arrastrada por la marea, restos arrojados a la playa por alguna galerna reciente. Respiraba el aire salado y contemplaba el rítmico y lento romper de las olas. Por lo general la visión del mar suscitaba en él cierta inquietud, una ansia por marcharse, pero cuando su mirada pasó del niño que tenía a su lado a la mujer que se distinguía a lo lejos, se sintió lleno de una tranquila satisfacción.

Charley estaba sentado junto a él, con su carita casi engullida del todo bajo el borde de un gorro enorme, concentrado en formar un nudo de media vuelta con un pedazo de cuerda. Corinne paseaba a cierta distancia de allí con su gastada capa marrón echada sobre los hombros. Varios mechones de pelo suelto escaparon de su moño cuando volvió el rostro hacia el mar.

Al igual que Rafe, parecía disfrutar de aquel respiro del apretado alojamiento de la posada. Aquellas dos habitaciones habían empezado a resultarle tremendamente pequeñas, pensó Rafe, sobre todo desde la noche en que Corinne y él casi se convirtieron en amantes. Después de aquello, vivir juntos debería haberles resultado de lo más incómodo a ambos, y el hecho de que no lo fuera, comprendió Rafe, se debía más a Corinne que a él. Era una mujer sumamente sensata, y se comportaba con una actitud alegre y práctica como si nada hubiera ocurrido. Y él debería haber sido capaz de fingir lo mismo.

Pero cada vez con mayor frecuencia Rafe se sorprendía a sí mismo observando las suaves facciones de ella con un anhelo que no podía explicar. Todavía la deseaba, sí, y con desesperación. Pero el mes que había transcurrido le había enseñado una cosa que no sabía: que en la compañía de una mujer se podían hallar placeres distintos de los carnales, placeres tan simples como el silencio con que se inclinaba sobre su labor de costura, el timbre de su voz, el gesto tímido que hacía al sonreír.

Protegiéndose los ojos del sol con una mano, observó el lento avance de Corinne por la playa hasta que notó que Charley le tiraba de la manga, y tuvo que volver su atención al chico.

—¿Qué tal lo he hecho, señor Moore? —Charley sostuvo en alto la cuerda anudada para que él la inspeccionase.

—Er… bien, pero has cometido un pequeño error, muchacho. —Rafe cogió la cuerda y deshizo el enredo que había formado el niño con una paciencia de la que jamás se habría creído capaz—. Ahora vuelve a intentarlo. —Esta vez Rafe se inclinó sobre Charley para guiar sus dedos regordetes—. Coges ese extremo, lo pasas por aquí y haces la vuelta.

Con la lengua entre los dientes en actitud resuelta, el pequeño se esforzó por seguir las instrucciones de Rafe. Cuando por fin completó el nudo, su rostro se iluminó con una expresión de triunfo.

—Lo he conseguido, señor Moore. Lo he conseguido.

—En efecto, es el nudo de media vuelta mejor que he visto.

Charley sonrió de oreja a oreja ante aquel elogio, y la punta de la nariz se le enrojeció de placer. Rafe había visto a grumetes, muchos de ellos más jóvenes que Charley, dominar el arte de hacer nudos. Resultaba bastante absurda la sensación de orgullo que experimentó al ver el logro alcanzado por aquel muchacho, pero Rafe se sorprendió a sí mismo sonriendo a su vez.

Charley deshizo el nudo de inmediato y se puso a manipular la cuerda otra vez.

—Es para ver si de verdad he aprendido a hacerlo, señor Moore. —Pero cuando empezó a retorcer los extremos de nuevo, se detuvo y dirigió a Rafe una mirada vacilante.

—¿Qué pasa, muchacho? —bromeó Rafe—. ¿Ya se te ha olvidado cómo se hace?

Charley negó con la cabeza.

—No, es que estaba pensando si... si... ¿Estaría bien que lo llamara tío Rafe?

Después de casi un mes en compañía de Charley, Rafe creía haberse acostumbrado a la multitud de preguntas peculiares que podía formular un niño pequeño, pero Charley seguía pillándolo con la guardia baja.

—Bueno —contestó inseguro—, supongo que puedes llamarme como te apetezca.

—¿De verdad? —exclamó Charley con ojos grandes y solemnes—. En ese caso, lo que me gustaría en realidad es llamarlo papá.

La expresión esperanzada del pequeño conmovió a Rafe de tal manera, que se le hizo un nudo en la garganta. Aquella mirada triste era una que Rafe entendía demasiado bien; él mismo debió de mostrar aquel mismo semblante al escrutar el rostro de todo hombre que traía a casa Evelyn Mortmain, preguntándose si aquél podría ser el definitivo, el padre que no había conocido nunca, el padre que no tendría jamás.

—No, Charley —respondió por fin, lo más amablemente que pudo—. Ésa no sería una buena idea.

Rechazar a aquel pequeño fue una de las cosas más difíciles que había tenido que hacer en su vida. El rostro de Charley se hundió, pero asintió con un aire solemne de haberlo entendido.

—Supongo que será porque usted no va a ser mi nuevo padre, ¿no? Mamá dice que es usted un marino, como mi verdadero papá, y que pronto querrá volver al mar.

—Sí, supongo que así es —repuso Rafe.

Charley agachó la cabeza, pero no antes de que Rafe alcanzara a ver cómo le tembló ligeramente el labio, y lo extraño fue que a él también le entraron ganas de sumirse en un ataque de melancolía.

—Bueno, ésa es una cosa en la que ninguno de los debe pensar en este preciso momento —se apresuró a decir en tono desenfadado—. Así que vamos a continuar practicando con los nudos, ¿te parece bien?

Pronto consiguió que Charley estuviera de nuevo absorto en su trabajo con la cuerda, pero más difícil le resultó distraerse a sí mismo. Mientras el niño practicaba con los nudos, Rafe fingió profundo interés e hizo todo lo posible por ocultar su ceño de preocupación.

Durante las últimas semanas no había avanzado nada en sus planes respecto de Corinne y Charley. Pero tenía que pensar en algo, y pronto. No podían continuar así, alojados en la posada. Sin embargo, la perspectiva de dejarlos en alguna parte, de separarse de ellos, se le antojaba un poco más dura cada día.

Se acordó de lo a menudo que se burlaba de los marinos que tenían familia, aquellos que protagonizaban despedidas tan lacrimosas cada vez que zarpaban, que estaban a punto de caerse por la borda en su avidez por desembarcar cuando regresaban a su casa. Nunca había entendido qué podía atar tanto a la tierra firme el corazón de un hombre... hasta ahora.

Charley se cansó pronto de sus esfuerzos con la cuerda y echó a andar por la playa para inspeccionar una gran tortuga que había salido a la arena. Otros niños la habrían tocado y empujado, pero Charley guardó una distancia prudente y no se interpuso en su camino, sino que torció la cabeza hacia un lado para observar los lentos movimientos del reptil con una intensa curiosidad que hizo sonreír a Rafe.

De mala gana, tuvo que reconocer que le había tomado afecto al pequeño. No podría tenerle más cariño si fuera de verdad su padre. Entonces su sonrisa se desvaneció y recuperó la seriedad al instante, pues se dio cuenta de que aquél era un pensamiento peligroso para él.

Pero no más peligroso que algunos de sus pensamientos respecto de la mujer que se aproximaba. Corinne se inclinó para recoger la cuerda que Charley había dejado tirada y la sostuvo delante de Rafe con una mirada divertida y acusadora.

—¿Y qué es esto, Rafe Moore? ¿Otra vez has estado intentando convertir en marino a mi hijo?

Rafe se puso de pie con una sonrisa irónica.

—Es poco probable que ocurra tal cosa. Mucho más fácil es que se vaya a trabajar de mozo de caballos. Se le dan realmente bien los caballos, y les tiene un gran afecto a esos brutos, aunque yo no consigo imaginar por qué.

—A mí también me gustan los «brutos». Tal vez podría disfrazarme de chico, y así Charley y yo podríamos trabajar de mozos en algún establo grande.

Rafe intentó echarse a reír, pero no le gustó nada oír a Corinne hablar de buscar un empleo, ni siquiera en tono de broma, y advirtió que ella tenía cada vez más en cuenta dicha posibilidad. La mujer se ciñó la capa sobre los hombros y pareció estremecerse un poco.

—¿Tienes frío? —le preguntó.

—Oh, no —contestó ella.

Y aunque lo tuviera, jamás lo admitiría, pensó Rafe. Corinne no se quejaba nunca. Deseó poder cambiarle aquella capa destrozada por otra de lana suave y bien forrada. Le sentaría bien una de color verde bosque. Pero aunque Corinne le agradecía todo lo que él hiciera por su hijo, su orgullo planteaba una barrera que no le permitía a Rafe comprarle nada a ella. La respetaba por eso, pero le resultaba un tanto irónico cuando pensaba en todas las chucherías caras que había regalado con total despreocupación a otras mujeres a lo largo de los años. Habría dado todo lo que poseía por el derecho a regalarle siquiera un par de guantes abrigados a aquella mujer menuda y gentil.

Pero lo único que podía hacer era colocarse de forma que bloquease parte de la brisa que provenía del mar. Ansiaba poder estrechar a Corinne contra él, refugiarla en el calor de sus brazos. Un impulso peligroso, uno de los muchos que había aprendido a reprimir durante aquellos días. De modo que puso las manos rígidamente a la espalda para evitar la tentación.

—Por lo visto, esta excursión ha sido una mala idea —dijo—. Hace demasiado frío. Tal vez debiéramos regresar.

—No, aún no —protestó Corinne—. Hace una tarde agradable. Charley y yo hemos disfrutado inmensamente, y quién sabe cuántos días nos quedan hasta que…

Bajó los ojos y dejó la frase sin terminar. Pero no tenía necesidad de terminarla, Rafe sabía perfectamente bien lo que quería decir: hasta que llegase el momento de separarse, de que él continuara su camino. Pero era una perspectiva en la que Rafe no deseaba adentrarse, y la apartó de su cabeza una vez más.

Charley se había alejado una cierta distancia en su afán de perseguir a la tortuga, y Corinne se preparó para ir en su busca. Rafe le ofreció el brazo para acompañarla y, tras una breve vacilación, ella aceptó.

Fue el máximo contacto que se había permitido cualquiera de los dos desde la noche en que compartieron aquellos besos tan apasionados. A Rafe le resultó muy agradable la suave presión de los dedos de Corinne sobre su manga, y era agudamente consciente de su cálida presencia tan cerca de él.

Cuando iniciaron el paseo para seguir a Charley, Rafe moderó el paso; no era la primera vez que Corinne y él paseaban así por la playa, y había aprendido a adaptar sus largas zancadas a los pasos mucho más cortos de ella.

Avanzaron juntos en perfecta armonía, y Rafe no pudo por menos que maravillarse de lo cómodo y bien que se sentía estando con Corinne. Él, que siempre había sido demasiado inquieto para sentirse cómodo con alguien durante mucho tiempo. Le señaló una goleta que se deslizaba sobre el horizonte, y la visión de aquellas velas hinchadas lo llenó de un calmo placer.

Corinne trató de compartir su entusiasmo, pero su sonrisa era pensativa.

—Debes de echarlo mucho de menos, ¿verdad? Estar en el mar.

Rafe se encogió de hombros.

—Bueno, no necesariamente. Yo...

—Oh, no intentes negarlo. Sé que todos los marinos sois iguales. He estado casada con uno, ¿no te acuerdas? Apuesto a que llevas agua salada en las venas.

—Puede que sí —concedió Rafe—. Pero mientras pueda por lo menos tener el mar a la vista, me conformo.

—Nada de eso. Al menos de manera definitiva. —El semblante de Corinne se nubló—. Rafe, has sido muy bueno con Charley y conmigo, pero no podemos seguir abusando de tu amabilidad...

—Maldita sea, Corinne —rugió Rafe—. No empieces otra vez. Ya hemos hablado muchas veces de esto.

—Y nunca ha quedado resuelto. —Corinne le tiró del brazo para obligarlo a detenerse mientras ella lo miraba con una expresión triste pero decidida—. Charley y yo ya te hemos entretenido demasiado tiempo en Falmouth. No podemos continuar así para siempre.

Rafe apretó los labios en un gesto obstinado, pero comprendió que ella tenía razón.

—Bueno, se me ha ocurrido una idea —dijo—. Y no digas que no hasta que la hayas oído del todo —añadió a toda prisa, adelantándose a su reacción—. He pensado que podría arrendar una casa para Charley y para ti en uno de estos pueblos de la costa. Una pequeña casa de campo junto al mar. A Charley le gustaría, y el aire fresco y salado os vendría bien a los dos. Luego, incluso después de que me haya ido, podría continuar enviando dinero y...

Pero sus palabras se perdieron en una mueca de frustración porque Corinne ya estaba diciendo que no con la cabeza.

—Rafe, no puedes asumir la carga de cuidar de nosotros para siempre.

—No supone ninguna carga, y no sería para siempre; sólo hasta que Charley sea lo bastante mayor para manteneros a ambos.

—Eso tardará muchos años en suceder.

—¿Y qué diantre importa? ¿Qué otra cosa tengo que hacer con mi dinero?

—Estoy segura de que algo se te ocurrirá. —Corinne intentó sonreír, pero en cambio le tembló el labio—. Y… además…

—¿Además, qué?

Agachó la cabeza, y Rafe tuvo que inclinarse un poco más para poder oírla por encima del ruido que hacían las olas al romper.

—Que me sentiría muy sola en esa casa tuya junto al mar después de… después de que te hubieras ido.

No más sola de lo que iba a sentirse él, paseando por la cubierta de un barco, muy lejos de ambos. Qué extraño, pensó Rafe, aquello era lo que había ansiado durante la mayor parte de su vida, ser el capitán de su propio navío, vivir en el mar. Nunca le había importado estar solo, o por lo menos eso se había dicho siempre a sí mismo. Y ahora, el mero hecho de pensar en ello le producía un doloroso vacío en el pecho.

Era una cosa estúpida que reconocer ante sí mismo, y mucho menos ante Corinne, pero por lo visto era incapaz de evitarlo. De modo que tomó las manos de Corinne en las suyas y le dijo:

—No hay nada que desee más que poder quedarme contigo y con Charley, pero hay muchas cosas que desconoces de mí, Corinne, de la clase de hombre que he sido.

—Yo sé la clase de hombre que eres ahora. Y eso es lo único que importa.

—Ojalá fuera cierto eso. Pero he cometido muchas maldades en mi vida, cosas de las que ahora me avergüenzo profundamente. Hasta tú debes recordar el pobre desgraciado que era el día en que te conocí.

—Sólo recuerdo lo enfermo que estabas —replicó Corinne—. Sentí mucho miedo por ti la noche en que te fuiste montando a *Rufus*. Temí que murieras incluso antes de salir de mi granja.

—Debería haber muerto. La única razón de que no haya sido así es que la víspera de Todos los Santos me sucedió algo muy extraño, tan extraño que ni siquiera puedo explicarlo. Pero fui curado, transformado por la mano de un hombre muy bueno.

—¿Y no crees que ese cambio sea permanente?

—Dios, espero que lo sea. Cada vez que te miro, creo que sí lo es. —Fijó su mirada en Corinne. El sol parecía reflejarse en su cara y destacar la expresión dulce de sus ojos, la curva suave de sus labios—. Te quiero, Corinne. —Era lo último que hubiera querido decir; aquellas palabras salieron de su boca en forma de suspiro entrecortado—. Yo… yo te quiero —repitió en un tono todavía más reverente—. Dios mío, Corinne, no sabes lo milagroso que resulta que yo pueda decir esto. Jamás he imaginado que pudiera amar a nadie, y mucho menos tener la sensación de poder amar a una sola mujer hasta el final de mis días. Y sólo hace apenas un mes que te conozco —se maravilló—. ¿Estaré loco?

—Entonces también debo de estar loca yo —replicó Corinne con una sonrisa trémula—. Porque creo que me enamoré de ti desde el momento en que te vi tomar en brazos a mi hijo por primera vez.

Permanecieron largos instantes simplemente mirándose el uno al otro, con las manos enlazadas.

—Entonces… entonces yo creo que lo más sensato es que me case contigo —dijo Rafe.

—Oh, sí, es lo más sensato —confirmó Corinne, sonriéndole con ternura al tiempo que se le empañaban los ojos.

Rafe se inclinó despacio hacia ella y le rozó la boca con sus labios; un beso breve y dulce, pero fue lo único que tuvieron tiempo de hacer antes de que un grito de Charley los interrumpiera. Se separaron bruscamente, con sentimiento de culpa, y comprendieron que se habían olvidado del pequeño.

Éste no parecía haberse fijado en el beso, sino que agitaba la mano y los llamaba para que fueran a ver el cangrejo ermitaño que acababa de descubrir. Corinne rió con tristeza, pero fue junto a su hijo. Rafe se quedó donde estaba, todavía un poco aturdido por lo que acababa de hacer.

¿Se había vuelto loco, para declarar su amor y proponer matrimonio a aquella mujer? Un hombre con su horrible pasado, su siniestra herencia, un condenado Mortmain. Y sin embargo, ¿qué mejor modo de expiar el mal que había causado amando a Corinne y al niño para siempre? Podía llevárselos lejos de aquellas costas, labrarse una vida nueva, un inicio desde cero para los tres.

Corinne… su esposa; Charley, su hijo. Aquella idea era tan increíble que se le inundó el corazón de una fuerte emoción que no se parecía a nada que hubiera sentido antes; una emoción tan distinta, tan intensa, que tardó unos instantes en comprender lo que era.

Felicidad. Quizá por primera vez en su vida, sabía lo que era ser feliz de verdad. Contempló cómo Corinne se inclinaba sobre Charley y le acariciaba la frente con suavidad al tiempo que le susurraba algo al oído. Charley se volvió y miró a Rafe con el rostro súbitamente iluminado de alegría y a continuación echó a correr en dirección a él como loco. Rafe se agachó en cuclillas y abrió los brazos de par en par.

—¡Rafe! Rafe Mortmain.

El agudo grito pareció surgir de la nada. Rafe se puso en tensión esperando... no, rezando para que hubiera sido pura imaginación. Pero Charley frenó en seco y se quedó mirando con expresión temerosa algo o alguien que había detrás de él. Lo mismo hizo Corinne, con la frente arrugada en un ceño de preocupación.

Entonces la áspera voz lo llamó de nuevo:

—Maldito seas, Mortmain. Ni se te ocurra siquiera fingir que no eres tú. Te conozco demasiado bien.

Rafe sintió que se le helaba la sangre, pues comprendió que había llegado el instante que temía desde hacía tiempo. Había sido reconocido, identificado, señalado como el canalla traidor que había sido. Pero ahora no, quiso suplicar; ¿por qué tenía que ser ahora, cuando lo único que tenía que hacer era estirar el brazo para tomar la mano de Charley y estrechar a Corinne entre sus brazos? Era toda la felicidad con la que soñaría cualquier hombre, y al parecer estaba a punto de terminar antes de que hubiera empezado siquiera.

Se irguió muy despacio, con el corazón acelerado por el miedo, pero no miedo por sí mismo, sino por Corinne y por Charley. ¿Qué sería de ellos si a él lo apresaran, lo encarcelaran, lo ahorcaran? Se volvió y se colocó de manera protectora delante de ellos, preparado para resistir todo lo que pudiera, aunque tuviera que enfrentarse a un batallón entero de hombres armados.

Pero no había batallón alguno, ni ninguna turba de ciudadanos enfurecidos, sino tan sólo una figura menuda envuelta en una capa cuya capucha ocultaba sus facciones. Pero no parecía ser un agente de policía con exceso de celo ni uno de sus antiguos amigotes ansioso de entregarlo para cobrar la recompensa.

Cuando la figura se acercó un poco más y se desembarazó de la capucha, Rafe vio que no se trataba de un hombre siquiera. Se quedó boquiabierto de perplejidad: era simplemente una jovencita vestida con pantalones, con una mata de cabello despeinado y de un color negro carbón como el suyo propio.

Sólo que sus ojos grises eran los más enfurecidos que había visto en su vida.

Kate siguió a Rafe Mortmain hasta el interior de la habitación de la posada, sin embargo sus pisadas eran más lentas, más cautelosas. No había perseguido a aquel canalla hasta allí para permitir que la condujeran a una trampa. Pero Mortmain parecía más preocupado por instar a aquella extraña mujer y al niño a que entraran en la siguiente habitación, y hablaba en un tono tan suave que dejó a Kate atónita.

No estaba preparada para aquello, ni tampoco para el ambiente hogareño y acogedor de la salita, el fuego que ardía lentamente en la chimenea, una labor femenina de costura que descansaba sobre una pequeña mesa, unos calcetines de niño recién remendados y lavados, puestos a secar en una silla. No era exactamente el antro de iniquidad al que había esperado que fuera a parar Rafe.

Se le hacía difícil verlo como el desgraciado que sabía que era, sobre todo cuando observó cómo revolvía el pelo al niño y sonreía con ternura a la mujer.

Pero nunca te fíes de un Mortmain, le había dicho siempre Val. Que ella supiera, tal vez Rafe estuviera planeando colarse en la habitación contigua con la mujer y el niño y escapar por alguna ventana de atrás. Dio un paso adelante con el fin de impedirlo, pero Rafe por fin había persuadido a la mujer de que llevase a su hijo a la otra habitación y ya estaba cerrando la puerta tras ellos. Se plantó frente a ella antes de que Kate estuviera preparada. Kate se puso tensa y buscó a tientas la pistola que llevaba bajo la capa, pero Mortmain se limitó a mirarla desde su altura con una extraña expresión de tristeza y pasó por su lado sin pronunciar palabra. Acto seguido se inclinó y comenzó a apilar más leños sobre el fuego como si tuviera frío. Y bien podía tenerlo; estaba muy pálido.

Kate se acercó un poco, intrigada a pesar de sí misma. Mortmain no era en absoluto lo que ella había esperado, el monstruo que tanto había cabalgado para encontrar. Tampoco el diablo de su imaginación infantil ni el arrogante y frío oficial de aduanas que en otro tiempo galopaba sin hacer caso de nadie por medio del pueblo.

En cambio, vio un hombre de porte tranquilo y cabello negro veteado de plata en las sienes. En los bordes de sus ojos gris oscuro se veían unas arrugas que tal vez fueran producto del sol y el viento o de una dura vida llena de amargas experiencias.

Kate lo observó con una mezcla de sentimientos confusos: cólera, desconfianza y una sensación de anhelo que no había previsto. Aquel hombre alto y de aspecto distinguido era su padre. Su padre. Dadas otras circunstancias, tal vez casi se hubiera alegrado.

Pero se apresuró a retroceder recordándose a sí misma con vehemencia quién era y lo que era: un maldito Mortmain, el canalla que casi había destrozado la vida a la pobre Effie, el demonio que incluso ahora estaba destruyendo al hombre que amaba ella.

Rafe aplicó el fuelle a las llamas y después se volvió por fin para encararse con Kate.

—¿Le apetece tomar asiento? —le preguntó con una cortesía tan solemne que Kate lanzó un resoplido de incredulidad.

—¡No! ¿Qué demonios va a hacer a continuación? ¿Ofrecerme una maldita taza de té?

—Si lo desea. —Sus labios se movieron en una leve sonrisa, y Kate creyó entender la razón de tanta calma: él no la percibía como una amenaza. Bueno, pues no iba a tardar en desengañarlo de tan consoladora idea.

Introdujo una mano bajo la capa y, con un teatral floreo, extrajo la pistola y la apuntó hacia él.

Mortmain elevó sus oscuras cejas, pero más por la sorpresa que por el miedo.

—Voy a hacerle una advertencia —dijo Kate—. Esta pistola está cargada, y sé usarla.

—Estoy seguro de ello —murmuró Rafe.

Para total consternación de Kate, Mortmain se sentó cómodamente en un sillón de orejas. Se preparó y movió los dedos para amartillar la pistola cuando vio que él cogía un cuchillo.

Pero con aquel movimiento pretendía tan sólo coger un trozo de madera que se veía a las claras que había estado tallando. Kate vio que le estaba dando la forma del casco de un barquito. Sin duda era para el niño de la habitación contigua. Le gustaría saber qué relación guardaba con Rafe; a lo mejor era como ella misma, otro de los hijos espúreos de Mortmain, pero al menos a éste lo había reconocido.

Kate se sorprendió de sentir el aguijón de algo muy parecido a la envidia, pero se apresuró a reprimir aquel sentimiento; no había viajado hasta allí en busca de un padre, sino del malvado que había acarreado la desgracia a su Val.

—He venido para llevarlo a Torrecombe a que responda de sus crímenes, Rafe Mortmain —anunció.

—¿De veras? —Con expresión triste, Rafe sacó una viruta de madera al barco de juguete y ni siquiera se molestó en levantar la vista—. Parece usted demasiado joven para acordarse de mis crímenes. Cuando vivía en Torrecombe, apuesto a que era usted una de esas encantadoras golfillas que se escondían detrás de los setos y lanzaban barro a mi caballo canturreando: «Demonio de Mortmain».

—Yo nunca he arrojado barro. Yo lanzaba piedras —replicó Kate con rabia—. Y ahora lamento no haberlo alcanzado de un porrazo en la cabeza.

Al oír aquello, Rafe sí que levantó la mirada, pero parecía más entristecido que sorprendido por la vehemencia de la joven.

—Supongo que debí de darle motivos para odiarme tanto, señorita...

—Fitzleger —dijo Kate, mirándolo atentamente para ver su reacción—. Kate Fitzleger.

Rafe se quedó de piedra, pero alguna emoción oculta vibraba bajo sus párpados.

—No finja que no conoce ese apellido —gruñó Kate.

—No —contestó él en voz baja—. Lo recuerdo muy bien.

—Debería. Usted sedujo y abandonó a mi madre.

—¿A su madre?

—Effie Fitzleger.

Rafe dejó a un lado el barco de madera y entornó los ojos.

—Sí, recuerdo haber oído algo sobre que Effie había adoptado a una niña de un orfanato de Londres.

—¿Que oyó algo? Me tenía debajo de sus mismas narices. Debió de pasar por delante de nuestra casa un centenar de veces cuando hacía las rondas en su puesto de oficial de aduanas, con total indiferencia hacia Effie y hacia mí. Pero yo no era simplemente la hija adoptiva de Effie; resulta que era además su hija natural, concebida, al parecer, en Portsmouth hace diecinueve años.

Rafe se puso tenso y la miró fijamente, y a Kate casi le pareció percibir la intensidad de su mirada, vio que se estremecía al comprender la situación. Cuando lo vio ponerse de pie se encogió y retrocedió de manera instintiva, procurando mantener la pistola firme.

Pero Rafe se acercó de todos modos; era como si no viera el arma, la devoraba con los ojos, su semblante parecía debatirse entre la incredulidad y la sorpresa. Su mirada se apartó de ella para posarse en un punto de la pared, y luego en ella de nuevo.

Aunque no era sensato apartar los ojos de aquel rufián, Kate no pudo evitar moverse ligeramente para ver adónde había mirado él. Se trataba de un espejo montado sobre la pared de la posada, desnudo y sin marco. Pero Rafe y ella aparecían reflejados en su pulida superficie. Kate se observó a sí misma, mordiéndose con fuerza para aquietar el temblor de su labio. Su diminuta estatura, la delicadeza de sus rasgos, eran los de Effie; pero la mata de cabello negro azabache, la fuerza obstinada de su barbilla y, por encima de todo, sus ojos de color gris tormenta eran puramente Mortmain.

—Dios mío —jadeó—. Es usted…

—¿Su hija? Por desgracia, eso parece —repuso Kate con amargura. Temblaba de tal modo que él podría haberla desarmado fácilmente, pero Rafe no hizo movimiento alguno para intentarlo; la contemplaba con reverencia y asombro, y alzó una mano como si quisiera acariciarle el pelo.

Pero Kate se escabulló de él.

—No me toque. No se atreva a tocarme —dijo con los dientes apretados.

Rafe bajó la mano de inmediato.

—Por… supuesto que no. Lo siento.

Kate aspiró profundamente para calmarse.

—No he venido aquí para oír sus malditas excusas, ni para celebrar un tierno reencuentro. No albergo sentimientos precisamente tiernos hacia ti, «papá» —dijo con sarcasmo—. Sobre todo teniendo en cuenta que pasé mi infancia abandonada en la peor parte de Londres, luchando por sobrevivir, peleando por un mísero mendrugo de pan.

—Oh, Kate —murmuró Rafe. La profunda tristeza que reflejaban sus ojos la dejó estupefacta; desde luego, no contaba con que él reaccionara con sensibilidad.

—No te cuento esto para que me compadezcas —dijo alzando la barbilla con orgullo—, sino sólo para que lo entiendas. He aprendido a ser fuerte, a ser totalmente despiadada para obtener lo que quiero.

—¿Y qué es lo que quieres de mí, Kate? —preguntó él en voz queda—. ¿Dinero o… o algún tipo de reconocimiento?

—¡Por Dios santo, no! —Kate lanzó una áspera carcajada—. Lo último que quiero es ser reconocida por ti, ser señalada como una Mortmain. Aunque no debería haberme sorprendido tanto descubrir que eso es lo que soy —agregó con un toque de emoción en la voz—. Siempre he sabido que tenía mala sangre, y que había algo malvado en mí.

—No digas eso, Kate. Es posible que eso haya sido cierto en otra época en mi caso, pero no en el tuyo. Los Fitzleger eran buena gente. Tu bisabuelo era un vicario y… y Effie era una joven muy dulce.

—¿Y por eso la sedujiste? —preguntó Kate con desdén—. ¿O simplemente formaba parte de tus planes de Mortmain para intentar vengarte de los St. Leger?

—No lo sé. Tal vez fuera un poco de ambas cosas. Aquel invierno en el que atraqué en Portsmouth, estaba furioso como los St. Leger por las injustas acusaciones que me habían obligado a marcharme de Torrecombe. Y el viejo, el reverendo Fitzleger, había tomado tanta parte en ello como el temido lord Anatole.

—De modo que desahogaste tu rabia con la pobre Effie.

—Ella no rechazó mis insinuaciones, precisamente.

—Porque era una joven atolondrada. Creía que eras un tipo maravilloso, moreno, guapo y peligroso.

—Yo no era tan peligroso entonces, Kate. Sólo me sentía solitario e infeliz. Por un breve espacio de tiempo hallé consuelo en los brazos de una joven.

—Te aprovechaste de que Effie estaba encaprichada de ti, de su inocencia.

—Así fue, y no me siento particularmente orgulloso de ello.

Aquello no era en absoluto lo que Kate había esperado, signos de arrepentimiento en aquel desgraciado; pero eran evidentes en los ojos ensombrecidos de Rafe, en el gesto cansado de su boca. Kate sostuvo la pistola con más fuerza y se hizo fuerte para resistir la mirada que le dirigió él, una mirada que parecía suplicarle que lo perdonara y lo comprendiera.

—No puedo cambiar el pasado, Kate. Dios sabe cuánto me gustaría poder hacerlo. Pero si existe algún modo de reparar lo que os hice a Effie o a ti, por favor… dime cuál es.

—Hay una cosa.

—Adelante.

—Puedes devolverme el hombre al que amo.

Rafe frunció el entrecejo, confuso.

—Me temo que no entiendo.

—Val St. Leger. Casi lo has matado.

Rafe se encogió.

—Oh, Dios —gimió en tono ronco—. El cristal.

—Sí, el maldito cristal que le entregaste en la víspera de Todos los Santos. Desde ese día Val ha cambiado hasta el punto de resultar irreconocible. Agresividad, amargura, tormento. Es… es como si el cristal lo estuviera consumiendo por dentro.

—Entonces tienes que regresar con él enseguida. Quítale ese maldito cristal, que deje de llevarlo encima.

—Ya es demasiado tarde para eso —exclamó Kate—. Porque se trata de algo más que la destrucción que está causando esa piedra. Sucedió durante la tormenta, cuando él te cogió la mano e intentó curarte. Es como si hubiera absorbido todo tu veneno, todo tu mal.

—Lo sé —respondió Rafe despacio—. Maldita sea, no tenía la intención de hacerle daño... —Hizo una pausa—. Bueno, supongo que hubo un tiempo en que sí pretendía justamente eso, pero ya no. Tienes que creerme, Kate, no le deseo ningún mal. Ese hombre me ha salvado la vida; ha hecho más que eso, me ha dado una nueva, una que jamás soñé que fuera posible.

—Entonces, ahora tienes que ayudarlo tú a él —lo apremió Kate.

—¿Cómo? Estoy dispuesto a hacer lo que sea.

—Sólo existe una posibilidad: has de regresar a Torrecombe, volver a ponerte el cristal y cogerle la mano a Val. Luego debes permanecer en contacto con él hasta que todo se enderece y vuelva a estar como estaba antes.

El entusiasmo desapareció del rostro de Rafe.

—Haría cualquier cosa —dijo en un tono sin inflexiones—. Cualquier cosa menos eso.

A Kate se le cayó el alma a los pies. Mortmain se estaba negando. No debería estar sorprendida del todo, pero por alguna razón lo estaba. ¿Qué iba a hacer ahora? ¿Ponerle la pistola en el pecho? ¿Asestarle un golpe en la cabeza y tratar de arrastrarlo por los talones fuera de aquel lugar?

Volvieron a ella las palabras de Próspero.

«Recuerda, Kate, Mortmain ha de desempeñar su papel de forma voluntaria, de lo contrario no hay esperanza de que la magia surta efecto.»

Kate necesitó de toda su fuerza de voluntad para refrenar su desesperación, su rabia contra Rafe Mortmain, para bajar la pistola y, en lugar de eso, suplicarle:

—¡Por favor! Tienes que ayudarlo. Eres el único que puede hacerlo.

Rafe la miró con tristeza.

—No sabes lo que me estás pidiendo, Kate. Val curó algo más que mi enfermedad; se llevó una vida entera de rabia y dolor. Por primera vez tengo la oportunidad de conocer la verdadera felicidad. Me siento más que nunca en paz conmigo mismo.

—¡Porque es la paz de él la que has robado! Su bondad, su amabilidad. Te has llevado su alma misma, y tienes que devolvérsela.

Rafe dio unos pasos para alejarse de ella y se pasó las manos por el pelo en un gesto de desasosiego. Sus ojos reflejaban tal tribulación, tal sufrimiento de indecisión, que Kate contuvo el aliento y aguardó. Tal vez hubiera suficiente bondad de Val dentro de aquel canalla para conseguir convencerlo al fin.

Pero entonces Rafe negó lentamente con la cabeza:

—No, lo siento. No puedo.

La última esperanza de Kate se apagó con un chisporroteo. Se olvidó de lo que le había dicho Próspero y volvió a empuñar la pistola apuntando directamente al pecho de Mortmain.

—Ya no te lo estoy pidiendo —le dijo—. Te lo estoy diciendo. Ven conmigo a salvar a Val, o te juro que te disparo aquí mismo.

Pero Rafe no hizo movimiento alguno para obedecer.

—Entonces, eso es lo que has de hacer, Kate. Adelante, dispara. Porque yo prefiero estar muerto antes que volver a ser lo que era antes.

¡Maldito canalla! ¿Es que no la creía capaz de hacerlo de veras? Se veía a las claras que Rafe Mortmain no tenía idea de cuánto lo odiaba. Y si tenía la intención de dejar morir a Val, irremediablemente también moriría él.

Entonces, con la mandíbula apretada y los ojos brillantes de lágrimas de rabia, Kate tiró hacia atrás del percutor. Mortmain se limitó a quedarse donde estaba, esperando en silencio igual que un prisionero resignado a su ejecución.

Kate respiraba deprisa y de modo superficial. Le temblaban las manos, y una vez más, dos, se preparó para el ruidoso retroceso del arma. Pero por más que lo intentó, al parecer no conseguía apretar el gatillo.

Miró ferozmente a Rafe Mortmain, tratando de decirse a sí misma lo mucho que lo aborrecía, lo mucho que él merecía morir. Pero lo único que vio fueron los ojos bondadosos y la sonrisa melancólica de Val, del Val de siempre, de su amigo callado y firme que le había enseñado tanta bondad y perdón, que habría esperado de ella algo mucho mejor que esto.

Con un sollozo de derrota, Kate devolvió el percutor a su sitio lentamente y bajó la pistola. A continuación dio la espalda a Rafe Mortmain al tiempo que un mar de lágrimas rodaba por sus mejillas.

—Kate… —Aquel canalla tuvo incluso la temeridad de levantar una mano para intentar consolarla.

Pero se zafó de él.

—¡Déjame en paz, maldito! Te mataría en un abrir y cerrar de ojos, pero eso no le serviría de nada a Val. Ya encontraré un modo de salvarlo, contigo o sin ti. Al fin y al cabo, tú no eres el único maldito Mortmain que hay aquí.

—¿Qué... qué quieres decir con eso?

Kate alzó una mano para limpiarse las lágrimas con rabia. En realidad no había querido decir nada, tan sólo eran palabras de dolor y amargura. No obstante...

«No eres el único maldito Mortmain.» Aquellas palabras retumbaron en su cerebro al tiempo que un desesperado plan iba tomando forma en su mente.

—Tal vez no seas tú el único que puede salvarlo —murmuró, hablando más para sí misma que para Rafe—. Fue un Mortmain el que atrajo esta maldición sobre Val, pero quizás otro pueda liberarlo. Si yo me pusiera encima ese cristal...

—¡No! —Rafe Mortmain la aferró por los hombros. De hecho había palidecido—. Escúchame, Kate. Tienes que dejar en paz ese cristal. No tienes ni idea de lo que es capaz de hacer, de lo peligroso que es.

Kate lo empujó para soltarse y le dirigió una mirada de desprecio.

—¿Estás tratando de ofrecerme un consejo paternal? Puedes ahorrártelo. Llegas varios años tarde. Voy a regresar a Torrecombe a salvar al hombre al que amo, y tú... tú puedes irte directamente al infierno.

Y antes de que Rafe pudiera impedírselo, dio media vuelta y salió disparada por la puerta. Él se lanzó en pos de ella gritando su nombre, pero Kate no le hizo caso. Bajó a la carrera la escalera de la posada y se perdió en el crepúsculo.

Rafe se la quedó mirando, con el corazón desbocado. No le cabía ninguna duda de que Kate iba a hacer exactamente lo que había dicho; era lo bastante temeraria para hacer cualquier cosa. A la pobre le hubiera ido mucho mejor si tuviera más sangre de Effie y menos de él. Saltaba a la vista que era hija suya.

Hija suya...

Rafe dejó escapar un suspiro entrecortado, aún aturdido por aquella revelación. Oyó a alguien moverse en la puerta y comprendió que Corinne había salido y se había puesto detrás de él.

—Rafe.

Se volvió para mirarla, y encontró sus suaves ojos llenos de preocupación y confusión.

—Lo siento —murmuró ella—. Pero la he oído marcharse y no he podido esperar más.

Rafe no dijo nada, sino que se limitó a tomar a Corinne en sus brazos.

—En ese caso, habrás oído parte de lo que ha dicho Kate.

Corinne afirmó con la cabeza.

—Parecía estar muy enfadada, porque hablaba muy alto. ¿De verdad es hija tuya?

—Sí. Por lo visto he encontrado una hija y la he perdido en el espacio de una tarde.

—¿Pero está...? —Corinne echó la cabeza hacia atrás para mirarlo con expresión preocupada—. Perdóname, pero ¿crees que esa pobre muchacha está del todo en su sano juicio? De lo que he llegado a oír, algunas de las cosas que ha dicho no tienen ningún sentido. Casi... casi hablaba como si estuviera reclamando tu alma.

—Es mucho peor que eso, querida. —Rafe sonrió con ironía—. Lo que pretende es devolvérmela.

Acarició el pelo de Corinne con los dedos, deseando rogarle que olvidara aquella intrusión de Kate en sus vidas, ansiando poder olvidarla él mismo. Estrechó a Corinne contra sí en un intento de aprehender de nuevo la felicidad que había experimentado en la playa, tratando desesperadamente de imaginar el hermoso futuro que los esperaba a los dos.

Contempló, más allá de Corinne, el crepúsculo cada vez más oscuro, la luz que derramaba un último resplandor sobre los tejados. Era un sol que se ponía, no que salía, y lo único que fue capaz de ver fue la expresión grave y desesperanzada de los ojos de Kate.

Capítulo 21

La tormenta se crenía sobre el castillo Leger lanzando lluvia y andanadas de truenos contra los gruesos muros de piedra. Helada de frío, empapada y agotada, Kate entró tambaleándose en el gran salón como si fuera la única superviviente de un naufragio. Ya era bien pasada la medianoche y nadie más se movía; era como si la familia entera hubiera caído bajo un maleficio, ya que la mansión se hallaba sumida en un silencio fantasmal.

Varios lacayos exhaustos yacían retrepados en sus sillas, y el antiguo mayordomo daba cabezadas en su puesto. Hasta la señora de la casa se había quedado dormida en un sillón colocado frente a la ventana de la salita, el mejor sitio para vigilar el camino, y su bello rostro se veía surcado por arrugas de tensión.

Justo igual que en un cuento de hadas, todos velaban vencidos por el sueño, esperando un milagro, un caballero medieval que viniera a romper el encantamiento, un guerrero que capturase al dragón. Sólo que Kate jamás se había sentido menos como un valeroso guerrero, y desde luego había fracasado en el intento de traer a casa el dragón.

Cansada y derrotada, subió lentamente la escaleras con cuidado de no hacer ruido; si alguien adivinara lo que estaba a punto de intentar, temía que tal vez quisieran detenerla. Por encima de todo temía la interferencia de Próspero, pero cuando se deslizó al interior del dormitorio de Val no advirtió indicio alguno de la presencia del gran hechicero. En la chimenea ardía un fuego, como si alguien hubiera tenido la esperanza de que el calor y la luz bastasen para devolver a Val a la vida.

Pero no había sido así. Ofrecía exactamente el mismo aspecto que cuando ella se fue. Su cabeza descansaba sobre la almohada, sus manos entrelazadas sobre el cobertor se veían tan pálidas e inmóviles como las de una efigie de cera. A Kate se le encogió el corazón, pues temía haber llegado demasiado tarde.

Acercó la cabeza a su pecho, angustiada, y dejó escapar un leve suspiro de alivio al oír el débil latido del corazón. Val no estaba muerto, y un solo vistazo a su rostro debería haber bastado para saberlo. Su amable semblante no había adoptado el reposo del sueño eterno; el gesto de su boca era severo, y su frente mostraba profundas arrugas, como si, aun entregado a su profundo sopor, no hallase liberación de la oscuridad interior que lo atormentaba.

Kate se puso de pie a su lado, con el corazón dolorido, y le retiró el pelo de la frente.

—Todo va a arreglarse enseguida —dijo—. Ya estoy aquí, y sé lo que tengo que hacer para salvarte. Aunque estoy segura de que tú no lo aprobarías. —Sus labios se curvaron en una sonrisa triste—. Tú me echarías una buena reprimenda y me dirías que dejase en paz el cristal, que es demasiado peligroso, y como de costumbre, tendrías razón. Si esta transferencia llega a funcionar, no tengo idea de cómo seré después de que... de que...

Kate tembló, pero se apresuró a ocultar su agitación bajo una risa entrecortada.

—¡Maldición! Ya soy tan malvada, que me atrevería a decir que el cristal no tendrá ningún efecto sobre mí. Pero si lo tiene, si me cambia hasta volverme irreconocible, hay una cosa que deseo que sepas: te quiero, Val. Siempre te querré. No existe ninguna magia en el mundo que pueda alterar eso.

Lo miró fijamente en busca de algún signo de que la estuviera oyendo, de que la entendiera; pero no hubo ninguna reacción en aquellos rasgos inmóviles y fríos. Kate se obligó a sí misma a darse la vuelta y dirigirse hacia el cajón en donde aguardaba el joyero de madera con su mortal objeto dentro.

Exhaló un suspiro trémulo cuando tomó la caja entre sus manos. La recorrió un escalofrío de temor, pero luchó por suprimirlo y elevó una ferviente plegaria:

—Por favor, señor, no me importa lo que me suceda a mí. Permíteme salvarlo a él —susurró.

Próspero había sellado de nuevo el cofre, pero a Kate no le costó apenas esfuerzo forzar la cerradura con una de sus horquillas para el pelo. Notó cómo el tirador cedía y acto seguido, haciendo acopio de fuerzas, alzó la tapa.

La cadena de plata descansaba sobre el forro de terciopelo, y el trozo de cristal pareció inofensivo e insignificante hasta que estalló un relámpago justo al otro lado de la ventana. Entonces el cristal refulgió con una repentina intensidad que cegó a Kate en medio de un brillo deslumbrante. No lo mires; no lo mires demasiado, se ordenó a sí misma. No podía permitirse caer bajo su poder hasta haber hecho lo que tenía que hacer.

Pero no podía apartar la vista de él. El cristal centelleaba con una belleza hipnotizante. Apenas capaz de respirar, Kate tomó aquella piedra hipnótica en su mano. Al ponerse la cadena alrededor del cuello sintió al instante una extraña oleada de energía y una abrumadora sensación de desesperanza.

«Jamás podrás hacer esto», pareció decirle una voz glacial. «¿Quién eres tú para jugar con semejante magia? Una pobre desgraciada, una bastarda. Y aunque pudieras lograrlo, ¿por qué correr un riesgo así por Val St. Leger? Ya nunca serás nada para él, tan sólo otra maldita Mortmain.»

Kate cerró los ojos. Era el cristal, que ya intentaba ejercer su efecto sobre ella exagerando todos sus pensamientos de amargura y desesperanza. Kate se obligó a reprimir dichos sentimientos, a alejarlos de sí.

Entonces corrió hacia la cama, se inclinó y besó a Val en los labios por última vez. Luego, tomando fuerzas, cogió su mano...

Los rayos iluminaban la imponente puerta principal del castillo Leger, lo cual hizo que Rafe Mortmain se sintiera como un pordiosero acurrucado en la entrada. Venía empapado hasta los huesos, la lluvia le resbalaba por la cara en helados reguerillos que se perdían bajo el cuello de su gabán. Pero él casi no notaba el frío; no era nada comparado con el pánico glacial que le atenazaba el corazón.

Debía de estar completamente loco para haber venido a aquel lugar, el bastión mismo de sus enemigos. La mansión de piedra se erguía por encima de él inundándolo de dolorosos recuerdos de la breve etapa de su juventud en la que era bien recibido tras aquellas puertas y se le ofrecía amabilidad y amistad.

Pero dicha etapa no duró mucho, antes de que fuera expulsado de allí por la sospecha y la desconfianza que parecían ser su legado, la maldición de llevar el infame apellido de Mortmain. Por fin había logrado escapar de todo aquello, había encontrado amor y felicidad aunque sólo fuera durante un brevísimo espacio de tiempo.

¿Por qué lo arriesgaba todo, dispuesto a renunciar a ello? Se apartó de la puerta, deseando haber podido adelantar a Kate mucho antes de que ésta llegase al castillo; pero había sido afortunado de que el viejo *Rufus* se hubiera portado tan bien. Kate llevaba mejor montura, y además cabalgaba como el propio diablo.

Sin embargo, ¿por qué no?, pensó Rafe con gesto grave. Kate era la hija del diablo, la pobre. Seguramente era demasiado tarde para impedir que llevase a cabo su temerario intento de salvar a Val St. Leger. Debería dar media vuelta y alejarse de allí mientras aún pudiera.

Pero por alguna razón no se atrevía a hacerlo. Ya era bastante malo que, de manera tan inconsciente, hubiera destrozado la vida a la pobre muchacha con su infame herencia, su enfermiza sangre Mortmain; ahora no podía permitir que volviera a padecer por causa del poder de aquel condenado cristal. Si había alguien que merecía sufrir, era él.

Se aproximó a la puerta principal, y a punto estaba de llamar con el aldabón cuando la hoja se abrió de repente con un crujido, casi como si lo estuvieran esperando. Sin embargo allí no había nadie, el vestíbulo se veía oscuro, silencioso y vacío.

Rafe pasó al interior, más nervioso todavía cuando el portón se cerró con fuerza tras él como si lo hubiera empujado el viento.

—¿H-hola? —llamó con voz áspera. Se hizo fuerte, pues esperaba ser descubierto en cualquier momento y asaltado por varios fornidos criados de St. Leger. Pero la casa entera parecía estar desierta.

Fue hacia las escaleras, el único lugar en el que veía que hubiera luz. Creyó detectar un movimiento en el descansillo.

—¿Hay alguien ahí? —llamó.

No hubo respuesta, pero Rafe sintió que lo recorría un escalofrío, un extraño impulso que lo llevó a seguir la misteriosa luz. Avanzó con cautela escaleras arriba hasta que emergió en el salón superior.

Habían transcurrido muchos años desde la última vez que estuvo dentro del castillo Leger, y lo que recordaba del trazado del ala nueva no era mucho. Vio puertas que conducían a lo que sabía que eran los dormitorios de la familia, todas cerradas excepto una. Por el umbral se filtraba la luz al pasillo, y Rafe no logró imaginar cómo, pero lo cierto es que supo que era allí donde debía entrar. Fue hacia la luz y penetró en el dormitorio, en el que parecía flotar un fantasmagórico silencio, aislado de la violencia del temporal que azotaba el exterior.

En la chimenea ardía un fuego que proyectaba un resplandor parpadeante sobre las cortinas y sobre la muchacha de cabello oscuro. Kate estaba arrodillada junto a la cama, aferrando la mano de Val, con la cabeza inclinada. Sus hombros se estremecían a causa de sollozos contenidos, y Rafe captó el brillo de aquel cristal infernal alrededor de su cuello.

—¡No! —exclamó con la voz ronca. Cruzó la estancia como una exhalación y agarró a Kate para apartarla de Val. La obligó a ponerse en pie y a mirarlo cara a cara.

El cristal relumbraba de modo maligno. Kate tenía el rostro mortalmente pálido, surcado de lágrimas, y una expresión oscura y vacía en los ojos.

—Por Dios santo, Kate. ¿Qué has hecho? —exigió Rafe. Ella se estremeció y pareció incapaz de responderle. Atenazado por su propio terror, Rafe le propinó una fuerte sacudida.

Entonces Kate parpadeó y levantó la vista hacia él como un niño desvalido.

—No... no ha funcionado —dijo en tono de desesperación—. No... no he podido hacer que funcionara el cristal.

—Oh, gracias a Dios —jadeó Rafe, inundado de alivio. Instintivamente, trató de rodear a Kate con sus brazos, para consolarla, pero aquel movimiento pareció sacarla a ella de su aflicción, porque se puso a lanzarle manotazos como una loca hasta que logró soltarse. Entonces retrocedió y lo miró a través de las lágrimas.

—¿Qué... qué demonios estás haciendo tú aquí?

Rafe deseó tener una respuesta sensata a aquella pregunta.

—Supongo que he venido a impedir que cometas una estupidez.

—Lo que haga yo no te concierne a ti. Ahora, apártate de la cama de Val si no quieres que me ponga a chillar para que vengan los criados.

Rafe lanzó un suspiro de cansancio.

—No seas tonta, Kate. No pretendo hacerle ningún daño. Sólo deseo ayudarlo.

—¿Ayudarlo? —Kate sorbió y observó a Rafe con suspicacia y desconfianza. Él no se lo reprochó; lo que acababa de decir lo había sorprendido incluso a él—. ¿Por qué? —preguntó con vehemencia—. Antes te has negado. Dijiste que preferías morir. ¿Por qué has cambiado de opinión?

Rafe se apartó de los ojos los mechones de pelo empapados en agua de lluvia. ¿Que por qué? Ojalá lo supiera él. A lo mejor era a causa del hombre que yacía en la cama, tan inmóvil y silencioso. Val St. Leger había sacrificado mucho para devolverle la vida a él; más que eso, para darle una vida nueva que él jamás había soñado que fuera posible. O tal vez fuera debido a Kate, la hija a la que había abandonado de modo tan inconsciente en medio del peligro y de la miseria, igual que había hecho su madre con él. Kate, su hija, que se veía a las claras que amaba a Val St. Leger, que lo tenía en mayor estima que a su propia vida.

—¿Qué importa el motivo? —preguntó Rafe en tono cansado—. He venido, de modo que terminemos de una vez con este maldito asunto. Dame el cristal, Kate, mientras todavía puedas.

Kate cerró la mano con gesto protector sobre el cristal, y Rafe comprendió que aquella piedra demoníaca ya había surtido cierto efecto en ella. Se hizo evidente que le costó un gran esfuerzo de voluntad quitársela y entregársela a él.

Rafe se estremeció cuando sus dedos se cerraron sobre la piedra. Se sintió como un prisionero que hubiera saboreado la libertad por un brevísimo instante y que hubiera aceptado ser recluido de nuevo en la fría oscuridad de su celda. Se pasó la cadena por el cuello y notó que el cristal depositaba su peso helado sobre la zona del corazón.

Dejó a Kate a un lado y se inclinó sobre la cama para observar a Val; sus quietas facciones se veían ensombrecidas por un tormento que él conocía muy bien.

Val St. Leger, su enemigo, pero también el hombre que le había hecho el mayor regalo de su vida: un mes libre de su propia maldad y oscuridad, un mes para encontrar amor y felicidad. Rafe supuso que era más de lo que muchos hombres habrían recibido nunca.

Cerró los ojos un momento para evocar el rostro triste de Corinne, los ojos solemnes de Charley. Luego se obligó a disipar aquella imagen, pues sabía que si no lo hacía, jamás podría llevar a cabo lo que se proponía.

Se inclinó y tomó la mano de Val. Estaba tan fría y falta de vida, que por un momento Rafe se avergonzó de haber abrigado la esperanza de que hubiera llegado demasiado tarde. Pero no era así. Ya percibía un extraño cambio en la atmósfera de la habitación, y su corazón se aceleró.

Hacía cada vez más frío y cada vez estaba más oscuro, pues el fuego había comenzado a menguar de repente. La tormenta pareció rugir más cerca e iluminó la estancia con relámpagos intermitentes. Rafe era apenas consciente de que Kate permanecía angustiada a los pies de la cama, pero su mirada no se apartó ni un segundo de Val.

De pronto, la ventana se abrió de golpe, lo cual hizo gritar a Kate. El viento y la lluvia invadieron la habitación, pero Rafe hizo caso omiso de ello, pues su atención estaba centrada en el hombre que tenía ante sí. ¿Lo habría imaginado, o había sentido un levísimo movimiento en los dedos de Val?

Un nuevo relámpago alumbró la cama, y en aquel momento Val experimentó una sacudida. Sus ojos se abrieron de golpe y miraron directamente a Rafe.

—M-mortmain —susurró con voz ronca.

—Todo está bien, St. Leger —dijo Rafe—. Ya sabes por qué estoy aquí.

Val se estremeció y trató de soltarse la mano. Increíble, pensó Rafe; aun infectado por la villanía y el insufrible dolor que le había transmitido él, san Valentine continuaba intentando no hacerle daño.

—Maldito seas, St. Leger —rugió Rafe—. Ya basta de heroicidades. Dame mi dolor. Devuélvemelo.

Y apretó con una fuerza tal, que los nudillos se le pusieron blancos. Val emitió un gemido y se retorció hacia Rafe con un sufrimiento demasiado grande para resistirlo, para contenerlo. De modo que tuvo que dejarlo escapar.

Los dedos de Val se convulsionaron, y Rafe lanzó una fuerte exclamación. Fue como si unas cuchillas le abrieran las carnes y penetrasen en sus venas. El veneno fluyó de nuevo hacia él, toda la oscuridad, la amargura, la desesperanza.

Rafe lanzó un alarido, deseoso de romper el contacto, pero se obligó a sí mismo a aguantar. Sintió el cristal bambolearse junto a su cuello, y entonces se produjo un cegador fogonazo de luz acompañado de una explosión ensordecedora. Rafe se sintió lanzado fuera de la cama y arrojado sobre la alfombra, donde rodó sobre sí mismo ahogado en un terrible dolor. Jadeó y cerró los ojos, para rendirse por fin al misericordioso olvido.

Un terrible silencio se abatió sobre la habitación. Kate permaneció agazapada detrás de la cama, con los ojos tapados. Cuando por fin se atrevió a moverse, temblando, alzó la cabeza temiendo a medias encontrarse el dormitorio entero reducido a escombros; pero todo parecía haber regresado a la normalidad, incluido el fuego que crepitaba en la chimenea. El temporal parecía haber amainado.

Se agarró al poste de la cama y se incorporó para mirar al enfermo. Val había vuelto a caer sobre las almohadas con la cabeza vuelta hacia un lado y los ojos firmemente cerrados. Con el corazón desbocado por la angustia, Kate corrió a su lado. Su cara estaba relajada y mostraba una expresión tan reposada que por un instante Kate temió lo peor: la transferencia se había torcido terriblemente y lo había matado. Pero entonces se fijó en el suave subir y bajar de su pecho y en el color que empezaba a teñir de nuevo sus mejillas.

Le puso unos dedos temblorosos sobre la frente; estaba tibia, tibia y llena de vida. Kate lo besó fervientemente en la mejilla al tiempo que unas lágrimas de alivio le rodaban por el rostro. Ahora Val iba a ponerse bien; estaba segura de ello. Por espacio de largos instantes estuvo tan ensimismada en su alegría, que casi se olvidó del otro hombre.

Miró con nerviosismo a su alrededor y descubrió a Rafe derrumbado bajo las ventanas, como si la fuerza de la explosión lo hubiera lanzado al otro extremo del dormitorio. La ventana aún estaba abierta y la lluvia mojaba su cuerpo inconsciente.

Kate se apresuró a cerrar la ventana y acto seguido se acercó a Rafe con toda la cautela de que fue capaz, como si se aproximara a un lobo herido. Rafe Mortmain. Su padre. Jamás podría imaginarlo en aquel papel, pero tampoco podría sentir hacia él el mismo odio de antes. Reacio a hacerlo o no, Rafe había salvado la vida a Val, y ella no podía por menos que agradecérselo. Lo había hecho pagando un precio considerable. Al parecer, Val se había sumido en un sueño dulce y reparador, pero era obvio que Rafe se hallaba atrapado en una pesadilla; el gesto de su boca era amargo, su frente se veía arrugada por el tormento como si una vez más estuviera luchando con sus demonios interiores.

Tal vez aquello no fuera más que lo que merecía, pero Kate no pudo evitar sentir compasión por él. No había nada que ella pudiera hacer por Rafe, salvo quizás aliviarlo de la terrible influencia que ejercía aquel cristal sujeto a su cuello.

Le daba miedo tocar otra vez la maldita piedra, pero hizo acopio de fuerzas. Fue a coger la cadena, pero al instante retiró la mano con una súbita exclamación. El cristal… O estaba volviéndose completamente loca, o la piedra se había movido sola.

El pulso se le aceleró bruscamente por el miedo mientras contemplaba cómo el cristal se alzaba, arrastrando la cadena consigo, y se liberaba del cuello de Rafe. Kate retrocedió aterrada, contemplando con asombro el cristal, que avanzó flotando por la habitación en dirección a la chimenea.

Y fue a caer directamente en la mano tendida de Próspero. El hechicero se había materializado junto al fuego y miraba a Kate con sus ojos oblicuos y la inescrutable expresión habitual en él.

Kate dejó escapar un largo suspiro de alivio. Por lo menos ahora ya se había resuelto un misterio, el motivo de la súbita aparición de Rafe Mortmain, su espectacular cambio de opinión. Sonrió ampliamente a Próspero y le dijo:

—Fue usted todo el tiempo. Debería haberlo imaginado. Usted empleó su magia con Rafe. Ha sido usted el que lo ha traído hasta aquí.

Próspero se guardó el cristal y se acercó hasta situarse sobre el cuerpo inerte de Mortmain con expresión divertida.

—Ciertamente, he hecho uso de mis poderes para facilitarle la entrada al castillo, pero respecto a traerlo hasta aquí... No, querida. Ya os dije que Mortmain tenía que renunciar por voluntad propia, y eso es lo que ha hecho.

—Pero es que lo ha sacrificado todo por salvar a Val... su felicidad, su libertad. ¿Por qué lo ha hecho?

—No tengo idea. Tendréis que preguntárselo vos, aunque dudo que sea capaz de decíroslo.

—¿Por qué? —Kate miró a Rafe, sorprendida de sentir una punzada de angustia—. ¿Acaso no va a recuperarse?

—Oh, se recuperará perfectamente, sobre todo ahora que el cristal lo tengo yo. Tanto Rafe como vuestro Val volverán a ser esencialmente los hombres que eran antes, lo cual quiere decir que más vale que llaméis a los criados para que sujeten a Mortmain antes de que recupere la conciencia.

—¿Que lo sujeten? —balbució Kate.

—Sí, Rafe Mortmain ha sido devuelto completamente a su antiguo yo. Cuando despierte, será tan peligroso como lo ha sido siempre.

—Oh, sí, por supuesto —murmuró Kate.

Pero por alguna razón Rafe no le parecía peligroso, sino simplemente hundido y derrotado. Aun así, no estaba dispuesta a correr riesgos, sobre todo cuando la vida que podía estar en peligro podía resultar ser la de Val.

Se apresuró a obedecer la indicación de Próspero mientras éste tomaba las medidas necesarias para cerciorarse de que el peligroso cristal quedaba encerrado para siempre. Ninguno de los dos vio agitarse las pestañas de Rafe Mortmain, ni la lágrima que resbaló por su mejilla.

Capítulo 22

Val se apoyó sobre el bastón de madera que le había fabricado Jem y traspuso sin hacer ruido la puerta de la biblioteca para salir al jardín. El tétrico silencio que llevaba días flotando en la casa se vio disipado por el parloteo de animadas voces. No sólo había regresado Lance con su padre y con Marius, sino que la noticia de la enfermedad de Val había llegado además a sus hermanas.

Mariah, Phoebe y Leonie habían acudido al castillo Leger con sus familias, y ahora la mansión se hallaba repleta de mujeres felices, mujeres que habían temido asistir al funeral de Val y que ahora disfrutaban haciendo planes para su boda.

Val agradecía todo el derroche de cariño y de felicitaciones de su familia, pero le resultaba un tanto abrumador. Huyó a hurtadillas a la relativa quietud del soleado jardín con un suspiro de agradecimiento. Para el resto de los St. Leger, era como si aquel último mes tan siniestro no hubiera existido nunca. Ojalá él pudiera olvidarlo con tanta facilidad, sus violentos arrebatos de mal genio, las cosas despiadadas que había dicho y hecho. Tenía un buen número de cosas que enmendar con muchas personas: su hermano Lance, su primo Víctor, Carrie Trewithan y su marido Reeve... No, un momento, reconoció Val; aún no sentía el menor impulso de pedir disculpas a Reeve.

Pero había una persona, más que ninguna otra, a la que Val ansiaba ver y suplicar que lo perdonara: Kate. Su dama, ahora su novia elegida. Sonrió suavemente y su corazón se inundó de una tranquila dicha con el solo hecho de pensarlo.

Effie había sorprendido a todo el mundo presentándose aquella mañana a primera hora en el castillo, no con su habitual mar de lágrimas, sino con un valor y una melancólica dignidad que resultaron asombrosos. Pero no más asombrosos que su revelación, el secreto que había guardado durante años: que ella era la madre natural de Kate y que el padre de ésta era Rafe Mortmain.

Effie y Rafe... Aquello todavía le resultaba demasiado increíble a Val, pero apenas había prestado mucha atención a semejante confesión hasta que Effie admitió por fin que Kate siempre había sido la novia que le estaba destinada a él.

Aquella revelación lo dejó estupefacto, y sin embargo, al mismo tiempo no tanto. En algún rincón de su corazón de St. Leger, tenía la sensación de haberlo sabido siempre. Tan sólo lo sorprendía que Kate no hubiera venido con Effie a decirle la verdad. ¿Con Effie? ¡Maldición! Val habría esperado que Kate se presentara a su puerta con el vicario y el anillo.

Pero su niña salvaje parecía mostrarse extrañamente retraída desde la recuperación de él, y lo que era aún más extraño: ausente de su lado. Kate estaba exhausta, había explicado Effie, agotada por todo lo que había sucedido en los días pasados, y Val apenas podía reprochárselo; durante aquel mes él había hecho pasar a su amor por un terrible calvario, y tenía la intención de pasar el resto de su vida compensándola por ello.

Apoyado en su bastón, no hizo caso del familiar dolor en la rodilla y echó a andar por el trillado sendero que conducía a los establos. Entonces, de golpe se topó con su hermano que venía en dirección contraria. Se quedó petrificado al ver a Lance, con una sensación de rigidez y torpeza, acordándose de la última vez que habían intercambiado un diálogo a solas, la triste pelea que tuvieron aquel día en la playa.

Pero por lo visto Lance no sufría dicha incomodidad. Sonrió a Val de oreja a oreja y le dio una palmada de cariño en el hombro.

—Ajá, ¿qué significa esto, sir Galahad? ¿Acaso intentas huir de las señoras? No me parece un gesto muy caballeroso.

Val suspiró.

—Temo que me ahoguen entre tanto té y tantas atenciones. Ni siquiera nuestra madre muestra su discreción habitual.

Lance soltó una risita, pero su mirada recorrió a Val de arriba abajo, con una súbita expresión que le empañó los ojos.

—Demonios, Val —murmuró—. Pero es un alivio verte en pie y

activo de nuevo, tal como tú eres, aunque yo hubiera preferido que fuera sin… sin eso. —Lance señaló con torpeza el bastón.

Val acarició con la mano la tosca empuñadura de madera.

—En realidad, opino que Jem ha hecho un espléndido trabajo al fabricarlo con tan poca antelación. Estoy seguro de que entenderás que no sienta el menor deseo de volver a poner los ojos en mi bastón de plata, el que tiene el estilete.

—Apuesto a que Víctor tampoco.

Val intentó sonreír, pero algunos recuerdos, tales como la noche en que atacó a Víctor e hirió a Kate, seguían estando demasiado vivos en su memoria para bromear sobre ellos.

—Lance —comenzó, inseguro—. Durante este pasado mes he descubierto que hay cosas mucho peores que una rodilla lesionada que pueden afligir a un hombre. Respecto a la pelea que tuvimos aquel día, después de mi reyerta con Trewithan…

Pero Lance ya estaba sacudiendo la cabeza en un gesto negativo e intentaba interrumpirlo:

—Por el amor de Dios, Val, no tienes que explicarme nada. Sé que estabas bajo la influencia del cristal.

—Puede que el cristal exacerbara mi mal genio, pero no puso en mi boca las palabras que debía pronunciar. Todas aquellas cosas que te dije…

—Eran cosas que seguramente necesitaban terminar diciéndose. Sé que lo que hiciste por mí en aquel campo de batalla, lo hiciste voluntariamente. Eres mi hermano. Yo no habría dudado en hacer el mismo sacrificio por ti, si hubiera podido. Pero eso no equivale a decir que no hubiera sentido algún resentimiento más tarde, cuando tuviera que vivir con las consecuencias. —Lance lo miró con el corazón en la mano—. Creo que tú siempre te has sentido culpable de tu resentimiento, que has intentado negar que lo tuvieras incluso. Pero es que sólo eres un ser humano, Val.

—Sí —aceptó Val con una mueca—. Si este pasado mes me ha enseñado algo, ha sido eso.

—Entonces, puede que aún salga algo bueno de todo esto, porque tú siempre te has esforzado mucho por ser demasiado perfecto, san… —Lance se interrumpió a sí mismo y compuso una expresión tan avergonzada que Val tuvo que sonreír.

—San Valentine. Adelante, dilo, sir Lancelot.

Lance mostró una ancha sonrisa.

—No, porque entonces tendríamos que empezar a lanzarnos cosas el uno al otro, y terminaríamos peleándonos por todo el jardín. No sólo nos estamos haciendo demasiado viejos para comportarnos de esa manera, sino que no me gustaría terminar poniéndote un ojo a la funerala antes del día de tu boda.

—Atrévete, si eres valiente —replicó Val. Y añadió angustiado—: Estarás a mi lado, ¿verdad, Lance?

—Señor, ¿es que no llevo toda la vida esperando para hacer eso? Y, hablando de bodas y de tu candorosa prometida, ¿dónde está esa diablilla?

—Kate está en Rosebriar. Precisamente ahora me dirigía a buscarla.

Para sorpresa de Val, una expresión intranquila cruzó el semblante de Lance, el cual lanzó una extraña mirada hacia los establos.

—Esto... Val, hay otra cosa de la que tenemos que hablar. Es sobre Rafe.

—¿Qué pasa con él? —preguntó Val—. Cuando desperté de la transferencia, había desaparecido otra vez. Supongo que se ha ido para mucho tiempo.

Lance se rascó el mentón con aire incómodo.

—Er... No, en realidad, cuando regresé al castillo descubrí que Jem y uno de los criados habían encerrado a Rafe en la antigua mazmorra que hay bajo la torre. Y yo... yo lo he soltado—. Dirigió a Val una mirada de soslayo que era a un tiempo de desafío y de culpabilidad—. Maldita sea, Val, ya sé que siempre has despreciado a ese hombre y que jamás te has fiado de él, pero yo siempre he creído que Rafe tenía muchas cosas buenas y que volvió por voluntad propia para salvarte la vida. Y, te guste o no, es el padre de Kate y... y...

—¡Lance! —Val levantó una mano para detener la retahíla de palabras de su hermano—. Has hecho lo correcto. Me alegro de que lo hayas dejado libre.

—¿De verdad? —Lance lo contempló atónito—. En fin, eso es realmente estupendo, porque en estos momentos Rafe está en los establos ensillando su caballo para partir, excepto que insiste en hablar contigo antes de irse.

Val se tensó ligeramente ante aquella perspectiva, pero asintió con gesto solemne. Echó a andar en dirección a los establos con el nervioso Lance a la zaga. Pero hizo una pausa lo bastante larga para sacar su bastón y detener a su hermano.

—Lance, si no te importa, preferiría hablar con Rafe a solas. —Al ver que surgía una expresión de alarma en los ojos de Lance, agregó—:

No te preocupes. Te prometo que esta vez Rafe y yo no intentaremos matarnos el uno al otro.

Lance no pareció tranquilizarse del todo, pero se quedó atrás mientras Val reanudaba su camino.

Al aproximarse a la puerta del establo, Val se fijó en que apenas había por allí criados ni mozos de caballos, como si ellos también temieran alguna desagradable confrontación, como dos caballeros rivales a punto de luchar entre sí.

Val entró en los establos aferrado a su bastón, dejando que sus ojos se adaptaran a la oscuridad del interior, respirando el aire perfumado con el suave aroma del heno, el cuero y los caballos. Paseó la vista por la larga hilera de pesebres y vio a Rafe de pie, ajustando la cincha de un viejo caballo castrado de aspecto aún más miserable que *Vulcan*.

La actitud de Rafe era bastante parecida a la que recordaba Val: fría, distante y arrogante, salvo que ahora sabía muy bien el dolor y la desesperanza que había ocultas bajo aquella dura coraza exterior.

Rafe levantó la vista de su tarea al percatarse de la entrada de Val, y ambos hombres se midieron el uno al otro en silencio por espacio de largos instantes. Resultaba de lo más extraño, se dijo Val, mirar fijamente a los ojos de un hombre que llevaba tanto tiempo siendo su enemigo y darse cuenta de que ahora lo entendía casi mejor que si se tratara de su propio hermano.

Rafe fue el primero en hablar, después de aclararse la garganta:

—Me alegro de verte en pie, St. Leger. Tu hermano me ha dado permiso para irme. Pero no tenía la impresión de que esa decisión le correspondiera a Lance; eres tú a quien he hecho daño, quien debería decir si debo irme o quedarme.

—Eres enteramente libre para marcharte, Rafe —repuso Val—. En cuanto me contestes a una pregunta.

—¿Y cuál es?

—He vivido con tus pesadillas y tu dolor durante sólo un mes, y casi ha sido suficiente para volverme loco. No creo que pudiera asumir voluntariamente semejante carga otra vez. Tú no tenías la obligación de regresar a salvarme; ¿por qué lo has hecho?

Rafe se encogió de hombros.

—Olvidas que yo también he vivido con una parte de ti, St. Leger. Por lo visto, durante un breve período de tiempo has hecho de mí un condenado héroe que rescata viudas y huérfanos. —Una sombra cruzó el rostro de Rafe. Bajó los ojos para esconder su expresión y continuó—: Hay una mujer, con su hijo, que he dejado en Falmouth. Corinne y Charley Brewer. Comprendo que no tengo derecho a pedirte favor alguno, St. Leger, pero... pero te agradecería que los buscaras y te cercioraras de que los dos se encuentran a salvo y bien atendidos.

—Está bien, lo haré gustoso, pero ¿por qué ya no quieres ocuparte de eso tú mismo?

—¿Acaso lo has olvidado? —replicó Rafe con amargura—. El cristal me ha devuelto mi antigua personalidad. Ya no soy ningún héroe.

Tiró del caballo para sacarlo del establo, pero Val lo cogió del brazo para retenerlo.

—Rafe, antes de que te vayas, hay una cosa que debes entender. La transformación que se obró en mí no se debió tan sólo a la amargura que pudiera haber absorbido de ti; yo también tengo la mía.

Rafe frunció el entrecejo.

—¿Por qué me dices esto?

—Porque tampoco creo que el cambio que se obró en ti fuera enteramente por mi causa. A lo largo de todos estos años, Lance ha intentado decirme que estaba equivocado respecto de ti y que debería haberle hecho caso, haberte dado una oportunidad. Lo siento.

Rafe emitió una risa sin alegría.

—Ahora estás empezando a creer que debajo de mi malvado pellejo de Mortmain sin duda podrías encontrar rastros de un hombre decente. ¿Por eso has decidido dejarme marchar?

—En parte. Y también porque sería de muy mala educación ahorcar al padre de mi futura esposa.

—¿Piensas casarte con Kate?

—Sí.

—¿Aun sabiendo que es hija mía?

—Así es. ¿Qué diferencia puede representar eso? Yo la amo.

Los ojos de Rafe se agrandaron.

—Es sólo que... casarse un St. Leger y un Mortmain... —Lanzó un largo silbido—. Eso va a hacer que todos nuestros antepasados se revuelvan en sus tumbas.

—O puede que ponga fin definitivamente a esta insensata disputa entre familias.

La boca de Rafe se transformó en una sonrisa a regañadientes.

—Puede.

Val le tendió la mano y, tras una breve vacilación, Rafe la aceptó. Cuando se juntaron las palmas de ambos, Val experimentó el hormigueo del viejo impulso de siempre: aferrar a Rafe, aliviar algo del dolor que veía en las sombras de sus ojos.

Pero no tenía la responsabilidad de salvar al mundo entero. Rafe tendría que encontrar la curación por sí mismo. De modo que retiró la mano.

Siguió a Rafe hasta la luz del sol. Al subirse a la silla, Rafe dijo:

—¿Querrás despedirte de Kate en mi nombre?

—¿No deseas verla tú mismo?

Rafe negó con la cabeza.

—Ahora no necesita un padre; es un marido lo que quiere. Pero espero que seas capaz de hacerla entender una cosa: es posible que yo sea un perfecto canalla, pero si hubiera sabido que existía ella, jamás me habría marchado, jamás la habría abandonado.

—Ya sé que no —repuso Val suavemente—, y me cercioraré de que también lo sepa Kate.

Rafe se lo agradeció con un gesto de cabeza. Acto seguido, con un breve saludo, espoleó a su montura y se alejó. Val lo contempló hasta que se perdió de vista y después regresó al interior del establo, a prepararse para lo que se le antojaba que había esperado una vida entera: ir a buscar a su novia elegida.

Poco más tarde, Val llamaba a la puerta de Rosebriar Cottage procurando contener su impaciencia y su ansia. Al ver que iban pasando los segundos y que nadie respondía a su llamada, levantó el bastón para golpear de nuevo la puerta.

En eso se abrió la puerta de par en par, pero no apareció ninguno de los sirvientes, sino la señora de la casa en persona. Effie recorrió a Val con la mirada y al instante rompió a llorar.

—Oh, por favor, Effie —dijo Val rápidamente—. Está bien, ya te dije esta mañana que te perdono, así que no hay necesidad de...

—No... no estoy llorando por eso —sollozó Effie—. Es por Kate.

—¿Qué le pasa? —quiso saber Val—. ¿Está enferma? —Al ver que Effie parecía incapaz de contestar, pasó por delante de ella y entró en el vestíbulo—. ¿Dónde está Kate? Déjame hablar con ella.

—No p-puedo.

—¿Por qué diablos no puedes?

—P-porque no sé dónde está —gimió Effie—. Kate ha desaparecido.

· · ·

Val subía a toda prisa los gastados escalones de piedra, sin darse cuenta apenas del dolor de la rodilla, pues otros sentimientos más fuertes anulaban cualquier incomodidad física. Kate llevaba horas desaparecida. Nadie la había visto en ninguna parte del castillo Leger ni en Torrecombe. Val había interrogado con desesperación a todo bicho viviente de la aldea, cuando de pronto se le ocurrió que estaba buscando la respuesta en el lugar equivocado, que no debería consultar a ningún viviente.

Con un gesto en la boca de preocupación y temor, emergió en la cámara de la torre, tan silenciosa como si llevara siglos abandonada. Con los sentidos aguzados por su miedo por Kate, Val no se dejó engañar.

—Próspero —llamó.

No hubo respuesta. El hechicero se había materializado para muchos miembros de la familia St. Leger, pero jamás se había dignado aparecerse ante Val. Aquello iba a tener que cambiar de inmediato, pensó Val con la mandíbula apretada.

—¡Próspero! —rugió al tiempo que golpeaba con la punta del bastón contra las losas del suelo.

—Ya te he oído la primera vez —replicó una voz sedosa—. Ocurre que estoy muerto, no sordo.

Aquella contestación, aun proferida en voz baja, sobresaltó a Val, y el súbito frío que se hizo en la estancia le puso el vello de la nuca de punta. Se volvió lentamente y descubrió al hechicero de pie detrás de él, apoyado contra el poste de la cama, estudiándolo con los ojos entornados.

En cualquier otro momento, a Val quizá lo hubiera embargado una sensación de asombro. Hubo una época en la que habría dado lo que fuera por tener un encuentro con Próspero, por abrumar a la sombra de su antepasado con un centenar de preguntas sobre la historia de los St. Leger; pero ahora sólo había una cosa que necesitaba saber.

—¿Dónde está Kate? ¿Adónde ha ido? ¿Qué has hecho con ella? —le exigió.

En lugar de responder, Próspero lo observó con una expresión divertida que a Val le resultó indignante.

—Por san Jorge, primero invades mi torre bramando y ahora me disparas preguntas como si fueras el gran inquisidor. Y yo que creía que tú eras el más tranquilo.

—Yo te enseñaré lo que es la tranquilidad —rugió Val—. Si no me dices dónde está Kate, pienso armar un escándalo lo bastante grande como para derrumbar esta torre en pedazos ante tus oídos.

Próspero bostezó, al parecer singularmente imperturbable por aquella amenaza.

—¿De modo que has perdido a tu dama? Un descuido por tu parte. ¿Qué te hace pensar que yo sé dónde se encuentra?

—Que, por lo que podido saber, últimamente Kate y tú habéis hecho muy buenas migas. Durante este último mes tengo la sensación de que eres tú la persona a quien ha venido a ver en busca de... de...

—¿Del consuelo y la amistad que antes encontraba en ti? En efecto, así ha sido. ¿Estás celoso? —lo provocó el mago—. Confieso que si nuestras circunstancias fueran las contrarias, si Kate fuera mi dama, yo sentiría celos. —Emitió una tos reprobatoria y añadió rápidamente—: Por supuesto, siempre suponiendo que fuera presa de emociones insignificantes tan propias de los mortales, lo cual no es el caso.

—Ya, pues me temo que yo soy presa de unas cuantas de ellas. —Val lanzó un suspiro—. De veras te envidio por cada momento que has disfrutado en compañía de Kate, por cada sonrisa que te ha concedido. Pero en este instante estoy mucho más preocupado que celoso, de manera que ¿quieres decirme por favor adónde ha ido?

Próspero cruzó los brazos sobre el pecho y frunció el ceño.

—¿Para qué quieres encontrarla?

—¿Para qué crees tú? —replicó Val, impaciente—. La amo y quiero casarme con ella.

—¿Aunque sea una Mortmain, la hija de tu gran enemigo?

—Pues sí, ¿qué importancia tiene eso?

—Por lo visto, Kate opina que tendría mucha importancia para ti.

Val miró fijamente a Próspero, al principio aturdido por las palabras del hechicero, luego aguijoneado por el remordimiento. Naturalmente, ahora empezaba a encajar todo; la actitud retraída de Kate, por qué lo había estado evitando desde su recuperación.

Asió con fuerza la empuñadura de su bastón y maldijo en silencio su estupidez. Qué necio, idiota e insensible había sido, tan ensimismado en su propia alegría al descubrir que Kate era su novia elegida. Bien poco había pensado en lo que podía estar sintiendo ella, por lo que estaría pasando en su lucha por asimilar la impresión que le supuso enterarse de quién era su padre.

—Dios mío —murmuró Val—. ¿Por eso es por lo que ha huido Kate? ¿Porque se ha enterado de que es una descendiente de los Mortmain? ¿Cómo ha podido pensar que eso iba a significar algo para mí?

—Oh, pues no sé. Déjame ver —dijo Próspero con sorna, acariciándose la barba—. Tal vez sea por la historia que escribiste tú, en la que registraste meticulosamente cada una de las fechorías de esa familia. O puede que sea porque tú le has enseñado a odiar a todos los Mortmain porque son unos malvados, sobre todo el hombre que ha resultado ser su padre.

Val se encogió.

—Sí, me temo que así es. Estaba equivocado acerca de Rafe, equivocado acerca de muchas cosas del pasado, pero jamás acerca de mis sentimientos hacia Kate.

—Entonces, ¿no verás a tu enemigo reflejado en los ojos de ella?

—Claro que no.

—¿Jamás te sentirás tentado de mirarla con suspicacia y desconfianza?

—No, maldita sea —insistió Val—. No me importaría que Kate descendiera del diablo en persona. Eso no cambiaría lo que es: una mujer afectuosa, maravillosa, valiente.

—Confío en que tengas muy claro ese extremo, doctor St. Leger, porque si albergas aunque sea el más mínimo indicio de duda, tienes que alejarte de ella. Kate ya ha soportado bastante dolor y rechazo en su vida, y no quiero que sufra más.

La inesperada vehemencia de Próspero dejó a Val atónito.

—Por Dios —dijo en voz queda—, creo de veras que tú también te has enamorado de Kate.

Al principio, el mago pareció sorprendido por aquella sugerencia, pero enseguida se rehízo indignado.

—Eres un completo imbécil. Ya te he dicho que yo no estoy sujeto a esas miserables debilidades humanas.

Y pasó majestuosamente junto a Val, con un gesto tan altivo y ofendido que éste tuvo que reprimir una sonrisa.

—Os pido sinceramente perdón, mi señor.

—Más te valdría —replicó Próspero. Se desplazó rápidamente hasta la saetera del muro y permaneció largo rato mirando por ella, hasta que por fin dijo de mala gana—: Encontrarás a tu dama donde cabría esperar encontrar a un Mortmain.

Aquellas crípticas palabras desconcertaron a Val al principio, pero luego comprendió de pronto, y dio un salto alarmado.

—¡La Tierra Perdida! —jadeó—. ¿Has permitido que Kate vaya a ese lugar olvidado de Dios?

—Deberías conocer lo suficiente a tu Kate para comprender que a ella nadie le permite hacer nada —repuso Próspero secamente.

Con el corazón acelerado nuevamente por la alarma, Val apenas se entretuvo en dar las gracias a Próspero por la información, sino que agarró su bastón con fuerza y salió disparado hacia las escaleras de la torre.

Capítulo 23

*R*afe Mortmain recorrió penosamente la angosta calle de adoquines que conducía al muelle, con el cuello del gabán alzado para protegerse del azote del viento y su ajado baúl de viaje bien sujeto en la mano. Calculó que le quedaba el dinero justo para tomar el paquebote que se dirigía a Francia, desde donde podría buscar un empleo a bordo de algún buque oceánico como primer oficial, contramaestre o incluso un marinero ordinario; poco importaba el trabajo.

El cristal había desaparecido. Había recuperado su salud y su vitalidad. Al menos había salido del castillo Leger con eso ganado. En cuanto a lo demás, la amargura y la desesperanza que siempre habían seguido sus pasos... Lanzó un suspiro de cansancio. Sobreviviría. Siempre había sobrevivido. Se le daba muy bien.

Se concentró en el puerto que tenía delante, en los mástiles envueltos en la temprana bruma matinal. Intentó sentir su antigua emoción por hacerse a la mar, pero la visión de todos aquellos barcos anclados extrañamente lo dejó frío y gris, igual que el agua que lamía el embarcadero.

En contra de su voluntad, sus pensamientos volvían una y otra vez a la acogedora habitación de la posada. La mujer y el niño estaban profundamente dormidos cuando él se marchó a hurtadillas, pero Corinne se levantaría pronto y encontraría su carta de despedida. No supondría ninguna sorpresa para ella; desde que Rafe había regresado de Torrecombe el día anterior, por fuerza tenía que haber advertido el cambio operado en él, la distancia glacial y el modo desabrido en que se retiró de ella y del pequeño.

Suponía que debería haber tenido la decencia de decirle adiós a la cara, de decirle que se iba, pero una nota de despedida era más de lo que habían recibido de él la mayoría de sus amantes.

Excepto que Corinne no había sido su amante. Fuera lo que fuese lo que había sido, fuera lo que fuese lo que él había imaginado sentir por ella, había desaparecido. Todo formaba parte de la locura inducida por el cristal en la víspera de Todos los Santos. Dudaba que cuando se marchara de Falmouth lograse siquiera recordar su cara.

Como si quisiera acelerar el proceso de olvidar, apretó el paso. Y apenas oyó a la mujer que se precipitó tras él hasta que ésta lo llamó por su nombre.

—¡Rafe! Por favor… ¡espera!

Rafe se quedó petrificado al oír la voz de Corinne. Se volvió muy despacio e hizo un gesto de disgusto al verla correr por la calle en dirección a él. Tenía pensado encontrarse ya muy lejos para cuando Corinne cayera en la cuenta de que se había ido, o, en defecto de eso, esperaba que Corinne fuera lo bastante sensata como para no seguirlo. Pero sabía cómo manejar la situación; su frío desdén y su mirada gélida siempre habían bastado para que una mujer pusiera pies en polvorosa.

Se irguió en toda su estatura, en un intento de adoptar su habitual gesto duro y sarcástico, pero su expresión se ablandó en cuando reparó en que Corinne apenas había tenido tiempo para vestirse como era debido. El gastado chal negro que se había echado encima de su delgado vestido de algodón la protegía escasamente del aire húmedo de la mañana.

—Maldita sea, Corinne —gruñó cuando ella llegó a su altura—. ¿Qué pretendes hacer? ¿Pillar una pulmonía?

Corinne no dijo nada, pues no tenía resuello para contestar. Tembló cuando el viento le arremolinó el cabello castaño por delante de los ojos.

—¿Es que has perdido el juicio? ¡Salir así, medio desnuda, sin ponerte al menos un maldito gorro! —Dejó el baúl en el suelo y, tras agarrar a Corinne por los hombros, la arrastró sin contemplaciones hasta el refugio que proporcionaban unas cajas de embalaje apiladas junto a un almacén del muelle.

Se colocó enfrente de ella y la miró furioso mientras Corinne luchaba por retirarse el pelo de la cara. Ya tenía roja la punta de la nariz, aunque sus ojos se veían extraordinariamente despejados. Se hacía evidente que no había estado llorando, lo cual era un alivio. Pero la expresión triste que le devolvió a Rafe era casi peor.

—¿Qué estás haciendo aquí, perseguirme? —rugió Rafe—. ¿Es que no has leído mi carta?

—S-sí —balbució ella—. Aunque no la he entendido del todo.

—¿Qué es lo que no has entendido? Creo que he expuesto largamente y con todo detalle el relato de todos los crímenes que he cometido a lo largo de mi vida. Soy un sujeto despreciable, y tú y tu hijo haréis bien en libraros de mí. Soy un hombre buscado por las autoridades.

—Pero eso lo he sabido siempre, Rafe.

Rafe hacía todo lo posible por recuperar su actitud fría y distante, pero aquella suave declaración lo sorprendió con la guardia baja.

—¿Que lo sabías? ¿Cómo? —exigió.

Corinne se encogió de hombros, intentando retener el poco calor que le proporcionaba el chal en los hombros.

—Tienes a veces una forma de volver la vista hacia atrás como si esperases problemas, incluso cuando estabas de lo más descuidado, jugando con Charley en la playa. Y cada vez que había un policía cerca, tú siempre tenías mucho cuidado de llevarnos por el lado contrario de la calle.

Rafe se la quedó mirando. No creía que ella se hubiera dado cuenta de aquellos detalles, pero conociendo a Corinne, no lo sorprendió que así fuera. Sin embargo, había un hecho que lo llenaba de asombro.

—¿Adivinaste que yo podía ser un criminal, un hombre a cuya cabeza han puesto precio, y aun así en ningún momento hiciste nada?

—¿Qué querías que hiciera, Rafe?

—Deberías haber llamado tú misma al policía, haberme entregado. Si no por la recompensa, al menos para protegerte tú y a tu hijo.

—Charley y yo jamás hemos corrido peligro contigo.

—No, pero sólo a causa de lo sucedido en la víspera de Todos los Santos.

—En efecto, el trozo de cristal y ese doctor St. Leger de insólitos poderes para curar. Explicabas todo eso en tu carta.

—Pero, naturalmente, a ti te parece una completa locura y no me crees.

—Oh, claro que te creo —replicó Corinne—. Hay una sola cosa que me tiene confusa.

Rafe puso los ojos en blanco. Después de su loca narración sobre los St. Leger, cristales, hechiceros y transformaciones llevadas a cabo mediante magia negra, ¿había una sola cosa que no entendía Corinne?

—¿Y cuál puede ser? —preguntó.

Corinne lo taladró con su mirada clara y honesta.

—Me estaba preguntando bajo qué hechizo te encontrarías esta mañana para dejarnos a Charley y a mí casi todo tu dinero.

—Bueno, yo… —Rafe la miró ceñudo y fanfarroneó—: Ya te dije que el dinero no significaba gran cosa para mí.

—¿Y bajo qué hechizo te encuentras ahora —continuó Corinne, inexorable— que te hace ser tan amable conmigo?

—¿Amable contigo? Por si no te has dado cuenta, no he parado de gruñir y maldecir desde que nos hemos encontrado.

—En efecto —repuso Corinne con suavidad—. Pero, Rafe… también te has interpuesto entre el viento y yo.

Rafe abrió la boca para refutar aquella observación, pero quedó desconcertado al descubrir que no podía, porque Corinne tenía razón: seguía intentando protegerla, lo habría hecho con el último aliento que le quedara.

Por más duro y distante que pretendiera parecer, aquello no impidió que Corinne le sonriera, ni que se alzara de puntillas para rozarle con sus labios el severo gesto de la boca. Rafe debería haberle impedido hacer tal cosa, pero tenía la sensación de ser él quien estaba helado, vulnerable al gélido azote del viento. Sin embargo, era un hielo que comenzó a agrietarse y derretirse tras el primer contacto con los labios de Corinne.

Qué necio era, pensó con desesperación, por haber imaginado que iba a poder olvidar a aquella mujer. Sus dulces labios, su tacto suave, sus blandos ojos castaños iban a perseguirlo hasta el fin de sus días.

Con un profundo gemido, estrechó a Corinne con fuerza contra sí y se aplastó contra su boca en un ardiente beso. La mantuvo así, y le susurró con pasión al oído:

—Maldita seas, Corinne. ¿Por qué has hecho esto? ¿No entiendes que estaba intentando hacer lo más decente marchándome, y que ya no tengo la magia de St. Leger para que me ayude?

—Me alegro —replicó ella abrazada a él, besándolo con el mismo ardor en la barbilla, los labios, las mejillas, todas las partes de su rostro que podía alcanzar—. No quiero que intentes ser tan noble. Te quiero tal como eres.

—¿Tal como soy? —Rafe soltó una carcajada de amargura y desesperación—. Un pirata, un ladrón, un condenado Mortmain. ¿Qué clase de esposo sería para ti? ¿Qué clase de padre para Charley?

—No lo sé. ¿Por qué no se lo preguntas? —Corinne se movió en brazos de Rafe para volver la vista hacia la calle. Rafe se volvió y gimió en voz alta al ver la pequeña figura que estaba de pie a escasos metros de allí.

Oh, Dios, el chico no. Charley observaba a Rafe con unos ojos grandes y solemnes que ya estaban llenos de lágrimas. Rafe se separó de Corinne en un intento de recuperar el control de la situación, buscando su máscara glacial. Pero era demasiado tarde. Charley ya se había abalanzado sobre él y le había enroscado los bracitos alrededor de las piernas, con lo que estuvo a punto de hacerlo trastabillar.

—Oh, Rafe. Por favor, no te vayas.

Rafe juró en voz baja, tratando de ponerse rígido. Pero resultaba más bien imposible adoptar una postura de arrogancia con un niño pequeño y lloroso abrazado a las piernas de uno. De modo que se inclinó y levantó al pequeño en brazos.

Unos grandes lagrimones rodaban por las mejillas pecosas de Charley.

—No… no tienes que irte, Rafe. No importa lo que hayas hecho. Yo… he hecho muchas cosas malas, pero mamá siempre me perdona.

Y se apretó contra Rafe con la cara hundida en su hombro. Rafe le acarició la espalda y renunció a todo intento de mostrarse frío y severo. Quiso razonar con el niño, pero descubrió que tenía la garganta demasiado agarrotada para pronunciar palabra alguna.

Se volvió hacia Corinne y le dirigió una mirada en la que le suplicaba que fuera sensata, que lo ayudara a hacer lo correcto, pero ella no le dio cuartel. Con los ojos brillantes de lágrimas, murmuró:

—Un niño tampoco ha de ser abandonado por su padre, Rafe Mortmain.

Rafe la miró con expresión de impotencia, preguntándose qué habría sido de su frío corazón de Mortmain, el que se suponía que le había sido devuelto. Tal vez existieran en el mundo otras formas de magia que no procedían de cristales ni de los St. Leger, una magia curativa tan sencilla como el amor de un niño pequeño y la fe que brillaba en los ojos sinceros de una mujer. ¿Pero sería aquello suficiente para transformarlo a él, para disipar su oscuridad y su amargura?

Rafe rezó para que así fuera, porque no tenía fuerzas para dejar al niño en el suelo, dar la espalda a Corinne y marcharse de allí.

Sujetando a Charley con un brazo, utilizó la otra mano para tenderla hacia Corinne y secar la lágrima que había escapado de sus ojos para resbalar por su mejilla. Tragó saliva y le dijo:

—Eres una insensata, Corinne Brewer. Pero si eres lo bastante obstinada para persistir en esto, si estás lo bastante loca para casarte conmigo, yo… yo te juro a ti y al niño que jamás te daré motivos para lamentarlo.

—Estoy convencida de ello. —Corinne le sonrió con la mirada empañada.

Rafe la acercó y la estrechó contra sí en un apasionado abrazo. Por espacio de unos instantes, los tres permanecieron sumidos en su propio mundo, flotando en algún punto entre la risa y el llanto.

Rafe fue el primero en recobrarse; dejó a Charley en el suelo y dijo con brusquedad:

—Muy bien. Ya basta de todo este… sentimentalismo. Tenemos que tomar una decisión. —Dirigió a Corinne una mirada llena de amor, súplica y pesar—. Ya sabes que no puedo quedarme en Inglaterra. Los St. Leger han sido de lo más generosos, pero dudo que las autoridades locales me perdonen si me atrapan.

—Soy consciente de ello, y no importa, Rafe —repuso Corinne—. Mientras estemos juntos, mi hogar estará allá donde vayamos.

Rafe sintió que Charley le tiraba de la manga del gabán. El pequeño se limpió lo que quedaba de sus lágrimas y lo miró con expresión esperanzada.

—¿Qué tal África, Rafe? Siempre he querido ver un león.

—Er… bueno, yo había pensado en un sitio más domesticado. América, tal vez.

Charley sonrió de oreja a oreja.

—Oh, ir a América sería estupendo. ¿Y también podremos llevarnos a *Rufus*?

¿Arrastrar aquel viejo penco en una larga travesía por mar? Rafe alzó la vista por encima de la cabeza de Charley y se topó con la mirada divertida de Corinne.

—Qué diablos —dijo con un suspiro de resignación y una ancha sonrisa—. ¿Por qué no?

Charley lanzó un silbido de alegría y deslizó su mano en la de Rafe. Rafe rodeó a Corinne con el otro brazo y echó a andar para llevarlos de vuelta a la posada, a recoger sus pertenencias y a reservar un pasaje para su nueva familia hacia un nuevo mundo, una nueva vida.

Corinne y Charley, su familia, pensó Rafe con el corazón henchido de amor y de orgullo. Le gustó mucho cómo sonaba aquella palabra.

Capítulo 24

*E*l viento soplaba desde el mar, un triste aullido que atravesaba las ramas desnudas de unos cuantos robles maltrechos. Kate se acurrucó aún más bajo la capucha de su capa y fue sorteando con cuidado las ruinas ennegrecidas de lo que en otro tiempo había sido una elegante mansión.

Los pocos muros de piedra que quedaban en pie parecían estar a punto de derrumbarse en cualquier momento, las ventanas se veían destrozadas, y varias vigas en estado de putrefacción ensuciaban el suelo. El lúgubre aspecto de la casa parecía hacer juego con las tierras que la rodeaban, un aislado valle que se extendía formando una estrecha vaguada.

Normalmente, Kate se habría sentido atraída por el mar, habría ido en línea recta hacia al borde del agua; pero se quedó allí, temblando, pues la playa con sus dunas y sus dispersos parches de algas marinas se le antojó sombría y poco apetecible. Las olas que rompían contra la costa parecían melancólicas y frías, y del escarpado arrecife situado más allá se decía que había causado problemas a más de una embarcación.

Así que aquello era la Tierra Perdida, antaño el hogar de los viles y orgullosos Mortmain, sus antepasados. Llevaba horas caminando por aquella propiedad, intentando sentir algún tipo de conexión con aquel lugar, pero lo único que sentía era frío, cansancio y pena en el corazón.

Le dio la espalda a la playa y se preparó para emprender el regreso al sitio donde había dejado atado su caballo, cuando avistó el jinete que galopaba en lo alto de la colina. Se puso en tensión, pues sabía que la mayoría de las personas honradas evitaban aquel lugar desierto como si fuera la peste. Estaba pensando en la conveniencia de esconderse hasta que aquel desconocido hubiera pasado de largo, cuando de pronto se puso rígida.

Se protegió los ojos del pálido resplandor del sol y observó sin poder creérselo. El que se aproximaba no era ningún desconocido. Era Val. O por lo menos eso le pareció, con su cabello oscuro enmarañado sobre su claro rostro y su vieja capa ondeando desde los hombros. El corazón le dio un vuelco. Debería haber imaginado que él vendría a buscarla; llevaba casi toda su vida protegiéndola, y no iba a dejar de hacerlo ahora por muy repugnante que le resultaran sus ancestros. Era demasiado noble para eso.

Experimentó el antiguo anhelo de echar a correr a su encuentro y lanzarse a sus brazos, pero las negras ruinas de la casa parecían proyectar una larga sombra sobre ella que le recordaba lo que era ahora... una Mortmain.

De modo que se quedó donde estaba, y abrió los ojos como platos al reparar en que Val todavía montaba aquel demonio de caballo blanco. Observó angustiada cómo tiraba de las riendas y se aprestaba a desmontar. Saltó de la silla, aterrizando sobre su pierna buena, y vaciló sólo ligeramente cuando sus pies tocaron el suelo. A pesar de su cojera, se movió con la agilidad suficiente para atar las riendas del semental a una rama del roble. Kate corrió hacia él para soltar su bastón de la silla y entregárselo.

—Gracias —dijo Val en un tono tan calmo como si ella lo hubiera recibido en el patio de los establos del castillo Leger en vez de aquel lugar desolado y salvaje.

—Val, ¿qué estás haciendo aquí? —le preguntó consternada—. Y montando a *Tormenta*. Creía que te habías deshecho de él.

—Eso pensaba hacer, pero por lo visto hemos llegado a entendernos. —Val acarició el hocico aterciopelado del semental—. Ahora está de acuerdo en que sería de muy mala educación intentar arrojar al suelo al hombre que le paga la avena.

—Pero... pero la tensión de montarlo, tu pierna...

—Está perfectamente. —Val se encogió de hombros—. O puede que mi rodilla me pase factura más tarde, pero merecerá la pena. Había renunciado demasiado fácilmente a montar. Además, voy a necesitar un caballo rápido si tú te empeñas en huir de mí.

—No… no estaba huyendo de ti —se apresuró a negar Kate.

—¿No? Entonces lo imitas muy bien, querida. Desaparecer sin dejar rastro, a punto de matarme de la preocupación.

—Lo siento. No ha sido mi intención angustiarte.

—La próxima vez, informa de tu paradero a otra persona que no sea un fantasma recalcitrante. Excepto que no va a haber una próxima vez; dudo mucho que vuelva a permitir que te alejes de nuevo de mi vista.

Val le puso un dedo bajo la barbilla y la obligó a mirarlo. Su contacto fue tan suave como su media sonrisa de siempre, pero había algo distinto en sus ojos. No era la luz febril de las pasadas semanas, ni tampoco la paciencia y la resignación del antiguo Val. Su mirada sostuvo la de Kate, fuerte, firme y decidida; era la mirada de un hombre que sabía lo que quería y que había venido a buscarlo.

Kate sintió que se le paraba el corazón.

—Y bien, cariño, ¿qué es toda esta tontería? —le preguntó con ternura—. ¿Por qué has estado evitándome?

—Estoy segura de que sabes por qué me he alejado, y no es ninguna tontería, Val —dijo Kate en tono apesadumbrado—. Yo… yo soy una Mortmain.

—Si es eso lo que te preocupa, amor mío, es una situación que se puede remediar fácilmente. En cierta ocasión me pediste que compartiera contigo mi apellido, y estoy más que dispuesto a hacerlo.

Se inclinó para besarla, y ella apenas pudo apartarse, resistirse a él; como de costumbre, estaba intentando ser demasiado amable.

—N-no, Val.

Val se cruzó de brazos y la miró fijamente con el ceño fruncido.

—¿Y qué es lo que tienes pensado hacer, Kate? ¿Dejarme y venirte a vivir aquí?

—No, yo… no lo sé —farfulló Kate. Ni ella misma estaba segura de lo que había esperado conseguir al huir a la Tierra Perdida—. Siempre he oído decir que este lugar es maligno, tan maligno como los propios Mortmain. Supongo que simplemente quería verlo por mí misma.

—¿Y has visto algo maligno?

Kate recorrió con mirada incierta las ruinas negras de la casa y el sombrío aspecto del valle.

—No —se vio obligada a admitir—. Este lugar parece más que ninguna otra cosa, triste, solitario y desierto.

—Así es —la sorprendió Val al concordar con ella—. Yo tuve esa misma sensación cuando me sentía empujado a venir aquí todas aquellas tardes. Si hay algo que flota en la Tierra Perdida, es la tragedia de tantas vidas desperdiciadas en medio de frustraciones y amargura. —Val le sonrió tiernamente—. Lo mismo que me habría sucedido a mí si no llega a ser por ti, Kate.

—Oh, no, Val —replicó ella—. Ha sido sólo el cristal, que te hizo actuar así y...

Pero Val la interrumpió con un firme movimiento de cabeza.

—No, Kate. Siempre has querido imaginarme como un ser perfecto, pero tengo las mismas debilidades que los demás hombres. Temo que hace tiempo me habría convertido en un recluso, encerrado con mis libros y mi dolor, de no haber sido por ti.

—Que te molestaba y te importunaba —dijo Kate con ironía.

—Que me hacías reír y me obligabas a permanecer a la luz del sol. —Val suspiró—. Oh, Kate, he cometido muchos errores, el peor de todos el haberte enseñado a despreciar a Rafe Mortmain. Él no era un completo canalla, como tampoco yo era un héroe perfecto. Puedo decirte una cosa acerca de ese hombre, porque he vivido con sus pesadillas y con su dolor el tiempo suficiente para saberlo: si hubiera sabido que tú existías, habría cuidado de ti y te habría querido. Jamás te habría abandonado. Tienes que creerme.

Val la miró fijamente, con ojos oscuros y serios.

—Y... y te creo —respondió Kate con los ojos súbitamente llenos de lágrimas que tuvo que contener a toda prisa. No debería importarle tanto oír aquello sobre Rafe, pero por alguna razón le importó. El único pensamiento que le había causado más dolor que ninguna otra cosa en la vida era el hecho de saber que había sido rechazada, abandonada por sus padres para que se muriera.

—Nunca le di ninguna oportunidad a Rafe porque daba la casualidad de que su apellido era Mortmain —prosiguió Val—. Hizo falta una extraña víspera de Todos los Santos y un peligroso trozo de cristal para que yo fuera capaz de entenderlo a él y entenderme también a mí mismo. No soy ningún santo, Kate. No lo he sido nunca.

—Oh, Val. —Kate no pudo evitar alzar una mano para tocarle la mejilla con ternura—. Yo nunca he querido que lo fueras.

—Bien. —Val le pasó un brazo por la cintura con la intención de acercarla a él, pero Kate puso las manos contra su pecho deseando desesperadamente creer en aquel milagro, pero todavía insegura.

Estudió su rostro con ansiedad.

—Val, ¿estás... estás de verdad seguro de que aún me quieres? ¿De que no intentas simplemente ser amable y… y cumplir con tu deber? Seguro que te sientes obligado a casarte conmigo ahora que Effie dice que soy tu novia elegida.

—¿Obligado? —Val rompió a reír y dirigió a Kate una mirada llena de ternura y exasperación—. Mi querida Kate, todavía no has asimilado la leyenda de mi familia, ¿verdad? No tiene nada que ver con el deber ni con las obligaciones, sino tan sólo con la magia de dos corazones que se han unido, dos personas destinadas a encontrarse la una a la otra, a amarse para siempre. Igual que tú y yo.

—Igual que tú y yo —repitió Kate, ceñida por el brazo de Val, hipnotizada por el amor que veía brillar en sus ojos.

Val apartó las manos de Kate a los lados y la estrechó contra él para reclamar su boca de un modo que no dejaba espacio para más dudas. Fue un beso largo, lento y tierno, que dejó a Kate temblorosa y sin aliento.

—Y ahora, ¿quieres acabar de una vez con esta tontería y consentir en ser mi esposa? —le preguntó con falso enfado.

—Oh, sí, Val —susurró Kate, aceptando con más sumisión de la que había mostrado en toda su vida.

Val arrojó su bastón al suelo y rodeó a Kate con ambos brazos para levantarla contra él. Esa vez la besó a fondo, ternura mezclada con ardor, con una pasión ardiente que Kate jamás había esperado recibir de nuevo de su amable Val.

Se apartó apenas para mirarlo, mareada y jadeante.

—Val, no estarás todavía bajo la influencia de algún hechizo, ¿verdad?

Él rió de buena gana.

—No, a no ser que tú hayas estado metiendo la mano otra vez en artes de brujería. —Kate negó con la cabeza—. En ese caso, supongo que debo de ser yo el único responsable de todas estas ideas malvadas que están acudiendo a mi cabeza. —Le pasó el dorso de los dedos por la mejilla, con los ojos brillantes de tanto amor y deseo, que le robaron a Kate el poco aliento que le quedaba—. Teniendo en cuenta el escándalo que ya hemos armado, supongo que deberíamos tratar de comportarnos con algo de propiedad hasta que estemos casados.

—Supongo que sí —convino Kate, pero su suspiro fue tan pesaroso como el de él.

Aquella decisión duró sólo hasta que sus ojos tuvieron oportunidad de encontrarse de nuevo; entonces volvieron a caer de inmediato el uno en los brazos del otro.

• • •

Pasaron el resto de la tarde en la enorme cama de Val, cuyas sábanas revueltas dieron mudo testimonio del calor de su pasión. Kate estaba acurrucada junto a Val, con la cabeza apoyada contra su hombro, paladeando el hecho de que ya no hubiera barreras entre ambos.

Val yacía completamente desnudo a su lado. Saciada como estaba, no podía dejar de tocarlo, de pasar los dedos por los musculosos contornos de su pecho, por la oscura mata de vello. Val la acercó a él y depositó un leve beso en su cabeza con un suspiro de contento.

—Creo que jamás había entendido lo incontrolable que era el impulso de los St. Leger de aparearse con sus novias elegidas. —Val soltó una risita irónica—. Cariño, en algún momento tendremos que vestirnos e ir a buscar al vicario.

La única respuesta de Kate consistió en rodar hasta situarse encima de él y aprisionarlo juguetona bajo su peso. Luego le sonrió perezosamente y pasó los dedos con suavidad por su mandíbula áspera por la barba.

—No te preocupes, nadie va a echarte a ti la culpa de nuestras maldades. Dirán que todo es culpa de esa horrenda Kate Fitzleger, esa mocosa del orfanato. Qué raro —musitó Kate—, durante toda mi vida me han llamado niña de orfanato, pero precisamente dejé de sentirme huérfana el día en que tú me tomaste en tus brazos.

Val le devolvió el beso y la sonrisa, pero su expresión se tornó seria al instante.

—Kate, sé que la gente de Torrecombe no siempre ha sido amable contigo. Si quieres, una vez que estemos casados podemos marcharnos de aquí y empezar de nuevo en otra parte.

Kate negó con la cabeza en un gesto terco.

—No, mi hogar es éste, y también es el tuyo. Además, hay que tener en cuenta a Effie.

—En efecto, y sin duda se quedará muy sola cuando tú te vayas de Rosebriar. Podríamos… podríamos traerla a vivir con nosotros —dijo Val, pero Kate rió al ver el horror que inundó sus ojos ante semejante perspectiva.

—Eso es muy generoso por tu parte, amor mío. Y dices que no eres un héroe. Pero no, yo tengo planes muy distintos para Effie: estoy decidida a verla casada con el señor Trimble, que la adora.

—¿Ahora vas a volverte casamentera, Kate? —se burló Val.

—Quizá. Debes comprender que, siendo hija de Effie, probablemente estoy destinada a ser la siguiente Buscadora de Novias. Mira lo bien que lo he hecho con Víctor: esta mañana, cuando salí de Torrecombe, lo vi dirigirse hacia la granja de Mollie Grey. Creo que es posible que haya heredado el don de Effie, sólo que yo no pienso ser tan mansa como ha sido ella a ese respecto —dijo, cuadrando la mandíbula—. Como pille a un St. Leger haciendo ascos a la novia que yo le elija, ya veremos lo que pasa.

—Que el cielo nos ayude —rió Val.

—Excepto en tu caso. Ya no hay nadie que te salve a ti. —Y lo demostró reclamando su boca en un ardoroso beso.

Los brazos de Val la ciñeron de inmediato y la tendieron de espaldas, tocando, acariciando, fuego mezclado con ternura, pasión con amor.

—Oh, Kate —murmuró—, mi salvaje n… No. —Val se detuvo para corregirse a sí mismo con una mirada llena de amor—. Mi dama, mi dulce y salvaje dama —terminó con voz ronca antes de besarla de nuevo.

Se conocían desde siempre, primero como amigos, luego como amantes; pero parecía que aún quedaban muchas cosas por aprender el uno del otro, muchas cosas por descubrir. Sin embargo, ahora disponían de todo el tiempo del mundo para ello.

De toda la eternidad, de hecho.

Epílogo

*F*ue una fría y soleada mañana de diciembre cuando por fin se celebró la boda de Kate y Val, para gran alivio de toda la familia St. Leger y de la aldea de Torrecombe. Todavía corrían historias del abuelo de lord Anatole, un escandaloso libertino tan consumido por la pasión que sentía por su novia elegida, que retuvo a su dama una semana entera entre las sábanas antes de que ambos lograran llegar al altar.

Nadie esperaba que llegara a romperse aquel récord, y mucho menos que lo hiciera el respetable doctor Val St. Leger, pero los más viejos y más sabios del pueblo no dejaban de darle a la lengua con sus murmuraciones. ¿No sucedía siempre así con las mosquitas muertas?

Cuando Kate y Val salieron de la iglesia, todo Torrecombe corrió a su encuentro, los niños agitando cintas y lanzando pétalos de flores. Se comentó que la señorita Kate era una novia encantadora, que por una vez mostraba un sorprendente aspecto recatado y femenino. A las claras se veía que el novio no tenía ojos para nadie más que ella. El buen doctor tomó a su esposa en brazos para besarla apasionadamente allí mismo, en los escalones de St. Gothian, un gesto que encantó a la multitud y conmocionó al vicario.

Nadie se fijó en el hombre alto que observaba la escena desde lejos. Una insólita expresión de tristeza cruzó los inescrutables ojos de lord Próspero al contemplar a la radiante novia.

—Cuida bien de nuestra niña salvaje, St. Leger —murmuró.

Y seguidamente, con una leve sonrisa, el gran hechicero se volvió y desapareció envuelto en una nube de niebla.

Otros títulos de Titania
Romántica - Histórica

Duelo de pasiones

El valiente Lord Bannor de Elsinore necesitaba con urgencia de una mujer sensata que cuidara de sus hijos huérfanos y le mantuviera alejado de la tentación carnal. Mientras tanto, la joven Willow soñaba con un príncipe encantado que la librara de su mezquina familia. Ambos contraen matrimonio, pero ninguno de los dos encuentra lo que buscaba. Willow se siente como una intrusa en el castillo, con un apuesto marido que no la quiere en su lecho. Pronto descubrirá que no es la indiferencia lo que anida en el corazón del impetuoso guerrero, sino un deseo tan poderoso que acabará por derribar todos los muros, una pasión tan ardiente que ningún río podría apagarla.

La doncella cisne

Más indómita que las montañas de su Escocia natal, Juliana Lindsay posee una belleza delicada y un noble espíritu. Aunque ha sido capturada y conducida a la corte enemiga vestida de legendaria doncella cisne, nada parece capaz de detenerla en su empeño por defender la libertad de su país. Ni siquiera Gawain Avenel, un hombre con el que comparte un peligroso pasado y con quien el rey de Inglaterra le obliga a casarse con la esperanza de aplacar su rebeldía.

PARKMAN BRANCH LIBRARY
International Language Collection
1766 Oakman Blvd.
Detroit, MI 48238

Detroit City Ordinance 29-85, Section 29-2-2(b) provides: "Any person who retains any library material or any part thereof for more than fifty (50) calendar days beyond the due date shall be guilty of a misdemeanor."

WILDER BRANCH LIBRARY
7140 E. SEVEN MILE RD.
DETROIT, MI 48234

DETROIT PUBLIC LIBRARY

The number of books that may be drawn at one time by the card holder is governed by the reasonable needs of the reader and the material on hand.

Books for junior readers are subject to special rules.